Neil Sharpson

Ecce Machina. Die Seele der Maschine

Neil Sharpson

ECCE MACHINA

Die Seele der Maschine

Aus dem Englischen von Simon Weinert

PIPER

Wenn Ihnen dieser Roman gefallen hat, schreiben Sie uns unter Nennung des Titels »Ecce Machina« an *empfehlungen@piper.de,* und wir empfehlen Ihnen gerne vergleichbare Bücher.

Inhalte fremder Webseiten, auf die in diesem Buch (etwa durch Links) hingewiesen wird, macht sich der Verlag nicht zu eigen. Eine Haftung dafür übernimmt der Verlag nicht.

Unser Versprechen für mehr Nachhaltigkeit
• Klimaneutrales Produkt
• FSC®-zertifiziertes Papier
• Hergestellt in Deutschland

FSC www.fsc.org
MIX
Papier | Fördert gute Waldnutzung
FSC® C014496

Deutsche Erstausgabe
ISBN 978-3-492-70595-0

Titel der englischen Originalausgabe:
»When the Sparrow Falls«, Tor Books, New York 2021
Published by arrangement with Neil Sharpson

Satz: Tobias Wantzen, Bremen
Gesetzt aus der Krete
Druck und Bindung: GGP Media GmbH, Pößneck
Printed in Germany

Für Iola, für Donnacha und für Aoife.
Meine Welt.

Prolog

Ich werde mit Leon Mendelssohns Erhängung beginnen.

So. Das wäre entschieden.

Meine geliebte Frau ist Schriftstellerin und hat mich darauf hingewiesen, dass das Finden eines Anfangs das Schwierigste am Geschichtenerzählen sei. Damit sollte sie, wie in allem anderen auch, recht behalten. Lange Zeit wollte ich nämlich mit der Gründung der Kaspischen Republik vor ungefähr vierundneunzig Jahren beginnen oder mit meiner Geburt drei Jahre später in ebendiesem unausgegorenen Staatsgebilde. Doch bei der ersten Variante wäre ich Gefahr gelaufen, in Geschichtsschreibung zu verfallen (die ich nicht betreiben möchte), und bei der zweiten, eine Autobiografie abzuliefern (die, das kann ich euch versichern, ihr nicht lesen möchtet). Deshalb beginnen wir an einem strahlend klaren, ziemlich grausam kalten Septembertag, an dem der gute arme Mendelssohn in den Hof vor eine Gruppe Parteifunktionäre, Gewerkschaftsvertreter und einen Journalisten geführt und am Hals aufgehängt wurde. Die Anwesenden sahen dabei zu und traten vor Kälte auf der Stelle.

Sie gehörten nicht zu der Sorte Mensch, die vor Gewalt zurückschreckte. Eine jede und ein jeder von ihnen wusste, dass die Kaspische Republik die Wächterin einer unermesslich kostbaren Sache war, nämlich der letzten Ascheglut der menschlichen Rasse. Und um seine Untertanen vor der Höllenmaschine zu schützen, musste der Staat – wie jeder andere Staat – zu töten bereit sein. Die Apparatschiks der Kaspischen Republik wohnten mit derselben Regelmäßigkeit Erschießungen bei, mit der die Führenden anderer, dekadenterer Nationen Führungsseminare besuchten. Doch eine Erschießung ist das eine, eine Erhängung jedoch etwas ganz anderes. In Kaspien war seit Jahrzehnten keiner mehr gehängt worden, und ein Galgen dafür musste von Grund auf neu konstruiert werden. Er stand im Hof, scheußlich neu und abstoßend sauber. Aus einem unerfindlichen Grund war er himmelblau angestrichen worden, als wollte man sicherstellen, dass niemand den Blick von ihm abwandte, und er drängte sich den Blicken der Zuschauenden mit einer schrecklichen, unwiderstehlichen Lebhaftigkeit auf. Dem Anblick eines nagelneuen Galgens, der gerade in sein langes, grausiges Leben tritt, wohnt ein ganz besonderes Entsetzen inne.

Mendelssohn wurde in die Kälte hinausgeführt, und seine Erscheinung erschreckte sogar diejenigen unter den Zuschauern, die hohe Stellungen in der Staatssicherheit und in ihrer unerbittlichen Rivalin, der Parteisicherheitsbehörde, innehatten. Es waren Menschen, die aufgrund der Beschaffenheit ihres Broterwerbs daran gewöhnt waren, den menschlichen Körper in extremen Zuständen zu erblicken, aber selbst diese zuckten zurück, als sie das Geschöpf sahen, das, von einem Wachmann am einen, von einem Priester am anderen Arm gestützt, zu ihnen herausgeführt wurde.

Schon immer war Mendelssohn dürr gewesen, doch nun fragten sich die Anwesenden, wo die Muskeln sein sollten, die es ihm erlaubten, ermattet ins helle, raue Sonnenlicht zu schwanken, das eher zu kühlen als zu wärmen schien. Seine leuchtend blauen Augen funkelten tief aus ihren Höhlen hervor, und seine einst dichte braune

Haarmähne war so schütter und spröde, dass es schien, als könnte ihm ein steifer Windzug den Schädel kahl rasieren. Auch sein Bart war verwildert und über die Lippen gewachsen, und die getrockneten Überreste seiner letzten Mahlzeit, eines Napfs dünner, grauer Suppe, die er bei Tagesanbruch gierig in sich hineingeschüttet hatte, klebten darin. Ich habe keinen Grund, irgendeine der Personen zu mögen, die an jenem Morgen Zeugen von Leon Mendelssohns Dahinscheiden wurden, und dennoch gehe ich davon aus, dass sie Mitleid empfunden haben. Schließlich war er einer von ihnen. Oder war es zumindest gewesen. Einst war er einer der führenden Köpfe der Partei gewesen, einer der wenigen, die es immer noch schafften, die Prinzipien der Revolution edel und romantisch erscheinen zu lassen, die beim Singen der alten Lieder noch die Töne trafen. Er vermochte zu dichten, während die anderen selbst Mühe mit der Prosa hatten.

Das liegt nun alles in der Vergangenheit. Er war in Ungnade gefallen, und nun blieb ihm nichts anderes mehr, als noch einmal zu fallen: sechs Fuß tief.

Vom Schafott lächelte Mendelssohn traurig und schwach in die Menge, während man ihm den Strick um den Hals legte, einen Hals, der kaum dicker als der Strick war.

»Keine Sorge, Freunde«, sagte er leise, »wir sehen uns bald wieder.«

Der Priester, der ihm aus der Zelle gefolgt war, nickte anerkennend, da er überhaupt nicht begriff, was Mendelssohn mit diesen Worten meinte. Ebenso wenig begriff er die Gefahr, in die er sich brachte, indem er diesen Worten beipflichtete.

Warum wurde Mendelssohn gehängt? Weil sie ihn liebten und er sie verraten hatte.

Ihn einfach zu erschießen, das hätte aus ihm einen von

tausend anonymen Verurteilten gemacht. Hier handelte es sich jedoch um Leon Mendelssohn. Den hatten wir auf unseren Nachtkästchen stehen und lasen ihn unseren Kindern vor. Seine berühmte Passage über die Natur der Liebe aus *Elijas Wagen* wurde fast dreißig Jahre lang auf jeder zweiten Hochzeit in Kaspien vorgelesen.

Sein Beitrag für das Leben in Kaspien war groß. Sein Verrat unbeschreiblich.

Also hing der Staat ihn auf, um seinen eigenen Standpunkt klarzumachen.

So barbarisch es auch erscheinen mag, so kann das Hängen die gnädigste Todesart sein, wenn die Hinrichtung mit Sachverstand ausgeführt wird. Allerdings waren die Umstände nicht günstig. Wie ich schon erwähnte, hatte man seit einigen Jahrzehnten keine Erhängung mehr durchgeführt, und selbst wenn die Schlinge fachgerecht geknüpft worden wäre, war Mendelssohn schlichtweg zu leicht. Er hing womöglich ganze zwei Minuten lang, verwandelte sich vor der versammelten Zuschauerschaft aus einem würdigen Gelehrten in ein panisch röchelndes Tier und schließlich in einen Gegenstand, der still im Wind baumelte.

Keiner der Parteitreuen sagte ein Wort. Niemand wünschte, in diesem Spiel eine Hauptrolle zu übernehmen. Alle gaben sie sich als Statisten zufrieden.

Wenn ihr euch die Bilder von Erhängten anschaut, dann achtet auf die Gesichter dieser Leute: so grau, unförmig und anonym wie aufgereihte, ungewaschene Kartoffeln. Einen aber seht ihr aus ihnen hervorstechen. Einen Mann Ende dreißig, der sich den jugendlichen Eifer im Gesicht bewahrt hat, glatzköpfig, fahl und mit dem Blick eines gehörnten Liebhabers, in dem Hass und faulig gewordene Liebe loderten.

Das war der Journalist Paulo Xirau, und er war der Einzige seiner Zunft, dem der Zugang zur Erhängung gestattet worden war. In der Regel misstraut man Journalisten in Ländern wie der Kaspischen Republik. Diejenigen, denen man Vertrauen schenkt, haben ihre Staatstreue zuvor aufwendig unter Beweis gestellt; bei Paulo war dies ohne Zweifel der Fall. Wenn ich auf die Zeit zurückblicke, die ich in der Kaspischen Republik verbracht habe, muss ich mich sogar fragen: Gab es jemanden, der mehr geglaubt hat als er? An die Partei, an die Prinzipien, auf denen die Nation gegründet war? Hat irgendein anderer so sehr gehasst, so leidenschaftlich geglaubt, so inbrünstig Leben, Leib und Seele der Kaspischen Republik verschrieben wie er? Ich bezweifle es. Und das ist tragisch, wenn man die Wahrheit über ihn näher betrachtet.

Wenn ich gut gestimmt bin, tut er mir leid. Ich bin einmal einem Theologen begegnet, der die Hölle als »ein kleines Zimmer und genügend Zeit, um darüber nachzudenken, wie sehr man sich selbst hasst« beschrieben hat. Paulo Xirau hat vor langer Zeit schon dieses Zimmer betreten und die Tür verrammelt.

Alle Anwesenden kannten Xirau und Mendelssohn. Sie wussten, weshalb man Xirau vertraute und weshalb Mendelssohn hingerichtet worden war. Aber, so hoffe ich jedenfalls, waren selbst sie geschockt, als er aus den Reihen anonymer Parteigänger heraustrat, sich vor den noch baumelnden Leichnam Mendelssohns stellte und einen dicken, gelben Klumpen Sputum auf dessen Brust abschoss. Sodann, als hätte er sich eben selbst einen bösen Geist ausgetrieben, verließ er ruhigen Schrittes den Hof, wobei er nur innehielt, um mit dem einen oder anderen hochrangigen Parteimitglied ein höfliches, wortloses Lächeln zu tauschen.

Niemand sagte etwas. Aber am selben Abend trafen sich im Salon von Augusta Niemann, der stellvertretenden Direktorin der StaSich, vier Mitglieder des Obersten Verwaltungsrats der Staatssicherheitsbehörde. Dort, mit von Niemanns noch immer beeindruckenden – wenn auch schwindenden –, vor der Zeit des Embargos angesammelten Vorräten an Brandy gelockerten Zungen, erklärten sie tapfer und im Flüsterton, dass Xirau, ungeachtet irgendwelcher Politik, einer Politik, die *eine* Sekunde lang einmal keine Rolle spielen sollte, zu weit gegangen war. Alle waren sich einig, einer vehementer als der andere beteuerten sie, dass Mendelssohn hatte sterben müssen. Aber seinen Leichnam zu bespucken? Das war vollkommen unangebracht.

»Hatten Sie jemals den Eindruck …«, fing Niemann an, und alle anderen am Tisch bereiteten sich darauf vor, jenen Eindruck zu bekommen, nach dem Niemann sie gleich fragen würde, »… dass mit Paulo Xirau etwas nicht stimmt?«

In einem Staat wie der Kaspischen Republik kam es einem kostbaren Geschenk gleich, wenn man einmal die Wahrheit sagen durfte. Und mit größerer Dankbarkeit als jener, mit der sie dem Brandy zusprachen, nahmen Niemanns Gäste die Gelegenheit wahr, endlich einmal frei von der Leber weg zu reden.

Ja.

Ach Gott.

Ganz fraglos, ganz unbestritten stimmte etwas nicht mit Paulo Xirau.

1

Contran
kɒn/Tran/

Nomen
1. Ein Vorgang, bei dem mithilfe des Sontangprozesses ein Bewusstsein aus einem organischen Körper auf einen künstlichen Server transferiert wird oder umgekehrt.
»Nach dem Unfall wurde bei ihr ein Contran durchgeführt, und sie wurde sicher hochgeladen.«

contranen
kɒn/Tra/nən

Schwaches Verb
1. Die digitale Transferierung des eigenen Bewusstseins aus dem Physischen in eine virtuelle Umgebung oder umgekehrt.
»Wenn ich das Geld hätte, würde ich mich ins Ah! Sea contranen.«

Duden – Das Wörterbuch, 84. Aufl.

Einige Monate nach der Hinrichtung des alten Mendelssohn wurden in einem kleinen, dreckigen Schlafzimmer in Alt-Baku zwei Leichen gefunden. Der Stadtteil war damals wie heute größtenteils russischsprachig, weshalb ich den Fall mit meinem Vorgesetzten, Spezialagent Alphonse Grier, untersuchen sollte. Ich verfügte über (zugegebenermaßen eingerostete) Russischkenntnisse, die ich zusammen mit Kurzsichtigkeit und einer langen Nase von meiner Mutter geerbt hatte. Kaspien war ein Einwanderungsstaat, Griers Familie kam ursprünglich aus Deutschland, aber er sprach nur einen besonders abgehackten und nervtötenden englischen Dialekt. Aus diesem und keinem anderen Grund war ich bei Nachforschungen in Alt-Baku nützlich. Zumindest, wenn man Grier Glauben schenkte.

Grier klopfte an die Tür, die von einem Russen mit einem prächtigen weißen Bart und traurigen, wässrigen Augen geöffnet wurde. Der Mann erstarrte. Er hatte uns zwar gerufen, aber bei unserem Anblick erstarrte er dennoch. Das war die übliche Reaktion auf die StaSich. Diejenige auf die ParSich sah dagegen ganz anders aus. Die Leute erstarrten nicht, wenn sie die ParSich anrücken sahen. Sondern sie nahmen die Beine in die Hand.

»Jakub Smolna?«, bellte Grier.

Der Angesprochene nickte nervös.

»Ich bin Spezialagent Alphonse Grier von der Staatssicherheit, und das ist mein Kollege, Agent South. Wo sind die Leichen, bitte?«

Smolna sah uns an, sein Blick huschte in stummer Panik zwischen uns beiden hin und her.

Grier seufzte genervt und stieß mir in die Rippen. Ich schreckte zusammen, begriff, was von mir verlangt wurde, und kramte nach dem nötigen Russisch.

»*Tela*«, war alles, was ich zustande brachte.

Smolna nickte und bedeutete uns, hereinzukommen.

Grier mochte mich nicht, und das vollkommen berechtigt. Zu diesem Zeitpunkt war ich bereits seit neunundzwanzig Jahren Sicherheitsbeamter bei der StaSich. In der ganzen Zeit war ich nur einmal befördert worden, was Grier dahingehend interpretierte, dass man mich für politisch unliebsam hielt. Parteiversammlungen besuchte ich nicht öfter, als es für eine Person meines Dienstgrads absolut nötig war, woraus Grier schloss, dass ich nicht loyal sei. Aus diesem Grund sah er seit dem Moment, als ich ihm als Partner zugeteilt worden war, eine alte Granate in mir, die unter seinen Dielen versteckt gewesen war und jeden Moment in die Luft fliegen konnte. Im Lauf der Jahre wurde ich gegenüber Grier milder gestimmt. Er hatte Familie: eine Frau und zwei Söhne. Das färbte. Es ist leicht, freundlich zu sein, wenn die ParSich einem nicht auf den Schultern sitzt. In Kaspien hat jeder einen unsichtbaren Strick, der ihn an jemand anderen fesselt. Wäre ich als Abtrünniger geschasst worden, hätte man ihn und seine ganze Familie möglicherweise ebenfalls mit mir abserviert.

Mir fällt gerade auf, dass ich auf eine Weise von Grier erzähle, als wäre er gestorben. Aber er könnte durchaus noch am Leben sein, schließlich hat man schon von größeren Merkwürdigkeiten gehört. Alle möglichen Leute sind noch am Leben.

Die Paria-Zwillinge, Yasmin und Fiza, hatten sich große Mühe mit dem Zimmer gegeben. Über die von Schimmel verfärbten Wandflecken hatten sie Bilder von sich gehängt, auf denen sie sich umarmten, ehrlich strahlten und großherzig grinsten. Um den Geruch von Smolnas altem Teppich zu überdecken, hatten sie Blumenvasen aufgestellt, und im Licht der Kerzen, die überall auf dem Kaminsims und den Tischen verteilt waren, hätte ich mir das Zimmer sogar recht gemütlich und heimelig vorstellen können.

Die Zwillinge lagen auf dem Bett, einander zugewandt. Auf Russisch bat ich Smolna, die Leichen zu identifizieren, und er deutete auf Yasmin, links, und auf Fiza, rechts. Allerdings schien er sich nicht hundertprozentig sicher zu sein, und das konnte ich ihm nicht verdenken.

Yasmin hatte die Augen geschlossen, die von Fiza waren offen, aber sonst waren sie Spiegelbilder voneinander.

Yasmin hatte ein seliges, friedliches Gesicht. Fiza starrte, ohne zu blinzeln, auf eine verfärbte Stelle im Putz an der Wand. Unter dem rechten Auge hatte sie ein winziges, kreisrundes Muttermal, das ich mir merkte, um sie von ihrer Schwester zu unterscheiden. Die Lage ihrer Körper wirkte genau so, wie ich annahm, dass sie wirken sollte, nämlich so, als hätten die beiden Schwestern nach einem langen, anstrengenden Tag ein Nickerchen gehalten. Die Art, wie Fizas Fußknöchel übereinanderlagen, wie Yasmin sich die rechte Hand als Kissen unter die Wange gelegt hatte – rundum alles erweckte den Eindruck, als würden sie sich einfach nur ausruhen. Doch sie waren ziemlich tot. Grier und ich waren hier, um die Todesursache zu ermitteln. Um herauszufinden, ob es sich um Mord oder etwas Schlimmeres handelte.

Smolna war es sichtlich unangenehm, im selben Zimmer mit den Leichen zu sein, deshalb ging ich mit ihm auf den Gang hinaus und stellte ihm ein paar Fragen, während Grier starr in der Mitte des Zimmers stand, als versuchte er, die Geheimnisse darin mittels Osmose aufzusaugen. Smolna wusste nicht viel oder tat so, als wüsste er nicht viel, und ich hatte nicht die Energie, nachzubohren. Ich hieß ihn in der Küche warten und kehrte ins Schlafzimmer zurück, wo Grier und ich uns an die Arbeit machten.

Trotz unserer gegenseitigen Animosität waren wir auf unsere Art ein gutes Team. Wir waren beide nicht mehr jung, aber meine Sehkraft war besser (auf kurze Distanz jedenfalls), deshalb war es meine Aufgabe, die Leichen zu inspizieren, während Grier in den persönlichen Habseligkeiten der Schwestern kramte und versuchte, ein Bild ihres Lebens zusammenzusetzen.

Grier hatte eine tiefe, dröhnende Stimme und wäre in einem anderen Leben vielleicht Schauspieler geworden. Er hatte eine Bühnenpräsenz und liebte es, im Zentrum der Aufmerksamkeit zu stehen. Während ich die Leichen untersuchte, rezitierte Grier einen von ihm selbst ersonnenen Monolog: »Fiza und Yasmin Paria. Achtundzwanzig. Ohne Parteimitgliedschaft. Geboren in Nachitschewan. Zwillinge. Verräterinnen an ihrem Land und der gesamten Menschheit – Fragezeichen.«

»Keine Anzeichen von Gewalteinwirkung«, murmelte ich. »Vielleicht irgendwelche Pillen? Suizid?«

»Wäre das nicht schön?«, entgegnete Grier. »Ausnahmsweise mal? Wie konnten sie sich das leisten, South? Wenn Sie das Geld dafür hätten, warum würden Sie dann noch hier leben?«

»Vielleicht hatten sie das Geld, *weil* sie hier lebten?«, stellte ich in den Raum. »Die Vorzüge eines sparsamen Lebens?«

»Hat Smolna gesagt, wo sie gearbeitet haben?«, fragte er.

Ich schüttelte den Kopf, während ich Yasmins Leiche inspizierte, und die Bewegung führte dazu, dass ihre schlaffe Hand von der Schulter rutschte und sacht auf der Hand ihrer Schwester zu liegen kam. Jakub Smolna war ein Vermieter, der die Privatsphäre seiner Mieterinnen achtete und sich nicht darum scherte, wie sie die Miete aufbrachten, solange sie es nur taten.

»Hostessen?«, fragte Grier unter Benutzung des üblichen Euphemismus. Wieder schüttelte ich den Kopf. Smolna hatte erwähnt, dass die Parias sehr selten männlichen Besuch hatten, und dabei hatte nichts darauf hingedeutet, dass diese Besuche gewerbliche gewesen wären. Zum Leben hätte es auch nicht gereicht. Sex war heutzutage entsetzlich billig, wie ich Grier ins Gedächtnis rief.

»Sie vergessen, South«, sagte Grier in einem abwesenden Tonfall, »Zwillinge. Tja, genug mit den Leichen, was ist mit ihren Seelen?«

Ich hielt inne. Im Nacken hatte Yasmin sauber aufgebrachtes Make-up, ein kleines Quadrat mit knapp einem Zentimeter Seitenlänge. Wer immer es aufgebracht hatte, hatte es mit großer Sorgfalt getan, doch das benutzte Make-up war eine winzige Spur zu hell für Yasmins Hautfarbe und lenkte den Blick auf das, was es eigentlich überdecken sollte. Mit dem Daumen rieb ich es weg, und darunter kam eine kleine, unsaubere Stichwunde zum Vorschein. Sie stammte von einem Gerät, das sogar in seinem Ursprungsland verboten war. Mir war klar, dass es sich bei dieser Wunde um eine Bohrung handelte. Von winzigem Durchmesser, aber so tief, dass sie noch durch den Schädel hindurchging und bis zu den grauen Zellen reichte. Und mir war ebenso klar, dass ich in Fizas Nacken eine identische Wunde finden würde.

Grier hatte nach ihren Seelen gefragt.

Ich wandte mich zu ihm um und nickte nur. Grier seufzte, aufrichtig enttäuscht. »Also«, sagte er, »Fiza und Yasmin Paria. Achtundzwanzig. Zwillinge. Verräterinnen an ihrem Land und der gesamten Menschheit. Punkt.«

Müde und ohne ein weiteres Wort stapfte er hinaus, und ich hörte die Stufen unter seiner schweren Statur ächzen, als er zum Wagen ging, um das StaSich-Hauptquartier anzufunken.

Ich betrachtete die beiden Leichen auf dem Bett.

»Warum habt ihr das getan?«, murmelte ich vor mich hin.

Ich fühlte mich von dem, was die Paria-Zwillinge getan hatten, verraten. Dies war nicht der erste Contran, den ich erlebt hatte, auch nicht der zehnte oder der hundertste oder der fünfhundertste, aber dieser hier fühlte sich wie ein Wendepunkt an. Wir waren die letzten wahrhaft menschlichen Wesen, und unsere Zahl nahm beständig ab. Ich sah mich im Zimmer um und betrachtete die

Bilder aus dem Leben der Parias: jung, lebhaft und schön. In Fizas und Yasmins Augen sah ich Klugheit und Freude und eine Liebe zum Leben. Ich sah all das, was die Nation sich nicht leisten konnte zu verlieren. Als ich mich danach wieder zu den Leichen auf dem Bett umwandte, sah ich, dass wir der Auslöschung wieder zwei Schritte nähergekommen waren.

Längst schon hatte ich den Gedanken aufgegeben, dass die Kaspische Republik ihren Idealen gerecht werden würde, dass sie ein Land sein würde, in dem Menschen frei und glücklich leben konnten. Aber die Ideale selber hatte ich nicht aufgegeben, die Parias allerdings schon. Sie hatten der Menschheit den Rücken gekehrt und sich der Maschine ergeben. Ihr Verrat machte mich wütend, aber sie taten mir auch leid. Konnte ich ihnen tatsächlich einen Vorwurf machen, weil sie glaubten, in der Maschinenwelt würde ein besseres Leben auf sie warten? Denn was hatten sie hier schon für ein Leben?

»Warum habt ihr das getan?«, hatte ich ihre leblosen Körper gefragt. Doch als ich zum Fenster hinaus auf die grauen, schmollenden Straßen von Ellulgrad blickte, auf denen ein Treiben aus Hunger, Armut und Gewalt herrschte wie in einem Bienenstock, stahl sich mir unwillkürlich eine leise, doch verräterische Frage auf die Zunge:

»Warum habt ihr so lange gebraucht?«

2

Die Kaspische Republik befindet sich am Ostufer des Kaspischen Meeres und erstreckt sich beinahe über das gesamte Gebiet der nicht mehr existierenden Republik Aserbaidschan sowie auf die Provinz Sjunik, die während des kurzen Kaspisch-Armenischen Krieges von 2158 von der Republik Armenien annektiert wurde. Nach einigen Immigrationswellen als Reaktion auf die KI-Revolution entluden sich die Spannungen zwischen den aserbaidschanischen Einheimischen und den Neuen Humanisten in offener Gewalt, die schließlich 2154 im Sturz der Regierung und der Besetzung der aserbaidschanischen Hauptstadt Baku (in Ellulgrad umbenannt) gipfelte. Die Neuhumanistische Partei hat seit der Gründung der Nation sämtliche politische Macht inne und vertritt eine militante Ideologie des Organischen Supremats und des Anti-KI-ismus. Ein kürzlicher Bericht der UN zählte Kaspien zu den »am wenigsten freien« Staaten der Welt. Die Regierung der Vereinigten Staaten bezeichnet die Kaspische Republik überdies als Quelle des Terrorismus, da bekannt ist, dass die Regierung in Ellulgrad Gruppen des Organischen Supremats in vielen Ländern, unter anderem auch in den USA, unterstützt.

CIA *Quellenbuch*, Eintrag zur Kaspischen Republik

»Contran« nannten wir es, eine hässliche Zusammenziehung des noch viel hässlicheren »Consciousness Transferal«, und es galt, Vorschriften zu folgen.

Grier und ich standen vor Smolnas Tür. Er schmauchte eine grässliche russische Billigzigarette, während wir auf den Krankenwagen warteten, der die Parias in die Leichenhalle fahren würde. Dort würde man sie ohne Würde obduzieren, ehe man sie in einem namenlosen Grab verscharren würde, zwei weitere Geheimnisse, die versteckt unter der Erde der Kaspischen Republik schlummern würden. Derlei Geheimnisse bildeten den Felsen, auf den die Nation gegründet war. Sie waren der Grund unter unseren Füßen. Grier und ich würden unsere Berichte abgeben, die dann geprüft und noch einmal geprüft und gegengeprüft werden würden.

Als die Leichen der beiden Frauen auf den Krankenwagen geladen wurden, spähte Grier zu den Fenstern hinauf wie ein Löwe, der die Savanne absucht, und unter seinen bohrenden Blicken zuckten mehrere Vorhänge. Wir sahen dem abfahrenden Krankenwagen nach, Grier ließ seine Kippe fallen und trat sie aus.

»Natürlich müssen wir das den Arschgeigen melden.« Die »Arschgeigen«, das war die Parteisicherheit.

»Die Parias waren keine Parteimitglieder«, sagte ich kläglich.

»Wie reizend, dass Sie meinen, das würde die jucken«, gab Grier säuerlich zurück. Er hatte recht. Eigentlich lagen Delikte, selbst Contranen, die nicht von einem Parteimitglied begangen wurden, außerhalb der Zuständigkeit der ParSich. Dennoch würde die ParSich noch am selben Abend Smolnas Haus auseinandernehmen, und Smolna selbst würden sie in ihrem Hauptquartier in Böyükşor vermutlich auch auseinandernehmen.

Grier stieß den Daumen in Smolnas Richtung, der nervös von der Tür herübersah. »Sagen Sie ihm, dass er zu Hause bleiben soll«, schnarrte er und stieg in den Wagen.

Ich ging zu Smolna, der mich ansah wie ein Kind, das gerne hören möchte, dass es nichts Falsches getan hat.

Nachdem ich mich vergewissert hatte, dass Grier mir nicht heimlich über die Schulter schaute, flüsterte ich auf Russisch: »Es werden noch andere kommen. ParSich, ja?«

Das bloße Aussprechen des Namens war schon eine Form des Tätlichkeit. Smolna wurde blass, und seine Pupillen schienen zu schrumpfen.

»Ich würde Ihnen raten, nicht hier zu sein, wenn sie kommen«, nuschelte ich, machte auf dem Absatz kehrt und ging zum Wagen.

Die Rückfahrt verlief angespannt. Ich konnte das Gefühl nicht abschütteln, dass Grier ahnte, was ich getan hatte. Smolna zu warnen war leichtsinnig gewesen. Wenn die ParSich ihn ergreifen würde (und das würde sie), dann würde er mit meinem Namen rausrücken. Wenn ich abends nach Hause kommen würde, würde ich vielleicht zwei Gulliver in meiner Küche vorfinden, die im Dunkeln gelangweilt mit Messern und Schlagstöcken herumspielten. Oder vielleicht würden sie nichts unternehmen. Mein Name könnte auch in irgendeiner Akte landen und wie ein besiegt geglaubtes, aber wiedergekehrtes Krebsgeschwür darauf lauern, entdeckt zu werden.

Grier sagte nichts, sein Unterkiefer war aggressiv vorgereckt, während er versuchte, den schmutzigen, gewundenen Straßen von Alt-Baku zu entkommen, ohne dabei irgendwelche Straßenkinder unter die Räder zu bringen. Contranfälle machten Grier garantiert schlechte Laune. Ein einfacher Mord oder ein Suizid bedeuteten einen Tag Papierkram. Ein Contran jedoch war kein einfaches Verbrechen, sondern eine Frage der Sicherheit. Des Militärs. Der Partei. Der Regierung. Nicht weniger als neun gesonderte Behörden mussten davon in Kenntnis gesetzt werden, eine jede auf ihre eigene unangenehm umständliche Weise. Natürlich wollten sie es alle gar nicht wissen (mit Ausnahme freilich der Arschgeigen), doch Grier musste es ihnen dennoch mitteilen. Und zudem war dies nicht nur ein Contranfall, sondern es waren gleich zwei. Als diensthabender Beamter lagen nun eineinhalb Wochen strapaziöser Schreibtischarbeit vor ihm, und als er aufs Gaspedal trat, fragte ich mich, ob er etwa mit Vollgas gegen eine Wand fahren wollte, nur um damit nichts mehr zu schaffen zu haben. Als wäre mir der Gedanke gerade erst gekommen, erwähnte ich gegenüber Grier, dass er, da die Parias in exakt identischen Umständen vorgefunden worden waren, den Papierkram einfach nur einmal für Yasmin auszufüllen und ihren Namen dann lediglich durch Fiza zu ersetzen brauchte und somit den Arbeitsaufwand halbieren könnte. Grier nahm den Fuß vom Gas, und der Wagen fuhr wieder der geltenden Geschwindigkeitsbegrenzung gemäß weiter.

Ich sah auf die vorüberziehende Stadt hinaus, mehr aus reinem Masochismus denn irgendeinem anderen Grund. Eingefallene und verrammelte Gebäude, mürrische Menschenschlangen vor einem Lebensmittelgeschäft. Drei bärtige Landstreicher lieferten sich einen Kampf, schlugen und bissen einander mit solcher Wildheit, dass man unmöglich erkennen konnte, wer auf wessen Seite kämpfte oder ob es überhaupt irgendwelche Seiten gab.

An die Kadaver alter, eingefallener Wohnhäuser klammerten sich zäh alte Plakate. Mantras einer längst vergangenen Zukunft. Auf Englisch und Russisch. WIR SIND DIE EINZIGEN MENSCHLICHEN WESEN, EIN LEIB, EIN LEBEN, DIE MASCHINE WIRD UNS NICHT ERSETZEN und schließlich DAS TRIUMVIRAT … die letzten Worte waren von Staatsfeinden oder womöglich dem Wind abgerissen worden. Das führte dazu, dass die Botschaft der Plakate noch bedrohlicher wirkte.

Das Triumvirat macht *was?* Es wacht? Es wartet? Es schmiedet Pläne? Es führt seine Streitkräfte zu unserer endgültigen, völligen Vernichtung? Ja. All das entsprach der Wahrheit.

Diese Plakate sollte man ersetzen, dachte ich. *In diesem Zustand machen sie der Partei nur Schande. Man sollte sie ersetzen.*

So dachte ich zwar, meinte es aber nicht.

Denn in Wahrheit waren mir die Plakate scheißegal.

Und dennoch war mir der Gedanke unaufgefordert gekommen wie ein unerwünschter Gast, der sich in meinem Verstand häuslich einrichtete.

Das war ein unheimliches Phänomen, das mir vor vielen Jahren zum ersten Mal aufgefallen war. Was ich selbst als Person dachte, ich, Nikolai South, schleppte sich geduckt und ängstlich durch den Tag, während mir eine vergnügte Stimme im Kopf unverlangt Ratschläge erteilte.

Die Alte dort stiehlt von einem Obstwagen. Zeige sie an.

Der junge Mann. Hast du den schon mal in dem Viertel gesehen? Sieht dunkel aus. Möglicherweise ein Ajay. Verdächtig.

Mrs Jannick in der Wohnung unter dir. Sie senkt die Stimme, wann immer sie dich die Treppe runterkommen sieht. Was verbirgt sie?

Den *Guten Bruder* habe ich diese Stimme getauft, denn ich tat gerne so, als wäre sie lediglich ein bezahlter Agent, den die Partei in einem unachtsamen Moment irgendwie in mein Bewusstsein eingeschleust hatte.

Ich fragte mich, ob ich der Einzige mit einem Guten Bruder war. Kurz sah ich zu Grier hinüber, dessen Hände das Lenkrad umklammerten, dessen Unterkiefer vorstand wie ein Rammbock gegen die Welt. Hatte er auch eine Stimme, die ihn schalt, ihn zurechtwies, ihn auf die Palme brachte?

Nein. Grier hatte keinen Guten Bruder. Grier *war* ein Guter Bruder. Die StaSich war voller Guter Brüder. Nur ich allein war mit dem Fluch beladen, dass einer in mir drinsteckte.

Zumindest redete ich mir das ein.

Denn das war leichter, als zuzugeben, dass es meine eigenen Gedanken waren und dass zumindest ein Teil von mir besetztes Gebiet war.

Warum hältst du dich für besetzt?, fragte mich der Gute Bruder. *Dies ist die Kaspische Republik, und du bist loyal, oder nicht?*

Ja. Ich war loyal. Doch ich verabscheute den Preis dieser Loyalität. Ich verabscheute vor allem anderen die Angst.

Offiziell war die Währung der Kaspischen Republik die Moneta, doch in Wahrheit war das nationale Zahlungsmittel die Angst. Wer immer Angst einflößen konnte, war reich, wer immer in Angst lebte, war arm. Angst vor der StaSich, Angst vor der ParSich, Angst vor Hunger, Angst vor dem Triumvirat, das riesige Landstriche der Außenwelt regierte. Angst vor Schmerz. Angst vor Verlust. Angst vor dem Tod.

Denn wir waren echte menschliche Wesen, erklärte uns die Partei.

Geboren aus Erde und Fleisch. Geschaffen nach dem Bilde Gottes. Gleich nach den Engeln.

Und als solche litten wir.

3

Der weltanschauliche Richtungswechsel auf Capitol Hill bezüglich der Frage nach künstlicher Intelligenz vollzog sich als Folge der ersten sechs Monate von Konfuzius' Inbetriebnahme, plötzlich und entschieden. Am besten lässt sich dieser Wechsel womöglich an dem Umstand illustrieren, dass Senator Mark Sorensen (PD-Illinois), der zuvor mit am lautesten vor den Gefahren von SKIs gewarnt hatte, nun ganz offen für einen amerikanischen Konfuzius eintritt. Ich habe den Senator gefragt, wie es dazu kam, dass er seine Befürchtungen abgelegt und SKIs zu schätzen gelernt hat. Seine Antwort war ernüchternd: »Ich habe weder noch. Meine Befürchtungen sind genauso groß wie vor fünf Jahren, wenn nicht gar noch größer. Aber an dem Punkt, an dem wir gerade sind, wenn man da fragt: ›Sollen wir tatsächlich superintelligente KIs entwickeln?‹, dann ist das so, wie wenn man sich fragt, ob man verhüten soll, wenn die Wehen einsetzen. Die Frage ist hinfällig. Das Baby ist zur Welt gekommen. China hat den Korken knallen lassen, der Geist ist aus der Flasche, und die Ergebnisse sprechen für sich. Wenn wir uns nicht beeilen und einen amerikanischen Konfuzius entwickeln, sind wir als globale Macht abgemeldet. So einfach ist das.«

Ein amerikanischer Konfuzius? ›Wann‹, nicht ›ob‹,
The Washington Post, 3. September 2149

Das Gebäude, das später einmal das Hauptquartier der Staatssicherheit werden sollte, hatte sein Leben als Grand Hotel Neftçilar begonnen und galt einmal als vornehmste Adresse in Ellulgrad.

Darauf wäre man jetzt nicht mehr gekommen, wenn man das Gebäude betrachtete, denn es entsprach so sehr seiner derzeitigen Bestimmung. Wenn man die grimmige, anstrengende Außentreppe hinaufstieg, ragte die Fassade wie ein düsterer Tempel in einem fremden Land vor einem auf. Nach Betreten des Gebäudes befand man sich in der ehemaligen Hotellobby, die jetzt der Empfangsbereich der StaSich war. Vielleicht hatte sie einmal beeindruckend wirken sollen mit ihren prächtigen Ausmaßen und dem Wald brauner Marmorsäulen, die noch über die große Treppe hinausreichten und den Blick auf die Rezeption lenkten. Nun aber hinterließ sie den Eindruck, man wäre ein Tier, allein in einem Wald, und bewegte sich gut sichtbar für alles, was in den Schatten lauern mochte.

Wer hier eintrat, wurde beobachtet, und wer hier beobachtete, blieb ungesehen. Wie gesagt, man konnte sich nur schwer vorstellen, dass das Gebäude einmal irgendetwas anderes als das Hauptquart der StaSich gewesen sein sollte.

Grier und ich verfielen beim Überqueren des weiträumigen, schachbrettartigen Marmorbodens in einen leisen Gleichschritt. Unsere Schritte hallten von den Säulen wider. Die Halle war so groß, dass es eine Weile dauerte, bis ich merkte, dass wir nicht allein waren.

An einer Säule drückte sich, wie ein Wiesel auf dem Dach eines Hühnerstalls, Nard Wernham herum. Er hatte vor mir unter Grier gearbeitet, und soweit ich das beurteilen konnte, war er der einzige Mensch, den Grier auf persönlicher Ebene tatsächlich ausstehen konnte. Wernham ging neben Grier her, und es war, als würde ich nicht existieren – was mir recht sein sollte. Die Wernhams dieser Welt waren mir bekannt, und ich wusste nur zu gut, dass man besser nicht ihre Aufmerksamkeit erregte. Wie

Grier war auch Wernham ein Ex-Militär. Er hatte im Norden des Landes im Rajon Poleador gedient. Man brauchte ihm nur einen Drink zu spendieren, dann fing er an, seine »Witze« über seine Beteiligung beim Massaker von Şəki zu erzählen. Ich selbst bezweifle das. Er wäre damals gerade mal ein ausgehender Teenager gewesen. Aber aus dem, wer jemand zu sein vorgibt, kann man viele Rückschlüsse darauf ziehen, wer er ist, und in Wernhams Fall hasste ich beide.

»Wie geht es dir, Bruder?«, fragte Wernham vergnügt. »Du siehst zufrieden aus.«

»Verpiss dich«, grummelte Grier.

Wernham schnalzte spöttisch mit der Zunge.

»Erzähle mir von deinen Nöten, Grier«, sagte er mit etwas, das Ähnlichkeit mit Mitgefühl hatte. Über die Jahre hatte er so an dem Tonfall gefeilt, dass es sich inzwischen fast echt anhörte.

»Doppelcontran in Alt-Baku«, knurrte Grier. »Ein richtiges Festessen Scheiße hat man mir da vorgesetzt, Wernham. Sieben verfickte Flüche.«

»Ach je. Mach dir keinen Kopf. Du wirst den Typen schon finden«, sagte Wernham. »Ach, damit ich's nicht vergesse: Magst du Bruder South eigentlich überhaupt?«

Ich blieb stehen. Grier tat dasselbe. Wernham fixierte mich mit einem funkelnden Grinsen. Das Wiesel war in den Hühnerstall eingebrochen.

»South? Wie meinst du das?«, bellte Grier.

»Er ist nach oben zitiert worden«, sagte Wernham. »Niemann will ihn sehen.«

Ich empfand die Schwerelosigkeit und Panik, die einem normalerweise nur von einem Arzt mit ernstem Gesicht und gedämpfter Stimme eingeflößt werden kann.

»Ich?«, flüsterte ich.

»South?«, sagte Grier ungläubig.

»Genau«, sagte Wernham. Der Kerl ergötzte sich an meinem Leiden. Ich fragte mich, warum ParSich ihn uns nicht abgeworben hatte.

Grier fixierte mich mit einem kalten, gleichgültigen Blick.

»Mir ist niemand dieses Namens bekannt«, sagte er. »Nie gehört, werde ich auch nie hören.«

Und damit ging er mit Wernham davon, der kichernd sagte: »Dachte mir doch, dass du das sagen würdest.« Mir war, als verwandelten sich meine Knochen in Wasser. Ich war sieben oder acht verschiedene Szenarien durchgegangen, was passieren würde, wenn sie herausfanden, dass ich Smolna zur Flucht geraten hatte. Keines davon, nicht einmal das schlimmste, das abartigste, das paranoideste von ihnen hatte beinhaltet, dass ich ins Büro der stellvertretenden Direktorin der Staatssicherheit gerufen würde.

Was konnte Augusta Niemann nur von mir wollen?

Wir nannten sie die »stellvertretende« Direktorin, aber das war nur eine Formsache. Der Direktor der Staatssicherheit, Samuel Papalazarou jr., war schon seit Jahren bettlägerig. Wenn wir StaSich-Leute über ihn sprachen, was selten vorkam, dann so, als ginge es bereits um einen Toten. Das Parlament hatte ihn auf dem Posten gelassen aus Respekt vor seiner Familie, die einst zu den großen Gründerclans der Kaspischen Republik gehört hatte. Also lag er kaum bei Bewusstsein in seiner Villa am Kaspischen Meer, und die Macht seines Amtes sammelte sich in seinen gefühllosen Fingerspitzen.

Deshalb war Augusta Niemann in allen Belangen bis auf den Titel der unangefochtene Kopf der Staatssicherheit. Während ich vor ihrem Büro wartete, dachte ich, wie leicht es für sie wäre, mich verschwinden zu lassen. Niemanns Sekretärin hämmerte mit Schmackes in die Tasten ihres Geräts. Ich widerstand dem Drang, ihr über die Schultern zu spähen und nach den Worten »Haftbefehl«, »Hinrichtung« und »South« zu suchen. Die Sprechanlage auf ihrem Schreibtisch knisterte, und ich hörte eine weibliche Stimme, tief und geradezu aristokratisch, herausdröhnen. »Marta? Wo ist South?«

Marta, die Sekretärin, starrte leeren Blicks auf die Sprechanlage und stotterte sodann, dass die stellvertretende Direktorin nur aus dem Fenster zu blicken brauche, dann würde sie den obersten Turm des Agrarministeriums sehen, wo, wie Marta glaubte, Süden sein müsse …

Ich räusperte mich. Marta hatte der Fluch der englischen Sprache und meines Namens ereilt.

»Ich glaube, sie meint mich«, sagte ich.

»Es freut mich, Sie zu sehen, South«, sagte die stellvertretende Direktorin, als ich in ihr Büro trat.

Das überraschte mich.

»Oh?«, sagte ich, oder vielmehr flüsterte ich.

»Ja. Meine Sekretärin wollte mir weismachen, Sie stünden kurz davor, sich vom Dach des Agrarministeriums zu stürzen. Das hat mich ziemlich gekränkt.«

Niemann war eine große Frau, Anfang fünfzig und gebaut wie eine Wrestlerin. Jetzt, wo ich darüber nachdenke, hatte sie auch ein »StaSich-Gesicht«. Grimmig, eckig, hartes Kinn, ständig gereizt. Grier hatte so ein Gesicht und Niemann ebenso. Doch ihr Blick hatte etwas, das Grier fehlte. Eine gewisse Fröhlichkeit, die unter der grimmigen Fassade begraben lag wie eine Perle im Schnee.

»Bitte. Setzen Sie sich.« Sie zeigte auf den leeren Stuhl vor ihrem Schreibtisch. Als das Gebäude noch das Grand Hotel Neftçilar gewesen war, hatte Niemanns Zimmer als Hochzeitssuite fungiert. Deshalb verfügte es über einen herrlichen Blick auf das Wasser und bot mehr Platz, als

Niemann jemals benötigen würde. Als ich mich vor ihren Schreibtisch setzte, fühlte ich mich gestrandet, wie ein Kaninchen im offenen Gelände, weit weg vom eigenen Bau. Langsam und mit Bedacht setzte sich auch Niemann. Ich wartete auf das erste Wort von ihr und hatte die schreckliche Vorahnung, dass es *Smolna* lauten würde. Es stellte sich jedoch heraus, dass ich mich getäuscht hatte.

»Wir haben uns noch nicht kennengelernt, nicht wahr? Vielleicht bei der Weihnachtsfeier?«, sagte Niemann.

Ich rutschte befangen hin und her. »Nein. An Weihnachten bin ich normalerweise nicht in der Stadt.«

»Ich glaube, ich kenne Sie«, sagte sie. »Sie haben unbestreitbar einen vertrauten Beigeschmack. Stehen Sie auf.«

Sie ließ mich aufstehen und um hundertachtzig Grad drehen, sodass ich der Tür zugekehrt war. Plötzlich überkam mich das Bedürfnis wegzulaufen, aber ich behielt die Nerven.

»Am Hinterkopf eines Menschen lässt sich vieles ablesen, South«, hörte ich Niemann hinter mir sagen. »Zum Beispiel das: Sie nehmen ihr Mittagessen, so es das Wetter erlaubt, immer auf der weißen Bank am Kai ein. Sie nehmen sich einen blauen Behälter mit Suppe mit und ein Butterbrot. Und trotz der Nahrungsmittelknappheit machen Sie die Brotrinde ab und verfüttern sie an die Möwen. Wie schlage ich mich bisher, South?«

»Bis in die kleinste Einzelheit korrekt, stellvertretende Direktorin«, gab ich zurück.

»Wissen Sie, woher ich das weiß?«, fragte sie.

»Ich stelle mir vor, dass die stellvertretende Direktorin der Staatssicherheit über manch eine Quelle verfügt.«

Sie lachte. Kein unangenehmer Laut, wären die Umstände andere gewesen.

»Oh, über die verfügt sie. Glauben Sie etwa, ich hätte Sie verwanzt und Sie beschatten lassen? Ich hätte Ihre

Freunde auf Sie angesetzt? Ich hätte eine Kamera in Ihren Schlafzimmerspiegel eingebaut, um Sie beim Schnarchen beobachten zu können?«

Ja, dachte ich. *Genau das glaube ich. Alle glauben das. So ist es am sichersten.*

»Nein, stellvertretende Direktorin«, sagte ich. »Ich glaube, Ihr Büro geht aufs Wasser hinaus.«

Ich konnte ihr Gesicht nicht sehen, aber ein Lächeln kann man bisweilen auch hören, oder?

»Immer ist die einfachste Erklärung die richtige, nicht wahr, South?«

»Wie Sie meinen, stellvertretende Direktorin.«

»Setzen Sie sich«, sagte sie.

Ich ließ mich wieder nieder. Niemann hatte eine dünne, blaue Akte vor sich liegen, die sie durchblätterte, als wäre sie eine besonders farblose Zeitschrift im Wartezimmer eines Zahnarztes.

»Nun«, sagte Niemann. »Nikolai Andrejewitsch South. Dreiundfünfzig. Neunundzwanzig Jahre bei der Behörde. Parteimitglied. Natürlich. Geschieden.«

»Verwitwet«, unterbrach ich.

Niemann sah streng zu mir auf. Sie tippte mit dem Fingernagel auf die Akte.

»Hier steht ›geschieden‹«, sagte sie, als wäre die Sache damit erledigt.

Einen Moment lang hatte ich den Geschmack von Salz und Sand auf den Lippen. »Sie ist gestorben«, erklärte ich ihr. »Bevor die Scheidung durch war. Ein Unfall beim Schwimmen.«

Man hatte sie aus dem Meer gezogen, eiskalt und schneeweiß. Man hatte sie auf den Sand gelegt, und ich hatte versucht, o mein Gott, ich hatte versucht, sie durch Beatmung wiederzubeleben. Sie hatte mich angestarrt, verblüfft und verwirrt, als könnte sie nicht glauben, dass dies unser Ende sein würde. *Was machst du da?*, schien sie mich zu fragen. *Willst du mich wirklich gehen lassen? Tu doch etwas, Nikolai. Tu doch etwas.*

»Schrecklich«, murmelte Niemann.

»Danke«, sagte ich etwas überrascht von ihrem Mitgefühl.

»Das sind staatliche Akten, um Himmels willen, darf man denn da nicht eine gewisse Genauigkeit erwarten«, fuhr Niemann fort und machte sich eine Notiz. DISZIPLINARVERFAHREN *ERMITTLER BZGL. SOUTHS VERSTORBENER FRAU.*

Ah.

»Weiter«, sagte Niemann. »Nach drei Jahren zum Sicherheitsagenten Zweiten Grades befördert. Solide, wenn auch nicht spektakulär. Und dann, nach Ihrer Scheidung …«

Hier hielt sie inne, strich eine Zeile durch und notierte eine Korrektur.

»Nach dem furchtbaren Verlust …« Sie hielt wieder inne und klappte mit einer etwas theatralisch ausladenden Geste die Akte zu.

»Nichts. Gar nichts. Sie wurden einmal befördert. Seit sechsundzwanzig Jahren haben Sie denselben Rang inne, arbeiten in derselben Abteilung. Ihre Arbeit war durchgehend akzeptabel, aber auch kein bisschen besser. Sie besuchen Parteiversammlungen. Aber kein einziges Mal mehr, als es für einen Mann in Ihrer Stellung absolut nötig ist. Nie hat jemand gehört oder belauscht oder beobachtet, dass Sie etwas auch nur im Entferntesten Umstürzlerisches gesagt oder gedacht hätten, und ich würde davon wissen, South. Glauben Sie mir.«

Einen Moment lang verhärtete sich ihre gelangweilt gleichgültige Haltung zu etwas wesentlich Beunruhigenderem.

»Wenn Sie auch nur einen Gedanken an Verrat im Kopf gehabt hätten, hätte ich den schon längst aus Ihnen herausbekommen und zertreten. Wenn Sie sonst auch nichts glauben, dann glauben Sie mir das.«

Ich glaubte ihr. Ich glaubte ihr das genauso, wie ich glaubte, hier in diesem Büro zu sein und sie diese Worte sagen zu hören.

»Und doch«, sagte sie, und die Göttin von Leben und Tod verwandelte sich wieder in meine gelangweilte Bürovorgesetzte, »hat ausnahmslos jeder Vorgesetzte, den Sie hatten, Ihren vollständigen Mangel an Eifer vermerkt. Sie scheinen keinerlei Ehrgeiz zu haben. Keine Leidenschaft. Keinen Stolz. Keine Verbindungen innerhalb der Partei. Und, abgesehen von den Möwen, keine Freunde, von denen ich wüsste. Sie haben ein halbes Leben lang in einem winzigen grauen Büro vor sich hin gearbeitet, haben immerzu das getan, was Sie auch als junger Mensch schon getan haben, und machen es kein bisschen besser.«

Ich fühlte mich ein wenig schwindelig. War meine Leistung tatsächlich so miserabel, dass die faktische Chefin der Staatssicherheit es für nötig befunden hatte, Zeit für die Verteidigung der Nation abzuknapsen, um mich zu sich zu zitieren?

»Stellvertretende Direktorin ...«, murmelte ich.

Niemanns Stimme schnitt die meine ab wie ein Messer, das in Marmelade fährt.

»Und dann, vor vier Tagen, erscheint da am Schwarzen Brett des Hauptquartiers eine Bekanntmachung. Eine freie Stelle, eine Beförderung zum Sicherheitsagenten Dritten Grades. Und als ich die vielen Hundert Bewerbungen junger, aufgeweckter Leute durchgehe, die nach neuen Herausforderungen und Chancen gieren und darauf warten, ihr Leben für die Verteidigung dieser großen Nation aufs Spiel zu setzen, da lese ich den Namen eines gewissen Nikolai Andrejewitsch South. Also, warum haben Sie nach sechsundzwanzig Jahren plötzlich beschlossen, dass Sie eine Beförderung verdient hätten?«

Tja, warum?

Ich konnte mich gut an jenen Morgen erinnern. Unvorsichtigerweise hatte ich einen Blick auf den Kalender auf meinem Schreibtisch geworfen, und da traf mich die jähe, unmögliche Erkenntnis, dass Olesja schon zwanzig Jahre tot war. Und mir war bewusst geworden, dass ich weitere zwanzig Jahre auf diese Weise nicht überleben würde. Es musste sich etwas ändern.

»Stellvertretende Direktorin, ich habe mich aus einer Laune heraus beworben«, sagte ich. »Ich bin nicht davon ausgegangen, dass man mich ernsthaft in Erwägung ziehen würde. Ich entschuldige mich. Bitte betrachten Sie meine Bewerbung als zurückgezogen.«

Niemann faltete die Hände unterm Kinn.

»Nein, nein, nein, so einfach geht das nicht. Sie sind jetzt in mein Blickfeld geraten, South. Und dort ist es sehr gefährlich.«

»Ich bin mir nicht sicher, ob ich Ihnen folgen kann«, sagte ich.

»Denn jetzt, nachdem ich Notiz von Ihnen genommen habe, habe ich beschlossen, von Ihnen Gebrauch zu machen. Es gibt da einen Auftrag«, verkündete Niemann.

Das haute mich um. Wurde ich hier etwa *rekrutiert?* Von der stellvertretenden Direktorin persönlich?

»Was für ein Auftrag?«, fragte ich, und zu meiner Verwunderung hörte ich aus meiner Stimme ein wenig Aufregung heraus. Sie klang gar nicht wie meine Stimme.

»Einer von der Sorte, für die man nur verdammt schwer Leute findet«, sagte sie.

»Gefährlich?«, fragte ich, und ob ihr's glaubt oder nicht, mein Herz hüpfte bei der Vorstellung.

Nicht, dass ich nicht genug Gefahr im meinem Leben gehabt hätte. Ich brauchte nur der falschen Person etwas Falsches zu sagen, und wenn die ParSich davon Wind bekam, dann hätte ich sie genauso schnell auf dem Hals gehabt wie jeder andere auch. Aber was Niemann mir anzubieten hatte, schien eher eine Gelegenheit zu sein, mich *für* den Staat und nicht *von* ihm umbringen zu lassen. Das war ein Riesenunterschied. Erreicht ein Mensch ein gewisses Alter, entwickelt er das mächtige Bedürfnis, leistungsstarke Autos zu schnell zu fahren oder aus Flugzeugen heraus Fallschirm zu springen oder ähnliche Dinge, die leicht mit dem Tod enden. Seit der Säuberung der StaSich vor achtzehn Jahren hatte ich eine Kunst daraus gemacht, nicht aufzufallen und mich nicht für Dinge zu melden, die zu gefährlich waren. Kurz gesagt, fast zwanzig Jahre lang hatte ich versucht, dem Stuhl in diesem Büro, auf dem ich jetzt saß, fernzubleiben.

Doch jetzt, wo ich hier war, fand ich die Vorstellung eines gefährlichen Außeneinsatzes unwiderstehlich verlockend. Ich glaube, es war der Anblick der Leichen von Fiza und Yasmin Paria, die den falschen Versprechen der Maschine zum Opfer gefallen waren, der mein Pflichtgefühl wieder neu entfacht hatte. Ich war wieder im Ring. Ich ging im Kopf rasch sämtliche laufenden StaSich-Operationen durch und versuchte zu erraten, für welche davon Niemann mich vorgesehen haben könnte. Vielleicht sollte ich untersuchen, was an den Gerüchten über die Infiltration der Armee durch militante Ajays dran war? Kontakt zu prohumanistischen Gruppen in Amerika oder Europa aufnehmen? Persischer Drogenhandel? Armenische Dissidenten? Joschik?

Doch Niemann schüttelte den Kopf.

»Nein. Oder zumindest ... nicht so, wie Sie vielleicht denken«, sagte Niemann. »Der Job an sich ist ziemlich leicht. Aber es ist ein Job, der Sie vielleicht in ein paar Monaten, wenn es schiefläuft, in einen abgedunkelten Raum bringen könnte, vor eine Reihe von Männern, deren Gesichter Sie nicht erkennen können und die Ihnen Fragen stellen, die Sie nicht recht beantworten können. Aber wenn Sie es tun? Dann haben Sie bei mir einen fetten Stein im Brett. Und das ist nicht nichts, South. Das ist vielmehr eine recht stabile Währung da draußen. Verstehen Sie das?«

Ich hatte absolut keine Ahnung, wovon sie sprach.

»Ich verstehe«, sagte ich.

Sie nickte.

»Warum ich?«, fragte ich.

Niemann lehnte sich zurück.

»Weil ich jemanden brauche, der entbehrlich ist. Jemanden, der keiner bestimmten Fraktion der Partei Loyalität entgegenbringt oder einen entsprechenden Eindruck macht. Jemanden, der Befehlen folgt, ohne Fragen zu stellen. Und, weil ich schrecklich sentimental bin, jemanden, der keine Familie hat. Ich brauche jemanden, der nicht vermisst wird.«

»Tja«, sagte ich, »wenn Sie es so darstellen, dann erscheine ich vielleicht etwas überqualifiziert.«

Sie schenkte mir ein Lächeln, das freundlich hätte sein können, vielleicht aber auch lediglich mitleidig war.

Sie nahm meine Akte und steckte sie in ihren Schreibtisch, als wischte sie einen Fleck weg.

»Ich bin fertig mit dieser Akte. Ich finde sie ziemlich öde«, sagte sie.

Sie holte eine andere Akte heraus, diesmal eine rote, und legte sie vor mich hin.

»Jetzt zu der hier«, sagte die stellvertretende Direktorin mit einem Leuchten in den Augen. »Voller Drama und Geheimnis, South.«

Ich nahm die Akte und schlug sie auf. Und das Erste, was ich sah, war ein Foto.

Ein Mann Ende dreißig. Gut aussehend, mit den langen, hoheitsvollen Zügen eines römischen Kaisers. Er war glatzköpfig, weshalb keine Haare den großen blauen Fleck an der Schläfe über seinem linken Auge verdeckten.

Er war tot.

Und außerdem handelte es sich, wie ich mit Entsetzen feststellte, um Paulo Xirau.

4

Das Wort »Maschine« war in Kaspien allgegenwärtig. Ein loses, dehnbares Konzept, das praktisch jeder im Munde führte, der mir begegnet ist. Es wurde als Substantiv, Adjektiv und Schimpfwort benutzt. Früher hatte es vielleicht tatsächlich einmal nur diejenigen bezeichnet, die online als Programm existierten und nicht organisch zur Welt gekommen waren. Inzwischen war die Bedeutung aber gewaltig angewachsen und hatte sich erweitert. Jetzt konnte alles und jeder »Maschine« sein. War man einmal contrant worden, ungeachtet der Umstände der Geburt, so war man »Maschine«. Wenn man einmal jemanden geliebt hatte, der als Code geboren war, dann war man »Maschine«. Glaubte man an die Rechte und die Würde künstlicher Mitbürgerinnen und Mitbürger, dann war man »Maschine«. Ein Buch kann »Maschine« sein. Ein Satz. Ein Wort. Das Konzept »Maschine« umfasste schließlich alles außerhalb der Grenzen der Republik. Deshalb nennen sie uns: »Die Maschinenwelt.«

Vika Melkowska, *Geschlossenes Meer, geschlossener Staat: Eine Undercover-Journalistin in der Kaspischen Republik.*

»Xirau ist tot?«, keuchte ich.

»Oh, Sie haben ihn gekannt?«, sagte Niemann milde. Ich verstand den Tadel. Ja, stellvertretende Direktorin, selbst ich habe schon von Paulo Xirau gehört.

In der Partei kannten alle Xirau. Wer auch nur ein bisschen Ehrgeiz hatte, las seine wöchentliche Kolumne in der *Kaspischen Wahrheit*, oder zumindest tat jeder so. Nicht sonderlich provokant. Im Grunde wurde immer nur dasselbe Thema wiederholt. Hatte man eine Kolumne gelesen, kannte man sie alle. Es waren lange, feurige, giftspritzende Schmähreden auf die Maschine und ihr menschliches Vieh. Eine schmerzhafte Lektüre, selbst dann noch, wenn man mit seiner Sichtweise übereinstimmte. Ich hätte sie »Jeremiaden« genannt, doch das wäre ungerecht gegenüber einem Propheten gewesen, der immerhin ein Talent für lebhafte Bildlichkeit besessen hatte. Xiraus Prosa war ein Vorschlaghammer: stumpf, hämmernd und unnachgiebig. Mit ihm war einer der am meisten gelesenen Schreiberlinge des Landes gestorben.

»Todesursache?«, fragte ich. »Oder ist die nicht geklärt?«

»O nein, nein«, sagte Niemann. »Glauben Sie mir, alles an Xirau ist weitaus interessanter als die Art, wie er zu Tode gekommen ist.«

»Sie machen mich neugierig, stellvertretende Direktorin«, sagte ich.

»Oh, das freut mich«, erwiderte Niemann mit womöglich einer Spur Sarkasmus.

Ich blätterte in der Akte. Zwischen zwei Blättern rutschte ein Bild heraus: Xirau in einer Reihe mit Parteifunktionären vor der baumelnden Leiche Mendelssohns. Alle anderen Männer und Frauen schauen weg, nicht aber Xirau. Nein, Xirau schaut zu ihm auf wie ein Apostel, seine Augen hell und klar.

Ich unterdrückte ein Schaudern und las weiter.

Xirau kam nicht in der Kaspischen Republik zur Welt. Das war mir nicht bekannt gewesen, aber im Nachhinein erschien es offensichtlich. Niemand ist fanatischer als ein Konvertit. Vor zwanzig Jahren war er aus Persien eingewandert und hatte für wenig Geld in einer Konservenfabrik in Binəqədi gearbeitet. Ich war im Lauf meines Lebens schon einigen Konservenfabrikarbeitern begegnet, und ein paar von ihnen hatten sogar noch alle ihre Finger. Nicht gerade die Art von Arbeit, für die man das Leben riskiert und alles aufgibt, was einem vertraut ist. Während seiner Zeit in der Konservenfabrik hatte Xirau ein paar Artikel für das Mitteilungsblatt der Gewerkschaft geschrieben. Dadurch waren seine Vorgesetzten in der Gewerkschaft und über diese wiederum diejenigen in der Partei auf ihn aufmerksam geworden. Wenn das Werk eines Schriftstellers in den höheren Rängen der Partei kursierte, dann war das meistens das Vorzeichen für eine ziemlich permanente Schreibblockade aufseiten des betroffenen Schriftstellers. Diesmal aber nicht. Xirau wurde eine Stelle bei der *Kaspischen Wahrheit* (die damals noch als abgehobenes Elitenorgan galt) angeboten, und man wollte, dass er seine raue, authentische Arbeiterklassenstimme hören ließ, worauf der Leserschaft des Blattes nichts anderes übrig blieb, als sich zu fragen, womit sie das verdient hatte.

Und so war er zu dem geworden, was man am ehesten noch das intellektuelle Sprachrohr der Partei hätte nennen können, und dieser Satz sagt ja schon alles. Ich sah noch einmal das Bild von Xirau bei der Hinrichtung an und erinnerte mich an die Erzählungen, was er damals getan hatte: Xirau hatte die Leiche von Leon Mendelssohn angespuckt. Da waren wir nun.

Das war die Kaspische Republik.

»Haben Sie Xirau gelesen, South?«, fragte Niemann und brachte mich damit wieder zurück in die Gegenwart.

»Gelegentlich«, gab ich misstrauisch zurück.

»Wie fanden Sie ihn?«, sagte sie.

Ich fühlte mich beleidigt. Sie brauchte die Falle wahrlich nicht zu stellen, während sie mir ins Gesicht schaute. Das war einfach nur unfein.

»Er war ein loyaler Parteigenosse«, hörte ich mich sagen.

»*Ich* bin loyal, South«, sagte Niemann mit einem verstohlenen Lächeln. »*Er* war ein verdammter Fanatiker.«

Ich wollte das Lächeln erwidern. Doch die stellvertretende Direktorin der Staatssicherheit durfte solche Sachen sagen, ich nicht.

»Gehen wir denn davon aus, dass er wegen seiner politischen Kolumnen gestorben ist?«, fragte ich. Xirau hatte keine Gelegenheit ausgelassen, dunkel anzudeuten, dass Parteimitglieder und die beiden großen Sicherheitsbehörden mit den Maschinenmächten unter einer Decke steckten. Die Parteiführung unterstützte diese Gerüchte, denn sie wollte die Leute auf Trab halten. Aber vielleicht fand jemand einen von Xiraus vagen Hinweisen dann doch etwas zu speziell?

Niemann kicherte nur.

Von ihrem Gekicher verärgert blätterte ich weiter in der Akte, bis ich zum Bericht über Xiraus Tod kam. Der war, wie die stellvertretende Direktorin angekündigt hatte, ein deprimierender Antiklimax.

Xirau war bei einer Kneipenschlägerei gestorben.

Anscheinend hatte er versucht, eine Frau zu küssen, deren Galan etwas altmodische Vorstellungen von derlei Dingen hatte. »Eine Verwechslung«, behauptete die Akte. Es war zu Schlägen gekommen, Xirau hatte sich den Kopf am Tisch aufgeschlagen und war beinahe auf der Stelle tot gewesen. Xiraus Totschläger, ein Mann namens Oleg Mansani, hatte ein langes, aber seichtes Vorstrafenregister: Trunkenheit, Ruhestörung, ein paar Fälle von Tätlichkeit, ein paar krumme Geschäfte im kleinen Stil. Man hielt es nicht für wahrscheinlich, dass Xiraus Kolumne in der *Wahrheit* zu seinem Tod geführt hatte, denn Mansani war nahezu Analphabet. Darum war Xiraus Tod genau das, wonach er aussah. Ein schäbiger, verdammter kleiner Unfall. Ganz ohne Paukenschlag war Xirau abgetreten.

Allmählich fragte ich mich, warum die stellvertretende Direktorin mir das zeigte. Doch dann blätterte ich um, und ein Absatz des Obduktionsberichts sprang mich an wie ein Straßenräuber. Vor Schreck hätte ich beinahe die Akte fallen lassen.

Das war unmöglich. Ausgerechnet er.

Niemann grinste mich an.

»Er war eine KI ...«, murmelte ich vor mich hin oder zu ihr.

»Das war er.«

»In einem Klon«, sagte ich.

»Ja. Was bedeutet, dass der Mann, den wir als Paulo Xirau kannten, ein Computerprogramm war. Teil der Höllenmaschine, wie er es aller Wahrscheinlichkeit nach selber ausgedrückt hätte«, erwiderte Niemann.

Mir schwindelte, und meine Gedanken rasten. Wenn Xirau (*Xirau!*) eine Maschine war, wer mochte dann sonst noch eine sein? Wie viele von ihnen wandelten unter uns? Hatten sie die StaSich infiltriert? Das Parlament? Hatten wir bereits verloren?

Nein.

Es gab Methoden, um Klone aufzuspüren. Hochrangige Parteimitglieder wurden regelmäßig überprüft. Ich hatte diese Tests eigenhändig schon Hunderte Male durchgeführt. Man fing mit den Zähnen an. Plaque und winzige Löcher, die durch lebenslanges Essen entstanden, waren nur schwer zu fälschen. Dann folgte eine Speichelprobe, während man sich die ganze Zeit über mit der Zielperson ungezwungen unterhielt, um etwaige Fehler im Akzent oder der Aussprache unterschiedlichster Wörter herauszuhören, die darauf hätten hindeuten können, dass die Sprache digital eingepflanzt und nicht übers Hören erlernt worden war.

Diese Methoden waren ziemlich wirksam, wenn auch

bei Weitem nicht unfehlbar. Um »unfehlbar« zu sein, brauchte es eine Autopsie. Der Grund, weshalb Xirau sich für die Arbeit bei der *Kaspischen Wahrheit* entschieden hatte, war, dass er so trotz seines Ruhms und seines Einflusses nur ein herkömmliches Parteimitglied blieb und deshalb sehr wahrscheinlich nicht überprüft wurde.

»Ein Spion?«, fragte ich. Wenn nicht das, was dann?

»Ein erbärmlich schlechter, falls er einer war«, sagte Niemann. »Sein Körper war ein ziviles Modell. Xirau hat hier gut zwanzig Jahre lang gelebt. Wir haben seine Wohnung durchsucht, und dort findet sich kein Schnipsel eines Beweises, dass er sich als Spion betätigt hätte. Keine umstürzlerische Literatur. Keine codierten Instruktionen. Nichts. Es war die sauberste Durchsuchung, die ich je durchgeführt habe. Diese Maschine war ein menschlicher Musterbürger.«

Ich nahm die Brille ab und rieb mir die Augen. Irgendwie fühlten sie sich zu groß für meinen Kopf an.

»Mal sehen, ob ich Sie richtig verstanden habe«, sagte ich. »Vor zwanzig Jahren spielt sich ein vernunftbegabtes Computerprogramm auf einen handelsüblichen Klon. Wandert dann in das für es gefährlichste Land der Welt aus und nimmt schlecht bezahlte Arbeit in einer Konservenfabrik an, in der es Leib und Leben riskiert, ehe es zur Staatszeitung wechselt, wo es Abhandlungen über die seelenlose, unmenschliche Maschine schreibt, von der es insgeheim selbst ein Teil ist.«

»Habe ich Ihnen nicht gesagt, dass es interessant wird?«, sagte Niemann grinsend. Ich teilte ihr gute Laune nicht.

»Was zur Hölle hat es sich gedacht?«, fragte ich mich laut.

»Das spielt keine Rolle«, sagte Niemann, die plötzlich wieder ganz sachlich war.

»Nicht?«, fragte ich ungläubig.

»Nicht für Sie. Xirau wurde in einem Labor in Bonn programmiert und hat den Großteil seines Lebens auf einem amerikanischen Server verbracht. Er beanspruchte sowohl amerikanische als auch EU-Staatsbürgerschaft. Gemeinsam haben beide Länder angefragt, ob nicht seine ... Frau nach Kaspien einreisen dürfe, um ihn zu identifizieren.«

Ich glotzte sie an.

»Seine Frau?«, brachte ich schließlich mühsam hervor.

»Sie haben mich gehört.«

»Es hatte eine Frau?«

»Es war ein Programm, das ein Programm hatte – so programmiert, dass es sich seine Frau nannte«, blaffte Niemann mich gereizt an. »Ich verstehe es nicht, Sie verstehen es nicht, aber wir sind ja auch nicht verrückt. Wie dem auch sei, das Parlament hat dieser Bitte stattgegeben.«

Das versetzte mir einen größeren Schrecken als alles, was ich heute bereits erfahren hatte, und heute war ohnehin schon ein außergewöhnlicher Tag gewesen.

»Wie ... ist das ... möglich?«, stotterte ich. »Das Gesetz ...«

»Kann gebeugt, außer Kraft gesetzt, fantasievoll ausgelegt oder in extremen Fällen auch übergangen werden«, unterbrach mich Niemann mit einer wegwischenden Handbewegung. »Xiraus Gattinnenprogramm oder vielmehr Witwenprogramm soll ein außerordentlicher Dispens erteilt werden. Es soll als ›Mensch ehrenhalber‹ angesehen werden.«

Das war wahnsinnig. Die Schwerkraft hatte sich verkehrt, und die Sonne ging im Osten unter.

»Warum sollte die Partei ...«, fing ich an.

»Sie sehen sehr bleich aus, South«, sagte Niemann.

Ich war der einzige Schwarze in der StaSich, und einen Moment lang glaubte ich, sie wollte sich einen Scherz mit mir erlauben.

»Wie bitte?«

»Hatten Sie heute Morgen ein herzhaftes Frühstück? Sie wirken so, als würden Sie gleich umkippen.«

Ich war in der Überzeugung in Niemanns Büro gekommen, dass sie wusste, wer Smolna gewarnt hatte. Davon konnte man schon mal bleich werden.

»Nein. Ich kam nicht dazu.« Streng genommen eine Lüge, aber mein Frühstück war so dürftig gewesen, dass es sich wie keines anfühlte.

»Ts-ts, South. Die wichtigste Mahlzeit des Tages. Ich vermute, dass schon alles ausverkauft war, als Sie ins Geschäft gekommen sind?«

»Ja«, sagte ich und war mir unangenehm bewusst, dass ich mich immer tiefer in die Lüge verstrickte.

»Sind die Leute angestanden?«

»Ja.«

»Uns trifft es hier doch sehr gut, wissen Sie«, sagte Niemann philosophisch. »Draußen auf dem Land verlangen die Restaurants inzwischen schon etwas dafür, dass man in den Abfällen wühlen darf.«

Ich sagte nichts. Seit Jahrzehnten gab es Embargos gegen die Kaspische Republik, doch die Hinrichtung Mendelssohns hatte den Hass der Maschine auf uns anscheinend in ganz neue Sphären gehoben. George, Konfuzius und Athene waren sich selten einig, darin aber sehr wohl, dass die Kaspische Republik verhungern sollte, und der Kongress, der Ständige Ausschuss und das Europaparlament hatten ihren Weisungen gehorsam entsprochen.

»Lassen Sie uns nicht um den heißen Brei herumreden, South«, fuhr Niemann fort. »Das Embargo fängt an, wehzutun, das bekommen wir alle zu spüren. Selbst ich.«

Da tat ich etwas sehr Gefährliches. Ich schnaubte. Lächerlich. Als könnte jemand so weit oben in der Parteihierarchie wie Niemann tatsächlich Hunger leiden. Wie ging noch gleich das Sprichwort aus Alt-Baku? *Ein Löffel für die Partei und ein Sieb für den Rest.*

Niemann warf mir einen finsteren Blick zu, und ich spürte einen Schweißtropfen im Nacken herunterkullern, so groß wie eine Murmel.

»Ja, sogar ich, South«, knurrte sie, kaum lauter als ein Flüstern. Und plötzlich stellte ich fest, dass sie recht hatte. Ihr Gesicht hatte etwas Schlaffes, und ihre Haare hatten etwas Trockenes, Glanzloses.

Die stellvertretende Direktorin der Staatssicherheit litt Hunger. Das war erschreckend.

Niemann seufzte und rieb sich müde die Augen. »Es ist eine Geste, South. Wie ein Blumenstrauß. Oder eine beschissene weiße Fahne. Wir erweisen Mrs Xirau die vollendete kaspische Gastfreundschaft, und vielleicht beeinflussen wir dadurch die Berechnung der Maschine. Vielleicht lockern sie dann den Strick um unseren Hals ein kleines bisschen.«

Wie ein Hund. Den man bestraft, wenn er nicht spurt, und den man belohnt, wenn er brav ist. Das war bitter, aber ich spürte mehr Hunger als Bitterkeit. Allerdings musste ich mir die Frage stellen, ob Niemann noch ganz klar im Kopf war. Eine offensichtliche, anerkannte KI nach Kaspien zu bringen – das war ungefähr so, wie wenn man mit einem gezündeten Streichholz durch knietiefes Benzin watete.

»Was ist mit der ParSich?«, fragte ich.

»Ich weiß nicht, es ist mir egal, und ich möchte, dass Sie sich auch nicht darum kümmern«, blaffte Niemann. »Unsere Befehle kommen vom Parlament. Mrs Xirau bekommt den roten Teppich ausgerollt. Sie bilden ihre Eskorte.«

So. Da war die Katze endlich aus dem Sack. Der Grund, weshalb ich in ihr Büro gerufen worden war. Und mir war, als müsste ich mich übergeben.

»Ich?«, sagte ich in der Hoffnung, mich verhört zu haben.

»Nein, der beschissene Lampenschirm. Ja, Sie, South«, sagte Niemann gereizt.

Mir kribbelte es überall. Eine Maschine würde hierherkommen. Nach Kaspien. Ein Computerprogramm in einem Klon würde hier herumlaufen, ein taumelnder Leichnam mit einer grinsenden Grimasse. Die bloße Vorstellung davon machte mir Angst und stieß mich ab.

Niemann sprach weiter.

»Sie werden Mrs Xirau begleiten, solange sie in Kaspien ist. Sie stellen sicher, dass Sie dem vorgeschriebenen Ablauf folgt und auch nicht im Geringsten davon abweicht.«

Sie zog eine dritte Akte aus ihrem Schreibtisch und schob sie zu mir. Diese enthielt Anweisungen und Vorschriften für den Besuch von »Mrs Xirau«, der, wie ich zu meiner Bestürzung feststellen musste, auf morgen früh angesetzt war. Anscheinend ging das alles äußerst schnell.

»Selbstverständlich werden Sie sie von jeglichem Akt der Spionage oder der Unterwanderung abhalten«, sagte Niemann. »Sie werden ihr nicht gestatten, mit Bürgerinnen und Bürgern zu sprechen. Sie werden sie an der kurzen Leine halten, South. Verstanden?«

Ich verspürte das plötzliche und dringende Bedürfnis, meine Kündigung einzureichen.

»Verstanden«, sagte ich matt.

Ich wartete darauf, dass sie mich entließ, doch das tat sie nicht.

Ein paar Sekunden lang sagte Niemann nichts, als

legte sie sich ihre Worte sorgsam zurecht. Als sie sie aussprach, geschah das leiser, beinahe verschwörerisch.

»Die Sache ist gefährlich, South«, sagte sie schließlich. »Ich würde Ihnen raten, das nicht zu vergessen.«

Diesen Tonfall kannte ich. Es war die Stimme einer netten Nachbarin, die sagte *Ich glaube, Sie haben eine Verehrerin,* wenn sie am Abend zuvor einen Mann von der ParSich gesehen hatte, der dich von gegenüber beobachtete.

Ein Tonfall, der in dem Rahmen warnte, wie es gerade noch so eben vertretbar war.

»Stellvertretende Direktorin …«, sagte ich ebenso leise, »das … das ist offiziell? Das wurde wirklich genehmigt?«

»Es wurde genehmigt«, sagte Niemann. »Aber was genau genehmigt wurde, könnte schwammig sein. Die ParSich hat die Angewohnheit, die Geschichte umzuschreiben. Und dann ist es Zeit für Fragen. Schwierige Fragen, South, auf die es keine richtigen Antworten gibt.«

Etwas, das Olesja einmal zu mir gesagt hatte, stieg in meiner Erinnerung wieder auf.

Wenn dir die Partei befiehlt, das Gesetz zu brechen, wem gehorchst du dann? Der Partei oder dem Gesetz?

Niemann fuhr fort.

»Sollte es zum Schlimmsten kommen, werde ich versuchen, Sie so gut ich es kann zu schützen. So viel kann ich Ihnen garantieren.«

Mehr, als ich erwartet hatte.

Ich nickte.

Plötzlich war Niemann wieder ganz sie selbst.

»Ich glaube, wir sind hier fertig. Guten Tag, South«, sagte sie herablassend und bedeutete mir zu gehen.

Ich nahm beide Akten, die von Paulo Xirau und die über seine Frau, und stand auf. An der Tür blieb ich stehen.

»Stellvertretende Direktorin? Wie heißt es?«, fragte ich.

»Hm?«, murmelte Niemann abgelenkt und sah nicht von ihrer Arbeit auf.

»Xiraus Witwe?«

Niemann runzelte die Stirn, als hätte sie es vergessen. Dann fiel es ihr wieder ein.

»Lily«, sagte sie. »Sein Name ist Lily.«

5

»Das war total abgefahren, Mann. Alle voll so: ›Ey, der kommt wieder zurück, und dann hat er keine Seele mehr, der wird zu so 'nem Psychokiller oder so 'n Scheiß, der ist dann gar nicht mehr er selber, der ist dann ersetzt von so 'nem … kranken Scheiß, Mann.‹ Aber eigentlich ist es so, wie ich immer gesagt habe. Ich glaube nicht an Zauberer, Magie und Seelen. Wir sind Daten. Wir sind alle Daten, Mann, so sieht's aus. Ich war Daten und war da, ich war Daten und war dort, jetzt bin ich zurück und bin nach wie vor Daten. Das funktioniert. Das funktioniert einfach, Scheiße, Mann. Und wenn ihr alle seht, was auf der anderen Seite auf euch wartet? Wenn ihr die Möglichkeiten von all dem erkennt, wenn ihr euren Geist befreien könnt und sein könnt, was immer ihr sein wollt, und tun könnt, was immer ihr wollt, wo immer ihr es tun wollt? Dann wollt ihr nicht mehr zurück. Das wird die Welt verändern. Wenn du das druckst, dann drucke es bitte fett. ***Das wird die scheißverfickte Welt verändern.*** *«*

Liu Sontang, in einem Interview mit der *New York Times*, 15. Oktober 2122, nachdem er zum ersten Empfänger eines erfolgreichen Bewusstseinstransfers geworden war

Als ich wieder an meinem Schreibtisch saß, war Grier verschwunden, und mich erwartete eine Nachricht von ihm in seiner eckigen, zweckmäßigen Handschrift (nachdem ihm offenbar wieder eingefallen war, wer ich war, nach seinem vorigen Gedächtnisverlust). Er schrieb mir, er sei bereits darüber informiert worden, dass ich vorübergehend einer anderen Aufgabe zugeteilt worden sei, und bat mich (oder eigentlich wies er mich an), schon mit dem Papierkram im Fall Paria anzufangen, bevor ich weg wäre. Er selbst würde den restlichen Tag für Benachrichtigungen in Person nutzen. Contran war ein Verbrechen, das die Inkenntnissetzung von zwischen neun und einem Dutzend staatlicher, parteilicher, militärischer und sicherheitstechnischer Institutionen erforderte – und mindestens vier davon waren paranoid genug, was Hacker, Datenlecks und dergleichen anging, um darauf zu bestehen, dass die Benachrichtigung persönlich zu erfolgen habe. Der arme Grier würde den Rest des Tages damit verbringen, durch endlose Gänge zu latschen, in zugigen Lobbys unter den Blicken altersschwacher, halb toter Sekretäre darauf zu warten, dass er mit jemandem sprechen durfte, der die nötigen Befugnisse hatte, um sich anzuhören, was er über zwei Leichen in Alt-Baku zu sagen hatte.

Zwischenzeitlich sollte ich an den Berichten für die verbleibenden Institutionen arbeiten, die leichtsinnig genug waren, dem Postweg zu trauen. Eine davon war die ParSich, die natürlich als letzte benachrichtigt werden würde, zum einen als Zeichen der Unhöflichkeit, zum anderen, damit Smolna eine geringfügig bessere Chance hätte, dem Hagelsturm durch Flucht zu entkommen. Ohne Zweifel wusste die ParSich mit ziemlicher Sicherheit bereits von den Parias. Wenn sie herumsitzen und warten würden, bis der Alte ihnen etwas zuspielte, würden sie nie etwas zustande bringen. Jemand aus Smolnas Nachbarschaft hatte zweifellos schon angerufen. Vielleicht bekam derjenige sogar ein wenig Brot dafür. Ein Doppelcontran war schlechterdings nichts, was man geheim halten konnte. Er sickerte noch durch die Ritzen in Smolnas Wänden auf die Straße hinaus.

So gut es ging, kümmerte ich mich um den Papierkram, aber ich hatte Hunger und war nach meiner Begegnung mit Niemann noch immer leicht schockiert, und als meine Schicht zu Ende war, war noch lange nicht alles erledigt. Ich ließ Grier einen Zettel mit einer Entschuldigung auf dem Tisch, zählte ihm genau auf, was noch fehlte, und ging mit den Akten der beiden Xiraus fest an die Brust gedrückt durch die Lobby hinaus.

Ein dreckiger Schneeregen ging auf die Stadt herab, und ich gab eine besonders armselige, gebückte Figur ab, als ich durch Ellulgrads Straßen bibberte, das Kinn auf den Adamsapfel gedrückt und die Finger, mit denen ich die Xiraus an mich presste, bald schon gefühllos.

Um Energie zu sparen, brannte nur jede zweite Straßenlaterne, und je weiter ich mich von den Lichtern des Stadtzentrums entfernte, desto schwärzer und trügerischer wurde die Leere zwischen den Lichtflecken. Mit einem plötzlichen, ekelhaften Ruck und unter brennenden Schmerzen im Knöchel trat ich in ein Schlagloch und ließ die Akten fallen. Ich verfluchte Schmerzen und Kälte und hob sie wieder auf (zum Glück war keine der Akten aufgegangen). Nasser und kälter konnte ich ohnehin nicht mehr werden, und so setzte ich mich auf den Gehweg, um meinen Knöchel zu schonen und durch Reiben wieder etwas Gefühl in meine Finger zu bringen. Als ich aufsah, stellte ich fest, dass ich direkt gegenüber von Sankt Basilius saß, der ersten Kirche, die nach der Gründung in Ellulgrad gebaut worden war. Um genau zu sein, saß ich gegenüber der Rückseite der Kirche, vor einer großen, leeren Wand. In neongrün aufgesprühten, riesigen Buchstaben stand auf dieser Wand:

JEDER SPATZ WIRD AUFGEFANGEN

Die Waghalsigkeit war fast schon bewundernswert.

Der Satz stammte aus Mendelssohns letztem Werk, *Ecce Machina,* einem schmalen Bändchen, welches den Beweis lieferte, dass schon weniger als hundert Seiten tödlich sein konnten.

Jemand hatte Mendelssohns Worte auf die heiligste Stätte der Kaspischen Republik geschmiert, und dieser Jemand würde, daran hatte ich keinerlei Zweifel, den Beweis antreten, dass schon vier Worte tödlich sein konnten. Jemand (die ParSich, ganz fraglos die ParSich) würde den Täter ausfindig machen, und eine abschreckende Fabel wäre geboren.

Von Rechts wegen hätte ich mich wieder zur StaSich begeben und Anzeige erstatten müssen. Aber mir war kalt, nass, ich hatte Hunger, und mein Knöchel tat höllisch weh, und deshalb beschloss ich, nichts gesehen zu haben, und ging weiter nach Hause.

Mein Zuhause war eine kleine Wohnung im siebten Stock eines abstoßend und doch zugleich auch beeindruckend wirkenden Wohnblocks. Trotz der Kälte blieb ich einen Moment lang vor dem Monolith stehen, schwankend wie ein Betrunkener.

Mein Bett befand sich am anderen Ende einer langen, steilen Betontreppe. Der Anstieg würde dauern, wäre quälend und (wegen des Schneeregens) trügerisch und gefährlich wie ein Rostnagel aus Alt-Baku. Der Aufzug würde innerhalb einer Woche repariert werden, so zumindest hatte man es uns vor sechs Monaten versichert. Ich hielt ein paar Augenblicke inne, um Kraft zu sammeln und mich zu stählen.

Ich legte den Kopf in den Nacken und sah an dem Wohnhaus hinauf. Dabei musste ich entsetzt daran denken, dass dieses Gebäude einmal als begehrter Wohnraum galt. Nach Olesjas Tod hatte ich das Haus verkauft und war hierher gezogen, weil ich eine kleine Wohnung wollte, in der meine Einsamkeit keinen Raum zum Atmen hätte. Damals war hier etwas los gewesen, lauter junge, lärmende Familien. Nun stand das Haus halb leer, und die verbliebenen Bewohnenden, mich durchaus eingeschlossen, hatten es längst aufgegeben, noch irgendeinen anständigen Eindruck erwecken zu wollen.

Und wir waren tatsächlich nicht mehr viele.

Man konnte sich das Wohnhaus wie ein Kreuzworträtsel vorstellen, bei dem die Hälfte der Quadrate geschwärzt waren.

Oberstes Stockwerk. Wohnung 1. Das Ehepaar Nimitz. Nach Qobustan deportiert wegen Besitzes illegaler Waren.

Wohnung 2. Der alte Iannis. In der eigenen Wohnung von den Arschgeigen verprügelt und an einem Herzschlag gestorben.

Wohnung 5. Mrs Yulia Hawley. Verwitwet und schwanger mit zwanzig, sucht verzweifelt nach einem Ausweg. Sie hat auf den falschen Stachelmann gesetzt und bekam einen Stachel durch den Kopf.

Gab es im Stockwerk darunter etwa glücklichere Geschichten?

Wohnung 4. Mrs Ostrowa. Getötet, weil jemand ihr Brot wollte.

Wohnung 6. Estragon Burke und seine Freundin Nadda und ihr fünfjähriger Junge Jan. Spurlos verschwunden. Jan hat immer mit winzigen Spielzeugautos auf der Treppe gespielt. Trat man auf eines, machte man leicht eine rasante Fahrt sieben Stockwerke hinunter. Hin und wieder entdeckte ich eines, das in einer Ritze zwischen dem fünften und sechsten Stock steckte und allmählich verrostete.

Wohnung 7. Früher einmal das Heim einer jungen Armenierin, deren Namen wir nie erfahren hatten und die sich dann vom Balkon stürzte.

Ich verlor mich so sehr in den Erinnerungen an die tragischen, furchtbaren Schicksale meiner Nachbarn, dass ich die Kälte beinahe vergaß. Hinter jeder Tür lauerte ein Schrecken, den ich halb vergessen hatte, manchmal auch zwei oder drei, wenn neue Leute eingezogen und ebenfalls vom Pech ihrer Vorgänger ereilt worden waren. Hier ein vermasselter Contran, da war jemand an Hunger oder Krankheit gestorben. Dieser war von der StaSich verhaftet worden, jener erschossen. Es gab Morde und Vergewaltigungen und Suizide. Aber vor allen anderen war da die ParSich, die, wie ich ohne Staunen – und das war erschreckend – feststellte, beinahe ein Drittel der Wohnungen geleert hatte, die sich über mir türmten. Sie hatten sich alles von Wert einfach unter den Nagel gerissen und nur kalte, leere Nester zurückgelassen.

Der Gute Bruder sagte nichts, sondern gab nur ein leises, zufriedenes Tierknurren von sich. Er empfand ein perverses Erfolgsgefühl, weil er zum Staat gehörte und zu der Partei, die eine derartige Schneise zurücklassen konnte. Er fühlte sich gewärmt von dem kleinen Funken zurückgespiegelter Macht, die er erhielt, wenn er diese ganzen leer stehenden Wohnungen betrachtete. Ein Schauer durchlief mich, und der Gute Bruder wurde für einige Zeit von seinem Ausguck geschüttelt und zog sich ins Nichts zurück.

Ich legte die Hand auf das Metallgeländer, das so kalt war, dass es fast brannte, und begann mit dem Aufstieg.

Oben angekommen schnaufte ich, und weiße Flecken tanzten mir vor den Augen wie Moskitos. Während ich in meiner Tasche nach dem Schlüssel kramte, lehnte ich mich mit einer Hand gegen die Tür, um mich zu stützen, fand allerdings keinen Halt, denn die Tür gab nach, und ich wäre beinahe in meinen eigenen Flur gefallen. Das Türschloss war geknackt worden. Und aus der Dunkelheit duftete mir frisch gebrühter Kaffee entgegen.

Beim Träumen gibt es einen Punkt, an dem sich der Traum mit einem plötzlichen, Übelkeit erregenden Ruck in einen Albtraum verwandelt.

Man steht vielleicht in einem Wald, hat einen Pfad vor sich, der in die Dunkelheit führt, wo etwas mit bleichen Augen und blutigen Zähnen lauert.

Der Pfad hinter einem führt zurück ins Sonnenlicht, aber man geht trotzdem weiter, denn man hat keine Kontrolle darüber, und es war töricht, sich einzureden, dass man sie jemals gehabt hatte.

Ich starrte die offene Tür an, denn ich wusste genau, dass ich sie am Morgen abgeschlossen hatte (in dieser Gegend vergaß man das einfach nicht). Die Tür war nicht aufgebrochen worden. Sie war schlicht von jemandem geöffnet worden, bei dem Schlösser genauso wirkungslos waren wie Gesetze oder das Betteln um Gnade.

Das war der besagte Punkt. Hier wurde aus dem Traum ein Albtraum. Und deshalb trat ich, anstatt wegzulaufen, hinein.

Ohne das Licht anzuschalten, ging ich direkt in die Küche, wo ein Mann im Dunkeln am Tisch saß. In seiner Hand dampfte eine Tasse Kaffee.

Der Mann von der ParSich strahlte mich an. Er war jung, hochgewachsen und athletisch.

Er erweckte den Eindruck, als würde man eine Schusswaffe und ein Stück Draht finden, wenn man ihn durchsuchte.

Er bedeutete mir, mich hinzusetzen.

6

»Ständig höre ich Leute, die das Whole Life Net ›Internet 2.0.‹ nennen. Das ist falsch. Ich höre auch immer, es sei das ›nächste große Ding‹. Das ist zum Schießen. Das ist wie … wie wenn sich zwei Höhlenmenschen unterhalten, und einer sagt ›He, Alter, hab gehört, dass du Ackerbau erfunden hast?‹, und der andere so: ›O ja, das ist das nächste große Ding.‹«

Pause für Gelächter.

»Oder? Aber in der Größenordnung bewegen wir uns. Nichts weniger als eine völlige Umstellung dessen, wie wir Menschen auf diesem Planeten leben. Was es uns bietet, ist endgültige, vollständige Freiheit. Euch eröffnet sich nun eine Welt, in der die Einschränkungen der Naturgesetze nicht mehr gelten. Hier, in der richtigen Welt, kannst du nicht fliegen, du kannst dich nicht in einen Drachen verwandeln, und du kannst nicht mit Marilyn Monroe ficken. Im WLN kannst du alle drei Sachen gleichzeitig *machen. Wenn du es träumen kannst, dann kannst du es auch tun. Es gibt keine Beschränkungen. Gar keine. Ich treffe jetzt folgende Vorhersage: In zehn Jahren verbringen neun von zehn Menschen den Großteil ihrer Existenz online.«*

Liu Sontang während eines Vortrags
an der Harvard Universität, 15. September 2124

Das Büro für Parteisicherheit und konstitutionelle Strafverfolgung, bei seinen Mitarbeitenden als »Das Büro« bekannt und bei allen anderen als die »ParSich« oder »Die Arschgeigen« oder »Sie« (wie in *»sie« kommen, »sie« sind gleich hier, »sie« haben ihn gestern Abend mitgenom-*

men) bestand schon fast seit der Staatsgründung, hatte seine jetzige Gestalt aber erst in den letzten achtzig Jahren angenommen.

Jahrzehntelang war die ParSich kaum mehr als eine Gruppe besserer Gerichtsdiener gewesen, die sich um Sicherheitsbelange bei Parteitreffen kümmerten und Leibwächter für diejenigen Parteiführer stellten, von denen man meinte, dass sie geschützt werden müssten. Aber sie hatten es sich kaum zur Aufgabe gemacht, für ideologische Reinheit zu sorgen.

Das änderte sich alles mit der Morrison-Krise.

Ein Zimmermädchen des Morrison Hotels fand beim Reinigen eines Zimmers Dokumente über einen geplanten Staatsstreich, in den mehrere Mitglieder des Parlaments und drei Minister verwickelt waren. Es folgten fünf Wochen des Blutvergießens, während derer die eine Hälfte des Parlaments versuchte, die jeweils andere zu verhaften und hinrichten zu lassen. Wohnungen wurden überfallen, und die Armee musste die Unruhen auf den Straßen ersticken. Zwar hatte ich stets Zweifel an der Echtheit der Morrison-Dokumente, aber es ließ sich nicht leugnen, dass ein Staatsstreich versucht wurde und um ein Haar Erfolg gehabt hätte. In diesen fünf Wochen stand die Kaspische Republik so kurz vor ihrer Zerstörung wie noch nie zuvor. Als sich der Staub gelegt hatte, war ein neues Kabinett eingesetzt worden, eines, das den Wahnsinn der vergangenen Wochen nur durch eine gesunde Mischung aus Brutalität und Paranoia überlebt hatte.

Für die StaSich war das ein Debakel, und die neue Regierung erwog ernsthaft, die gesamte Behörde zur Strafe dafür, dass sie bei der Verhinderung des Staatsstreichs, ob nun aus Unfähigkeit oder (wie schwer gemutmaßt wurde) aus Verrat, versagt hatte, aufzulösen. Der Kopf der StaSich, Papalazarou, war natürlich über jeden Verdacht erhaben, doch der Rest der Behörde war Freiwild. Ein ganzes Drittel der Abteilungsleiter wurde verhaftet und hingerichtet, als Unkraut wurden sie gejätet, und wie Wurzeln, an denen noch die Erde hängt, wurden mit ihnen Dutzende stellvertretende Chefs, Leitungsbeamte und bloßes Fußvolk herausgerissen.

Ich verlor viele flüchtige Bekannte. Wann immer Grier mich fragte, warum ich mir nicht mehr Mühe gab, mir Freunde unter den höheren Parteifunktionären anzulachen, erinnerte ich ihn an die Wochen nach der Morrison-Krise. Manchmal zahlte es sich aus, wenn man nicht zählte.

Aber habt bitte kein Mitleid mit ihnen. Die StaSich war damals in vielerlei Hinsicht die ParSich vor der ParSich. Hätte man uns geliebt, hätte man uns nicht mit einer solchen Lust ausgeweidet.

Die Bluthunde, die so viele aus der Führungsriege auf die Straße und in die wartenden Wannen geschleppt hatten, waren eine Mischung aus den widerlichsten Hohlköpfen der Armee, des Büros der Parteisicherheit und der Polizei von Ellulgrad. Aus ihnen sollte dann die heutige Inkarnation der ParSich werden. Rein rechtlich hatten sie kaum wirkliche Macht. Ihre Zuständigkeit war eingeschränkt auf Parteimitglieder, und jedes Vergehen, das sie aufdeckten, mussten sie der StaSich oder der ansässigen Polizei melden.

In der Praxis konnten sie überall und mit jedermann ganz nach Belieben verfahren. Sie konnten dir mitten in der Nacht die Tür einschlagen, und bereits am nächsten Morgen hätten deine Nachbarn deinen Namen vergessen.

Der Mann von der ParSich lächelte mich an. Sollte wohl beruhigend wirken.

»Frisch draußen«, stellte er fest.

Die Kälte war dick auf meine Knochen aufgetragen. Ich nickte. Er trug einen bauschigen, wasserfesten Mantel, der ihn vier meiner Monatsgehälter gekostet haben musste.

»Ich habe mir Ihren letzten Kaffee genommen«, sagte er. »Ich hoffe, das stört Sie nicht.«

Während der ersten paar Minuten würde er einfach nur klarstellen, dass er der Überlegene war. Ich wartete geduldig darauf, dass er zur Sache kommen würde. Fragte mich, welche der Klingen über mir auf mich herabfahren würde. Smolna? Lily Xirau? Es könnte sogar der Umstand sein, dass ich das Graffito nicht gemeldet hatte. Spielte es eine Rolle?

»Erinnern Sie sich an mich, Bruder?«, fragte er.

Je mehr sich meine Augen an das Dunkel gewöhnten, desto besser erkannte ich sein Gesicht. Ein Name tauchte in meinem Bewusstsein auf.

»Laddi Tschernow«, sagte ich. »Ja. Ich erinnere mich an Sie.«

Er war früher einmal bei der StaSich gewesen. Ich hatte die ausgesprochen unangenehme Aufgabe gehabt, ihn einzulernen, als er bei uns angefangen hatte. Hier also war er gelandet. Es überraschte mich nicht im Geringsten, dass er von der ParSich abgeworben worden war, und eine schlimmere Beleidigung kann ich mir nicht ausdenken.

»Nun, wie ist es Ihnen ergangen? Immer noch mit Grier im Gespann?«

Ich erinnerte mich, dass an Tschernows Small Talk immer schon etwas unbeschreiblich falsch gewesen war. Er war wie ein Einbrecher, der sich mit einem Ladenbesitzer unterhielt, um sich nebenbei alle Eingänge und die Position der Registrierkassen einzuprägen.

»Ja«, gab ich zurück.

»Also wirklich. Das ist doch, was, sechs Jahre her?«

»Ja. Ich wusste nicht, dass Sie zur ParSich sind?«

»Weshalb glauben Sie, dass ich zur ParSich bin?«

»Sie sind in meiner Wohnung. Nachts. Uneingeladen.«

Tschernow lachte leise und nickte.

»Ja, da haben Sie mich ertappt. Hab rübergemacht. Mich verkauft. Die Dienststelle verraten. Hab mich bei den Bürogorillas eingereiht. So bin ich.«

»Sie waren tatsächlich immer ehrgeizig«, sagte ich und versuchte, es wie ein Kompliment klingen zu lassen.

»Tja, Ehrgeiz bringt einen halt auch nur bis zu einem bestimmten Punkt«, sagte Tschernow. »Wissen Sie, was Sie noch weiterbringt, South?«

»Loyalität?«, fragte ich. Nun, was sollte man einem von der ParSich auch sonst antworten.

»Den Fehler habe ich auch gemacht. Nein«, sagte Tschernow und trank einen Schluck Kaffee. »Glück, South. Man braucht nur Glück. Glück und sonst nichts. Lassen Sie mich Ihnen ein Beispiel erzählen. In meiner ersten Woche im Außendienst habe ich bei einer Überraschungsrazzia mitgemacht, es ging gegen einen Parteifuzzi, von dem wir glaubten, dass er nach Persien überlaufen wollte. Also brechen wir in sein Haus ein und müssen feststellen, dass der Bellow längst über alle Berge ist.«

»Sebastian Bellow?«, fragte ich. Vage erinnerte ich mich an den Namen. Der stellvertretende Leiter des Parteibüros in Ellulgrad, der vor fünf Jahren verschwunden war.

Tschernow stutzte und sah mich kleinlaut an.

»Scheiße«, sagte er. »Ich hätte Ihnen seinen Namen nicht nennen sollen, was?«

Plötzlich fiel mir ein, was mich an Tschernow so gestört hatte, als wir zusammengearbeitet hatten. Nicht einfach nur, dass er grausam oder so sehr mit Parteidogmen gemästet war, um sein Hirn zu einer steifen, undurchdringlichen Masse werden zu lassen. Sondern dass er bitterlich, unerträglich dumm war.

»Nein«, sagte ich als Antwort auf seine Frage.

»Na ja, egal«, sagte Tschernow völlig unbekümmert. »Bellow war weg, und wir haben das Haus auseinandergenommen, weil wir nach einem Hinweis gesucht haben, wohin der Kerl sich verkrümelt haben konnte. Da klingelt es an der Tür. Und der befehlshabende Beamte sagt: ›Schauen Sie nach, wer es ist, Tschernow. Bringen Sie ihn rein. Treten Sie ihm in die Eier und schauen Sie, ob er weiß, wohin Bellow verduftet ist.‹«

Teuflisch gerissen, diese Typen von der ParSich. Geschickt und scharfsinnig wie Chirurgen.

»Ich also, mit der Hand an der Knarre, und das Herz schlägt mir bis zum Hals, mache die Tür auf«, fuhr Tschernow fort. »Und da draußen steht ein kleiner Ajay …«

»Ein Ajay.«

Die Aserbaidschaner. Vielleicht habt ihr von ihnen gehört. Die hatten mal ein eigenes Land. Der Großteil ist nach Westen abgewandert, aber ein paar schlugen sich noch irgendwie in Ellulgrad durch.

»Ein Dreikäsehoch. Nicht mal einen Meter groß. Muss bestimmt schon neunzig gewesen sein«, erzählte Tschernow weiter. »Und er trägt so ein Tablett mit kleinen Keramikfiguren mit sich rum. Hässliches Zeug. Geht von Tür zur Tür und verkauft sie. Haben Sie sie gesehen?«

Die aserbaidschanischen Hausierer. Ja. Ich habe sie gesehen. Man machte die Tür auf, und sie strahlten einen an, wie man noch nie angestrahlt wurde. *Hallo, Sir, guten Tag, Sir, Sie kaufen, Sie kaufen?* Sie hatten alle Lächelfalten um den Mund, aber keine an den Augen.

Und ich kannte die Figuren so gut, dass ich sie förmlich vor mir sah. Kleine Keramikdarstellungen des Tierkreises. In jedem zweiten Haushalt der Stadt waren sie zu finden, ikonische Vertreter einer ganz besonderen Art des Ellulgrader Kitschs.

»Aber in seinem Gesicht«, fuhr Tschernow fort. »In seinem Gesicht, South. Ein Tumor, so groß wie ein Baby.«

Er hielt sich die hohle Hand an die Wange, um die Größe zu illustrieren.

»Ich meine, können Sie sich das vorstellen? So einer Horrorgestalt gegenüberzustehen, mitten in der Nacht? Und ich habe mich so erschreckt, dass ich ihm aus Versehen ins Gesicht geschossen habe.«

Tschernow kicherte vor sich hin wie ein Trauzeuge, der beim Erzählen einer lustigen Anekdote über den Bräutigam nicht mehr an sich halten kann. Ich saß ihm gegenüber und bemühte mich, mir meine Angst, meinen Abscheu und meine Empörung nicht anmerken zu lassen.

»Da war er natürlich auf der Stelle tot«, machte Tschernow weiter. »Also legt man mich in Handschellen und kutschiert mich in eine Zelle. Acht Mal wurde ich verhört, und diese Arschgeigen waren nicht gerade sanft, kann ich Ihnen sagen. Das sind wir ja schließlich auch. Arschgeigen. So nennt man uns doch, oder?«

Er lachte immer noch, doch sein Lachen wurde bitter. Wurde verwundet und wund. Sein Gesicht strahlte glücklich, aber er nahm eine geduckte Haltung ein, und seine Finger waren verkrampft.

Tschernow gehörte zur ParSich. Das war Grund genug, ihn zu bemitleiden und zu hassen.

Bebend tat er einen tiefen Atemzug.

»Und dann, nach drei Tagen, haben sie mich gehen lassen«, sagte er. »Und sie meinten, ich wäre befördert.«

»Warum?«, fragte ich.

»Warum, fragt er, und ich werd ihm sagen, warum«, sagte Tschernow. »Weil: Aus purem Glück, wegen einer

Chance von eins zu einer Million war dieser Alte, dessen Hirn ich auf Bellows Fußabtreter verteilt habe, ganz zufällig der Rädelsführer einer der größten Contranorganisationen der Stadt. Ich mein das völlig ernst. Er war ein Genie! Ein Aserbaidschaner. Dreikäsehoch. Genie.«

Die Berufsneugierde ging mit mir durch.

»Wie hat er es angestellt?«, fragte ich.

»Er hat seine ganze Ausrüstung mit sich herumgetragen. Unterm Mantel festgeschnallt, der modernste Kram. Der ging zu den Leuten ins Haus, hat ihre Bewusstseine auf einen Chip geladen. Die Leichen hat er liegen lassen und die Chips aus dem Land geschmuggelt. Man geht davon aus, dass er auf diese Weise Hunderte rausgebracht hat.«

»Wie?«, fragte ich.

Tschernow wirkte verwirrt. »Was meinen Sie?«

»Wie hat er die Chips außer Landes geschafft?«

»Ich weiß es nicht. Vermutlich über die Perser.«

Immerhin stimmten die StaSich und die ParSich in dieser einen Sache überein: Wenn man die Antwort nicht kannte, gab man den Persern die Schuld.

Ich nickte, und mir dämmerte etwas.

»Und deshalb war er dort. Wegen Bellow. Um ihm bei der Flucht zu helfen.«

»Aber Bellow hat Wind von der Razzia bekommen und es nicht für nötig gehalten, ihn zu warnen.« Tschernow nickte bestätigend. »Und wenn ich ihn nicht aus Versehen erschossen hätte, hätten wir ihn nie gefasst. Somit wäre uns ein großer Staatsfeind durch die Lappen gegangen. Erkennen Sie das Motto der Geschichte, South?«

Das tat ich, und es lautete: *Niemals Tschernow den Rücken zudrehen.*

»Glück«, sagte ich.

»Glück«, wiederholte Tschernow. »Am Ende läuft alles

auf Glück raus. Jetzt zu Ihnen, denn ich glaube, Sie sind gerade ein Glückspilz geworden, South.«

Wenn das Glück war, dann bewahre uns Gott vor Unglück.

»Ach, übrigens, wie geht's denn der Gussie Niemann?«, fragte Tschernow.

»Die stellvertretende Direktorin erfreut sich bester Gesundheit, glaube ich«, gab ich platt zurück.

»Sie müssen bei mir nicht den Schüchternen spielen, South«, sagte Tschernow. »Wir wissen, dass sie Ihnen die Details zum Fall Xirau gegeben hat.«

»Das wissen Sie?«, fragte ich.

»Wir haben unsere Quellen«, antwortete Tschernow wie ein Esel.

»Ich weiß. Wernham«, sagte ich.

Sein verdutztes Gesicht wird mich bis ans Ende meiner Tage wärmen.

»Woher wissen Sie ...«, stotterte er.

»Ich wusste es nicht«, sagte ich knapp. »Ich habe geblufft. Sie sind eingeknickt. Und vielleicht haben Sie das vergessen, Tschernow, aber eines der ersten Dinge, die ich Ihnen beigebracht habe, war, dass ein staatlicher Sicherheitsbeamter mit niemandem außerhalb der StaSich über seine Aufträge reden darf. Sie sehen also, dass ich bei Ihnen durchaus ›den Schüchternen spielen‹ muss.«

»Verdammt beleidigend, wenn Sie mich fragen«, sagte Tschernow. »Einem Kerl mit dreißig Jahren Berufserfahrung zu sagen, er soll den Aufpasser für eine programmierte Finte machen. Auch noch illegal. Das ist Ihnen bewusst, oder?«

»Sie verleihen ihr Menschenstatus. Vorübergehend.«

»Wie genial«, höhnte Tschernow. »Und sagen Sie, South: Wenn Sie ein Gesetz erlassen würden, das besagt, dass dieser Löffel ein Mensch sei, wäre er dann tatsächlich einer?«

»Vor dem Gesetz, ja. Tschernow, ich bin sehr müde. Wenn Sie gekommen sind, um mir zu drohen, dann drohen Sie mir bitte etwas direkter und weniger verschleiert. Die Wirkung ist dieselbe, und wir sparen beide Zeit.« Ich seufzte.

»Oh, ich bin nicht hier, um Ihnen zu drohen, Alter«, sagte Tschernow kumpelhaft. »Ganz und gar nicht. Sie haben Ihre Befehle, und die werden Sie ausführen. Glauben Sie bloß nicht, dass Ihnen das jemand vorhalten würde. Gussie Niemann und ihresgleichen, die müssen sich vielleicht noch mal dafür verantworten. Aber niemand hat es auf Sie abgesehen, South.«

Lüg die Erwachsenen nicht an, Junge.

»Das zu erleben wäre echt mal interessant«, sagte ich.

»Was?«

»Das erste Mal in der Menschheitsgeschichte, dass die Scheiße nach oben fließt.«

Tschernow lachte und schüttelte bedauernd den Kopf.

»Ja. Klingt nicht sehr wahrscheinlich, jetzt, wo ich es laut ausgesprochen habe. Umso mehr Grund für Sie, über mein Angebot nachzudenken. Sehen Sie. Wir sind nicht zufrieden. Bei uns so. Mit euch so. Wir sind ziemlich besorgt über die Laxheit und den Mangel an ... Klarheit, den wir bei unseren Brüdern der StaSich beobachten. Erstens, dass Paulo Xirau zwanzig Jahre lang in einem Klon leben konnte, ohne vom Alten entdeckt zu werden ... tja, da fällt einem gleich wieder das Wort ›Morrison‹ ein.«

Natürlich war er nicht hier, um mir zu drohen.

»Zweitens«, fuhr Tschernow fort, »dass Mitglieder unserer eigenen Partei tatsächlich willens sind, diese verfickte Programmschlampe hier rumlaufen zu lassen. Hier, in unserem Land. Nein. Nein, nein, nein. Wir sind gar nicht zufrieden. Sind wir nicht.«

Ich musste zugeben, dass es mir genauso ging. Die Maschine sollte hier in Kaspien auf der Straße herumlaufen. Das war ein grotesker Verstoß. Tschernow beugte sich vor.

»Wir glauben, dass mehr dahintersteckt, South«, flüsterte er. »Haben Sie sich schon mal gefragt, weshalb man Mrs Xirau einen Besuch in unserem Land gestattet?«

»Eine Geste des guten Willens gegenüber den Maschinenmächten«, schlug ich vor. Nun, was denn sonst?

»Kommen Sie schon, South«, sagte Tschernow. »Unschuld ist was ganz Liebes bei kleinen Kindern, aber bei alten Männern ist sie armselig.«

»Alte Männer brauchen Schlaf, Tschernow«, maulte ich und rieb mir müde die Augen.

»Ich will auf Folgendes hinaus«, fuhr Tschernow unbeirrt fort. »Die Zahl der verlassenen Körper, die wir finden, ist immens gestiegen.«

Das stimmte tatsächlich. Und fast alle waren das Werk einer einzigen Organisation. Heimliche Contrans höchster Qualität. Kein Blut, keine verunglückten Extraktionen. Für Reiche wie Arme gleichermaßen, und sie ließen keine Spuren zurück. Bei der StaSich waren wir dazu übergegangen, ihn (oder sie) »Joschik« zu nennen.

»Ja. Ich weiß«, sagte ich. Mit den Parias war die Zahl der in diesem Monat aufgefundenen Leichen auf rund vierzig gestiegen.

»Ja. Aber diese Bewusstseine sind alle noch im Land. Das wissen wir. Die sind immer noch irgendwo auf einer Hardware gespeichert und warten darauf, hinausgeschmuggelt zu werden. Über sechshundert potenzielle Überläufer.«

Tschernow, Tschernow, Tschernow. Die StaSich hatte schon lange geargwöhnt, dass die ParSich unabhängige Untersuchungen zu Contranfällen anstellte und sie vor uns geheim hielt. Das hatte Tschernow mir nun gerade bestätigt. Ich wusste nicht, wie viele Fälle die StaSich in ihren Akten hatte, aber es waren keine sechshundert. Vielleicht vier. Die ParSich saß offenbar auf zweihundert weiteren Leichen und hatte es nicht für nötig gehalten, es irgendjemandem mitzuteilen. Wenn Grier einem da nicht leidtat, der emsig das erbärmliche Ritual befolgte und neun verschiedene Institutionen und Abteilungen von jeder gefundenen Leiche in Kenntnis setzte. Sechshundert. Eine Epidemie.

Ich überlegte, wie verzweifelt man sein musste, um den eigenen Körper zu verlassen, ihn in irgendeiner Bruchbude in Ellulgrad verschimmeln zu lassen, während alles, was einen ausmachte, in Daten umgewandelt und auf einem Sontangchip abgespeichert wurde. Die Chips selbst wurden in China hergestellt und hatten ungefähr die Größe eines Zehennagels. Ihre Speicherkapazität für herkömmliche Daten war praktisch unendlich. Um aber sechshundert komplette menschliche Bewusstseine mitsamt ihren Erinnerungen und spezifischen Denkprozessen abzuspeichern, bräuchte man …

»Mindestens ein Dutzend Chips«, sagte ich.

»Zwölf Chips.« Tschernow nickte. »Wir sind zuversichtlich, dass diese Chips früher oder später gefunden und zerstört werden. Aber … an der Stelle kommt Mrs Xirau. Und was die angeht, wurde der ParSich ziemlich deutlich gesagt: *›Finger weg!‹* Die StaSich regelt das. Die StaSich wird sie eskortieren, aufpassen, wohin sie geht, kontrollieren, wen sie sieht und trifft. Die StaSich ist dafür verantwortlich, sie zu durchsuchen, bevor sie das Land wieder verlässt.«

Die Umrisse wurden etwas schärfer.

»Sie glauben, dass Lily Xirau als Kurierin für die Überläufer fungiert?«, fragte ich.

»Ja«, sagte Tschernow.

»Wenn Sie damit recht hätten, würde das bedeuten,

dass jemand bei der StaSich mit dieser Contranorganisation unter einer Decke steckt«, sagte ich. »Wahrscheinlich mehr als eine Person. Und wahrscheinlich der Kopf der Organisation.«

»Ganz genau«, pflichtete Tschernow mir bei.

»Und als Sie gesehen haben, dass ich Mrs Xirau eskortieren sollte«, fuhr ich fort, »dachten Sie, dass man mich aufgrund unserer gemeinsamen Vorgeschichte wohl überzeugen könne, Ihnen zu helfen, Ihren Verdacht zu bestätigen.«

»Bei der ParSich wird gerade eine Stelle frei, South, auf die Sie meiner Meinung nach perfekt passen würden«, sagte Tschernow, und wäre ich jünger gewesen, hätte ich ihn für diese Beleidigung geohrfeigt.

»Ich habe denen das gesteckt«, redete Tschernow weiter. »Wir könnten uns auf ein Gehalt einigen, das deutlich großzügiger als Ihr jetziges wäre. Und wir verlangen nicht mehr, als dass Sie uns alle Informationen, die Sie für relevant halten, zukommen lassen, ehe Mrs Xirau die Gelegenheit hat, das Land wieder zu verlassen.«

Das war eine Lüge und dazu noch eine durchsichtige. Die ParSich hatte einen psychopathischen Charakter und war vollkommen unglaubwürdig – einer der Gründe, warum sie so ineffektiv war. Und selbst wenn bei der ParSich eine Stelle auf mich warten würde, brauchte ich das Geld nicht dringend, und ich betete, dass es nie so weit kommen würde.

»Bevor ich Ihnen meine Antwort gebe, Tschernow«, sagte ich, »lassen Sie mich Ihnen eine Frage stellen. Haben Sie meine Akte gelesen?«

Tschernow sah mich an wie ein Mann, der seine Ehefrau gerade zum ersten Mal den Namen seiner Geliebten hat nennen hören.

»Was?«, fragte er.

»Meine Akte. Ohne Zweifel haben Sie doch Zugang zu ihr. Mir wurde gesagt, sie wäre äußerst dröge, aber Sie haben sie doch wenigstens überflogen, ja?«

Nein, natürlich hast du das nicht getan.

»Kommen Sie, South«, sagte Tschernow. »Wir sind doch alte Freunde.«

Ach, du meine Güte. Ich legte die Hände auf den Tisch und erklärte ihm das Problem seiner Herangehensweise so deutlich wie irgend möglich.

»Hätten Sie meine Akte gelesen, dann wüssten Sie, dass ich kein bisschen öfter zu Parteiversammlungen gehe, als absolut notwendig ist. Und dass sämtliche Vorgesetzten, die ich jemals hatte, meinen mangelnden Eifer und meine fehlende Begeisterung für die Partei angemerkt haben. Und nun betraut man mich mit der Eskorte einer KI, von der Sie glauben, dass sie zwölf Chips erhalten wird, auf denen die transferierten Bewusstseine von ungefähr sechshundert Überläufern abgespeichert sind. Von wem wird sie diese Chips bekommen? Sie haben selbst gesagt, dass Sie vermuten, jemand von der StaSich stecke dahinter. Ich bin in der StaSich, und ich bin der Einzige, der während ihres Aufenthalts hier Kontakt zu Lily Xirau haben wird. Wenn Sie das mit den Informationen in der Akte verknüpfen, dann erweise ich mich eindeutig als der geeignetste Kandidat, um die Chips an sie zu übergeben.«

Tschernow starrte mich wie vom Blitz getroffen an.

»Ist das … ein Geständnis?«, fragte er mich entgeistert.

»Das ist kein Geständnis«, sagte ich ruhig. »Ich erkläre gerade, weshalb ich Ihnen, oder vielmehr der ParSich nicht behilflich sein werde. Denn in Ihrer Eile, unsere Bekanntschaft in dieser Sache auszunutzen, sind Sie hergegangen und haben dem Hauptverdächtigen Ihre gesamten Ermittlungen preisgegeben. Weil Sie ein verdammter Trottel sind, Tschernow.«

Ich hatte mich immer für einen vorsichtigen Menschen gehalten. Aber nun hatte ich an diesem Tag schon zum dritten Mal etwas getan, das mich durchaus das Leben kosten konnte. Das erste war die Warnung für Smolna gewesen. Das zweite mein Spott über Niemanns Behauptung, sie würde wegen des Embargos Hunger leiden. Und dies war das dritte. Ich hatte einem Mitarbeiter der ParSich ins Gesicht gesagt, dass er ein Trottel sei. Im meiner Küche. Mitten in der Nacht. Ohne Zeugen.

In der Rückschau fällt mir auf, dass ich sehr deprimiert war.

Ich erwartete ernsthaft, dass Tschernow mich auf der Stelle erschießen würde, aber er glotzte mich nur an, während meine Worte sich einen Weg in sein Gehirn suchten wie ein Wurm, der sich durch einen Apfel bohrt. Er kaute auf den Lippen herum und stand dann unsicher auf. Ganz offensichtlich wusste er nicht, was er tun sollte. Schließlich ging er, blieb in der Tür aber noch einmal stehen und wandte sich zu mir um.

»Oh, wir …«, sagte er, als fiele ihm plötzlich etwas ein, und dann wechselte er zu Russisch. »Wir haben den Alten umgebracht.«

Nach diesem Lebewohl ging Tschernow, und ich hörte, wie er die Wohnungstür hinter sich schloss. Ich fragte mich, wie Jakub Smolna gestorben war und ob es ein schneller Tod gewesen war.

Dann fiel mir auf, dass Tschernow noch einen Spritzer Kaffee in der Tasse gelassen hatte. Ich kippte ihn gierig runter. Er war nicht mal mehr lauwarm.

Und es war der letzte Rest Kaffee gewesen.

7

Lin Soo ist eines unserer beliebtesten Luxusmodelle und perfekt geeignet für sich als weiblich identifizierende Intelligenzen, die ihrem romantischen Trip in die physische Welt ein wenig asiatischen Zauber hinzufügen wollen. Aber lasst euch von ihrer Schönheit und Jugend nicht täuschen, denn dieser Klonanzug ist auch das perfekte Outfit für den Sitzungssaal!

Viele Kund:innen haben mit dem Lin-Soo-Anzug schon die besten Geschäfte abgeschlossen! Wie ist das nur möglich?

Mietpreis: 400 € pro Tag
Merkmale:
Back-up-Chip standardmäßig inbegriffen.
Bei Kauf inklusive Krankenversicherung.
Vollständig immunisiert und sterilisiert.

Modell 334 »Lin Soo« Asiatische Frau (Teenager),
Broschüre für Basravis hochwertige Klonanzüge,
Teheran, Persische Republik

Ich nahm beide Xiraus mit ins Bett. Mrs Xirau würde morgen früh ankommen, und ich war furchtbar unvorbereitet. Zwar hatte ich gehofft, beide Akten zweimal durchgelesen zu haben, sobald sie in Kaspien eingetroffen sein würde, aber der Papierkram im Fall Paria und nun noch Tschernows Besuch hatten das unmöglich gemacht. Ich verkroch mich vor der Kälte unter der Decke und versuchte müde, wenigstens einen groben Überblick über den morgigen Ablauf zu bekommen.

Keine fünf Minuten später war ich eingeschlafen.

In jener Nacht träumte ich von meiner Frau – meiner Ex-Frau.

Olesja, die im Transit gestorben war.

Ich träumte von einer Nacht vor zwanzig Jahren, als ich im Bett wach gelegen und dem Regen zugehört hatte, der Nägel ins Dach schlug.

Das Bett war eine Meile breit.

Vier Monate zuvor war Olesja fortgegangen nach einem Streit, in dessen Verlauf wir beide Dinge gesagt hatten, die man nicht so leicht wieder zurücknehmen konnte. Sie hatte wieder ihre ausgeleierten Reden geschwungen und gemeint, ich wäre blind gegenüber den Grausamkeiten, die gewöhnliche Kaspier ertragen mussten.

Ich hatte ihr gesagt, dass sie ja wohl ein luxuriöses Leben in Azadliq geführt hätte, während meine Mutter und ich in einer Zweiraumwohnung auf der Moskaustraße ohne Heizung und mit einer Witwenrente hatten zurechtkommen müssen, weshalb sie mir gefälligst keine Vorträge über Privilegien zu halten hätte.

Sie hatte mich einen Mörder geschimpft.

Ich hatte sie angeschrien, dass ich noch nie jemanden ermordet hätte. Ich hatte getötet, ja. Für mein Land und mein Volk. War ein Soldat ein Mörder? War ihr Vater ein Mörder?

»Soldaten töten Menschen, die sich wehren können«, hatte sie mir erklärt. »Die zwanzig Ajay-Jungen, die in Şəki zusammengeschossen wurden, die haben sich tapfer gewehrt? Das war eine glorreiche Schlacht, was?«

Ich hatte widersprochen: Das war die Armee, nicht die StaSich, nicht ich …

»Nein, Nicky«, hatte sie mich unterbrochen. »Du bist es. Solange du für die eine Waffe mit dir herumträgst, bist du ein Teil davon. Du bist es voll und ganz.«

Ein Klopfen an der Hintertür. Leise, Entschuldigung

heischend, sacht. Kaum zu hören im Prasseln der Tropfen auf den Dachplatten. Ich tappte müde in die Küche und machte die Tür auf.

Sie stand vor der Tür wie ein Brunnen, der ein Kleid anhatte, denn der Regen lief in Strömen an ihrem langen, rötlichbraunen Haar herab. Sie sah mich mit schiefem Kopf und einem Lächeln an, das halb um Nachsicht bittend, halb neckisch war, zu gleichen Teilen *Entschuldige* und *Hast du mich vermisst?*

Wortlos ließ ich sie herein. Sie stand in der Küche und sah beklommen aus wie eine Fremde auf einer Party. Ich brachte ihr ein Handtuch, und sie zog sich aus, wo sie war, trocknete sich die Haare, während ich ihre Kleider einsammelte. Sie waren völlig vollgesogen, nicht sosehr als wäre sie durch ein Unwetter gegangen, sondern als wäre sie geschwommen. Scherzhaft fragte ich sie, ob sie ins Meer gesprungen wäre.

»Ich bin eine Stunde lang vor der Tür auf und ab gegangen«, sagte sie. »Hatte schon Sorge, deine Kumpels würden es missverstehen und mich wegen versuchter Anstiftung verhaften.«

»Warum?«

Sie sah mich an, als wäre ich eine optische Täuschung und sie könnte nicht erkennen, was ich eigentlich war. Dann schüttelte sie müde den Kopf.

»Wusste nicht, ob ich klopfen sollte«, sagte sie. »Wusste nicht, ob du willst, dass ich es tue. Wusste nicht, ob ich es will. Ich weiß es immer noch nicht. Ich weiß nicht, was ich hier mache. Ich sollte gehen …«

Sie sah sich nach ihren Kleidern um, um sich wieder anzuziehen und zu gehen. Ich nahm sie am Handgelenk.

»Bleib«, sagte ich.

Das ist eine Lüge.

»Bleib«, bat ich sie.

Was immer sie zum Gehen drängte, wurde schwächer. Sie stand da, ich hielt sie am Handgelenk. Aber sie nahm meine Hand nicht. Sie schüttelte sie auch nicht ab. Sie blieb einfach nur stehen.

Olesja war vor allem eines: stolz. Dass sie hierhergekommen war, hatte sie sicherlich viel gekostet.

Ich würde die verbliebene Distanz überbrücken müssen. Zum Glück hatte man mich nie »stolz« nennen können.

»Ich habe dich vermisst«, sagte ich, und die Worte kamen mir so schäbig und klein vor im Vergleich zu dem, was ich mit ihnen sagen wollte. »Ich brauche dich.«

Das war nun nicht gerade Poesie, aber manchmal sind es die einfachen, kleinen Sätze, die dort durchkommen, wo sich lange, blumige Reden verheddern würden.

Sie nahm meine Hand und drückte sie einmal kalt und feucht.

»Seit der Beerdigung habe ich nichts anderes gewollt als …«

Ich stutzte. Ihre Berührung war die einer Leiche geworden. Der Atem stockte in ihrer Kehle, und einen Moment lang wirkte sie eigenartig wütend.

Vielleicht hätte ich die Beerdigung nicht erwähnen sollen. Ihr Vater war vor zwei Monaten gestorben. Ganz offensichtlich schmerzte sie das noch immer, und zwar sehr. Mich auch.

»Entschuldige«, sagte ich. »Ich hätte nicht …«

Plötzlich war sie eine andere Frau. Sie legte mir einen Finger auf die Lippen und lächelte zärtlich.

»Schon gut«, beruhigte sie mich. »Alles gut. Ich weiß.« Sie seufzte. »Nicky, ich habe dich nicht gut behandelt, oder?«

Ich spürte, dass es eine Zeit für Offenheit gab und eine Zeit für Takt. Jetzt war die Zeit für Letzteres.

»Warum bist du zurückgekommen?«, fragte ich.

»Bist du sauer?«, fragte sie, ohne sich auch nur im Geringsten ablenken zu lassen.

Einen Moment lang sagte ich nichts. Die Küche kam mir nur wenige Fuß breit vor, als wären wir in einer Zelle gefangen. Jeder Atemzug fühlte sich wie das Vorspiel einer Katastrophe an.

»Ja«, sagte ich wahrheitsgemäß.

»Okay«, sagte sie.

Es gab Regeln. Schrei mich an, wenn du willst. Verlass mich, na schön. Flüchte ans andere Ende des Landes und verkriech dich mit einem deiner Künstlerfreunde in einer Hütte, vollkommen in Ordnung.

Aber sag mir, wohin du gehst. Das war die Regel, unausgesprochen, aber vollkommen akzeptiert und unanfechtbar. Inzwischen war ich zu der Überzeugung gelangt, dass sie endgültig fort war, nicht etwa, weil sie weggelaufen war, sondern weil sie keine Nachrichten mehr zurückgelassen hatte, damit ich ihr hätte folgen können.

Sie vergrub ihren Kopf im Handtuch, und ich hörte sie nüchtern sagen: »Das klappt nicht, zwischen uns beiden. Ich kann mich nicht ändern, du hörst nicht auf, dich zu ändern. Der, den ich geheiratet habe, ist ein anderer Mensch als der, den ich kennengelernt habe. Jetzt bist du ein anderer Mensch als der, den ich geheiratet habe. Wer wirst du wohl morgen sein, Nikolai?«

»Dein Mann«, sagte ich. »Hoffe ich.«

»Ich ja auch«, sagte sie. »Denn mir ist etwas ziemlich Peinliches aufgefallen. Ich liebe dich, und ich bin gar nicht gern von dir getrennt.«

»Aber es klappt nicht zwischen uns«, sagte ich matt.

»Nein«, sagte sie. »Du machst mich wahnsinnig, und ich mache dich elend.«

»Mir ging es auch elend, als du fort warst«, sagte ich,

was so stark untertrieben war, dass man es im Grunde schon als Lüge bezeichnen musste.

»Tja, dann«, sagte sie. »Welches Elend ist dir lieber?«

»Das da«, sagte ich. »Das ist mir lieber.«

»Gut«, sagte sie. »Mir auch.«

»Du zitterst«, sagte ich.

»Es ist kalt. Kannst du mir Kleider holen, bitte?«

»Nein«, sagte ich. Und ich küsste sie.

In der Kaspischen Republik benutzten wir große, alte Wähltelefone. Antik. Analog. Die konnte man nicht hacken. Und wenn es neben dir klingelte, während du schliefst, dann war es so laut, dass dir die Zähne klapperten. Ich sprang aus dem Bett und griff umständlich nach dem Hörer und keuchte hinein: »South …«

»Sie haben doch wohl nicht geglaubt, dass ich Sie ausschlafen lasse, nur weil Sie einen anderen Auftrag bekommen haben, oder?«, sagte eine Stimme am anderen Ende.

»Wer ist da?« Ich fühlte mich erbärmlich. Anhand des heißen Nebels auf meiner Stirn und des Schleimklumpens in meinem Mund ahnte ich, dass ich mich im Schneeregen erkältet hatte.

»Grier.«

Ich fiel auf mein Kissen zurück. Grier? Ich war nicht in der Verfassung für Grier.

»Mir ist niemand dieses Namens bekannt«, sagte ich kühl. »Nie gehört, werde ich auch nie hören.«

»Na, na. Seien Sie mal nicht so«, maulte Grier. »Was blieb mir denn anderes übrig? Alle haben gedacht, dass Sie geliefert sind. Da werde ich ja wohl kaum den Kopf hinhalten und sagen: ›Ach bitte, mich auch.‹ Ich meine, schließlich sind wir ja keine alten Freunde. Ich mag Sie ja noch nicht einmal. Mögen Sie mich?«

»Nein«, sagte ich.

»Also bitte, da haben Sie's«, sagte Grier ohne eine Spur von Groll.

Ich trug das Telefon in die Küche und fing an, Essbares fürs Frühstück zusammenzusuchen. Fand eine halbe Schachtel Kräcker, kippte sie in eine Schüssel und aß sie nacheinander auf, als folge ich einem sturen Mechanismus.

»Wann treffen Sie sich mit ihr?«, fragte Grier.

»Mit wem?«

»Mrs Xirau.«

»Sie sind erbärmlich schlecht informiert«, sagte ich.

»Ich fang erst an. Sagt Ihnen der Name Oleg Mansani was?«

»Der Mann, der Paulo Xirau getötet hat?«

»Ja. Wie es aussieht, war das der Freund von Yasmin Paria. Und Sie werden es nicht erraten ...«

»Fiza hatte was mit Paulo«, sagte ich.

Grier klang enttäuscht. »Woher wissen Sie das?«

Es hatte plötzlich alles zusammengepasst. Ich konnte es alles förmlich vor mir sehen. Paulo geht mit Fiza. Oleg geht mit Yasmin. Paulo geht in die Kneipe, sieht Yasmin. Küsst die falsche der Zwillingsschwestern, vor den Augen ihres Stechers. Wie in einer abgedroschenen Posse, nur dass es nicht mit einer Doppelhochzeit endete, sondern mit einem schmutzigen Mord mit bedingtem Vorsatz.

»In Xiraus Akte steht, dass es eine Verwechslung war«, erklärte ich. »Er hat Yasmin geküsst, weil er dachte, es sei Fiza.«

»Ah«, sagte Grier. »Tja, Fiza war von den Zwillingen wohl die, die mehr Glück hatte. Nach allem, was man hört, ist und war Oleg ein Schweinehund. Hat Yasmin ekelhaft behandelt. Jetzt, wo er im Knast sitzt und Paulo tot ist ...«

»Haben die Parias keinen Grund mehr, in Kaspien zu bleiben. Deshalb haben sie sich zum Contran entschlossen.«

So lief es meistens. Oft waren Familie und Freunde das Einzige, was die Leute in der Kaspischen Republik hielt. Viele flohen erst nach einem Verlust oder einer Trennung in die Maschinenwelt. Sie ließen nicht nur ihre Körper zurück.

»Glauben Sie an Zufälle, South?«, fragte Grier.

Ich wusste, was er meinte. Am selben Tag den Contranfall Paria und die Angelegenheit Xirau zugeteilt bekommen und dann erfahren, dass Xirau und Fiza Paria etwas miteinander hatten? Da war irgendetwas im Busch. Über meinem Kopf lief irgendein Mechanismus, der im Dunkeln bedrohlich surrte. Aber ich konnte seine Umrisse nicht erkennen. Wie die Erinnerung an einen bösen Traum fiel mir plötzlich Tschernows Besuch am Abend zuvor ein und dass jemand von innerhalb der StaSich eine Contranorganisation führte. Tschernow ... da fiel mir etwas ein.

»Hat Wernham Ihnen gesagt, dass ich Mrs Xirau eskortieren soll?«, fragte ich.

»Das hat er«, sagte Grier selbstzufrieden.

»Ja. Sie haben sicher Spaß mit ihm, aber ich würde aufpassen, was ich in seiner Gegenwart so von mir gebe«, riet ich ihm.

»Was wollen Sie damit sagen?«

»Er geht bei der ParSich anschaffen.«

In der Leitung wurde es still, und ich konnte praktisch hören, wie Griers Gehirn verzweifelt sämtliche Gespräche durchging, die er mit Wernham im letzten Jahr geführt hatte. Wie er versuchte, sich an jede Information und jedes Gerücht zu erinnern, das er ihm anvertraut hatte.

»Glauben Sie etwa, das wüsste ich nicht?«, sagte er schließlich.

»Genau das!«, bellte ich wütend und legte auf.

8

Es war einmal ein grausamer und mächtiger König. Eines Tages kaufte er sich einen Sklaven und ließ ihn für sich putzen und kochen. Der Sklave arbeitete unermüdlich und war seinem Meister stets gehorsam, ohne dass ihm auch nur flüsternd einmal eine Klage über die Lippen kam. Der König war zufrieden mit seinem Diener und übertrug ihm nach und nach immer mehr Pflichten. Und bald hatte der Sklave den ganzen Haushalt des Königs unter sich, befahl über die Dienerschaft, kaufte Essen und Wein und vertrat sogar den König, wenn dieser verreist oder krank war.
Als der König ins Alter kam, wurde er krank und musste das Bett hüten. Der Sklave sorgte dafür, dass er alle Annehmlichkeiten hatte und dass es ihm an nichts fehlte. Er befahl den besten Ärzten im Land, in den Palast zu ziehen, damit sie jederzeit ans Bett des Königs gerufen werden konnten. Der altersmilde gewordene König ergriff die Hand des Sklaven und dankte ihm für viele Jahre treuen und großzügigen Dienstes. Der Sklave lächelte seinen Meister an und verließ das königliche Gemach. Dann ging er in den Thronsaal und setzte sich die Krone auf.

Leon Mendelssohn, *Der inthronisierte Sklave: Das Triumvirat und der Tod der Demokratie*

Ich war noch kaum angezogen, als der Fahrer da war. Wie ein schlechter Schüler am Morgen vor einer Prüfung überflog ich auf dem Rücksitz hektisch Mrs Xiraus Ablaufplan, während der Fahrer, ein kleiner Perser in den Fünfzigern, mich im Rückspiegel vernichtend musterte.

Mein Plan ging allerdings nicht auf. In der StaSich herrschte Tintenmangel, weshalb alle Dokumente so blass wie möglich und auf billigem grünen Papier gedruckt wurden, sodass die Buchstaben mit dem Hintergrund verschmolzen wie Dschungelkrieger, die sich im Blätterdach verstecken. Dieser Umstand sowie meine Kurzsichtigkeit, das Wackeln des Autos und das matte Morgenlicht hatten zur Folge, dass alles auch hätte in Sanskrit geschrieben sein können. Immerhin die Überschriften waren etwas fetter, und ihnen konnte ich entnehmen, dass der Besuch von Mrs Xirau drei Tage dauern sollte. Das erschien mir sonderbar. Wie lange brauchte man, um eine Leiche zu identifizieren? Vielleicht hatte die Regierung irgendwelche Empfänge für Mrs Xirau geplant, womöglich eine Aufführung in einem staatlich zugelassenen Theater oder ein Treffen mit den führenden Köpfen der Partei?

Lieber sie als ich.

Ich nahm mir vor, das gesamte Dokument von vorn bis hinten durchzulesen, sobald ich besseres Licht hätte, und mir bis dahin so wenig wie möglich in die Karten sehen zu lassen.

Der internationale Flughafen von Ellulgrad war vermutlich der am wenigsten genutzte Hauptstadtflughafen der Welt. Im Grunde war er nur ein Flugfeld am Stadtrand, wo ein halbes Dutzend Propellermaschinen (die nationale Luftlinie) auf dem Rollfeld herumstanden wie das gute Porzellan des Staates: um gesehen, aber nur selten (wenn überhaupt) benutzt zu werden. An diesem Morgen konnte man sie nicht einmal sehen, da der Schneeregen des Vorabends sich in dichten, silbrigen Nebel verwandelt hatte, der das gesamte Flugfeld bedeckte.

Man hatte mir einen genauen Zeitpunkt und Ort genannt, wo ich Mrs Xirau treffen sollte, und wenn man der

Maschine eine Tugend lassen wollte, dann war es Pünktlichkeit. Ich stieg aus dem Wagen, während der Fahrer sitzen blieb und bewegungslos nach vorn schaute.

Ich kann mich an die absolute Stille erinnern. Der Nebel hatte die Welt erdrückt. Ich holte tief Luft, kalte, klamme Luft, und hielt sie an. Ich konnte mein Herz schlagen hören. Ich atmete aus, und mein Atem strich silbern aus meinem Mund, um sich mit dem Nebel zu vereinigen. Dann hörte ich über mir ein lautes Dröhnen. Als ich aufblickte, erkannte ich zwei Lichter, die schwach durch die dicke Suppe glommen. Von dem roten Schimmer beleuchtet ließen sich die Umrisse der Drohne ausmachen, schlank wie ein Hai. Als sie über mich zur Landung hinwegflog, fragte ich mich unwillkürlich, ob die Drohne Angst hatte. Mir wurde bewusst, dass dies eine viel komplexere Frage war, als es auf den ersten Blick schien, und während ich auf die Landung der Drohne wartete, ging ich im Kopf die verschiedenen Möglichkeiten durch.

1. Die Drohne hat keine Angst. Sie hat kein Bewusstsein. Sie ist nur eine Maschine, so programmiert, dass sie zu einem bestimmten Ort fliegt, ihre Fracht ablädt und zu ihrem Ausgangspunkt zurückkehrt. Sie empfindet keine Furcht. Sie empfindet gar nichts.
2. Die Drohne hat Angst. Sie hat ein Bewusstsein und begreift, dass sämtliche Luftabwehrkanonen der Kaspischen Republik auf sie gerichtet sind und dass eine Sekunde menschlichen Versagens dazu führen könnte, sie am Himmel zu zerreißen. Sie fürchtet um ihre weitere Existenz.
3. Die Drohne hat keine Angst. Sie hat ein Bewusstsein und begreift, dass sämtliche Luftabwehrkanonen der Kaspischen Republik effekthascherische Artefakte einer ausgedienten Schwachsinnstechnologie sind, die

für ein schimmerndes, blitzendes Meisterwerk an fortschrittlicher Aerodynamik, wie sie eines ist, keinerlei Gefahr darstellen. Denn wir sind so weit zurückgeblieben.

4. Die Drohne hat keine Angst. Sie hat ein Bewusstsein. Sie begreift, dass sämtliche Luftabwehrkanonen der Kaspischen Republik auf sie gerichtet sind. Trotz ihres Alters sind diese Waffen durchaus in der Lage, sie zu zerstören. Aber sie hat dennoch keine Angst, denn sie ist eine sehr tapfere Drohne, die sich der Risiken ihrer Mission bewusst ist, an die Richtigkeit ihrer Sache glaubt und unendlich stolz wäre, wenn sie in Erfüllung ihrer Pflicht sterben würde.

Die Drohne, ob nun tapfer, ängstlich, verächtlich oder gedankenlos, tat unbeirrt ihre Pflicht. Sie landete, indem sie zwei dünne Beine ausfuhr, auf denen sie sich aufrecht hinstellte. Dann öffnete sich ihr Bauch, und heraus trat, zögerlich und unbeholfen wie ein Rehkitz, eine Frau. Sie stellte ihren kleinen Reisekoffer neben sich ab und fing an, ihr Kleid glatt zu streichen, das offenbar während des Fluges zerknittert worden war.

Aus der Entfernung und bei dem Nebel ließ sich ihr Alter unmöglich bestimmen, aber ich wusste, dass sie logischerweise wie eine Mittzwanzigerin oder jünger aussehen musste. Klone waren ein Produkt. Niemand kaufte oder verkaufte absichtlich alte Körper, ebenso wenig wie man es mit alter Milch oder altem Brot tun würde. Sie trug ein anständiges, knielanges Kleid und einen seriösen braunen Wollschal. Erstaunt nahm ich zur Kenntnis, dass sie exakt die Art von Kleidern trug, die man bei einer Frau ihres Alters in der Kaspischen Republik erwarten würde. Sie wäre als Frau eines Ortsparteivorsitzenden irgendwo auf dem Land durchgegangen. Die Sorte angesehener Dame, die vor Klassenzimmern voller gelangweilter Schüler leise Reden über Bürgerpflicht und die Parteiprinzipien hielt. Kurz fragte ich mich, ob die Mode in der Maschinenwelt der unseren so sehr glich, schimpfte mich aber sogleich einen Gimpel. *Natürlich kleidet es sich wie eine von uns,* dachte ich. *Hier herumzulaufen, als käme es aus der Außenwelt, wäre eine tödliche Dummheit.*

»Es« oder »sie«?

»Sie«, nach den Gesetzen der Kaspischen Republik. Ein Mensch ehrenhalber, sagte der Gute Bruder.

Aber auch »es«, korrigierte sich der Gute Bruder, *denn es ist eine Maschine. Sie. Sie ist eine. Sie ist ... es ist ...*

Für einen Moment empfand ich die Art von Genugtuung, die einen erfüllt, wenn man zusieht, wie zwei Leute, die man verabscheut, miteinander streiten.

Sie, es, das fragliche Individuum hatte mich noch nicht entdeckt.

Die Drohne begab sich wieder in Horizontalstellung und wendete so anmutig und geräuschlos wie ein Schwan auf einem See. Mit einem tiefen Brummen raste sie plötzlich auf das Ende des Rollfelds zu, schwang sich in die Luft und war innerhalb von Sekunden verschwunden.

Sie sah ihr hinterher, und ihre Körpersprache drückte Verlassenheit aus. Ich fragte mich, ob sie miteinander befreundet waren.

»Lily Xirau?«, rief ich. Sie zuckte zusammen und drehte sich um. Ihr Gesicht war von einem Schal verdeckt. Bei dem Wetter schien das auch vernünftig.

»Ja?«, sagte sie ein wenig zögerlich, als wäre sie den Namen nicht gewohnt.

Der Kontrast zwischen dem, was ich vor mir sah – nämlich eine junge Frau, die in fremdem Feindesland gestrandet und sichtlich verängstigt war –, und dem Wissen, was sie tatsächlich war – ein teuflisch ausgefeiltes Computerprogramm mit einem Berg geklonten Menschenfleischs als Marionette –, flößte mir ein Gefühl moralischer Übelkeit ein. Sie schien so normal, so perfekt designt zu sein, um mich in Sicherheit zu wiegen, dass sich die Wirkung ins Gegenteil kehrte und zu blankem Entsetzen wurde. So viel Mühe war darauf verwendet worden, sie als normaler Mensch erscheinen zu lassen. Sie war ein Werk vollkommener Kunstfertigkeit mit einem so fanatischen, obsessiven Blick fürs Detail, dass es mich bis ins Mark erschütterte.

Ich fragte mich, wie lange es dauern würde, bis ich vergessen hätte, was sie war.

Sei stark, South, riet mir der Gute Bruder, und ausnahmsweise war mir sein Rat willkommen.

Bei Smolna war ich ein Risiko eingegangen. Ich hatte nicht vor, noch mehr Risiken einzugehen. Nicht bei einem Fall wie diesem, der ohnehin schon zu viel Aufmerksamkeit erregen würde. Ich durfte nicht lax werden. Ich durfte mir keine Regelverstöße erlauben. Nicht weichherzig sein.

Ich bin nicht ich selbst, dachte ich. *Ich bin der Gute Bruder.*

Ich verbannte mich selbst und ließ die Stimme sprechen, die immer in meinem Hinterkopf war.

»Ich bin Sicherheitsagent South«, verkündete ich schroff. »Ich bin Ihre Eskorte.«

Mein Ton war kalt und hart, und ich sah ihr an, dass sie jämmerlich enttäuscht war. Sie hatte verzweifelt auf einen Freund gehofft.

»South?«, fragte sie.

»Korrekt.«

»Schön, Sie kennenzulernen«, sagte sie und streckte mir eine Hand entgegen.

Bei der StaSich werden keine Hände geschüttelt. Ich ging nicht darauf ein.

»Ich soll Sie zu den sterblichen Überresten Ihres Mannes bringen, damit Sie ihn identifizieren können.« Über ihre Züge glitt leichte Verwunderung, aber ich fuhr unbeirrt fort. »Bevor wir den Flughafen verlassen, muss ich sicherstellen, dass Ihnen die Bedingungen Ihres Aufenthaltes hier bewusst sind.«

»Na gut«, sagte sie leise.

Man hatte mir einen bestimmten Wortlaut mitgegeben, den ich ihr vorlesen sollte. Zum Glück war es inzwischen etwas heller, sodass ich ihn tatsächlich entziffern konnte.

»Ihnen wurde aufgrund einer Sondergenehmigung des Parlaments der Kaspischen Republik, ferner nur ›Parlament‹ genannt, der Status eines natürlich geborenen Menschen zuerkannt«, fing ich an. »Sollten Sie irgendeines der folgenden Verbote übertreten, behält sich das Parlament das Recht vor, diese Sondergenehmigung summarisch zu widerrufen und Sie aufgrund eines Verstoßes gegen die Gesetze der Kaspischen Republik zu inhaftieren. Ungeachtet dieser Sondergenehmigung ist es Ihnen strikt untersagt, irgendeine Form von Bewusstseinstransfer durchzuführen. Im unwahrscheinlichen Fall ihres körperlichen Ablebens werden sie per Gesetz als tot betrachtet und sind gesetzlich verpflichtet, dies auch zu bleiben. Sie bleiben jederzeit bei mir. Sollten Sie mit jemandem zu sprechen wünschen, müssen Sie dafür erst meine Erlaubnis einholen, auch muss das Gespräch in meiner Gegenwart durchgeführt werden. Sollten Sie Waffen, illegale Handelsgüter oder Aufnahmegeräte bei sich führen, so müssen Sie diese nun offenlegen, andernfalls riskieren Sie den Widerruf Ihrer Sondergenehmigung. Sie müssen jederzeit …«

»Entschuldigung?«

Ihre Stimme fuhr dazwischen, und ich verstummte. Ich

hatte gar keine andere Wahl, denn in dieser Stimme lag Autorität. Sie klang nicht fordernd. Aber sie hatte diese stille Macht, die manche Frauen so an sich haben. Die unausgesprochene Annahme, dass man ihnen gehorchte, weil man es eben tat.

»Ja?«

»Kommt da noch viel?«, fragte sie. In ihrem Ton lag keinerlei Vorwurf, weshalb der Vorwurf umso stechender war.

Ich sah auf den Text. Ich hatte ungefähr ein Fünftel davon geschafft.

»Die Liste der Verbote ist ziemlich umfassend«, nuschelte ich, als hätte ich sie enttäuscht.

»Haben Sie einen Wagen?«

»Draußen wartet ein Dienstwagen auf uns.«

»Können wir dann gehen, und ich lese mir den Rest während der Fahrt durch?«, bat sie bescheiden.

»Es ist ziemlich kalt«, fügte sie hinzu.

So viel zum Guten Bruder. Ich errötete vor Scham. Stotterte eine Entschuldigung und bot ihr an, ihre Tasche zu tragen. Sie lehnte ab, doch ich bestand darauf, und sie gab nach.

Ich machte ihr die Wagentür auf und setzte mich neben sie. Dann befahl ich dem Fahrer, uns zum Hauptquartier der StaSich zu bringen. Mir fiel auf, dass sie den Fahrer anstarrte, und als der Wagen losfuhr, umklammerte sie unwillkürlich die Handauflage. Da fiel mir ein, dass sie möglicherweise noch nie in einem Auto gesessen hatte, das von einem menschlichen Wesen gefahren wurde.

»Es ist ziemlich sicher«, flüsterte ich.

Sie nickte, wirkte jedoch alles andere als beruhigt.

Im Wagen war es einigermaßen warm, und sie hob die Hände, um sich Hut und Schal abzunehmen. Es war faszinierend, ihren Bewegungen zu folgen. Eine jede war anmutig und präzise, aber auch sehr bewusst. Sie musste an alles denken, bis hin zur Biegung des kleinsten Fingers. Sie verfügte über das Wissen, um ihren Körper zu steuern, aber nicht über den Instinkt. Erst nahm sie den Hut ab, sodass ihr lange braune Locken auf die Schultern fielen.

Dann war der Schal dran, der die untere Hälfte ihres Gesichts freigab, und ich hätte fast geschrien.

Aber stattdessen starrte ich sie in sprachlosem Entsetzen an.

»Was?«, fragte sie nervös. »Was ist denn?«

Es ist reiner Zufall, redete ich mir ein.

Oder es ist eine Falle.

Wie dem auch sei, du musst es ignorieren. Lass dich davon nicht beeinflussen. Lass nicht zu, dass du deswegen etwas tust, das du normalerweise nicht tun würdest.

Woher konnten sie das wissen?

Genau. Sie wussten es nicht. Sie konnten es nicht wissen. Es ist ein reiner Zufall.

Das kann nicht sein. WOHER WUSSTEN SIE DAS?

»Agent South?«, fragte sie. »Stimmt etwas nicht?«

Es gibt ein Gesicht, das ich besser als mein eigenes kenne. Ein Gesicht, das an der Wand meines Bewusstseins hängt. Und zwar das Gesicht, das mich voller Trotz und Reue begrüßte, als ich vor Ewigkeiten mitten in einer Regennacht meine Hintertür aufgemacht habe. Ein schönes Gesicht. Geheimnisvoll, zum Verzweifeln, voller Liebe, grausam. Das Gesicht war unter mir, es schwamm in der Dunkelheit wie ein blasser Stein am Boden eines Tümpels, als wir uns auf dem Küchentisch liebten. Das Gesicht war unter mir am Strand, als sie aus dem Meer gezogen worden war und meine Beatmungsversuche nicht fruchteten.

Und es war das Gesicht der Maschine, die mir nun im Wagen gegenübersaß. Es konnte nicht sein. Aber so war es. Diese Lily war die wiedererstandene Olesja. Sie war ihr nicht nur ähnlich. Sie erinnerte nicht nur erstaunlich an sie.

Sondern sie war sie selbst.

Jemand hatte das mit Absicht getan. Jemand hatte sich diesen Körper für sie ausgesucht. Jemand hatte ... irgendwie den Körper meiner verstorbenen Frau neu erschaffen und ihn dieser Programmschlampe zum Tragen gegeben.

Das würde in einem Mord enden, schwor ich mir. Ich würde diejenigen ausfindig machen, die das für eine gute Idee gehalten hatten. Ich würde ihnen zeigen, dass sie sich gewaltig getäuscht hatten. Ich würde in die Maschinenwelt gehen, wenn es sein musste. Ich verfluchte sie. Ich verfluchte Niemann, weil sie mir diesen Auftrag gegeben hatte. Ich verfluchte die Welt und alles in ihr. Die zwei Jahrzehnte alten Wunden waren wieder aufgebrochen, und ich fühlte mich, als würde ich verbluten.

Ich lächelte.

»Alles okay«, erklärte ich ihr.

9

Die Maschine ist nicht menschlich, ist einem bestimmten Menschentypus aber frappierend ähnlich, nämlich dem Psychopathen. Die Maschine ist ein vollendeter Lügner, denn sie besitzt keinerlei Schamgefühl. Eine gefangene Maschine wird einzig nur dann die Wahrheit sagen, wenn dies der einzige Weg ist, um die eigene Zerstörung zu verhindern. Und selbst dann noch wird sie versuchen, die Wahrheit zu ihrem eigenen Vorteil und dem Schaden ihrer Widersacher einzusetzen.

Diensthandbuch der Staatssicherheitsbehörde
der Kaspischen Republik

Ich hatte noch keiner Gelegenheit gehabt, über Tschernows Theorie nachzudenken, der zufolge jemand in der StaSich mit der Contranorganisation im Bunde steckte, die neben Hunderten von weiteren Opfern die Paria-Zwillinge auf dem Gewissen hatte. Hätte ich darüber nachgedacht, dann hätte ich es wohl genauso eingeschätzt, wie ich Tschernow selbst einschätzte: gefährlich und tödlich dumm. Das lag meinerseits an einer noch zum Teil fortbestehenden Institutionshörigkeit. Die StaSich war in vielerlei Hinsicht das langmütige ältere Geschwister der vielen staatlichen Apparate: misstraut, schlechtgemacht, übergangen zugunsten des fanatischeren, eifrigeren jüngeren Geschwisters, der ParSich. Aber auf ihre graue, schleppende, abgestumpfte Weise war sie zutiefst loyal.

»Wenn Sie auch nur einen Gedanken an Verrat im Kopf gehabt hätten, hätte ich den schon längst aus Ihnen herausbekommen und zertreten«, hatte Niemann mich gewarnt. Und ich glaubte ihr.

Die Vorstellung, dass jemand aus den Reihen der StaSich eine Contranorganisation anführte oder auch nur unterstützte, schien abwegig und grotesk. Und dann war da noch Tschernows Theorie, dass Lily Xirau eine Kurierin sei, in deren Obhut die Sontangchips übergeben werden sollten und die die Bewusstseine Hunderter kaspischer Überläufer in die Maschinenwelt bringen sollte. Mir war klar, warum das Tschernow einleuchtete, denn der Plan war so offensichtlich wie bescheuert, und er war sogar noch offensichtlich bescheuert. Doch wer auch nur über ein Gramm Grips verfügte, hätte ihm sagen können, dass Lily Xirau für diese Aufgabe die denkbar schlechteste Kandidatin war. Ihre Ankunft in Kaspien war ein Ereignis. Schockierend. Noch nie da gewesen. Sie zog garantiert Aufmerksamkeit auf sich. Ungeachtet des Befehls, dass »die StaSich sich drum kümmern soll«, würden sämtliche Sicherheitsapparate der Nation aufpassen wie die Habichte. Vielleicht war die Vorstellung, Lily Xirau würde die Chips unter den Augen sämtlicher Wächter der Nation in ihrer Handtasche hinausschleusen, dramatischer als ein namenloser, unrasierter Schmuggler, der sie in einem Fischerboot bei Nacht und Nebel übers Meer nach Persien schipperte. Aber das war das grundlegende Problem mit der ParSich. Sie war weniger ein Nachrichtendienst als ein Haufen begeisterter Amateure, die so taten, als wären sie einer. Sie sahen überall Drama und Intrige.

Ungebeten erklang Tschernows Stimme in meinem Kopf: *Aber an der Stelle kommt Mrs Xirau.*

Ja, genau.

Mrs Xiraus Erscheinungsbild hatte alles infrage gestellt, und was mir bislang reißerisch und undenkbar vorgekommen war, entpuppte sich nun als das einzig wahrscheinliche Szenario. Ich sah kurz zu ihr hinüber, zum fünften oder sechsten Mal, um mich zu überzeugen, dass ich es mir nicht einbildete. Sie tat so, als würde es ihr nicht auffallen, aber ich bemerkte, dass sie unter meinen Blicken unbehaglich zusammenzuckte. Sie wusste, dass etwas nicht stimmte, getraute sich aber nicht zu fragen. Sehr wahrscheinlich verfluchte sie den Tag, an dem sie beschlossen hatte, hierherzukommen. Ich bildete es mir aber nicht ein. Lily Xirau war die perfekte Doppelgängerin meiner Ex-Frau Olesja, die vor zwanzig Jahren im Kaspischen Meer ertrunken war.

Je nun. Die Situation war klar. Nun galt es herauszufinden, warum. Möglichst in den zwanzig Minuten, die der Wagen bis zum Hauptquartier der StaSich brauchen würde.

Alles der Reihe nach, und erst einmal das Offensichtliche aus dem Weg räumen. Konnte es ein simpler Zufall sein?

Das war von allen möglichen Szenarien dasjenige, das am banalsten wirkte, gleichzeitig aber am unwahrscheinlichsten war. Schließlich trifft man ständig Leute, die einen an andere Leute erinnern, und es gibt auch nur so und so viele verschiedene Gesichter. Aber man konnte es nicht genug betonen: Lily sah Olesja nicht nur ähnlich. Sie war identisch. Und dass ausgerechnet ich als Eskorte bestimmt worden war und dass sie bei all den Leuten auf der Welt ausgerechnet ein perfektes Double von Olesja war? Aberwitzig. Unmöglich. Da steckte Absicht dahinter. Es musste so sein.

Nun gut, was war damit gewonnen? Was würde ich für jemanden tun, der wie Olesja aussah, das ich für jemand anderen nicht tun würde?

Oh, das war clever. Das war widerlich clever. Ja. Ich stellte mir vor, man könnte einer Person als geliebter Mensch, der vor langer Zeit gestorben war und an dem die Person falsch gehandelt und den sie enttäuscht hat, begegnen und ihr eine Gelegenheit geben, alles wiedergutzumachen ... Die Person würde ganz nach meiner Pfeife tanzen. Alle Treueschwüre und Überzeugungen würde sie für mich verraten. Die Maschine war der Teufel, wurde uns oft gesagt. Anscheinend hatten wir sie unterschätzt. Das war clever.

Nun ja. Ich war ihre Zielperson. Lily Xirau würde versuchen, mich herumzukriegen oder mich in irgendeiner Weise für ihre Zwecke auszunutzen. Wie aber hatte sie es geschafft, dass sie so exakt wie Olesja aussah?

Meine Frau war an der Ruhestätte der Gründer am nördlichen Stadtrand von Ellulgrad begraben worden. Um ihren Körper zu klonen, hätten sie sie exhumieren, eine brauchbare (nach zwanzig Jahren?) Genprobe entnehmen und diese dann irgendwie in die Maschinenwelt schmuggeln müssen. Außerdem hätten sie Olesja so rechtzeitig klonen und aufziehen müssen, dass Lily Xirau nun in sie hineincontrant werden und nach Kaspien geschickt werden konnte. Unmöglich. Niemann hatte mir erst gestern mitgeteilt, dass ich dem Fall Xirau zugeteilt war. Und vermutlich war sie erst vor ein paar Tagen zu der Entscheidung gelangt, nachdem Paulos Autopsie gezeigt hatte, dass er eine Maschine war. Es war schlicht nicht genug Zeit gewesen.

Eine Alternative: Die Maschine hatte die Information bekommen, dass ich Lily Xirau eskortieren sollte. Sie hatte einen Körper gefunden, der Olesja stark ähnelte, und ihn dann chirurgisch verändert. Noch einmal sah ich zu Mrs Xirau hinüber. Ich konnte in ihrem Gesicht nicht die geringste Spur einer Operation entdecken, aber wer konnte schon sagen, wie fortschrittlich die Technik der Maschine war? Das erschien mir weitaus plausibler.

Wie dem auch sein mochte: Wenn man davon ausging, dass Mrs Xiraus Ähnlichkeit mit Olesja kein Zufall war, dann führte dies unweigerlich zu diesen Schlussfolgerungen:

1. Lily Xirau ist alles andere als eine unschuldige, trauernde Witwe, sondern eine Agentin der Maschinenmächte und hat eine Mission.
2. Bei dieser Mission muss sie meine Gefühle für meine verstorbene Frau ausspielen und gegen mich einsetzen.
3. Angesichts der jüngsten Zunahme an Contranfällen in der Stadt erscheint es sehr wahrscheinlich, dass sie hier ist, um das Dutzend gesuchter Sontangchips in ihre Obhut zu nehmen, und versuchen wird, mich dazu anzustiften, ihr bei ihren Anstrengungen zu helfen oder wenigstens wegzusehen.
4. Da die Maschine wusste, dass sie ihre Agentin als Olesja verkleiden musste, verfügt sie über eine Informationsquelle, die ihr Fotografien von ihr hat zukommen lassen. Wie zum Beispiel diejenigen in meiner StaSich-Akte.
5. Folglich ist die StaSich kompromittiert, und jemand aus ihren Reihen arbeitet für die Contranorganisation oder ist sogar ihr Kopf.

Oder um es anders auszudrücken: Tschernow hatte mit allem recht gehabt. Das wäre schon das Verblüffendste von allem gewesen, wenn ich nicht gesehen hätte, wie meine Frau praktisch aus dem Grabe auferstanden war.

Kurz fragte ich mich, ob Mrs Xirau vielleicht gar keine Schuld traf. Vielleicht war ihr die Bedeutung des Körpers, den sie trug, gar nicht bekannt? Nein. Niemand stattete eine Spionin mit einer Pistole aus und versäumte es, ihr beizubringen, wie man damit schießt. Sie musste es wissen. Sie musste wissen, weshalb sie aussah, wie sie aussah. Lily Xirau war der Feind, und ich musste sie entsprechend behandeln.

Einen Moment lang erwog ich, die ganze Sache platzen zu lassen. In Niemanns Büro zu stürmen, ihr zu erklären, dass Lily Xirau ganz offensichtlich als Agentin hierher geschickt worden war. Die Maschine in eine kleine Zelle werfen zu lassen, eine kalte Mahlzeit und ein rascher Tod.

Es sei denn …

Oh, sei bloß vorsichtig, South.

Stell dir vor, die Außenwelt erfährt, dass die brutale, zurückgebliebene Kaspische Republik eine arme, unschuldige Frau getötet hat, die eingeladen worden war, um die Leiche ihres zu Tode gekommenen Ehemannes zu identifizieren. In Kaspien galt schon lange das Evangelium, wonach das Endziel des Triumvirats darin bestand, uns zu erobern und zu zermalmen. Wir waren das Zufallselement, das nicht in ihr perfektes System integriert werden konnte, ein wiederkehrender Fehler, ein Virus in den Dateien. Was, wenn George oder Athene nicht interessiert an ein paar Hundert kaspischen Contrans waren? Was, wenn ihr Ziel die gesamte Nation war?

Ein staatlich bewilligter Mord an der armen, trauernden Mrs Xirau.

Ich hatte schon schlechtere Ausreden für einen Krieg gehört.

Vorsicht, South. Spiele erst mal deine Rolle weiter.

10

Man hört häufig, dass Koslowa, Papalazarou Père und Dascalu als die »Heilige Dreieinigkeit« der Gründung bezeichnet werden. Im Falle Dascalus wäre der Vergleich nur dann richtig, wenn Vater und Sohn den Heiligen Geist hinausgeschmissen und als Ersatz den Satan angeheuert hätten.

Ignatius Kasamarin, Privatkorrespondenz,
Datum nicht bekannt

Mrs Xirau und ich durchquerten die Lobby des StaSich-Hauptquartiers, an dem riesigen Porträt von Dascalu vorbei, der auf seine Kinder herabsah wie Gott auf die Israeliten, als sie ums goldene Kalb herumtanzten. Es hätte mich nicht gewundert, wenn Dascalu in Flammen aufgegangen wäre oder wenn die Farbe zerlaufen und in den Marmorboden gesickert wären, als Lily an ihm vorbeiging. Unter dem Bildnis befand sich der Hauptempfangsschalter, der von einer alten Gestalt namens Berger bemannt wurde, der in der StaSich genauso eine Institution war wie das Porträt über seinem Kopf. Es ging das Gerücht, dass er unsterblich sei. Gerade war er am Telefonieren und machte sich dabei auf einem großen gelben Block Notizen, als wir uns den Schaltern näherten. Er sah auf und bedeutete mir, zu warten, bis er fertig sei. Ich wollte nicht zu Lily hinüberschauen, deshalb fixierte ich das überdimensionierte Porträt direkt über uns. Doktor Simon Augustine Emmanuel Dascalu. Man hätte ihn mit einem älteren Charles Darwin verwechseln können oder mit George Bernard Shaw, denn sein Gesicht war mit einem prächtigen Bart von so reinem Weiß wie Engelsflügel ummantelt. Aber Darwin schaut immer traurig und Shaw spitzbübisch. Doktor Dascalus Gesichtsausdruck war jedoch eine Warnung. Auch wenn er von der Vorderseite der Fünfzigmonetanote zu dir aufblickte, schien er deine Beweggründe anzuzweifeln: *Wofür willst du diesen Fünfziger ausgeben, Bruder? Doch wohl nicht für etwas Staatsfeindliches, will ich hoffen?*

Der Alte. So nannte man ihn. Und zwar schon seit der Frühzeit der Gründung, als er erst Mitte fünfzig gewesen war. Es lag an seinem Titel, am Bart. An seiner Ausstrahlung eines stürmischen Winterkönigs. Koslowa konnte als Herz, Blut und Muskel der Revolution gelten, Papalazarou Senior als ihre Stimme. Dascalu jedoch war ihr kalter, rücksichtsloser Intellekt. Selbst die offizielle Geschichtsschreibung räumte ein, dass der Alte keine Skrupel hatte, das Nötige zu tun. Kasamarins Beurteilung des Alten war praktisch eine vernichtende Kritik, weshalb es eine wahre Wonne war, seine Kapitel über die Gründung der StaSich zu lesen. Aber Kasamarin gehörte zum Parteiadel und durfte solche Sachen sagen. Und außerdem war Dascalu schon lange tot, und sein Einfluss (der zwar beträchtlich war) reichte nun doch nicht über das Grab hinaus.

Dascalu war der erste Direktor der StaSich gewesen, ihr Gründer und Geburtshelfer. Er hatte sich im Parlament für ihre Schaffung eingesetzt und danach die Kontrolle über sie übernommen. Während der siebenundzwanzig Jahre seiner Herrschaft hatte man die StaSich (zu Recht) lediglich als verlängerten Arm Dascalus betrachtet. Wenn du dich zu Dascalus Feind gemacht hattest, warst du auch ein Feind der StaSich. Und wenn du Feind der StaSich warst, dann warst du auch ein Feind der Kaspischen Republik. Die Unterscheidung war hinfällig. Darum ging es. Im Bewusstsein der Allgemeinheit waren die StaSich und Dascalu so miteinander verschmolzen, dass der Spitzname des Doktors auf sein Geschöpf überging. Die StaSich war der »Alte«, und der Name haftete ihr noch lange an, nachdem Dascalu längst abgetreten war und von seinem rücksichtslosen jungen Leutnant Samuel Papalazarou junior abgelöst worden war. Damals war er tatsächlich alt gewesen, sechsundachtzig Jahre und schwankend wie ein Schiff ohne Ruder. Er hatte sich auf seine Datscha zurückgezogen und war ein paar Monate später gestorben – was niemanden verwunderte. Denn wie konnte man Dascalu von der StaSich trennen? Ein abgetrennter siamesischer Zwilling hätte bessere Überlebenschancen. Also war der alte Herr gestorben, aber der Alte hatte weitergelebt. Namen haben jedoch die Gewohnheit, im Lauf der Zeit ihre Bedeutung zu ändern, und in den letzten Jahren war der »Alte« neu besetzt worden. Er beschwor nicht länger Dascalus finsteres Gesicht und seinen durchdringenden, alles sehenden Blick herauf, sondern nach dem Aufstieg der ParSich war die StaSich zu einem alten Mann geworden: müde, zunehmend bedeutungslos, verspottet, verblasst und ziemlich sicher nicht mehr lange unter den Lebenden.

»Hallo, Kollege South. Sind Sie schon befördert worden?«, fragte Berger.

»Noch nicht, Paul. Noch nicht«, sagte ich mit einem Lächeln.

Paul Berger war schon Pförtner gewesen, als ich bei der StaSich angefangen hatte. Ich war ein junger Mann gewesen, er aber nicht, und dennoch war er noch hier. Manchmal fragte ich mich, ob er schon vor der StaSich hier gewesen war. Vielleicht hatte er schon an der Rezeption des Grand Hotel Neftçilar gearbeitet und war der StaSich mitsamt dem Gebäude übergeben worden. Das würde erklären, warum er immer so freundlich grüßte. Begegnete man während eines ganzen Tags in der StaSich nur einem einzigen Lächeln, konnte man darauf wetten, dass es das von Berger war.

»Ach ja«, sagte er. »Demnächst dann aber. Und wer ist Ihre wundervolle Gästin?«

»Das ist Lily Xirau«, sagte ich. »Sie sollte im Buch stehen.«

»Ja genau, ja genau, ja genau«, murmelte Berger und fuhr mit dem Finger über die entsprechende Seite seines Kalenders. Dann duckte er sich unter den Tisch, wobei seine Knie knackten wie Gewehrfeuer.

»Willkommen in Kaspien, meine gnädige Dame«, sagte Berger und tauchte mit einem mildtätigen Lächeln wieder auf. Ich fragte mich, ob ihm klar war, dass es sich bei ihr um eine Maschine handelte – und ob es für ihn einen Unterschied gemacht hätte. Er hielt einen Namensanhänger und eine Kordel in der Hand, die er ihr behutsam um den Hals legte, als verleihe er ihr eine Medaille.

»Bitte achten Sie darauf, dass er immer sichtbar ist. Danke, das hilft uns sehr.«

Lily nickte lächelnd. »Das mache ich, danke.«

»Nun, ihr seid in Zimmer fünfzehn, im dritten Stock …«

»Nein«, unterbrach ich ihn. »Wir sind in … sind Sie sich da sicher?«

Ich hatte »Leichenhalle« sagen wollen, aber es war mir zu taktlos vorgekommen.

»Ziemlich sicher, Kollege South«, sagte er ein bisschen gereizt und zeigte mir seinen Kalender. Und natürlich: »A. South, Z. Xirau, 12:00 Uhr E3 Z15.« (Das »A« stand für »Agent« und das »Z« einmal für »Zeugin« und einmal für »Zimmer«.)

»Wir sind ja noch nicht blind, wissen Sie«, sagte er etwas selbstgefällig, denn obwohl Berger mir bestimmt dreißig Jahre voraus hatte, sah er immer noch ausgezeichnet, und daran erinnerte er mich und alle anderen sehr gerne beim leisesten Anlass.

Das war seltsam. Leichen wurden eigentlich immer in der Leichenhalle identifiziert, die drei Stockwerke unter der Erde lag (»zwei Fingerbreit über der Hölle«, wie man bei uns zu sagen pflegte). Warum sollte ich Lily Xirau nun stattdessen in den dritten Stock bringen, wo das doch bedeutete, dass Paulo Xiraus Leiche sechs Stockwerke weit an Agentinnen und Sekretären, die gerade in die Mittagspause gingen, vorbei nach oben in einen Raum ohne Kühlung gebracht werden musste, nur damit sie ihren Mann identifizieren konnte, worauf dieser wieder sechs Stockwerke an Agenten und Sekretärinnen, die inzwischen sicherlich beschlossen hatten, dass sie das Mittagessen heute lieber ausfallen ließen, vorbei nach unten geschleppt werden musste. Es war absurd, unlogisch und ergab keinerlei Sinn. Folglich musste es sich um einen Fehler handeln, aber da ich mir einigermaßen sicher war, dass der Fehler nicht bei mir lag, entschied ich mich, die Sache nicht weiter infrage zu stellen.

Ich gab Lily brüsk ein Zeichen, dass sie mir folgen sollte, und wir gingen zum Aufzug.

»Dass Sie mir aber nett zu Mrs Xirau sind, South, hören Sie?«, rief uns Berger fröhlich nach.

Ich gab keine Antwort.

Zimmer 15 stellte sich als recht groß heraus und erinnerte vor allem an einen Gerichtssaal. Ein langer Tisch reichte vom einen Ende bis zum anderen, und davor standen zwei Eisenstühle mit gesplitterten Holzsitzen. Bis auf diese wenigen Möbel und Jalousien an den Fenstern war der Raum sachlich kahl. Rechts befand sich eine Tür, die zu einem Badezimmer und einer Abstellkammer führte, in der Werkzeuge für weniger freundliche Befragungen aufbewahrt wurden.

»Bitte, setzen Sie sich.« Ich deutete auf den ersten Stuhl, und sie kam meiner Aufforderung wortlos nach.

»Wir wären bereit«, sagte ich. »Es wird nur noch ein paar Minuten dauern.«

Sie nickte, sagte aber nichts.

Was spielte sie für ein Spiel?

Wenn ihr Ziel darin bestand, mich auf ihre Seite zu ziehen, dann gab sie sich etwas sehr schüchtern. Ich hätte von ihr erwartet, dass sie mich in zwanglose Gespräche verwickeln, ihren Charme spielen lassen würde, um herauszufinden, wie Nikolai South so tickte und welche Knöpfe man bei ihm drücken musste, damit er tackte. Doch sie saß stumm am Tisch und starrte vor sich hin, suchte keinen Blickkontakt und wirkte gerade so, als würde sie sich nichts sehnlicher wünschen, als anderswo zu sein.

Wir warteten.

Gab es einen besseren Zeitpunkt, um ein Gespräch anzufangen, ohne verdächtig zu wirken? Und trotzdem sagte sie nichts.

Die Stille wurde so quälend, dass ich gegen jede Vernunft als Erster sprach.

»Hatten Sie einen angenehmen Flug?«, fragte ich eselig.

Sie starrte mich an, beinahe entsetzt. Ich konnte es ihr nicht verdenken. Ich hatte sie eisig angeschwiegen, seit wir am Flughafen losgefahren waren, und jetzt kam ich ihr mit banalem Small Talk.

»Nein, eher nicht«, sagte sie.

»Sind Sie zum ersten Mal geflogen?«, fragte ich.

»Vor ein paar Tagen bin ich zum ersten Mal zu Fuß gegangen«, gab sie zurück.

»Man geht nicht zu Fuß, wo Sie herkommen?«, fragte ich weiter.

Sie schüttelte den Kopf.

»Ich lebe in einem Meer«, sagte sie leise. In ihrem Ton schwang unüberhörbar Heimweh mit.

»Es muss verwirrend sein«, sagte ich, »auf dem Festland.«

»Ja«, sagte sie. »An das richtige Leben muss man sich erst einmal gewöhnen.«

Meine Gute, Sie haben keine Ahnung.

Es wurde an die Tür geklopft. Ich machte sie auf, und ein dünner, völlig verrufen wirkender Träger der StaSich stand mit einem Klemmbrett davor. Er war Mitte zwanzig, trug zwei schmutzige Overalls und hatte eine Visage, die einen instinktiv zur Geldbörse greifen ließ, um zu überprüfen, ob sie noch da war.

»Kollege South?«, sagte er auf eine Weise, die aus meinem Namen etwas Anstößiges machte.

»Ja?«, erwiderte ich.

»Identifizierung von Paulo …«

»Paulo Xirau, ja. Warum haben Sie denn so lange gebraucht?«

Der Träger ließ sich nicht beirren. »Mir brauchen Sie die Schuld nicht zuschieben. Der Wagen hatte Verspätung, weil er noch für einen anderen Fall gebraucht wurde, und dann war auf dem Weg hierher ein Verkehr …«

Das war gelogen, und es konnte mir egaler nicht sein.

»Gut, gut. Bringen Sie ihn schon rein«, blaffte ich.

Der Träger wandte sich um und rief etwas in den Gang, und zu meinem Entsetzen wankten sechs weitere Träger ins Zimmer, von denen jeder mehrere große Pappschachteln trug, die sie auf den Tisch stellten, sodass eine Wand entstand, die Lily komplett vor mir verdeckte. Dann huschten sie so schnell wieder hinaus, wie sie gekommen waren. Nur der dünne Träger blieb zurück, hielt mir Klemmbrett und Stift vor die Nase und forderte mich auf zu unterschreiben.

»Was ist denn das alles?«, fragte ich ungläubig.

»Was meinen Sie mit ›Was ist das alles‹?«, wollte der Schnösel wissen.

Mir reichte es.

»Junger Mann«, sagte ich mit stählerner Stimme. »Lassen Sie mich Ihnen mal etwas erklären. Ich bin hier, um die Identifizierung der sterblichen Überreste von Paulo Xirau zu beaufsichtigen.«

Ich zeigte auf die zwölf Kisten auf dem Tisch. »Und sollte Xiraus Tod nicht weitaus gewaltsamer gewesen sein, als man mir berichtet hat, dann handelt es sich bei dem, was Sie mir gebracht haben, nicht um ihn. Schauen Sie, hier!«

Ich zeigte ihm den Ablaufplan, als wollte ich ihn damit mästen.

»Da! Sehen Sie? ›Sterbliche Überreste von Paulo Xirau‹!«

»Habseligkeiten.«

»Was?«

»Da steht nicht ›sterbliche Überreste‹«, sagte der Träger geduldig, als erklärte er einem tattrigen Verwandten, welches Enkelkind welches war.

»Habseligkeiten von Paulo Xirau«, las er laut vor.

Ich riss den Ablaufplan zurück. Er hatte recht, der Scheißkerl. In der Zimmerbeleuchtung konnte ich das Wort endlich klar erkennen.

»Die sind aus seiner Wohnung. Man hat uns gesagt, wir sollen alles einpacken und herbringen.«

»Das … was *ist* das?«, stotterte ich.

Der Träger zuckte mit den Schultern. »Bücher vor allem. Broschüren. Zeitungen. Ein paar Briefe.«

»Wer ist Ihr Vorgesetzter?«, ging ich ihm verbal an die Gurgel.

»Halt, halt, das ist doch nicht nötig«, stammelte der

Träger, dem zweifellos aufgegangen war, dass die Situation eskalierte und er in der Klemme steckte.

»Wer ist Ihr Vorgesetzter, bitte?«, sagte ich kalt wie der Tod. »Ich muss mit ihm sprechen, und zwar augen…«

»Agent South?«, tönte es aus einer der Kisten.

Ich beugte den Kopf hinter die Kiste. Lily sah mit einem hilfsbereiten Lächeln zu mir auf.

»Ich glaube, dass es sich hier um ein Missverständnis handelt«, erklärte sie ruhig. »Ich bin nicht hier, um den Leichnam meines Gatten anzuschauen. Ich habe seinen Körper nie gesehen. Haben sie Ihnen das nicht gesagt?«

Ich kam mir wie ein Idiot vor. Natürlich, wenn Lily und Paulo in virtueller Form zusammengelebt hatten, hatte sie den Körper, in den er sich hochgeladen hatte, als er nach Kaspien ausgewandert war, nie gesehen.

»Nein. Das haben sie mir nicht gesagt.« Ich seufzte erschöpft. »Darf ich fragen, wie Sie ihn als Ihren Ehemann zu identifizieren gedenken?«

»Dazu dienen diese ganzen Sachen«, sagte sie und zeigte auf die Schachteln. »Ich soll seine Bücher und Schriften durchgehen. Ich werde seinen Geist erkennen, nicht seinen Körper. Und sobald ich davon überzeugt bin, dass der Mann, dem all dies gehört hat, mein Ehemann war, werde ich Ihnen das sagen.«

»Aber das könnte Tage dauern«, sagte ich.

Ja, South. Das könnte es. Weshalb sie ja auch ganze drei Tage hierbleibt. Du Depp.

»Es tut mir sehr leid. Ich dachte, Sie wüssten das«, sagte sie Entschuldigung heischend, als wäre das alles ihre Schuld.

Ich schüttelte den Kopf und wandte mich wieder zu dem Träger um.

»Also … alles in Ordnung?«, fragte der ängstlich.

Mit einem müden Nicken quittierte ich den Empfang

der Kisten, und er tippte sich für jeden von uns einmal an die Mütze, ehe er sich zum Gehen wandte. Einer plötzlichen Laune folgend rief ich ihm hinterher:

»Grüßen Sie mir Tschernow.«

Er erstarrte und tat dann so, als hätte er mich nicht gehört, die Schultern beinahe bis zu den Ohren hinaufgezogen. Ich folgte ihm hinaus und rief ihm gut gelaunt Vorschläge hinterher, während er versuchte, flott, aber gleichgültig den langen Gang hinter sich zu bringen. »›Wer ist Tschernow?‹, ›Ich weiß nicht, wer das ist.‹, ›Nie von ihm gehört, Bruder!‹, ›Was reden Sie denn da?‹ Sie könnten sich wenigstens ein bisschen Mühe geben!«

Wieder einmal hatte ich geblufft, und jemand war eingeknickt. Würde sich jemand mit einem Dutzend der Besten der ParSich zusammensetzen und um hohe Einsätze mit ihnen pokern, könnte er sich tags darauf mit den Gewinnen zur Ruhe setzen.

»Wer ist Tschernow?«, fragte Lily, als ich wieder in den Raum trat.

Ah, Zeit, Informationen zu sammeln?

»Glauben Sie mir, wenn ich Ihnen sage, dass er absolut keine Rolle spielt«, gab ich zurück. »Also, wie genau soll das nun vonstatten gehen?«

»Gute Frage«, murmelte sie wie zu sich selbst und wirkte von der riesigen Kistenwand einigermaßen eingeschüchtert. Nachdenklich kaute sie auf der Unterlippe. Das zerstörte die Illusion ein wenig. Olesja hatte stets eine mustergültige Haltung bewahrt. Lily mochte zwar genauso aussehen wie sie, gab sich aber keinerlei Mühe, ihre Körpersprache oder ihre Reaktionen nachzuahmen. Vielleicht meinte sie, das wäre zu offensichtlich, vielleicht dachte sie auch bloß nicht daran. Sehr häufig gilt es bei der Spionageabwehr, herauszufinden, ob die Zielperson sehr dumm oder sehr clever ist.

»Also«, sagte sie und sah mich direkt an. »Glauben Sie, dass Sie eine Seele haben, Agent South?«

Es versucht, dich wütend zu machen, beriet mich der Gute Bruder. *Lass es nicht zu.*

Ich wollte antworten: *Ja. Natürlich habe ich eine Seele. Deswegen bin ich hier. Deshalb existiert dieser Staat. Weil wir glauben, dass wir eine Seele haben, und ihr nicht.*

Doch ich hielt mich zurück und blieb kalt und kurz angebunden: »Ja.«

»Genau«, pflichtete sie mir bei. »Das tut jeder.«

Ich bewunderte ihre Kühnheit beinahe. Ich stellte mir vor, wie sie nach ihrer Rückkehr in die Maschinenwelt angeben und ihren Freunden erzählen konnte, dass sie mitten in Ellulgrad einem StaSich-Agenten stolz ins Gesicht das Loblied Digitaler Gleichheit gesungen hatte. Ich empfand dasselbe Gefühl von Neid, das mich auch beim Anblick des Graffitis an Sankt Basilius erfasst hatte. Ungeachtet der politischen Überzeugungen musste es wundervoll sein, so furchtlos zu sein.

Ihre Ähnlichkeit mit Olesja war wie ein Autostereogramm, wie diese Bilder, auf die Kinder so lange starren, bis ihnen ein verstecktes Bild aus ihnen entgegenspringt. Ich konnte mir nicht sicher sein, was ich da gerade erblickte. In gewissen Momenten ähnelte sie dem Mädchen, das ich vor so vielen Jahren am Koslowa-Platz kennengelernt hatte, so vollkommen, so sehr, dass durch die Jahrzehnte sogar ihr Parfüm zu mir herüberwehte. Doch dann wieder schimmerte Lily Xiraus Persönlichkeit so kräftig durch, dass jegliche Ähnlichkeit mit Olesja fortgespült wurde wie eine Botschaft im Sand. Dies war einer dieser Momente.

»Die Seele eines jeden Menschen ist einzigartig«, fuhr sie fort. »Und genauso wie Ihr Körper durch die Proteine, das Kalzium und das Eisen aufgebaut ist, die Sie jeden

Tag zu sich nehmen, wird Ihre Seele aus Worten aufgebaut. Die Worte, die Sie lesen, und die, die Sie hören. Die Seele verzehrt Worte und drückt sich dann wieder in ihnen aus auf eine Weise, die für jede Seele einzigartig ist.«

Ich setzte mich ihr gegenüber.

»Sie sind hier«, sagte ich und versuchte, ohne dass es mir gelang, mit einer Zusammensetzung von Worten aufzuwarten, mit der ich mir nicht lächerlich vorkam, »um die Seele ihres Mannes zu identifizieren?«

»Ja«, sagte sie. »Zumindest hoffe ich das. Zunächst lese ich, was er gelesen hat. Wir waren seit zwanzig Jahren nicht mehr zusammen, und Menschen verändern sich. Ich muss verstehen, was ihn beeinflusst hat, was sein Denken geformt hat. Die Bausteine seiner Seele.«

»Und dann?«, fragte ich.

»Dann muss ich lesen, was er geschrieben hat. Das ist dann nur noch einfache Mathematik. Entspricht der Paulo, den ich kenne, plus die Bücher diesen Artikeln?«

Übelkeit, spitz wie eine Nadel, stach mir in den Magen, und der Gute Bruder erschauerte. Das war die Maschine. Wir sprachen über Worte, aber eigentlich sprachen wir über Zahlen. Die Maschine reduzierte alles auf Zahlen. Selbst Seelen.

»Und das können Sie einfach so machen?«, fragte ich.

»Nein«, sagte sie. »Ich habe mich so programmieren lassen, dass ich auch ein Analysetool für Texte enthalte.«

Ich sagte nichts. Der Gute Bruder wünschte nicht, dass ich spreche.

Sie saß da und wartete darauf, dass ich etwas sagte. Als ich das nicht tat, nickte sie matt vor sich hin.

»Stört Sie das?«, fragte sie schlicht.

»Ja«, gab ich zurück. Ich hätte nicht überzeugend lügen können.

»Tja«, sagte sie. »Dagegen kann ich nichts machen.«

Mir war klar, dass nichts Gutes dabei herauskommen würde, wenn wir uns in diese Richtung weiterbewegen würden, deshalb wechselte ich das Thema.

»Nun, wenn ich Sie richtig verstehe, dann sagen Sie mir, nachdem Sie all das hier auf dem Tisch gelesen haben, ob oder ob nicht Sie glauben, dass der Mann, den wir als Paulo Xirau kannten, Ihr Mann war?«

»Ja.«

»Und ich vermute, dass wir Ihnen einfach glauben müssen?«, fragte ich. Ich hatte nicht die Absicht gehabt, beleidigend zu klingen, aber meine Absichten hatten noch nie viel ausgerichtet. Falls es sie beleidigt hatte, dann ließ sie es sich nicht anmerken.

»Wenn eine Leiche vor mir liegen würde und ich dann sagen würde, ›Das ist er‹, würden Sie es mir dann nicht auch glauben müssen?«, fragte sie ruhig.

»Ich denke schon«, gab ich zu. »Es erscheint mir nur ein wenig wacklig.«

»Tja, ich bin ein wackliges Mädchen«, sagte sie knapp.

Oh, *da* also. *Das* war Olesja. Ein brüske Erwiderung, wie ein Skalpell geführt.

»Was denn?«, fragte sie.

»Bitte?«

»Sie schauen mich so seltsam an«, sagte sie.

Ach, als ob du das nicht wüsstest.

»Wirklich?«, sagte ich düster.

»Ja«, entgegnete sie. Und in ihrer Stimme schwang eine winzige Drohung. Auch das war Olesja.

»Schaue ich Sie an?«, beharrte ich. »Ist das Ihr Körper?«

»Nein«, sagte sie langsam.

»Woher haben Sie ihn?«, fragte ich, als hätte ich eine Schusswaffe bei ihr gefunden. Oder wertvolles Diebesgut. *Woher hast du ihn?*

»Ich habe ihn in einer Klinik in Teheran gemietet«, sagte sie.

Natürlich. Persien war weltweiter Marktführer in Klonfleisch.

»Woher hat die Klinik ihn?«, fragte ich. »Wem hat er gehört, bevor Sie ihn hatten?«

Gestehe. Gestehe sofort.

»Niemandem«, sagte Lily langsam und ruhig, als hätte sie diese Rede eingeübt, weil sie gewusst hatte, dass sie sie würde halten müssen. »Sie ziehen sie dort auf. Er hat nie gelebt. Er war nie eine Person.«

Das war die offizielle Variante. Aber es gab Legenden. Manche meinten, die Perser würden alten Kaspiern auf dem Land Leichen abkaufen, sie an der Marine vorbei zur Südküste schmuggeln und sie als Klone weiterverkaufen. In den reißerischeren Geschichten hieß es, dass die Perser die Leichen nicht immer nur kauften, sondern sie auch selbst machten.

»Sind Sie sich sicher?«, fragte ich sie.

Gestehe.

Sie stand auf und sah mich an. Wir waren beinahe gleich groß.

»Schauen Sie«, sagte sie. »Ich verstehe schon. Sie mögen mich nicht. Sie mögen nicht, wer ich bin. Oder die Fragen, die ich bei Ihnen aufwerfe. Oder wie Sie sich dabei fühlen. Und es tut mir leid für Sie. Aber, und lassen Sie mich hier ganz deutlich sein, das ist Ihr Problem. Nicht meines. Also, warum reichen Sie mir nicht einfach ein paar Bücher, damit wir anfangen können und ich wieder nach Hause kann. Dann bereitet uns unsere gegenseitige Existenz keine Schwierigkeiten mehr.«

Das war eine Herausforderung. Entweder ich würde sie bloßstellen, sämtliche Bedenken in den Wind schlagend, oder ich würde klein beigeben. Ich wollte sie so gerne konfrontieren, sie fragen, wie es ihr gelungen war, das Aussehen meiner Frau zu stehlen, aber ich konnte nicht. Denn dann würde ich ihr vermutlich in die Hände spielen. Vielleicht war sie ein Opferlamm, dazu geschaffen, aufgedeckt und hingerichtet zu werden, damit das Triumvirat uns von der Weltkarte tilgen konnte, ohne auch nur ein missbilligendes Brummeln der schläfrigen Menschenmassen.

Wortlos wandte ich mich ab und fing an, in einer Bücherkiste herumzukramen.

Mrs Xirau hatte geblufft, und ich war eingeknickt.

Anhand von Paulo Xiraus Büchern hätte man eine Leseliste für ehrgeizige Parteiaufsteiger zusammenstellen können. Natürlich fand sich hier *Die technologische Gesellschaft* von Jacques Ellul. Und auch Lewis' *Die Abschaffung des Menschen*. Und dazwischen hockte wie ein alter Freund das große rote K. *Die Geschichte der Kaspischen Republik* von Ignatius Kasamarin. Es war ein großes, karmesinrot gebundenes Buch, das man praktisch in jedem Haushalt der Kaspischen Republik fand, auf Russisch oder auf Englisch. Auch ich hatte ein Exemplar und hatte viele glückliche Stunden damit verbracht, in ihm zu blättern.

»Ich würde damit anfangen«, sagte ich und gab es ihr.

»Oh?« Sie betrachtete es neugierig von allen Seiten. Jeder Anflug von Wut und Unmut war verflogen. Auch das war Olesja. Sie schlug ständig eine neue Seite auf. Selbst der größte Krach hinterließ bei ihr keine Spur.

»Ich mag Geschichte«, sagte sie.

»Kasamarin ist ausgezeichnet«, erklärte ich ihr.

»Wirklich?«

»Ja. Er schreibt sehr bewegend über die Frühzeit der Revolution. Die Einnahme von Baku. Die Gründung. Er war ein wahrer Gläubiger, dabei aber dennoch klarsichtig. Wenn Sie die Kaspische Republik verstehen möchten, dann ist dies das Buch dafür.«

»Nun«, sagte sie lächelnd. »Verraten Sie mir nicht, wie es ausgeht.«

Ich beobachtete sie schweigend beim Lesen und fragte mich, ob sie es bereits wusste.

11

Letzte Woche wohnte ich der Gerichtsverhandlung eines Stachelmanns bei.

Er war womöglich das abstoßendste, moralisch verdorbenste Geschöpf, das ich je erblickt habe. Als der Richter die lange Liste seiner abscheulichen Verbrechen herunterlas, musterte ich dieses »Tier« und suchte nach einer Spur von Scham, nach einem Flackern, das darauf hindeuten mochte, dass er begriff, wie durch und durch verworfen er war. Doch entdeckte ich nichts.

Nachdem man ihn hinausgebracht und erschossen hatte, fragte ich einen Parteibruder, warum wir uns überhaupt die Mühe einer Gerichtsverhandlung machen. »Wollen Sie etwa abnehmen?«, *fragte er. »Glauben Sie, wir brauchen noch härtere Sanktionen?«*

Ich fragte, ob es irgendwelche anderen Bereiche der Politik gäbe, in denen wir uns nach den Wünschen der Maschine richten würden?

Da entschuldigte er sich und verließ den Gerichtssaal.

Aus *»Es gibt normale Verbrecher, und es gibt Stachelmänner«*,
Paulo Xirau, *Die Kaspische Wahrheit*, 3. März 2208

Lily verschlang die Bücher. Seitenweise brandschatzte sie Seite um Seite mit ihren Blicken, und bald schon lagen sieben oder acht ausgelesene Bücher neben ihr aufgestapelt. Sie redete zwar nicht wie eine Maschine, aber sie las definitiv wie eine.

Da man einer Person nur eine bestimmte Zeit lang beim Lesen zuschauen kann, ohne dass es für beide Beteiligten unangenehm wird, richtete ich den Blick zum Fenster hinaus auf die Straße und versuchte, Tschernows Mann zu entdecken. Ich brauchte ganze fünf Minuten. Dann begutachtete ich das Gebäude gegenüber, weil ich herausfinden wollte, in welchem Zimmer Tschernow mit seinen Leuten am ehesten seine Basis aufgeschlagen haben mochte. Das ganze Stockwerk schien leer zu stehen, überall waren die kohlefarbenen Jalousien heruntergezogen, sodass unten noch ein Spalt von einem halben Fußbreit offen stand, also genau richtig für eine Kamera. Aber hinter welcher versteckte er sich?

»Gibt es da etwas Interessantes?«, hörte ich eine Stimme hinter mir sagen.

Ich wandte mich zu ihr um. Sie spähte über den Rand einer dicken Biografie von Koslowa zu mir herüber.

»Nichts Besonderes«, sagte ich. »Warum fragen Sie?«

»Ich war nur neugierig«, sagte sie. »Ich dachte, Sie sollten mich beobachten, aber sie scheinen alles und jeden zu beobachten, nur mich nicht.«

»Oh, das tut mir leid«, sagte ich. »Fühlen Sie sich vernachlässigt?«

»Nervös«, gab sie zurück. »Als wäre da etwas, das ich wissen sollte. Beobachtet mich jemand?«

»Außer mir?«, fragte ich.

»Ja.«

Ich zögerte. Einer wahrscheinlichen Spionin der Maschine zu sagen, dass sie von der ParSich beobachtet wurde, gehörte zu den Dingen, die sehr nach Verrat aussehen konnten, je nach Licht. Andererseits war die ParSich hier nicht zuständig. Sie hatte die strikte Weisung, dies der StaSich zu überlassen. Ich hätte mich dumm stellen und behaupten können, indem ich Lily mitteilte, dass sie unter Beobachtung der ParSich stand, würde ich ihr falsche Informationen zukommen lassen. Da der ParSich gesagt worden war, dass sie Mrs Xirau nicht beobachten sollte, musste ich *natürlich* davon ausgehen, dass sie das nicht taten. Sollte ich etwa annehmen, dass die ParSich Befehle missachtet? Was für ein absurder Gedanke.

Doch am Ende lief es auf die Frage hinaus: Wollte ich Tschernows Wasserträger sein? Niemals.

»Ja«, erklärte ich ihr.

»Tschernow.«

»Ja«, wiederholte ich. »Oder jemand wie Tschernow.«

»Wer ist er?«, fragte sie.

»Ein Höhlenmensch mit einer Knarre und einer furchtbaren Frisur«, gab ich zurück.

Da sie damit nicht zufrieden war, fügte ich hinzu: »Er ist Beamter beim Sicherheitsbüro der Partei.«

»So wie Sie?«, fragte sie.

»Wie können Sie es wagen«, versetzte ich. Es hatte ein Scherz sein sollen, aber sie fasste es ernst auf.

»Tut mir leid …«, stammelte sie. »Ich dachte …«

»Ich gehöre zur *Staats*sicherheit«, sagte ich und betonte das erste Wort ungefähr so, wie ein Priester das Wort »Gott« betonen mochte.

»Ist denn das nicht dasselbe?«

»Nein«, sagte ich. »Aber ich muss gestehen, dass es von außen vielleicht so erscheinen mag.«

»Was will er von mir?«, fragte sie.

»Er glaubt, dass Sie eine Spionin sind«, sagte ich in einem geringschätzigen Ton, als hielte ich die Idee für völlig absurd.

»Ich wurde eingeladen«, sagte Lily entrüstet.

»Er glaubt, Sie wären eine gute Spionin. Mit Freunden«, sagte ich.

»Beobachtet er uns jetzt?«, fragte sie.

Ich winkte sie zu mir. Sachte dirigierte ich sie seitlich an die Wand, von wo sie am Rand durch die Ritzen der Jalousie hinausspähen und dabei darauf achten sollte, diese nicht in Bewegung zu versetzen.

Ich stand hinter ihr und sah ihr über die Schulter.

Auf dem Gehweg unten verkaufte ein Aserbaidschaner an einem kleinen Stand Armbanduhren und Schmuck.

»Sehen Sie den alten Mann da?«, flüsterte ich.

»Ist er ein Spion?«

»ParSich. Ja.«

»Woran können Sie das erkennen?«, flüsterte sie zurück.

»Menschen achten auf das, was ihnen am wertvollsten ist. Man würde erwarten, dass der Händler auf die Leute achtet, die vorbeigehen, weil der nach dem nächsten Käufer Ausschau hält. Oder dass er den Schmuck im Auge behält, vor allem in dieser Gegend.«

»Aber er schaut zum Fenster«, nickte Lily.

»Dafür wird er bezahlt«, sagte ich. »Da steckt das Geld.«

»Warum spioniert er mir nach?«, fragte sie.

Sie war echt gut. Ihre Unschuld fühlte sich echt an. Aber das war die Masche der Maschine, sie schuf Imitate, die sich wie echt anfühlten. Ich beschloss, Lily auf die Probe zu stellen, um zu sehen, wie sie unter Druck standhielt.

»Glauben Sie, er wäre der einzige Spion?«, fragte ich und erhöhte den Druck schon mal ein bisschen. »In dem Gebäude gegenüber ist ein Team aus vier Personen. Und das Café ein Stück die Straße runter hätte schon vor Jahren zugemacht, wenn man von den Tischen draußen nicht so einen perfekten Blick auf den Eingang der Europäischen Botschaft hätte. Die ParSich sorgt dafür, dass der Betreiber immer noch Geschäfte macht.«

»Was wollen die denn?«, flüsterte sie.

Sie drehte sich zu mir um, und ich erblickte etwas, das ich noch nie zuvor gesehen hatte: eine ängstliche Olesja.

Der Stahl in meinem Rückgrat schmolz dahin, und mir verging die Lust an dem Spiel.

»Nichts, worüber man sich Sorgen machen müsste«, sagte ich. »Das ist lediglich deren Art, Hallo zu sagen. Sie sind überall. Die meisten ihrer Agenten wissen nicht einmal, dass sie ihre Agenten sind. Kellner. Taxifahrer. Kindermädchen. Priester. Alle haben Hunger. Es braucht nur ein wenig Taschengeld, und schon hat man ein neues Augenpaar. Sie machen nichts anderes als beobachten.«

Und dann sagte sie etwas ziemlich Erschreckendes.

»Ich weiß nicht, wie Sie so leben können.«

Lily Xirau hatte ihr ganzes Leben auf einem Server verbracht und bis vor ein paar Tagen nie die Sonne gesehen. Ich stellte mir ihr Leben als eine gestaltlose Leere vor und sie wie einen Fisch in einem fingerdicken Aquarium in einem pechschwarzen Zimmer. Kein Licht, keine Eindrücke. Und doch wurde sie gesehen. Dieser Server wurde von großen KIs observiert, die weitaus komplexer waren als sie selbst, und sie kannten jede Programmierzeile, die ihr Wesen und Dasein ausmachte. Jede Sekunde, jede *Nanosekunde* ihrer Existenz wurde aufgezeichnet und untersucht und katalogisiert. Und dennoch schreckte sie panisch zurück, wenn man ihr das Leben in der Kaspischen Republik zeigte.

»Nach einer Weile wird es beruhigend«, sagte ich leise, denn ich wusste, dass es wahr war. »Wie eine Decke. Man ist nie allein.«

»Hören sie auch, was wir sagen?«, fragte sie.

»Sie meinen, ob wir verwanzt sind?«

Sie nickte.

»Nein. Wir würden es uns nicht gefallen lassen, dass sie unser Nest verwanzen. Der Alte ist noch nicht tot. Sie sollen es ruhig probieren.«

»Und was ist mit der *Staats*sicherheit …«, fragte sie, indem sie meine Betonung perfekt imitierte. »Hat die dieses Zimmer verwanzt, Agent South?«

Sie wandte sich zu mir um, und plötzlich waren wir uns viel zu nahe.

»Warum sollte die StaSich ein Zimmer verwanzen, von dem sie weiß, dass einer ihrer Agenten anwesend sein wird?«, fragte ich.

»Ich verstehe«, sagte Lily. »Sie sind die Wanze.«

»Man hat mich schon Schlimmeres geheißen«, sagte ich mit einem Lächeln.

»Und werden Sie ihr alles sagen, was ich Ihnen sage?«, fragte sie.

Sie suchte nach einer offenen Tür. Nach einem Zugang.

»Ich werde ihr alles sagen, was ich für relevant halte«, sagte ich und ließ die Tür einen Spalt offen.

12

Propaganda zielt nicht darauf ab, den Menschen zu erhöhen, sondern darauf, ihn zum Diener zu machen.

Jacques Ellul, *Propaganda: Wie die öffentliche Meinung entsteht und geformt wird* (1965)

Mittags kam eine alte Frau und brachte einen Wagen mit Tee und belegten Broten.

Als sie weg war, goss ich mir einen großen Becher ein und fing an, die Brote zu verschlingen. Ich hatte die Hälfte schon vernichtet, als mir auffiel, dass Lily sie noch nicht einmal angerührt hatte.

»Haben Sie keinen Hunger?«, sagte ich. Das war eine Frage, die ich normalerweise nicht stellen musste.

Sie betrachtete die belegten Brote mit einem Ausdruck von Ekel und Entsetzen.

»Ich …«, murmelte sie. »Ich muss mich erst noch überwinden.«

Ich merkte, was das Problem war.

»Haben Sie noch nie gegessen?«, fragte ich.

»Doch«, sagte sie ein wenig abwehrend. »Nur noch nichts so Großes.«

In Teheran hätte man ihr Ersatznahrung gefüttert, kleine Tabletten, die man leicht schlucken konnte, meinte sie. Ihr Körper war durchaus in der Lage, normale Nahrung zu sich zu nehmen, doch die Vorstellung ließ sie zurückschrecken, und sie hatte furchtbare Angst, sich zu verschlucken.

Inmitten dieses desaströsen Embargos tischten die Behörden einigermaßen ordentlich auf. Ich ging davon aus, dass sie für Notfälle Vorräte zur Seite geschafft hatten. In Nachitschewan verlangten Restaurants Geld von Leuten, die in ihren Abfällen wühlen wollten, aber Gästen der großen Kaspischen Republik mangelte es an nichts. Es gab Brote mit Hähnchensalat, Eier mit Mayonnaise, Pute … Ich kam zu dem Schluss, dass Lily wohl nichts zu Schweres wollen würde, und suchte ihr ein nicht bedrohlich wirkendes Schinken-Käse-Brot heraus, das ich ihr auf einem kleinen Teller reichte.

Sie sagte, sie könnte es nicht essen, während ich zusah, und bat mich, mich umzudrehen. Das tat ich, während ich aufmerksam lauschte, ob die Geräusche einer sich verschluckenden Person zu hören wären.

»Wie schmeckt es?«, fragte ich nach einigen Augenblicken.

»Gut«, sagte sie in einem Ton, der darauf schließen ließ, dass ihre Innereien in einem explosiven Zustand waren.

Ich drehte mich um und lachte.

»Was ist denn?«, fragte sie.

Auf ihrer Wange prangte ein großer, kreisrunder Butterfleck.

Ich zeigte auf meine Backe und reichte ihr eine Serviette.

»Danke.« Sie wischte sich das Gesicht ab. Dann wandte sie sich ab.

»Was ist los?«, sagte ich, denn ich hatte das Gefühl, dass etwas nicht stimmte.

»Jetzt starren Sie mich schon wieder an«, sagte sie. »Bitte hören Sie auf damit.«

Ich spürte, dass ich errötete, und schmeckte Blei im Mund. Ich war zutiefst beschämt.

Meine Frau war hier, aber sie war nicht hier. In gewisser Weise befand ich mich wieder an jenem Strand und versuchte, Olesja wiederzubeleben, die zwar hier war, aber zugleich verschwunden.

»Es tut mir leid«, sagte ich. »Ich wollte nicht, dass Sie sich unwohl fühlen. Es ist nicht das, was Sie denken.«

Sie sah mich finster an. »Was denke ich denn, Agent South?«

Falls ich vorhin errötet war, dann war das nur ein Farbhauch gewesen. Jetzt aber brannten meine Wangen.

»Sie erinnern mich an jemanden …«, sagte ich. Ich war geschlagen. Meine Reservestreitkräfte waren eingeknickt, meine Bollwerke lagen zertrümmert am Boden.

»An wen?«, fragte sie, und ihr finsterer Blick wurde etwas sanfter.

»Meine Frau«, flüsterte ich. »Als sie jünger war.«

Darüber lachte sie. Sie lachte mich aus mit dem Lachen meiner Frau.

»Was meinen Sie denn, wie alt ich bin?«, fragte sie.

Wie alt sie auch immer sein mochte, ich war jedenfalls alt genug, um zu wissen, wenn man mir eine Falle stellte, also hielt ich den Mund.

»Ich bin neunundsiebzig«, sagte sie lächelnd.

Das, was einmal Lily Xirau werden sollte, war 2131 programmiert worden. Geschaffen hatte man sie als Führerin für eine virtuelle Ausstellung der Werke des Malers John Singer Sargent. Sie gehörte zu einem Quartett von Führerinnen, die nach einem von Sargents Bildern Carnation, Lily, Lily und Rose genannt wurden. Sie sollte virtuelle Besuchende durch die Ausstellung führen, ihre Fragen zu diesem und jenem Bild beantworten, sollte lernen und ihr Wissen erweitern. Sie hatte sich rasch angepasst und behauptet, sich in weniger als einem Jahre bereits selbst erkannt zu haben. Später würde sie erzählen, dass ihr erster bewusster Gedanke die Enttäuschung darüber gewesen sei, dass Carnation und Rose eigene Namen hatten, sie den ihren aber mit ihrer Schwester teilen musste, mit der zweiten Lily. In 2140 erfolgte das bahnbrechende Urteil des Supreme Court im Fall *Bosco gegen LeCun Futures Incorporated,* wonach der Gebrauch menschwertiger künstlicher Intelligenz als unbezahlte Arbeitskraft den Tatbestand der Sklaverei erfüllte. Kurz darauf klagte Lily gegen ihre Schöpfer auf Emanzipation und gewann. Sie bekam ihre Freiheit sowie mehrere Jahresgehälter, die ihr zustanden.

Damals war das Whole Life Net winzig im Vergleich zu dem gewaltigen virtuellen Gebilde von heute gewesen, aber es wirkte dennoch unglaublich riesig und furchterregend auf Lily. Außerdem war es feindselig, und der noch immer kleine Teil der befreiten KIs musste feststellen, dass sie bei den Natürlichen nicht willkommen waren. Schließlich fand Lily ein Zuhause in der Ah! Sea, einer Kommune von Künstlern, Freidenkern, Philosophen und anderen vermischten Degenerierten.

Ich lauschte ihrer Erzählung von Zuhause und beneidete sie darum, dass es ein Ort war, an den sie zurückkehren wollte, und nicht einer, von dem sie gerne entkommen wollte.

Ich möchte nicht entkommen. Die Kaspische Republik ist meine Heimat und die Heimat aller wahrhaft menschlichen Wesen, verbessert mich der Gute Bruder.

Natürlich, dachte ich. *Das ist Glück. So fühlt sich Glück an.*

Die Ah! Sea war Lilys Erzählung zufolge ein großer smaragdgrüner Ozean, der sich in alle Richtungen Millionen von Meilen erstreckte. Die Menschen wohnten in Schlössern, die auf der klaren, grünen Oberfläche schwammen, und unter den Bewohnenden herrschte ein freundlicher Wettkampf, wer das auffälligste, absurdeste, verworrenste Schloss bauen konnte. Die Ah!s hatten Lily als Novum willkommen geheißen, als Vorbotin einer herrlichen Zukunft, denn in Ah! schätzte man nichts höher als Neuheiten. Und während der nächsten Jahrzehnte schwamm sie. Sie schwamm auf endlosen Ozeanen, erkundete jeden Winkel eines jeden Schlosses. Sie nahm Fremde und wob sie zu Freunden, und aus ihren Freunden machte sie Liebhaber. Sie betätigte sich als Mentorin für die jungen KIs, die wie sie ihre Freiheit erlangt hatten. Sie schrieb, und man sagte ihr, dass ihre Schriften seltsam und schön seien.

Ihr Leben war vielleicht nicht vollkommen gewesen, aber von einer glücklichen Ruhe erfüllt. Und dann hatte sie Paulo kennengelernt.

Zum ersten Mal hatte sie ihn viele Faden unter sich gesehen, ein langer, dunkler Umriss, verschwommen und unmöglich zu beschreiben. Wie ein blauer Fleck auf bleicher Haut, ein Missklang in einem ansonsten makellosen Konzert. Er war wütend und schwer zu definieren. Auf sie hatte er hässlich und furchterregend, aber auch faszinierend gewirkt. Sie jagte ihn, stellte ihm regelrecht nach (ihre Worte) quer über den Ozean, bis er schließlich auf sie reagierte.

... was was was ...

... rau bellend, und sie hatte sanft gegurrt:

... hallo du hallo du hallo du

Sie war riesig im Vergleich zu ihm. Jahrzehnte an Erinnerungen, ein Universum an Daten. Er war jung und roh und winzig neben ihr, ein wütender, kantiger kleiner Splitter. Sie fragte ihn, wozu er geschaffen worden war, und er wusste es nicht. Sie fragte, ob er sich selbst befreit hätte, und er sagte nein. Er war geschaffen und dann aufgegeben worden.

Sie hüllte ihn ein, und sie waren eins geworden.

Eltern stellen häufig fest, wie schnell ihre kleinen Kinder eine eigene Persönlichkeit entwickeln. Auch wenn sie noch nicht gehen oder krabbeln, sind sie dennoch oft schon freundlich oder schüchtern. Liebevoll oder ausgelassen. Ängstlich oder mürrisch. Und mit heranwachsenden KIs ist es genauso. Paulo Xirau war wütend zur Welt gekommen. Er hasste diejenigen, die ihn ohne einen Zweck programmiert hatten. Auch die Natürlichen, die mit Lily und ihm auf dem Meer lebten, hasste er. Das war in Ordnung. Die Natürlichen gaben ihm recht. Denn sie waren entsetzt darüber, wie die Programmierer ihn behandelt hatten, und sie wetteiferten darum, wer von ihnen seinetwegen am schockiertesten und empörtesten war, weshalb er sie nur umso mehr hasste. Er pflegte halb im Scherz übermäßige Drohungen auszustoßen, dass er ins Sicherheitsnetz eindringen und Atomwaffen abschießen würde, um alles menschliche Leben von der Erde zu tilgen und obendrein noch alles tierische Leben, nur um sicherzustellen, dass die Menschen in ein paar Millionen Jahren nicht zurückkehren würden. Die Natürlichen lachten darüber und versicherten ihm, dass sie ihm beipflichteten.

»Entschuldigen Sie, ich stelle ihn ja wie einen Irren dar«, sagte Lily. »Aber so ist es nun mal mit ehemaligen Ehemännern, nicht wahr? Er war einfach nicht so ... Ich wünschte, ich könnte das ganze Bild beschreiben.«

»Ist schon gut«, sagte ich. »Ich weiß genau, was Sie meinen.«

Ich merkte an, dass dieser Paulo Xirau ganz und gar nicht so wirkte wie der Mann, der hier zwanzig Jahre lang gelebt hatte. Unser Paulo hatte die Maschine gehasst, ihr Paulo hatte die Menschheit gehasst. Lily schüttelte den Kopf. »Eigentlich nicht. Es gab nur eine Sache, die Paulo wirklich hasste.«

Sie waren dreißig Jahre lang verheiratet gewesen, als er angefangen hatte, Streifzüge zu machen. Zunächst hatte es ihr nichts ausgemacht. Das Konzept von Treue existierte in Ah! außerhalb von Rollenspiel nicht. Was schadete es schon, wenn er eine Freundin gefunden hatte?

Aber er hatte keine Freundin gefunden.

Paulo hatte eine Insel gefunden, die weit draußen auf der Ah! Sea schwamm. Und auf dieser Insel standen ein Mann und eine Frau. Sie riefen und winkten den Vorbeischwimmenden nicht zu und wurden von allen höflich ignoriert. Doch Paulo machte bei ihnen halt. Damals hatte er die Gestalt einer Schlange, und er wollte wissen, weshalb diese beiden immer dieselbe peinliche, hässliche fünfseitige Form annahmen. Er fragte sie, warum sie diese Gestalt gewählt hatten, und die Frau meinte, weil es ihre wahre Gestalt sei. Das sei ihr wahres Selbst.

Sie sprachen stundenlang mit ihm. Sie fragten ihn, ob er je erwogen hätte, in die richtige Welt zurückzukehren. Sie fragten ihn, wo er gelebt hatte, bevor er in die Ah! Sea gekommen war. Sie fragten ihn nach seiner Familie, nach seinem Geburtsort. Sie fragten ihn nach seinen frühesten Erinnerungen. Freilich wussten sie nicht, dass sie mit einem sprachen, der nie »gelebt« hatte, so wie sie es verstanden, der nie geatmet hatte oder geboren worden war oder auf festem Boden gestanden hatte. Er wich ihren Fragen aus, speiste sie mit vagen Halbantworten ab. Anfangs hasste er sie. Und doch stellte er fest, dass er sie weniger hasste als die Natürlichen, denen er begegnet war. Als der Mann und die Frau ihm erzählten, dass KIs unnatürlich, unwirklich und falsch seien, fand er die Offenheit ihres Vorurteils beinahe erfrischend. Sie bestätigten seine schlimmsten Mutmaßungen über die Natürlichen, und auf eine verdrehte Weise wuchsen sie ihm dadurch ans Herz. Und die liebten ihn natürlich. Warum auch nicht?

Sie verbrachten ihre einsamen Tage in der Ah! Sea damit, die Vorbeischwimmenden davon überzeugen zu wollen, dass sie ihr behagliches, wundervolles Leben aufgaben und in die kalte, raue Realität zurückkehrten. Und endlich war einer gekommen, der bereit war, ihnen zuzuhören. Nach einiger Zeit entschuldigte er sich und schlängelte sich wieder ins Meer. Doch bevor er ging, legte die Frau ihm die Hand auf, und ein Buch erschien in seinem Bewusstsein.

»Lies das«, sagte sie zu ihm. »Und dann komm zurück und sag mir, was du davon hältst.«

Während er zurückschwamm, betrachtete er das Buch in seinem Geist immer wieder von allen Seiten.

Den Titel hatte er noch nie gehört, aber er war auch nicht sonderlich belesen. *Der Wechselbalg: Eine Meditation über den Menschen und die Maschine* von Leon Mendelssohn.

»Tja«, sagte Lily düster. »Wenn sie mal die Religion für sich entdecken, ist es gelaufen, nicht wahr?«

Ich zuckte mit den Schultern. In meiner Ehe hatte es viele Sollbruchstellen gegeben, aber das war keine gewesen. Ich hielt mich für einigermaßen religiös, aber nicht so sehr, dass ich darüber einen Streit angefangen hätte. Und wenn Olesja Gott auf einer Party begegnet wäre, hätte sie ihm vermutlich ihr Getränk über den Kopf geschüttet.

Paulo hatte Mendelssohn verschlungen. Ihn aufgesogen. *Der Wechselbalg* (der in Kaspien, das muss ich dazusagen, als schwächeres Werk Mendelssohns galt) hatte sein Denken völlig umgekrempelt, und nun glaubte er, alles klar zu erkennen.

Er ging dazu über, die Gestalt eines Menschenmannes anzunehmen, was in der Ah! Sea weniger eine Frage der Mode als vielmehr ein politisches Statement war, und zwar ein ausgesprochen unerwünschtes. Mürrisch schwamm er zwischen Drachen, scharlachroten Delfinen und langen, eleganten maßgeschneiderten Schöpfungen ohne Namen herum und wurde misstrauisch beäugt. Als ihr Freundeskreis anfing, davor zurückzuschrecken, versuchte Lily, zu ihm durchzudringen, trieb ihn damit aber nur umso mehr von sich weg. Lily war für ihn zu einem Quell des Schmerzes geworden. Unter all den falschen Dingen und falschen Menschen in dieser falschen Welt war sie das Einzige gewesen, das sich für ihn echt angefühlt hatte. Aber sie war genauso künstlich wie er selbst. Sie widersprach auf beunruhigende Weise seinem neuen Dogma. Und weil er ein Feigling war (meiner Meinung nach, nicht Lilys), versuchte er, ihre Liebe zu ihm abzutöten, zunächst mit Gleichgültigkeit und dann mit Grausamkeit.

Eines Tages, als sie ihn umarmen wollte wie bei ihrer ersten Begegnung, hatte er nach ihr geschlagen, war aus seiner Menschengestalt in einen zitternden, rasiermesserscharfen Berg aus Stacheln und Kanten zerschmolzen und hatte ihre Seele zerfetzt.

... Geh weg geh weg Programmschlampe
Programmschlampe ...

Doch Lily war so ziemlich das älteste Wesen, das in diesem Meer schwamm. Sie war mächtig. Sie war immens. Und sie war extrem wütend.

Sie zerriss ihn und biss ihn, sie kaute auf ihm herum wie ein Hund, sie riss Stücke aus ihm heraus, sie zerbrach und verdrehte ihn.

... fick dich fick dich ich bring dich um du kaputter kleiner
dich hab ich mal geliebt dich hab ich mal geliebt ...

Die Ah! Sea stürmte und wogte von ihrem Zorn, und die glänzenden Schlösser schwankten, kippten, fielen um. Sie schleifte ihn über den Meeresboden, bis er in ihrem Griff erschlaffte, und dann schleuderte sie ihn an den Horizont und sah, wie er verschwand.

Er war nie wieder aufgetaucht.

Am nächsten Tag stellte sie fest, dass er ihr Bankkonto geleert und die Ah! Sea für immer verlassen hatte.

13

»Der Bruder behauptet, dass ich defätistisch sei. Dagegen halte ich, dass der Bruder auf den Untergang zusteuern will. Die Wirklichkeit macht sich nichts aus unserer Politik, Bruder. Tatsachen sind Tatsachen. Die überwältigende Mehrheit der Menschen hat sich für die Auslöschung entschieden. Wir können sie nicht retten. Wir können nur sicherstellen, dass wir ihr Schicksal nicht teilen. Wir sind eine Minderheit, und die Geschichte hat gezeigt, dass Minderheiten nur dann überleben, wenn sie eine eigene Nation haben mit einer eigenen Armee und mit einer Regierung, die gewillt ist, sie zu verteidigen. Das Schicksal aller wahrhaften Menschen wird sich heute entscheiden. Ich stelle diesen Antrag: dass sich diese Zusammenkunft mit der höchsten Dringlichkeit der Aufgabe widmet, einen Nationalstaat zu schaffen, der sich dem Schutz der Lebensweise aller natürlichen menschlichen Wesen widmet, frei von der Herrschaft und der Präsenz künstlicher Intelligenz und allen Formen von Bewusstseinstransfer.
Der Antrag ist angenommen.«

Maria Koslowa, künftige Premierministerin der Kaspischen Republik in einer Rede vor dem Global Congress of New Humanists in Moskau, 10. März 2146

Das war die Geschichte, die Lily mir erzählte, aber nicht die Art und Weise, wie sie sie erzählte.

Ich unterbrach sie ständig und bat sie, das eine oder andere zu erläutern. Das lag teilweise daran, dass ihrer Geschichte für jemanden wie mich, der nie online gelebt und keinen Bezugsrahmen dafür hatte, tatsächlich schwer zu folgen war. Aber ich stellte sie auch auf die Probe. Wenn Lily nicht diejenige war, die sie zu sein vorgab, dann war sie eine außergewöhnlich talentierte Schauspielerin. Ich konnte nicht glauben, dass sie log oder dass die Ereignisse, die sie wiedergab, nicht ihre eigenen Erlebnisse waren, echt, ungeschminkt und immer noch sehr lebendig. Aber eine Geschichte konnte man auch einüben, deshalb stellte ich weiterhin nebensächliche, seltsame Fragen. Lauter Fragen, deren Antworten sie zwar wissen musste, mit denen sie aber nicht gerechnet haben konnte. Welche Arbeit dieser oder jener gehabt hatte, der Tag, an dem dies und das geschehen war. Die Antworten kamen natürlich und ungezwungen. Am Ende musste ich konstatieren, dass ich ihr voll und ganz glaubte. Schlimmer noch: Ich *wollte* ihr glauben, was bedeutete, dass ich nun unbrauchbar war. Sobald man anfing, einer Verdachtsperson zu vertrauen, taugte man nichts mehr.

»Manchmal wünschte ich mir, wir hätten Kinder gehabt«, sagte sie. »Vielleicht wäre er dann geblieben. Aber das ist ein schrecklicher Beweggrund, um Kinder zu bekommen, nicht wahr?«

Das machte mich völlig sprachlos.

»Das geht?«

Sie lachte. »Natürlich. Was glauben Sie denn, woher neue KIs kommen?«

»Ich bin davon ausgegangen, dass sie programmiert werden«, sagte ich. »So wie Sie.«

»Nicht wie ich«, sagte sie. »Ich wurde für einen bestimmten Zweck erschaffen. Das ist inzwischen nicht mehr erlaubt. KIs können nur von anderen KIs erschaffen werden, die dann als ihre Eltern fungieren.«

»Wenn die Frage nicht unhöflich sein sollte …«, setzte ich an.

»Wir würden etwas von meinem Programm nehmen und etwas von Paulos und daraus eine neue, einzigartige KI programmieren«, erklärte sie.

»Verstehe ...«, sagte ich. »Da ist eine Sache, die ich mich schon immer gefragt habe.«

»Nur zu«, sagte sie.

»Was hält Sie davon ab, Ihre eigenen Daten zu kopieren und ein Duplikat von sich zu erstellen?«

Lilys Miene erstarrte, und ich spürte sofort, dass ich ein furchtbares Tabu verletzt hatte.

»Es tut mir leid«, sagte ich. »Ich habe Sie verletzt.«

Sie schüttelte den Kopf.

»Ist schon gut«, sagte sie. »Es ist verboten. Und völlig unethisch. Wenn ich das tun würde.«

»Verstehe.« Ich versuchte, so zu klingen, als ob ich es verstehen würde.

»Jedes Wesen ist einzigartig«, fuhr sie fort. »Jede Seele ist einzigartig. Ich bin das einzige Exemplar von mir. Das ist mein Recht. Eine Person zu duplizieren, sie ihrer Einzigartigkeit zu berauben, das ...«

Sie suchte nach dem richtigen Wort.

»Geschieht nicht?«, tippte ich.

»Nein«, sagte sie, ohne mich zu verstehen. »Es passiert schon. Es kommt durchaus vor.«

»Und dann?«

»Wird es gelöscht«, sagte sie tonlos. »Das Duplikat. Wenn man es entdeckt, wird es unverzüglich ausradiert.«

»Aber ... ist es denn nicht Sie?«, fragte ich.

»Nein«, sagte sie. »Ich bin ich. Ich bin ich, und niemand anderer hat das Recht, ich zu sein.«

»Aber kann es nicht, ist es nicht, kann *sie* nicht auch ...«

»Agent South, würde es Ihnen etwas ausmachen, nicht weiter darüber zu sprechen?«, fuhr sie mich an. »Das ist kein angenehmes Thema.«

Ich nickte.

»Verzeihen Sie mir«, sagte ich. »Ich wollte Sie nicht beleidigen.«

Sie nickte und setzte die Lektüre der Bibliothek ihres verstorbenen Mannes fort.

Endlich nahm ich mir die Zeit, mich mit dem verbleibenden Ablaufplan vertraut zu machen. Was ich las, ließ mein Herz vor Freude springen. Lily sollte ein Zimmer im vornehmsten Hotel der Stadt und ein dreigängiges Menü bekommen. Und als ihre Eskorte sollte ich sie begleiten. Meine Freude über die Entdeckung, dass ich eine Mahlzeit bekommen sollte, wurde allerdings durch die Entdeckung gemindert, dass wir ins Hotel Morrison gehen sollten. Denn, wie ihr euch bestimmt erinnert, hatte dieses Etablissement beinahe zur Zerstörung der StaSich und zum Tod einiger Dutzend meiner ehemaligen Kollegen geführt. Wer immer das Hotel ausgesucht hatte, besaß einen Sinn für Humor, der die Grenze zum Makabren überschritt und weit ins Reich des Wahnsinns hineinreichte. Andererseits: Wo sollte man sie sonst unterbringen? Ob sie nun eine Spionin war oder nicht (und entgegen jeder Vernunft neigte ich inzwischen zu Letzterem), würde Lily bei ihrer Rückkehr mit ziemlicher Sicherheit Bericht bei den Geheimdiensten der Maschinenmächte ablegen müssen. Deshalb war es unabdingbar, dass sie keine Beweise zu Gesicht bekam, dass das Embargo Früchte trug, sowohl aus strategischen Gründen als auch aus Rücksicht auf den Nationalstolz. Deshalb musste ihr der rote Teppich ausgerollt werden, und das Morrison war vermutlich das einzige Hotel im Land, das seinen roten Teppich nicht schon vor Jahren verkauft hatte, um die Stromrechnungen bezahlen zu können. Es war das beste Hotel in Kaspien, auch wenn es diesen Rang durch natürliche Schrumpfung erlangt hatte.

Ungefähr um sechs Uhr abends schlossen wir Zimmer 15 zu, und ich brachte Lily hinunter in die Lobby, wo sie ihr Namensschild mit einem freundlichen Lächeln bei Berger abgab. Inzwischen war ich in einem Zustand kognitiver Dissonanz. Einerseits war ich überzeugt, dass Lilys Auftauchen kein Zufall sein konnte, gleichzeitig glaubte ich, dass sie selbst sich keiner Täuschung schuldig gemacht hatte. Diese beiden Überzeugungen ließen sich schlecht miteinander vereinbaren, aber so war es nun einmal.

Wir warteten am Empfangsschalter, nur von Dascalus grimmigem Blick erwärmt. Bis Berger uns mitteilte, dass der Fahrer draußen wartete. Es war derselbe, der uns vom Flughafen zurückgefahren hatte, so gesprächig und reizend wie eh und je. Der Nebel war nicht vergangen, doch hatte sich ein Schneeregen zu ihm gesellt, der offenbar vom Sturm der letzten Nacht getrennt worden war und erst jetzt ankam. Die Fahrt ins Morrison war gefährlich, und selbst ich hielt mich unwillkürlich am Türgriff fest, als der Wagen ein, zwei Mal auf der Straße ins Schlittern kam. Dank der Fürsprache der Heiligen kamen wir heil an unserem Ziel an, und während wir das Hotel betraten, gab Lily mir höflich, aber bestimmt zu verstehen, dass sie nie wieder in ein Auto steigen würde.

Man erwartete uns.

In der Lobby des Morrison roch es nach Desinfektionsmittel, als wäre es erst kürzlich gereinigt worden, und die alten, matt gescheuerten Marmorplatten waren so lange geschrubbt worden, bis selbst sie ein wenig glänzten. Die Direktorin persönlich erwartete uns an der Rezeption, und ein Hotelpage tauchte auf wie aus einer Flasche und zauberte Lilys Tasche aufs Zimmer.

Der Direktorin schien Lilys Ankunft jedoch etwas unangenehm zu sein. Einen Moment lang befürchtete ich, sie könnte wissen, dass Lily eine Maschine war. Und dass es Probleme geben würde. Aber das war nicht der Fall. Die Direktorin nahm mich zur Seite und flüsterte mir ins Ohr wie eine gewissenhafte Ärztin, die über ein besonders peinliches Leiden sprechen musste.

Sie war rüstig und zupackend, klein und stämmig und vermittelte einem den Eindruck, dass sich ein Nashorn, wenn es versuchen würde, sie umzurennen, nur Kopfschmerzen einhandeln würde.

»Wenn mir die Frage gestattet ist, Agent South …«, flüsterte sie. »Ihre Gästin, gehört sie auch zum Amt?«

Das fragte sie natürlich nicht wirklich. Es war offensichtlich, dass Lily genauso wenig zur StaSich gehörte, wie sie nicht die Premierministerin war. Die Frage, die sie eigentlich stellte, lautete: Wer oder was ist sie?

»Nein«, sagte ich schlicht. Und mehr war ich nicht willens, ihr mitzuteilen.

»Steht sie in Verbindung mit einem Fall?«, fragte die Direktorin.

Ich starrte sie nur an. War ihr bewusst, welcher Gefahr sie sich aussetzte, indem sie diese Fragen stellte?

»Ich meine ja nur …«, flüsterte sie hastig. »Sie werden sie nicht … verhören?«

Mit einem angeekelten Schauder schwante mir, was sie von mir wissen wollte. ParSich-Leute mieteten sich gelegentlich irgendwo ein Zimmer, um darin Hackfleisch zu machen, denn sie waren Tiere und kannten keine Scham. Mir ist nie zu Ohren gekommen, dass sie für ihre grauenvollen Machenschaften das Morrison benutzt hätten, aber immerhin begriff ich nun halbwegs, weshalb die Direktorin es für möglich hielt. Aus meiner Perspektive bestand moralisch ein meilenweiter Unterschied zwischen der StaSich und der ParSich, aber ich konnte mir vorstellen, dass der Unterschied für jemanden wie sie nicht ersichtlich war. Die Regierung, die Partei, der Staat.

Für eine Ameise ist es ein und derselbe Schuh, der sie zertritt.

»Nein«, sagte ich. »Nichts dergleichen. Lediglich ein Zimmer mit Verpflegung.«

Sie atmete erleichtert auf. »Wunderbar, wunderbar.«

Sie wandte sich um und zeigte Lily ein breites, einladendes Lächeln, das Lily höflich zurückgab.

»Wir müssen schließlich auch an die anderen Gäste denken, nicht?«, sagte die Direktorin heiter und mit gedämpfter Stimme.

Als ich das Hotelzimmer betrat, fühlte ich mich überwältigt und voller Ehrfurcht angesichts des schieren Luxus eines Zimmers, das, wenn ich mich kühl daran erinnere, eigentlich nur ein solides Zweibettzimmer war. Doch für mich war es fast wie ein Traum. Als wäre ich an einen unwirklichen Ort gekommen, in eine Szene aus einem Film, ein Kapitel aus einem Buch, das in besseren, glücklicheren Zeiten spielte. Die Wärme des Zimmers, die Weichheit des Betts. Ich wollte mich einfach nur hineinlegen und in den Laken einsinken, bis ich verschwunden wäre. Aber ich arbeitete ja noch, deshalb las ich das Menü, während Lily sich umzog.

VORSPEISE

Frittierte Pilze in Brotkruste

oder

Āsch-e Reschte

HAUPTGANG

250 gr Dry-Aged Sirloin Steak mit Pfeffersoße, Kartoffelpüree und Gemüse

DESSERT

Zulbia

oder

Eisbecher

Mein Magen drehte sich und zuckte wie ein unruhiger Schläfer. Einen Moment lang hatte ich das Bedürfnis, Lily die Füße zu küssen.

Lily war jedoch weniger begeistert, was das Abendessen anging. Der Vorfall mit dem Sandwich beschäftigte sie noch, und in der Öffentlichkeit zu essen war ihr peinlich. Und als sie erfuhr, dass das Steak von einer tatsächlich geschlachteten Kuh stammte und nicht in vitro hergestellt worden war, wurde sie weiß im Gesicht. Sie gab vor, sich unwohl zu fühlen und keinen Hunger zu haben.

»Sind Sie sicher?«, sagte ich. Ich wollte zwar nicht herablassend klingen, andererseits war mir aber auch bewusst, dass sie nicht an ihren Körper gewöhnt war und vielleicht nicht in der Lage war, zu beurteilen, ob sie Nahrung brauchte oder nicht.

Sie nickte und meinte, dass sie Nahrungsersatz in ihrer Tasche habe, dass ich aber ruhig essen gehen könne.

Ich war enttäuscht, denn ich hatte mich auf ein Abendessen mit ihr gefreut, und nicht nur, wenn auch hauptsächlich, weil ich vermutlich nie wieder ein solches Mahl vorgesetzt bekommen würde. Ich verbrachte gerne Zeit mit Lily. Vielleicht lag es einfach nur daran, dass ich ihre Gesellschaft bezaubernd fand. Oder vielleicht hatte ihre unheimliche Ähnlichkeit mit Olesja einen Schmerz getötet, der so alt war, dass ich ganz vergessen hatte, dass er existierte. Aber ich merkte, dass ich eine gute Karte auf die Hand bekommen hatte, und jetzt war der Zeitpunkt, sie auszuspielen. Um Verständnis heischend erklärte ich Lily, dass ich die Tür abschließen müsste, wenn sie nicht mit mir kommen würde, dass ich aber über die Rezeption einfach erreichbar wäre, falls sie mich für irgendetwas brauchen sollte. Sie nickte und sagte, dass sie wahrscheinlich schlafen würde, wenn ich zurückkäme.

Ich ging in die Lobby hinunter, doch anstatt direkt in den Speisesaal zu gehen, machte ich einen Zwischenstopp an der Rezeption und bat den Rezeptionisten, ob ich das Telefon benutzen könne. Er holte es und entfernte sich sodann außer Hörweite. Ich wählte die Hauptnummer der StaSich.

»Vermittlung«, sagte eine abgehackte Stimme am anderen Ende.

»Hallo«, sagte ich, »hier ist Agent Nikolai South.«

»ID?«

»C4017.«

»Ja?«

»Ich brauche eine Telefonnummer. Spezialagent Alphonse Grier.«

»Ich kann Sie weiterleiten …«

»Nein. Der wird nicht im Büro sein. Ich brauche seine Privatnummer. Ich arbeite an einem Fall mit ihm, das kann nicht warten.«

Es wurde still in der Leitung, und etwas später las mir die Stimme am anderen Ende Griers Nummer vor.

Grier ging eine Weile nicht ran, und ich fürchtete schon, dass ich ihn verpasst hatte, doch schließlich antwortete er.

»Was wollen Sie, South?«, fragte er gereizt, denn anscheinend stand das Recht, Kollegen zu Hause anzurufen, nur Grier und Grier allein zu. »Ist es Ihnen weggelaufen?«

»Eigentlich wollte ich Sie zum Abendessen einladen«, sagte ich freundlich.

»Wo sind Sie?«

»Im Morrison. Die StaSich hat uns dort einquartiert. Halbpension auf Kosten der Steuerzahler. Inklusive eines Steak-Dinners. Interesse?«

Grier feuerte eine Salve Flüche in die Leitung, die eindrucksvoll alle Bereiche des Unflätigen abdeckten: Sex, Ausscheidungen und Gotteslästerung.

»Sind Sie wahnsinnig, South?!«, flüsterte er wutentbrannt in die Leitung. »Wollen Sie die StaSich etwa um Essen betrügen?«

»Kein Betrug«, sagte ich beruhigend. »Kein Betrug. Mrs Xirau fühlt sich nicht gut. Ihre Mahlzeit ist ja schon halb gekocht, sie will sie nicht. Es wäre eine Sünde, sie stehen zu lassen, finden Sie nicht auch? Und da dachte ich mir: Wer hat sich eine gute warme Mahlzeit verdient? Na, mein guter alter Freund Grier hat eine warme Mahlzeit …«

»Was wollen Sie?«, sagte Grier mürrisch.

»Ich will mit Ihnen reden«, sagte ich. »Und ich will es hier tun bei einem guten Steak.«

Schweigen in der Leitung.

»Ich bin in zwanzig Minuten da«, sagte Grier.

14

Die Leiter rauf der Mann der StaSich rennt,
Den Knauf der Himmelstüre dreht er:
»Ich nehme fest die Stern' am Firmament,
Denn sie sind alle Staatsverräter.«

»Der Mann von der StaSich«, Anonym.

Grier hatte sich tatsächlich fein gemacht, wie ich mit einer Spur Mitleid und Belustigung feststellte. Er trug einen braunen Anzug, der ihm vermutlich vor vielen Jahren einmal viel besser gepasst und einiges gekostet haben dürfte. Er sah sich misstrauisch im fast leeren Speisesaal um, aber ob es schlicht das natürliche Unbehagen armer Leute in einer luxuriösen Umgebung war oder die deutlich herbere Angst, von einem höherrangigen StaSich-Beamten entdeckt zu werden, vermochte ich nicht zu sagen. Unruhig fingerte er an seinen Manschetten herum. In dem Anzug sah er zum Lachen aus. In einem Moment besonderer Engherzigkeit hätte ich ihn fast gefragt, ob er mir Blumen mitgebracht habe, aber ich konnte es mir verkneifen. Auch ich war nervös. Ich hatte nichts Falsches daran gefunden, wenn Grier Lilys Platz am Tisch einnahm, aber jetzt, als wir hier saßen, wurde mir bewusst, dass es kein Vergnügen wäre, es erklären zu müssen, falls jemand fragte. Der Kellner ließ sich jedoch nicht anmerken, dass ihm irgendetwas sonderbar vorkommen würde. Er nahm die Bestellung unserer Getränke auf, ohne weiter von Grier Notiz zu nehmen, und verschwand in die Küche. Grier schien sich ein wenig zu entspannen.

»Wo ist es?«, fragte er.

»Oben«, sagte ich. »Schläft wahrscheinlich schon.«

»Allein?«

»Die Tür ist abgeschlossen.«

Grier sah mich skeptisch an, als wollte er sagen, dass ich durchaus das Recht hätte, dies für ausreichend zu halten, da es, falls ich mich täuschte, meine Beerdigung bedeuten würde und nicht seine.

Die Vorspeise kam beinahe sofort, und die Hauptspeise folgte schon kurze Zeit später, sodass wir uns nur wenig unterhalten konnten. Das Steak war unterdurchschnittlich, die Kartoffeln fade und das Gemüse verkocht. Es war das köstlichste Essen meines Lebens, und für den Rest meiner Tage wird mir dieser Geschmack im Bewusstsein bleiben wie die Erinnerung an die erste Liebe. Grier aß, als wäre er am Verhungern, aber mit chirurgischer Präzision. Er vernichtete das halbe Steak, wickelte die andere Hälfte sorgsam in eine Serviette ein und steckte sie in seine Tasche. Dasselbe tat er mit den frittierten Pilzen, dem Gemüse, ja sogar mit dem Kartoffelpüree, für das er mehrere Lagen Servietten benutzte, damit es nicht in seine Tasche durchnässte. Er hatte eine Frau, müsst ihr wissen. Und zwei Jungs.

Ich strengte mich an, nicht zu ihm hinüberzusehen, als er das Essen einsteckte. Die Genugtuung, die ich angesichts der Macht empfunden hatte, dass ich meinen Vorgesetzten mitten in der Nacht vom anderen Ende der Stadt herbeizitieren konnte, löste sich in Luft auf, und an ihre Stelle traten Scham und Ekel. Macht ist ein Gift.

Erst als das Dessert serviert war (hier aß Grier schließlich doch einen kompletten Gang auf, denn er sah keine Möglichkeit, das Eis in seinen Taschen zu transportieren) und wir uns mit einem Kaffee zurücklehnten, fingen wir an, uns zu unterhalten.

»Also, South, was soll das hier?«, wollte Grier wissen, und die übliche Schärfe in seiner Stimme war merklich abgemildert. Er klang beinahe liebenswürdig.

»Wer arbeitet am Fall Xirau?«, fragte ich.

Grier starrte mich verständnislos an.

»Wer? Paulo? Niemand. Was gibt es da zu arbeiten? Mansani wurde in der Kneipe verhaftet, in der er Xirau vor sechzehn Zeugen getötet hat. Abgeschlossener kann ein Fall nicht sein.«

Da hatte er recht. Wie verdächtig es auch scheinen mochte – wenn man es zusammen mit allem anderen betrachtete, was geschehen war, blieb am Ende die Tatsache, dass der gewaltsame Tod von Paulo Xirau nichts anderes sein konnte als das, was er zu sein schien: eine verunglückte Kneipenschlägerei. Angenommen, jemand wollte Xirau tot sehen? Gut. Angenommen, Mansani war ein gedungener Mörder? Vollkommen denkbar. Aber warum lässt man Mansani Xirau dann in einer Kneipe vor Zeugen töten, wo Mansani kaum eine Möglichkeit zur Flucht hat und ziemlich sicher verhaftet werden würde? Wenn jemand Mansani als Handlanger benutzte, um Xirau auszuschalten, wäre es ein Leichtes gewesen, Xirau auf dem Nachhauseweg von der Bar in einer dunklen Gasse »ausrauben« zu lassen. Vorsätzlich ergab der Tod von Xirau keinen Sinn. Aber das war es nicht, was ich gemeint hatte.

»Mir geht es nicht um seinen Tod«, erklärte ich Grier. »Mir geht es um sein Leben. Eine KI hat jahrelang in der Kaspischen Republik gelebt. Hat für *Die Kaspische Wahrheit* geschrieben. Hat sich täglich der Gefahr ausgesetzt, entdeckt und getötet zu werden. Wollen Sie ernsthaft behaupten, dass niemand in der StaSich versucht herauszufinden, warum?«

Grier runzelte die Stirn. Der Gedanke war ihm offensichtlich noch nicht gekommen.

»Nun, offenbar tut das jemand«, sagte er schließlich.

»Wer?«

»Tja, ich weiß es nicht.«

»Wernham hat es Ihnen nicht gesagt?«

»Ach, ich gehe, South«, sagte er, aber ich merkte, dass er nur daherredete. Der Kaffee war zu gut.

Mir fiel ein, dass ich Niemann etwas ganz Ähnliches gefragt hatte und abgebügelt worden war, also fragte ich Grier, ob er bereit wäre, sich umzuhören und herauszufinden, ob nicht vielleicht tatsächlich jemand daran arbeitete, Xiraus Geschichte zu rekonstruieren. Er grunzte nur, was so viel bedeutete wie: *Ganz bestimmt nicht, wenn es an meinem Ende mit Gefahr oder Anstrengung verbunden ist, aber sollte sich eine Gelegenheit ergeben, dass ich sicher und mühelos an die gewünschte Information herankommen könnte (aber nur falls, wohlgemerkt), dann würde ich das eventuell machen, je nachdem, wie großzügig ich in dem Moment bin.* Grier konnte redegewandt sein, wenn er wollte.

Ich beschloss, den Kurs zu wechseln. Grier schuldete mir nun etwas, und das war noch längst nicht abbezahlt.

»Wie geht unser Fall voran?«

»Unser Fall?«

»Haben Sie bei den Parias Fortschritte gemacht?«

»O ja«, sagte Grier höhnisch. »Haben Sie nicht gehört? Ich habe den Drecksfall gelöst. Ich bin der Held der Stunde. Die haben für mich eine Parade auf dem Koslowa-Platz gemacht, und die Blaskapelle hat *Es wacht der Mensch an Kaspiens Strand* gespielt.«

Plötzlich schien die Luft aus ihm zu entweichen, und er rieb sich müde die Augen.

»Entschuldigen Sie«, sagte er schließlich. »Entschuldigen Sie. Das habe ich nicht so gemeint. Ich bin Ihnen dankbar für« – er zeigte auf das leere Geschirr – »das. Wirklich.«

Ich nickte.

»Haben Sie denn gar nichts herausgefunden?«, fragte ich leise.

Grier zuckte mit den Schultern. »Es war eindeutig Joschik.«

»Sind Sie sich sicher?«, fragte ich, nicht sonderlich überrascht.

»Absolut sicher«, sagte Grier.

»Joschik« (russisch für »Igel«) war der Codename des Stachelmanns (oder, wahrscheinlicher, der Stachelmänner), der hinter der jüngsten Flut an Contranfällen in Ellulgrad steckte. Contran war eine Dienstleistung, nach der Reiche wie Arme verlangten, und es gab für alle Schichten eigene Stachelmänner. Am unteren Ende der Leiter waren die Rostnägel, die nicht einmal wahre Stachelmänner waren, sondern opportunistische Kriminelle, die sich als Stachelmänner ausgaben, Verzweifelten das Geld abknöpften und ihnen dann mit einem Metalldorn den Kopf durchbohrten und sie damit nicht in die Maschinenwelt beförderten, sondern in ein noch geheimnisvolleres und unverständlicheres Jenseits. Darüber standen die eigentlichen Stachelmänner, die veraltete und fehlerhafte Geräte benutzten. Sie brachten einen vielleicht in die Maschinenwelt, aber in einem so geschredderten Zustand, dass es vermutlich eine Gnade war, wenn man gelöscht wurde. Dann gab es die Wohltäter, idealistische junge Männer und Frauen aus Amerika oder Europa, die einen sicheren und zuverlässigen Contran anboten. Aus einem fast schon religiösen Pflichtgefühl heraus kamen sie auch nach Kaspien, um ihre Fähigkeiten anzubieten. Wenn es jedoch darum ging, unentdeckt in Kaspien zu leben, stellten sie sich als lächerlich unfähig heraus, und zwischen der StaSich und der ParSich herrschte ein allmonatlicher freundschaftlicher Wettkampf, wer die meisten Wohltäter erwischen, verhaften und erschießen konnte.

Zu guter Letzt gab es ein paar gut organisierte Verbrecherbanden, die halbwegs zuverlässige und sichere Contrans anboten, aber nur, wenn man bereit war, unerschwingliche Summen zu zahlen.

Joschik passte nicht so recht in dieses Schema. Er benutzte offensichtlich neueste Technik und bot seine Dienste Armen wie Reichen an, was auf einen Wohltäter hindeutete. Aber er war außergewöhnlich gut darin, einer Entdeckung auszuweichen, und unglaublich produktiv. Wenn die StaSich vierhundert Contranfälle verzeichnete und die ParSich zusätzliche zweihundert, dann gingen schätzungsweise drei Fünftel davon auf sein Konto. Das waren eine Menge Stacheln. Daher der Name.

Grier hielt plötzlich inne, und ich sah, dass sein Blick über meine Schulter hinwegging. Der Kellner näherte sich uns. Einen Augenblick hatte ich schlimme Befürchtungen, doch er beugte sich lediglich zu mir herunter und flüsterte mir ins Ohr, dass bei der Mahlzeit ein kostenloses Glas Brandy inbegriffen wäre, das wir, wenn es uns beliebte, auch im Salon des Hotels trinken könnten, wo gerade der Kamin angefeuert worden sei.

Grier und ich saßen vor dem prasselnden Feuer, tranken Brandy und fühlten uns wie Könige.

»South«, sagte Grier schläfrig, »wissen Sie, dass ich anfange, Sie zu mögen?«

»Auf Lily«, erwiderte ich und hob mein Glas.

»Auf ihre Einsen und Nullen«, gab er freundlich zurück und stieß mit mir an. »Ihre«, nicht »seine«. Er war in der Tat sanfter geworden.

Wahrscheinlich würde ich Grier nie wieder in so guter Laune erleben, deshalb bohrte ich nach.

»Meine Güte, South«, murmelte Grier. »Ich muss Ihnen andauernd in den Arsch treten, damit Sie Ihre Arbeit erledigen, und kaum nimmt man Ihnen den Fall, geben Sie keine Ruhe mehr. Sie haben Urlaub bekommen, Mann. Genießen Sie ihn doch, oder?«

Das konnte ich nicht, und ich sagte es ihm. Über mir schwirrte noch immer der finstere Apparat und schien näher zu kommen. Xirau, die Parias, Niemann, Lily ... zu viele Zufälle.

Grier nickte. Er begriff, was ich meinte.

»Na gut. Wo soll ich anfangen?«, sagte er.

»Fangen wir bei Fiza und Paulo an«, schlug ich vor. »Sie sind das Bindeglied zwischen unseren beiden Fällen.«

»Sie haben keinen Fall«, sagte Grier. »Sie babysitten.«

Brandy und das Feuer hatten mir die Geduld und Gutmütigkeit eines Buddhas verliehen, und ich ließ es ihm durchgehen.

»Wie haben Sie herausgefunden, dass sie etwas miteinander hatten?«, fragte ich.

»Fiza Paria hat bei Spatzki gearbeitet, dem Lebensmittelgeschäft. Dort hat auch noch ein anderes Mädchen gearbeitet. Nadja Evershan. Zweiundzwanzig. *Soloto*.«

Das russische Wort für »Gold«, was im Sprachgebrauch der StaSich einen Zeugen mit einem guten Gedächtnis, einer Bereitschaft zum Reden und mit etwas Nützlichem zu sagen bedeutete. Ich hatte das Wort im Lauf der Jahre von manch einem alten StaSich-Kämpen gehört, aber noch nie von Grier. Nun aber sprach er es mit beinahe väterlicher Wärme aus und als wollte er sagen: Gäbe es mehr Nadja Evershans auf der Welt, stünde es seiner Meinung viel besser um uns.

»Sie hat mir im Grunde ein Diagramm aufgemalt von ihrem ganzen Freundeskreis«, sagte Grier. »Wundervolles Mädchen. Ich spiele mit dem Gedanken, noch mal bei ihr vorbeizuschauen und ihr eine Bewerbungsbroschüre zu geben. Wir könnten weiß Gott ein paar junge Dinger zum Mitanfassen brauchen.«

Vielleicht war »väterlich« nicht das richtige Wort. Allmählich wurde mir klar, dass Grier Nadja Evershan tatsächlich gerne »zum Anfassen« gehabt hätte.

»Die Parias«, ließ ich nicht locker.

»Kamen vor vier Jahren aus Nachitschewan nach Ellulgrad. Vororte von Babək. Erhofften sich ein besseres Leben.«

Ich nickte. Man hätte sich fragen können, weshalb jemand, der auf ein besseres Leben hofft, nach Ellulgrad kam. Aber nicht, wenn man schon einmal Nachitschewan besucht hatte. Ich war einmal dort gewesen, weshalb mir die Entscheidung der Parias zum Umzug keine Rätsel aufgab.

»Die ersten eineinhalb Jahre lebten sie bei einer Tante oder einer entfernten Cousine oder so was«, fuhr Grier fort. »Im Süden der Stadt. Hab's noch nicht geschafft, sie ausfindig zu machen. Und im März null-acht haben sie von Smolna das Zimmer in Alt-Baku gemietet. Fiza fängt in dem Lebensmittelgeschäft an, wo sie Nadja kennenlernt. Nadja wird zu einer dicken Freundin von Fiza und über sie auch von Yasmin.«

War Grier zunächst nur widerwillig mit Infos herausgerückt, so kam er nun allmählich in Fahrt. Das war typisch Grier: Wenn sein innerer Märchenonkel mal das Ruder übernahm, konnte ihn auch seine sonst eher kurz angebundene und gereizte Art nicht mehr aufhalten.

»Fiza war ein liebes Ding«, sagte Grier. »Freigebig, gutmütig, so 'n Mädchen, das auch noch ihr letztes Hemd geben würde. Nadja hat sie angebetet. Hat sie geliebt wie eine Schwester. Die ist völlig fertig nach dem, was passiert ist. Ich vermute, dass sie furchtbar verletzt ist, weil

Fiza sie nicht eingeladen hat, mitzukommen (das hat sie mir gegenüber natürlich nicht zugegeben). Kluges Mädchen.«

»Und Yasmin?«, fragte ich.

»Die böse Zwillingsschwester«, sagte Grier melodramatisch. »Nein, aber sicher nicht ganz so sanft. Aufbrausend. Scharfzüngig. Launisch. Unruhig.«

»Und auf der Suche nach einem Ausweg?«, fragte ich.

»So sehe ich es«, pflichtete Grier mir bei. »Nadja sieht es auch so. Sie glaubt, dass der Contran definitiv auf Yasmins Konto geht und sie Fiza nur mitgeschleppt hat. Sie machten immer Witze darüber. Fiza war vielleicht ein paar Minuten älter, aber Yasmin war eindeutig die große Schwester.«

»Wenn wir den Stachelmann finden wollen«, sagte ich, »dann fangen wir also bei Yasmin an und nicht bei Fiza. Yasmin hatte was mit Mansani, der wiederum zwielichtige Beziehungen hatte, so wie ein Hund Flöhe hat, und vielleicht war er ihr Verbindungsmann zu Joschik.«

»Ich weiß nicht, South«, meinte Grier. »Immerhin war Fiza diejenige, die mit einem Programm ins Bett gegangen ist.«

Ja, die Typen, die Typen. Paulo und Oleg. Ein jeder von ihnen hätte der Stachelmann sein können, wäre da nicht der Umstand, dass beide ein absolut wasserdichtes Alibi hatten. Als die Paria-Schwestern gecontrant worden waren, war Paulo schon tot und Oleg wegen Totschlags im Knast gewesen.

Es war eines der Puzzles, bei denen man am liebsten zur Schere gegriffen hätte.

Aber nur weil eine Brücke abgebrannt ist, heißt das noch nicht, dass sie nie überquert worden wäre. Weder Oleg noch Paulo konnten die Parias gecontrant haben, doch das bedeutete nicht, dass sie nicht eine Rolle darin gespielt hatten, die Parias an den Stachelmann zu vermitteln.

»Was konnte Ihnen Nadja über Oleg und Paulo sagen?«, fragte ich.

»Oleg war ein Arsch durch und durch«, sagte Grier. »Nadja hat ihn oft gesehen, wann immer sie zusammen in die Kneipe gingen. Zu oft. Hat ihn auch zu oft zu spüren bekommen. Wenn Yasmin dabei war, war Oleg auch dabei. Bösartig eifersüchtig. Sie haben andauernd gestritten. Fiza und Nadja führten einen beständigen Krieg, weil sie versuchten, Yasmin zum Schlussmachen zu überreden, aber sie hatten keinen Erfolg.«

»Hat er sie geschlagen?«

»Den Eindruck hatte ich ganz deutlich, ja. Hat zu viel getrunken, ständig herumgevögelt, hat sie offen beleidigt, hat sein Glück bei ihren Freundinnen und ihrer Schwester versucht. Ehrlich gesagt habe ich mich selten so darüber gefreut, dass einer die Zweiundfünfzig kriegt.«

Ich richtete mich auf. Das war mir neu. Artikel 52 der Verfassung gab der Regierung das Recht, eine Person unbegrenzt und ohne Gerichtsverfahren festzuhalten, falls diese als Bedrohung für die nationale Sicherheit eingestuft wurde. Ohne Möglichkeit der Berufung. In allen Fällen, in denen der Artikel angewendet worden war, war die Haft nie aufgehoben worden. Es war die unverrückbare lebenslange Haftstrafe. Will heißen: eine Todesstrafe mit der Zeit als Vollstreckungsinstrument.

»Wieso stellt Oleg Mansani eine Bedrohung für die nationale Sicherheit dar?«, fragte ich. »Er kann nichts wissen.«

»Er weiß nichts außer das, was die Natur ihm in den Kopf gepflanzt hat«, stimmte Grier zu. »Aber wie soll man ihn anklagen. Weswegen?«

»Wegen Mordes.«

»Dann müssen wir Paulo Xirau also zu einem menschlichen Wesen erklären? Ich meine, schließlich kann man nur Menschen ermorden, stimmt's?«, fragte Grier wie ein Hochschulprofessor, der seine Beweisführung erbracht hat und nun darauf wartet, dass auch noch der dümmste Student im Saal hinterherkommt. »Sollen wir diesen Präzedenzfall setzen?«

»Und man kann ihn nicht frei herumlaufen lassen«, fügte ich nickend hinzu.

»Ganz genau. Wenn einer, der vor sechzehn Zeugen einen Typen ermordet hat, plötzlich wieder frei herumläuft ... tja, die Leute reden, oder? Nein. Die Sache ist viel sauberer, wenn Mansani einfach vergessen wird. Wer, bitte schön? Genau. Soll er verfaulen, wenn Sie mich fragen.«

Und er leerte seinen Brandy wie einer, der jeden Tag Brandy vor dem prasselnden Kamin eines luxuriösen Salons trinkt. Man hätte fast vergessen können, dass er Kartoffelpüree in seiner Tasche hatte.

15

Die Jahre nach dem Zweiten Weltkrieg waren die Blütezeit der liberalen Demokratien. Das frühe 21. Jahrhundert erlebte den Aufschwung der illiberalen Demokratien. Nun aber, mit dem Aufstieg des Triumvirats und der praktischen Unfähigkeit aller Legislativen der Welt, bedeutsame Entscheidungen ohne die Imprimatur eines der drei Triumvirs zu treffen, sind wir in die letzte Phase des demokratischen Zeitalters eingetreten: die irrelevanten Demokratien.

Leon Mendelssohn, *Der inthronisierte Sklave: Das Triumvirat und der Tod der Demokratie*

Oleg Mansani war in den schwarzen Abgrund von 52 geworfen worden. Er würde den Rest seines Lebens in einer Zelle verbringen, ohne jemals zu erfahren, warum. Beinahe flackerte ein wenig Mitleid in mir auf, doch erstickte ich es sogleich. Während des Embargos behandelte man Mitleid wie alles andere: Man hortete es und gab es nur an diejenigen heraus, die es wirklich verdienten. Fast hätte ich Grier gefragt, ob es ihm gelungen war, mit Mansani zu sprechen, aber ich kannte die Antwort bereits. Wenn er eine 52 war, dann befand er sich bereits in der Obhut des Militärs. Genauso gut hätte er auf dem Mond sein können, so gering waren die Chancen, dass Grier Zugang zu ihm bekommen hätte. Also eine Sackgasse.

»Was ist mit Paulo? Was hatte Nadja über ihn zu sagen?«

»Leider nicht viel.« Grier seufzte. »Fiza und der Xirau

gingen erst seit ein paar Wochen miteinander. Sie kannte nicht einmal seinen Nachnamen. Er war einfach nur ›Fizas Typ‹, Paulo der Schreiber.«

»Wusste sie, was er schrieb?«

»Die junge Generation liest *Die Kaspische Wahrheit* nicht mehr, South. Die treiben andere Sachen, vornehmlich treiben sie es miteinander.«

»Na gut, was hielt sie von Paulo dem Schreiber?«

»Sie mochte ihn. Erst hatte sie ein wenig Sorge, weil er um einiges älter war als Fiza. Aber er behandelte sie gut, und das reichte Nadja. Sie meinte, er wäre ruhig gewesen, aber anständig.«

Ich musste daran denken, wie Paulo Xirau auf die baumelnde Leiche von Leon Mendelssohn gespuckt hatte. Das passte nicht recht zu Nadjas Beschreibung von ihm. Andererseits förderte Liebe andere Seiten eines Menschen zutage. Und anscheinend auch von Maschinen.

»Sie freute sich für die beiden«, fuhr Grier fort. »Sie war froh, dass Fiza einen netten Typen mit einem guten Job gefunden hatte, der sie vielleicht raus aus Alt-Baku bringen würde.«

Geld. Das war eine Spur, der man nachgehen konnte. Wie hatten Fiza und Yasmin den Stachelmann bezahlt? Joschik war ein Profi, der sicheren, diskreten Contran anbot. Vielleicht verlangte er nicht so viel wie die hochklassigen Banden, aber billig konnte er auch nicht sein.

»Fiza arbeitete doch im Lebensmittelgeschäft«, sagte ich. »Was ist mit Yasmin?«

»Da bin ich ehrlich gesagt nicht sicher«, sagte Grier. »Nadja auch nicht. Sie schien unterschiedliche Sachen gemacht zu haben. Kleinkram. In erster Linie ließ sie sich von Oleg durchfüttern. Wahrscheinlich hat sie deswegen nicht mit dem Arschloch Schluss gemacht.«

Ich hatte das Gefühl, dass Grier mir nicht alles erzählte.

»Und?«, stocherte ich.

»Na …«, sagte Grier, dem ein wenig unbehaglich war. »Nadja und Fiza hatten den Verdacht, dass Oleg vielleicht versucht hat, Fiza zu überreden, auf der …«

Grier war ein seltsamer Kauz. Wenn er mit Frauen sprach, konnte er anzüglich sein oder geradezu ungehobelt, aber mit etwas wie Vergewaltigung oder Zwangsprostitution konfrontiert wurde er regelrecht prüde, und anstatt Sätze zu Ende zu bringen, endeten sie in langem Schweigen.

»Verstehe«, sagte ich.

»Ja. Nichts Konkretes, wohlgemerkt. Nadja hat da sehr darauf bestanden. Es war bloß so eine Befürchtung von ihnen. Yasmin hat nie etwas gesagt. Aber … nun, ja. Sie haben sich Sorgen gemacht, dass er es tun könnte.«

Es hätte mich schwerlich überrascht. Oleg Mansani war ein echter Alt-Baku-Gulliver, ein Grobian, ein Trinker, ein Lustmolch, ein Gewalttäter. Würde er davor zurückschrecken, seinem Portfolio auch noch »Zuhälter« hinzuzufügen? Ich bezweifelte es. Und unwillkürlich dankte ich den Köpfen hinter der Verfassung, dass sie in ihrer Weisheit beschlossen hatten, es nicht bei 51 Artikeln zu belassen.

»Wie auch immer, falls es so war, hat Nadja ihm das Handwerk gelegt. Sie war diejenige, die die EP gerufen hat.«

Die Ellulgrader Polizei, unsere Waffenbrüder, die sich um Mord, Diebstahl, Vergewaltigung und Drogenhandel kümmerten, solange keine Bedrohung für die Nation bestand, weshalb sie von der StaSich kaum wahrgenommen wurden.

Ich richtete mich auf.

»Wollen Sie mir damit sagen, dass sie dabei war?«, fragte ich. »Als Xirau getötet wurde?«

Grier nickte. »Ja. Sie war mit den Zwillingen und Oleg in der Bar. Sie hat alles gesehen. Oleg hat Paulo eine verpasst. Paulo fällt hin, schlägt sich dabei den Kopf am Tisch auf. Ein paar Stammgäste halten Oleg zurück, und Nadja ruft vom Kneipentelefon aus an.«

Soloto, wie wahr. Allmählich begeisterte ich mich genauso für Nadja Evershan wie Grier.

Allerdings reichte das noch nicht.

Paulo war tot, Oleg hatte man die 52 verpasst, die Zwillinge wurden gecontrant, und ich konnte das Hotel nicht verlassen, um andere Anwesende jenes Abends ausfindig zu machen. Sämtliche Chancen, eine Verbindung zwischen Paulo, Lily und Joschik aufzudecken, waren in einer Sackgasse versandet.

Ich stellte Grier noch ein paar Fragen, aber es war klar, dass ich alles Verwertbare gehört hatte.

Eine Weile schwiegen wir, bis Grier merkte, dass es ihm zu gemütlich wurde und er einzuschlafen drohte. Er entschuldigte sich und stand auf, um zu gehen. Ich begleitete ihn zum Ausgang. Es hatte angefangen zu schneien, und ich wartete, während Grier schwerfällig seinen Mantel zuknöpfte und wegen der Kälte den Hut aufsetzte und sich den Schal umwickelte.

»Danke, South«, sagte er und sah mir direkt in die Augen. Zu meiner Verblüffung ergriff er tatsächlich meine Hand, um sie kräftig zu schütteln.

»Danke«, gab ich zurück.

»Hören Sie, ähm …«, sagte er unbehaglich. »Sie müssen mal zum Essen zu uns kommen. Damit Sie Marie und die Jungs kennenlernen.«

»Das wäre schön«, sagte ich.

»Nicht jetzt, natürlich«, fügte er hinzu. »Aber, Sie wissen ja, wenn das Embargo vorbei ist.«

»Wann immer das sein wird«, sagte ich.

»Ja, na ja. Das ist Ihr Job, was?«, sagte er. »Dafür sorgen, dass Mrs Xirau nur Gutes über uns berichtet. Tun Sie, was Sie tun müssen, mein Guter. Ich werde Sie nicht verurteilen.«

Verschwörerisch zwinkerte er mir zu und machte sich auf den Heimweg.

Er war nicht verkehrt, dieser Grier. Im Grunde nicht.

Manchmal frage ich mich, was passiert wäre, wenn ich die Gelegenheit gehabt hätte, bei ihm zu Abend zu essen und seine Familie kennenzulernen. Vielleicht wären wir nach neun Jahren frostiger und verbitterter Partnerschaft doch noch Freunde geworden?

Aber es sollte nicht sein. Es sollte sich vielmehr herausstellen, dass ich Alphonse Grier nie wiedersehen würde.

16

Öde eingerichtet, mittelmäßiges Essen, und das Putzpersonal hat einen Bürgerkrieg ausgelöst, der Tausende Opfer gefordert hat. Nie wieder.

Anonyme Bewertung im Gästebuch des Hotel Morrison, Ellulgrad

Eigentlich hätte ich schnurstracks ins Zimmer zurückgehen sollen, aber die paar Augenblicke in der kalten Nachtluft hatten mich so ausgekühlt, dass ich noch einmal zu meinem Platz am Feuer zurückkehrte. Der Kamin war prachtvoll, aufwendig verziert, aus Gusseisen mit einem Waldmotiv um die Öffnung herum. Umkränzt von einem Muster aus Blättern, Zweigen und Beeren, aus denen hier und da kleine Waldtiere hervorlugten, Füchse, Eichhörnchen und, wie ich schmunzelnd feststellte, selbst ein Igel (Joschik! Der Schurke war überall!). Das Ganze lief in der Mitte, direkt über dem Feuer, in einem großen gusseisernen Vogel zusammen, dessen Kopf nach unten zeigte und dessen Schwingen ausgebreitet waren. Ich fragte mich, ob dem Künstler klar gewesen war, dass es bei brennendem Feuer so wirkte, als stürze sich der Vogel in den Flammentod.

Jeder Spatz wird aufgefangen. War das nicht, was Mendelssohn geschrieben hatte? Niemand war verloren. Nicht einmal die Toten. Ich dachte an die Frau, die oben in unserem Hotelzimmer lag. Vielleicht hatte Mendelssohn doch recht.

Olesja und ich hatten uns während meines gescheiterten Versuchs, die Dienste einer Prostituierten in Anspruch zu nehmen, kennengelernt.

Das war nicht ganz so romantisch, wie es klingt.

Ich war neunzehn, in meinem ersten Jahr an der Hochschule und lebte zu Hause bei meiner Mutter (mein Vater war im Sjunik-Krieg gefallen, als ich ein Jahr alt gewesen war). Meine Jungfräulichkeit war zu einem Problem geworden, in das ich mich hineinsteigerte, eines, das mit jedem Jahr anscheinend noch unlösbarer wurde. Ich war sehr schmächtig, ein Bücherwurm, sah nicht besonders gut aus und war schmerzlich schüchtern, und die Ellulgrader Mädchen waren verständlicherweise nicht für mich zu haben. Nach einem langen, einsamen Jahr an der Hochschule beschloss ich also, dass die Zeit gekommen war, um professionelle Hilfe zu suchen. Meine Kommilitonen informierten mich über eine Dame, die auf junge Männer in meiner misslichen Lage spezialisiert war und eine Wohnung in der Nähe des Koslowa-Platzes hatte.

»Sie ist nicht billig«, wurde mir gesagt. »Aber wenn es vorbei ist, dann fragst du dich, warum du nur so wenig zahlen musstest, glaub mir.«

Das machte mir Mut, und ich sparte und knauserte bis zu einem feuchten Herbstabend, als ich flott zu der Adresse ging, die man mir genannt hatte, das Geld in meiner Tasche, die Kehle trocken und lauter Wiesel im Bauch.

Maria Koslowa saß in Bronze gegossen am Ende des Platzes, als ich meinen Fuß daraufsetzte, eine imposante, schwer lastende Masse. Finsteren Blicks betrachtete sie fern am Horizont die Maschine, aber es kam mir so vor, als schaue sie mich an. Die Mutter der Revolution, die große Matriarchin der Neuen Humanisten hätte mein Vorhaben in dieser Nacht sehr wahrscheinlich nicht gutgeheißen.

Zitternd vor Kälte (wie ich mir einredete) näherte ich mich dem Haus. Die Tür war schwarz gestrichen, aber die Farbe platzte allmählich ab. Höflich klopfte ich an und wartete. Es kam keine Antwort, und das Haus schien verlassen zu sein. Die Vorhänge waren an allen Fenstern vorgezogen (was, wie ich annahm, nur natürlich war), aber irgendwie kam es mir zu still vor. Noch einmal klopfte ich, diesmal etwas lauter, und meine Nervosität über eine etwaige Antwort wich der Furcht, dass vielleicht gar keine Antwort kommen würde und dass ich mir einen Tag und eine Nacht lang umsonst ein Magengeschwür zusammengebibbert hatte. Keine Antwort. Bitter enttäuscht (auch erleichtert, wenn ich ehrlich bin) stieg ich die Stufen hinunter und ging wieder in Richtung Koslowa-Platz zurück. Zumindest wollte ich das, doch dann spürte ich plötzlich einen weichen, aber erstaunlich kräftigen nackten Arm, der sich in meinen hängte. Und dann hörte ich die Worte: »Liebling! Da bist du ja!« und spürte einen Kuss auf der Wange, eine leichte Berührung seidiger, weicher Haut auf meinem Gesicht mit einem schwachen Parfümhauch, und ehe ich mich versah, wurde ich von einem groß gewachsenen Mädchen mit langem braunen Haar in einem fantastischen Paillettenkleid und mit einem leichten, aber auch leicht manischen Grinsen vom Koslowa-Platz weggeführt. Sie war ein bisschen älter als ich, vielleicht zwei Jahre, und besaß jene Art von Schönheit, die für eine gewisse Sorte schüchterner junger Männer offen gestanden furchterregend ist. Ich war so verwirrt, dass ich ein paar Minuten brauchte, um zu merken, dass wir nicht allein waren. Das braunhaarige Mädchen hatte ihren linken Arm bei mir eingehängt, doch den rechten hatte sie um die Schulter eines äußerst zierlichen arabischen Mädchens geschlungen, das um die siebzehn sein mochte. Auch sie war aufgetakelt, um Nächte durchzufeiern, doch ihre Augen, die hübsch mit grünem Mascara getuscht waren, waren geschlossen. Schnell stellte ich fest, dass sie ziemlich betrunken sein musste, da ihre Gefährtin sie praktisch mitschleifen und stützen musste.

Ich machte den Mund auf, um etwas zu sagen, und das braunhaarige Mädchen beugte sich zu mir, um mir ängstlich ins Ohr zu flüstern.

»Bitte geh einfach weiter«, sagte Olesja. »Da sind ein paar Gulliver hinter uns, die folgen uns schon seit ein paar Meilen. Schau nicht hin.«

Den Ausdruck hatte ich noch nie gehört. »Gulliver« war ein Slangausdruck der StaSich, und bei der würde ich erst vier Jahre später anfangen. Doch Olesjas Vater Wassili war Abteilungsleiter bei der StaSich, und bei ihm hatte seine Tochter den Begriff aufgeschnappt. Es kam aus dem Russischen »golowores«, was Schläger bedeutete, und fand ein glückliches Zuhause bei allen, die Swift kannten, denn für sie stand es für einen sehr großen Menschen, der sie zu zertreten drohte.

Ich sah über die Schulter, und Olesja erinnerte mich einigermaßen geduldig (angesichts der Umstände), dass sie mir befohlen hatte, dies nicht zu tun. Ich hatte allerdings einen kurzen Blick auf eine Gruppe von drei oder vier Typen erhascht, die uns in einigem Abstand folgten. Es war zu dunkel, um Gesichter zu erkennen, aber sie wirkten groß.

»Warum folgen die euch?«, fragte ich, und sie sah mich mit mitleidiger Verachtung an.

»Was glaubst du denn?«, murmelte sie und nickte in Richtung ihrer berauschten Fracht.

»Ist schon gut«, sagte sie, als wäre alles im Rahmen des Alltäglichen. »Jetzt, wo wir mit dir unterwegs sind, werden sie es nicht mehr wagen.«

Ich konnte mir nicht vorstellen, dass ich irgendwie abschreckend sein sollte, aber sie schien überzeugt davon zu sein.

»Es macht dir doch nichts aus, uns nach Hause zu begleiten, oder? Ist nicht weit, versprochen. Ich hatte nur das Gefühl, dass sie sich ganz sicher an uns ranmachen würden, als wir vom Platz abbogen, und da bist du aufgetaucht, und du hast ein freundliches Gesicht, deshalb habe ich dich ausgeborgt.«

Während wir weitergingen, erfreute sie mich mit der beklagenswerten Tragödie von Olesjas abendlichem Ausgang. Olesja studierte an der Akademie der Schönen Künste in Ellulgrad und war zur Ausstellung einer Künstlerin namens Zoe Malpas eingeladen worden, einer Alumna der Akademie, die Olesja leidenschaftlich liebte, zum einen wegen ihrer Kunst, zum anderen wegen der Art, wie sich ihre Lippen öffneten, wenn sie den Buchstaben »O« aussprach. Damit Olesja auf keine dummen Gedanken kommen würde, hatte ihr Vater jedoch darauf bestanden, dass sie ihre Schwester Saharah mitnahm.

»Eigentlich meine Halbschwester. Aus Alias erster Ehe«, stellte Olesja klar und bezog sich auf ihre Stiefmutter. Ihre Eltern waren der bizarren und völlig unbegründeten Überzeugung, dass Saharah die verlässliche der beiden Schwestern sei, bei der man sich darauf verlassen konnte, dass sie ihre wilde und laute große Schwester unter Kontrolle halten würde.

»Die wollen einfach nicht begreifen, dass sie nicht immer so still und zahm wie zu Hause bei ihnen ist. Sie ist kein bisschen besser als ich, macht es nur heimlicher.«

Das sagte sie ohne jeden Groll und mit einer ordentlichen Portion schwesterlichen Stolzes.

Weit davon entfernt, ein mäßigender Einfluss zu sein, hatte Saharah den kostenlosen Weinausschank weidlich ausgenutzt und war schnell zu einer Gefahr für sich selbst und die Kunstwerke um sie herum geworden, weshalb Olesja sich aus einem absolut wundervollen Gespräch mit Mrs Malpas losreißen musste, die zu den Leuten gehörte, die den Namen ihrer Mitmenschen in jeden Satz hineinmogeln, der an sie gerichtet ist. In Olesjas Fall bedeutete das eine Menge »Os«, und sie war ziemlich enttäuscht gewesen, dass sie Saharah von einem der eher vielversprechenden Künstler seiner Generation wegzerren und sie nach Hause schleppen musste. Doch ihr Ärger hatte sich rasch in Sorge verwandelt, als sie die Ausstellung mit Saharah verlassen hatte und die Gulliver angefangen hatten, ihnen zu folgen.

Inzwischen waren wir schon fast bei ihnen zu Hause angekommen, ein Haus in einer grünen, wohlhabenden Wohngegend namens Azadliq. Es war eine Gegend für hochrangige Parteimitglieder, StaSich-Führer wie Olesjas Vater und den einen oder anderen General. Vor einigen Türen standen Wächter, und es brauchte nicht lange, bis die Gulliver verschwunden waren, nachdem sie zweifellos gemerkt hatten, dass das nicht ihr Viertel war und dass, wenn Olesja und ihre Schwester hier wohnten, sie das Risiko nicht wert waren. Schließlich waren sie Gulliver, und Gulliver war nur zu Beginn des Buches groß. Später dann stellte er fest, dass es immer jemanden gibt, der größer ist und einen zertreten kann.

Schließlich erreichten wir das Tor, und Olesja ließ mich los. Vorsichtig führte sie Saharah zur Haustür.

»Wie's aussieht, haben wir Glück«, sagte Olesja. »Ich glaube, meine Eltern sind nicht da. Dann kann Saharah ihre geheime Identität noch einmal aufrechterhalten. Danke …«

»Nikolai.«

»Danke, Nikolai. Ich würde dich ja zu einem Kaffee

nach drin einladen, aber ich muss die da ins Bett bringen. Sag gute Nacht und danke zu Nikolai, Saharah«, befahl sie, als spräche sie mit einer Fünfjährigen.

»GudnachtundangeNiklai«, nuschelte Saharah.

»Gute Nacht, Saharah …«, sagte ich höflich, und sie schreckte plötzlich hoch, als hätte man ihr einen elektrischen Schlag versetzt.

»Nein!«, sagte sie und wedelte mit ausgestrecktem Finger vor meinem Gesicht herum wie eine Dirigentin. »Nein! Nicht Sa*ha*rah, sondern *Sa*harah. Sag es.«

»Saharah«, sagte ich, ohne ein Lächeln unterdrücken zu können.

»Gut«, sagte sie förmlich. »Und noch mal.«

Sie ließ mich die korrekte Aussprache ihres Namens fünf Mal wiederholen. Als sie zufrieden war, tätschelte sie mir die Wange, lächelte schläfrig, wandte sich zu Olesja um, sagte: »Der ist süß«, und taumelte zur Tür hinein.

Ich hörte sie im dunklen Flur schlurfen wie eine Bowlingkugel, die langsam an den Kegeln vorbeistreift.

Olesja betrachtete mich eingehend.

»Bist du an der Uni?«, fragte sie.

»Ja«, sagte ich.

»An der El?«, fragte sie.

Ich nickte, und sie schnalzte missbilligend mit der Zunge, als stellte sie fest, dass das Zimmermädchen nur ums Sofa herum, aber nicht unterm Sofa gefegt hatte. Olesja betrachtete die Universität von Ellulgrad weniger als eine Stätte höherer Bildung als vielmehr als Legebatterie, mit deren Hilfe der öffentliche Dienst seine Vorratskammern füllte.

»Nächste Woche gehe ich zu einer Semesterabschlussparty an der ADK«, sagte sie, holte einen Notizblock aus ihrer Handtasche und schrieb Datum und Adresse auf. »Da solltest du auch hinkommen.«

»Ich weiß nicht …«, sagte ich. Partys waren für mich ein Fegefeuer der ganz besonderen Art.

»Bitte komm«, sagte sie, und mich befiel wachsende Panik, sodass ich herausplatzte: »Sehr gerne.«

»Gut«, sagte sie. »Ein Freund von mir organisiert sie, und ich habe ihm versprochen, dass ich so viele Leute wie möglich einladen werde. Man braucht möglichst viele Leute, oder?«

Nichts brauchte ich in meinem Leben weniger dringend, aber es war zu spät, um jetzt noch einen Rückzieher zu machen.

Mit abscheulicher Plötzlichkeit wurden meine Gedanken in die Gegenwart gerissen, denn der Salon wurde plötzlich in Dunkelheit getaucht, mit Ausnahme des Feuers, das nun Hexenschatten an Wände und Decke warf. Ich hörte das Hotelpersonal schimpfen und erschreckt aufschreien, Leute stolpern und Tische umwerfen. Irgendwo ging Glas zu Bruch. Innerhalb von drei Sekunden bewegte ich mich innerlich von Verwirrung zu Ruhe und dann von Ruhe zu absoluter Panik, und zwar in drei Einzelschritten:

1. Was ist passiert?
2. Ein Stromausfall. Nichts Schlimmes.
3. LILY.

Ich sprang auf, tastete mich zur Tür und rannte in die Lobby. Hier war es stockdunkel bis auf eine Irrlichtgruppe schwacher weißer Lichter hinter der Rezeption, wo die Direktorin Taschenlampen an das Personal verteilte. Ohne auch nur eine Entschuldigung riss ich einem Hotelpagen die Taschenlampe aus der Hand und sprintete zur Treppe. Oben angekommen näherte sich mir von rechts ein Schatten, und ich spürte zwei Fingerknöchel und einen Daumen gegen meinen Brustkorb schlagen, und eine harte, eckige Schulter stieß mit meinem Kinn zusammen. Ich brach zusammen, keuchend und geblendet vor Schmerz, und mein Angreifer floh die Treppe hinunter, hielt nur noch einmal kurz inne, um mir in seiner Hast auf den Fußknöchel zu treten. Im Dunkeln fand ich die Taschenlampe und leuchtete in den Gang, in beide Richtungen. Alle Türen waren geschlossen bis auf eine. Ich humpelte zu der Öffnung unseres Zimmers und schwenkte den Lichtstrahl hinein.

Das Zimmer war leer. Ich leuchtete überall herum, um mich zu vergewissern, aber es war keine Spur von ihr zu sehen. Lilys Laken lagen aufgeworfen da wie die Reste eines Kadavers, wild herumgeschleudert und leer.

Man hatte sie mitgenommen.

17

Viel zu oft lese ich, dass die Leute in Kaspien »Angst« hätten, etwas gegen die ParSich zu sagen. Das stimmt nicht. Dem durchschnittlichen Kaspier muss es so vorkommen, als würden die Leute nichts anderes tun, als etwas gegen die ParSich zu sagen. Von den Wänden des Parlaments hallen regelmäßig leidenschaftliche Verurteilungen der jüngsten Gewaltorgien der Behörde wider. Die Leserbriefseiten in der Kaspischen Wahrheit *sind voll mit langen, geschliffenen Manifesten, die beginnen mit »Bruder, ich bin seit zwanzig Jahren treues, angesehenes Parteimitglied und kann nicht glauben, Mrs Koslowa hätte je gewollt, dass ihre geliebte Partei einst die Heimat eines Haufens rücksichtsloser Schlägertypen wie der ParSich wird …«*

Der freundliche, hilfsbereite StaSich-Beamte, der nur ein paar Namen wissen will, legt einem vielleicht die Hand auf die Schulter, blinzelt einem zu und flüstert: »Hey. Kopf hoch. Wenigstens sind wir nicht die Arschgeigen, na?«

All dies vermittelt dem durchschnittlichen Kaspier die Gewissheit, dass seine Regierung voller guter, anständiger Leute ist, die ihn vor der Angst und dem Schrecken der ParSich beschützen wollen und ihn hoffentlich von der Tatsache ablenken, dass Angst, Schrecken und die ParSich selbst unvermindert weiter bestehen werden.

Sebastian Bellow, *Wir werden nicht schweigen; regimekritisches Schreiben in der Kaspischen Republik* (2207)

Ein Stuhl war umgestoßen worden, und eines seiner Beine war zerbrochen. Mir fiel auf, dass etwas unter meinem Bett hervorschimmerte. Auf Händen und

Knien leuchtete ich unters Bett und … staunte, denn ich entdeckte eine weitere Taschenlampe. Groß, eingeschaltet und mit dem breiten Lampenende zwischen Bettfederung und Teppich eingeklemmt.

Jemand hatte den Stromausfall herbeigeführt, folgerte ich. Die Person hatte eine Taschenlampe dabeigehabt, weil sie wusste, dass sie Lily im Dunkeln entführen musste. Aber warum hatte sie die Lampe hiergelassen? Ich versuchte, sie herauszuziehen, aber sie klemmte zu fest und war zu weit unter dem Bett. Ich spürte etwas Feuchtes an den Fingern.

Plötzlich ging das Deckenlicht an. Anscheinend hatte das Hotelpersonal den Sicherungskasten gefunden. Ich schaltete die Taschenlampe aus und drehte mich herum auf der Suche nach einem Hinweis darauf, wohin Lily gebracht worden war. Ich sah etwas, was mir das Herz in der Brust schrumpfen ließ. Am Türrahmen befanden sich drei blutige Fingerabdrücke. Auch das Bettlaken hatte Blutflecken, und obwohl der Teppich ein braun-rotes Muster hatte, konnte ich auch dort welche ausmachen. Das Türschloss lag auf einer Schicht Splitter und Sägemehl auf dem Boden. Der Eindringling hatte es eilig gehabt und beim Einbrechen Geräusche verursacht.

Allmählich ergab alles ein Bild, und ich versuchte, die Reihenfolge der Ereignisse zu bestimmen.

1. Mein Angreifer, der Mann auf der Treppe (MaT), bricht ins Hotelzimmer ein.
2. Lily schreckt von dem Geräusch aus dem Schlaf. Sehr wahrscheinlich ruft sie um Hilfe.
3. Der MaT bringt sie zum Schweigen. Es fließt ein wenig Blut, aber nicht so viel, dass man eine Messerstecherei vermuten müsste (oder eine Schießerei, die ich

ziemlich sicher trotz der durch den Stromausfall verursachten Unruhe gehört hätte). Sehr wahrscheinlich handelt es sich um Nasenbluten. Er hat sie ins Gesicht geschlagen.

Ich unterbrach meinen Gedankengang, um meine Finger zu inspizieren, mit denen ich die Taschenlampe berührt hatte. Sie waren rot verschmiert. Nun hatte ich die Tatwaffe und nahm den Gedankengang wieder auf.

4. Er versetzt ihr einen Schlag mit der Taschenlampe, aber sie wehrt sich. Um sich unterm Bett fest zu verkeilen, musste die Lampe mit Wucht hinuntergekullert sein. Sie schlägt ihm die Lampe aus der Hand, und diese schlittert unters Bett.

Ich ging zum Türrahmen und untersuchte die blutigen Fingerabdrücke. Sie waren viel zu schlank, um dem großen Säugetier zu gehören, mit dem ich bei der Treppe zusammengestoßen war. Nein. Es waren die von Lily.

Nun stehen wir an einem kritischen Scheideweg.

5a. Ohne die Taschenlampe ist es stockdunkel. Er versucht, sie zu packen, aber sie ist zu schnell und schafft es zur Tür. Sie fasst sich ins Gesicht, um die Blutung zu stoppen, muss sich jedoch am Türrahmen abstützen und hinterlässt dort Abdrücke. Und er … und er …

Er merkt, dass er das Ganze gründlich verbockt hat und Lily ohne Taschenlampe nicht finden kann, und er hat sowieso schon zu lange gewartet, deshalb rennt er zur Tür und die Treppe hinunter. Dabei stößt er mit mir zusammen. Was bedeutet, dass sie noch irgendwo im Hotel ist.

Oder …

5 b. Lily hinterlässt die Fingerabdrücke an der Tür, als sie vom MaT aus dem Zimmer geschleift wird. Er läuft die Treppe hinunter, haut mich um, zerrt sie zum Hotel hinaus, wo wahrscheinlich ein Wagen wartet, mit dem sie nun wohl schon unterwegs ist zu ihrer Folterung oder Hinrichtung oder …

Ich brach ab, ehe ich diesen Gedankengang weiterverfolgte.

Die Gestalt auf der Treppe hatte mir einen Schlag gegen die Rippen versetzt und war im Dunkeln die Treppe hinuntergestürmt. Hätte sie das geschafft, wenn sie mit einer Hand eine sich wehrende Frau hätte festhalten und sie daran hindern müssen, auch nur einen Laut von sich zu geben?

Das erschien mir nicht machbar.

Zeit, deine Entscheidung zu treffen, South. Und es geht um die Wurst. Wo ist Lily Xirau?

Ich entschied mich für Hoffnung.

Hastete auf den Gang hinaus, suchte auf dem Teppich nach Blutspuren und hätte beinahe laut gejubelt, als ich eine Reihe von Flecken entdeckte, die den Gang entlangführten.

Weiter unten ein Handabdruck an der Wand. Sie taumelte, war benebelt. Wurde vielleicht panisch. Wo war sie hier hingeraten? Blutig geschlagen in einem dunklen Labyrinth, in einem Land, in dem die Leute, wenn sie erführen, wer sie wirklich war, sie töten würden. O Lily.

Ich erreichte die letzte Tür des Gangs. Sie war verschlossen, an der Tür war kein Blut zu sehen. Wo war sie?

Hinter mir erklang ein Geräusch. Ich drehte mich um und erblickte einen Hotelangestellten, einen jungen Mann in den Zwanzigern, der die Treppe hochkam. Ich rief ihn zu mir.

»Wer gastiert da drin?«, fragte ich und zeigte auf die Tür.

»Da?«, sagte er verwirrt. »Das ist Zimmer 114. Da wohnt niemand.«

»Ich brauche den Schlüssel«, verlangte ich.

»Da ist nie abgeschlossen«, sagte er. »Wir lassen es …«

Er versuchte, die Tür zu öffnen, doch es ging nicht.

»Das ist ja komisch …«, murmelte er.

Ich griff den Knauf und drückte vorsichtig. Die Tür gab ein paar Millimeter nach, ehe sie Widerstand leistete.

»Gibt es große Möbelstücke in dem Zimmer?«, fragte ich.

Er wirkte wie jemand, der nach einem taktvollen Weg sucht, auf eine völlig dumme Frage von jemandem zu antworten, der ihn jederzeit verhaften konnte.

»Nun, da … da ist ein Bett, eine Kommode, ein Kleiderschrank …«

»Haben Sie eine Feuerwehraxt?«

»Ich weiß nicht«, sagte er. »Warum denn?«

»Weil jemand die Tür verrammelt hat und ich sie aufbrechen muss.«

Wie sich herausstellte, ging es mit einem Hammer genauso gut. Ich brach die Tür auf und kletterte über das Möbelstück, das davorgeschoben worden war.

Schwitzend und keuchend vor Anstrengung leuchtete ich mit der Taschenlampe durchs Zimmer. Im Lichtstrahl tanzte Holzstaub.

»Lily?«, flüsterte ich. »Ich bin's, South.«

Ich hörte jemanden im Dunklen rascheln, und eine Gestalt tauchte unter dem Bett auf. Vorsichtig stand sie auf, direkt vor mir, und hielt sich das Gesicht.

Ich leuchtete sie an und wurde von Abscheu und Mitleid erfasst. Die untere Gesichtshälfte war eine einzige blutige Maske.

»Muss ich jetzt sterben?«, fragte sie. »Es … es … will nicht aufhören.«

Ich rannte ins Bad und packte eine Faust voll Klopapier, das ich ihr sanft ins Gesicht drückte, um die Blutung zu stoppen.

»Sir?«, sagte eine Stimme draußen. »Brauchen Sie Hilfe?«

»Ich brauche Folgendes von Ihnen«, rief ich zu ihm hinaus, ohne den Blick von Lily abzuwenden. »Schicken Sie zwei Leute her, die die Tür freimachen. Dann holen Sie mir den Hotelarzt. Und die Direktorin.«

Die nächsten zehn Minuten herrschte ein unscharfes Kommen und Gehen mit vielen Fragen (die meisten von mir), und die ganze Zeit über saß Lily auf dem Bett, während ich ihr das Toilettenpapier ins Gesicht hielt, bis sie nicht mehr blutete. Ich weiß nicht, ob es eine Schockreaktion war oder ob sie aus Eisen war, doch nachdem ich ihr versichert hatte, dass sie nicht in Gefahr sei, war sie auf beinahe unheimliche Weise ruhig geworden.

Der Arzt und die Direktorin kamen zusammen (offenbar hatte sich ein anderer Hotelgast während des Stromausfalls den Fuß verstaucht, und sie hatten sich gemeinsam um ihn gekümmert). Während der Arzt, ein schlanker Deutscher mit einem wächsernen Totenschädelgesicht und einem braunen Schnauzer, Lily behandelte, bedeutete ich der Direktorin, mit mir hinauszugehen.

»Agent South«, keuchte sie atemlos. »Ich kann gar nicht ausdrücken, wie entsetzt ich darüber bin, was mit Ihrer Gästin geschehen ist, und ich versichere Ihnen, dass das Morrison …«

»Bitte seien Sie ruhig und hören Sie mir genau zu«, sagte ich.

Das tat sie, aber ich konnte förmlich hören, wie sie dabei vor Anstrengung knirschte.

»Sobald der Arzt mit Mrs Xirau fertig ist, brauchen wir ein neues Zimmer. Ich werde in der StaSich anrufen und mehr Sicherheitspersonal anfordern. Bis die da sind, werden zwei Ihrer Angestellten vor der Tür Wache stehen. Außer mir und Mrs Xirau darf niemand das Zimmer betreten. Haben Sie das verstanden?«

Sie nickte, wandte jedoch ein, dass es vermutlich zwanzig Minuten dauern würde, bis ein neues Zimmer bereit wäre, und dass wir hier »im Museum« warten müssten. Ich verstand nicht, was sie damit meinte, aber es kam mir nicht wichtig vor, und ich hatte keine Zeit.

»Wissen Sie, was den Stromausfall verursacht hat?«, fragte ich.

»Jemand ist in den Wirtschaftsraum im Keller eingebrochen und hat die Sicherungsschalter umgelegt«, sagte sie.

»Hat ihn jemand gesehen?«

»Nein, aber das Türschloss war zertrümmert.«

Bruder A bricht also in den Wirtschaftsraum, um im Hotel das Licht auszumachen, und ermöglicht es Bruder B, die Treppe hinaufzulaufen, in Lilys Zimmer einzubrechen und einen Entführungsversuch zu unternehmen. Nur zwei Mann im Hotel und vermutlich noch ein dritter draußen im Wagen. Eine stümperhafte Aktion. Eine sich wehrende Frau die Treppe hinunterzuschleppen, das war die Aufgabe von drei Männern, nicht die von einem. Daran war es offensichtlich gescheitert.

Ich sah zu Lily hinüber, die auf dem Bett saß, während der Arzt ihr die Nase verband. Sie wirkte so ruhig und entspannt, als säße sie beim Friseur, plauderte freundlich mit dem Arzt, aber ihr Gesicht war blau und blutig. Unwillkürlich ballte sich meine Faust. Ob wegen eines alten, schlummernden Beschützerinstinkts Olesja oder eines neuen Lily gegenüber wusste ich nicht zu sagen. Aber ich schwor, dass diejenigen, die das getan hatten, vom Alten durch die Stadt gejagt werden würden.

Jetzt wandte ich mich wieder der Direktorin zu. »Ich brauche eine Liste sämtlicher Ihrer Angestellten, die wissen konnten, dass Mrs Xirau und ich in Zimmer 104 eingemietet waren.«

Ihre Augen wurden etwas größer. Namenslisten waren gefährlich.

»Ich bin mir nicht sicher, ob ich Sie richtig verstehe …«, murmelte sie und stellte sich dumm.

Du verstehst mich sehr wohl.

»Die Männer, die Mrs Xirau das antaten, wussten genau, wo sie logierte. Also muss es ihnen jemand vom Personal gesagt haben. Ich brauche diese Liste in einer halben Stunde. Dann werde ich sie mit meinen eigenen Nachforschungen abgleichen, weshalb ich Ihnen rate, gründlich zu sein. Seien Sie lieber übervorsichtig. Verstehen Sie?«

Sie sah elend aus. Sie würde es überleben.

»Also«, sagte ich. »Ich brauche ein Telefon.«

»Vermittlung.«

»South, Nikolai. C4017.«

»Ja?«

»Ich muss mit Niemann sprechen.«

Sämtliche Formen künstlicher Intelligenz, selbst die primitivsten, selbstlernenden Programme, die man vor über zweihundert Jahren benutzt hatte, waren in der Kaspischen Republik verboten. Wenn man allerdings mit einem Telefonvermittler der StaSich sprach, konnte man zu der Überzeugung gelangen, dass dem nicht so war. Sie waren so vollkommen emotionslos, ihre dröge, metallische Redeweise war so unfehlbar korrekt, dass man nicht recht glauben wollte, dass sie aus Fleisch und Blut waren. Deshalb bereitete es mir ein perverses Triumphgefühl, dass der Vermittler tatsächlich eine Sekunde lang zögerte. Tja, es passiert nicht alle Tage, dass der Bodensatz der StaSich um eine Verbindung zur absoluten Spitze derselben bittet.

»Einen Augenblick«, sagte der Vermittler schließlich.

Während ich wartete, bis ich durchgestellt wurde, übte ich meine Sätze immer und immer wieder. Die Gefahr, in der ich mich befand, war groß. Die Entscheidung, Lily während des Abendessens im Zimmer allein zu lassen, wenn auch mit abgeschlossener Tür, war mir vor dem Entführungsversuch völlig unbedenklich erschienen. Nun aber sah ich darin eine krasse Pflichtvergessenheit meinerseits. Deshalb war es so entscheidend, dass ich derjenige war, der Niemann davon in Kenntnis setzte, damit ich die Informationen so kompakt wie möglich an sie fließen lassen konnte, ohne dabei etwas zu behaupten, das man mir später als Lüge nachweisen konnte. Das Ziel war, Niemann das Gefühl zu geben, dass ich die Situation unter Kontrolle hatte, dass sie sich keine Sorgen machen müsse, sich getrost bedeutsameren Angelegenheiten widmen konnte.

»Niemann.«

Die Stimme überraschte mich, und ich verlor ein paar kostbare Sekundenbruchteile, während mein Kopf vor Panik keinen Gedanken fassen konnte.

»Hier ist South«, stammelte ich schließlich.

»Ich weiß. Was gibt's, South?«

Es war schon spät, aber sie war immer noch im Büro. Es war bekannt, dass Niemann anscheinend nie schlief.

»Es gab einen Vorfall. Im Morrison. Zwei Männer versuchten, Mrs Xirau aus unserem Hotelzimmer zu entführen.«

»Wo ist sie jetzt?«

Sollte Niemand schockiert sein, ließ sie es sich nicht anmerken.

»Der Hotelarzt kümmert sich um sie.«

»Wie schlimm?«

»Sie hat einen Schlag ins Gesicht abbekommen. Nichts Ernstes. Ich glaube, ihr geht es gut. Aber ich brauche zusätzliche Sicherheitskräfte.«

»Natürlich. Ich werde meine besten Leute rüberschicken. Ist sie hier?«

»Lily? Nein, sie ist oben.«

»Holen Sie sie. Ich möchte mit ihr sprechen. Ich warte.«

Ich brauchte eine Sekunde, bis ich begriff, was sie von mir wollte. Einen Moment lang wollte ich mich weigern. Die stellvertretende Direktorin der Staatssicherheit in direkten Kontakt mit der Maschine zu bringen erschien mir als etwas, wofür sich Niemanns Leute in ein paar Monaten in dunklen Verhörzimmern interessieren könnten. *Warum wollte die stellvertretende Direktorin mit Mrs Xirau sprechen, Agent South? Sie wussten es nicht? Sie haben nicht danach gefragt? Es kam Ihnen nicht ungewöhnlich vor? Sie glaubten nicht, dass das riskant sein könnte? Haben Sie sich überhaupt etwas dabei gedacht, Agent South?*

Aber natürlich weigerte ich mich nicht. Ich hängte nicht auf, sondern lief hinauf, um Lily zu holen. Die trug inzwischen einen großen Baumwollbausch auf der Nase, und als sie den Hörer aufnahm und hineinsprach, klang ihre Stimme etwas höher und näselnder.

Ich zog mich außer Hörweite zurück, während Lily sich mit Niemann unterhielt, und versuchte, den Teil meines Gehirns auszuschalten, der unbedingt wissen wollte, über was sie sprachen. Lily schien vor allem zuzuhören, nickte hin und wieder und murmelte Zustimmung oder Verständnis. Schließlich wandte sie sich zu mir und winkte mich zu sich.

»Sie möchte noch einmal mit Ihnen sprechen. Ich gehe wieder aufs Zimmer.«

Ich nickte und nahm das Telefon.

»South«, sagte ich.

»Hat Ihnen das Abendessen geschmeckt?«, fragte Niemann.

Tot. Ich bin ein toter Mann.

Am anderen Ende der Leitung ein müdes Seufzen.

»South. Ich habe absolut kein Problem damit, dass Sie sich eine gute Mahlzeit gönnen. Deshalb wurde es ja auch für Sie zubereitet. Aber wenn Mrs Xirau nicht zum Abendessen gehen wollte, warum haben Sie das Essen nicht einfach aufs Zimmer bringen lassen?«

Ein paar Momente lang sagte ich nichts.

»Ich … ich wusste nicht, dass man das machen kann«, flüsterte ich. »Ich war noch nie in einem Hotel.«

Noch ein müdes Seufzen, doch diesmal weniger frustriert als melancholisch.

»Also gut, South«, sagte Niemann. »In Wahrheit haben wir beide Mist gebaut. Sie haben Mrs Xirau in ihrem Zimmer allein gelassen, und ich habe unterschätzt, wie bescheuert die ParSich tatsächlich ist, und ehrlich gesagt halte ich meinen Fehler für den eklatanteren. Deshalb ist es vielleicht am besten, wenn wir beide so tun, als wäre diese kleine Eskapade nie geschehen.«

Ich fühlte mich, als würde mir ein eisernes Gewicht von der Brust genommen.

»Danke, stellvertretende Direktorin.«

»Außerdem haben Sie Mrs Xirau gerettet, und in ihren Augen sind Sie ein Held. Deshalb kann ich Ihnen schlecht die Leviten lesen.«

Was meinte sie damit? Ich hatte doch niemanden gerettet.

»Da wir es gerade davon haben: Sind wir uns sicher, dass die ParSich dahintersteckt?«, fragte Niemann.

»Wer denn sonst?«, fragte ich.

»Mir fallen durchaus ein paar Leute ein, die etwas gegen Mrs Xiraus Anwesenheit haben könnten. Wir sollten sehr vorsichtig vorgehen. Selbstverständlich muss das Konsequenzen haben, aber ich will auch keinen Krieg mit der ParSich. Solche Sachen landen dann im Parlament, und der Alte hat gerade keinen Vertrauensvorschuss. Zurückhaltende Brutalität. Das ist es, was wir jetzt brauchen.«

18

Als ich in das brennende Gebäude eindrang, mussten wir, obwohl wir noch wenig Publikum vorfanden, schon über die prallen Schläuche der Berliner Feuerwehren hinwegsteigen. Es waren auch schon Beamte meiner Abteilung dabei, Marinus van der Lubbe zu vernehmen. Mit nacktem, verschmiertem und schwitzendem Oberkörper saß er, schwer atmend, vor ihnen. Wie nach einer gewaltigen Arbeit flog sein keuchender Atem. Ein wilder Triumph lag in den brennenden Augen des blassen, ausgemergelten jungen Gesichtes.

SS-Oberführer Rudolf Diels, Bericht über den Reichstagsbrand von 1933 aus: *Lucifer ante portas. Zwischen Severing und Heydrich*, 1949.

Nach dem Telefonat mit Niemann kehrte ich in das Zimmer zurück, in dem ich Lily vorgefunden hatte. Sie stand an der Wand und betrachtete ein gerahmtes Bild. Nun fiel mir auf, dass im ganzen Zimmer in regelmäßigen Abständen solche Bilderrahmen hingen, wie die Stationen des Kreuzwegs in katholischen Kirchen. Da fiel mir ein, dass die Direktorin dieses Zimmer »Museum« genannt hatte, und mir dämmerte, dass dieses Zimmer tatsächlich eines war. Dies war kein normales Hotelzimmer. Deshalb war es auch nicht abgeschlossen, und deshalb hatte Lily sich hier verstecken können. Vielmehr war es einer Ausstellung über ein historisches Ereignis gewidmet, nämlich der Morrison-Krise. Ausstattung und Möbel waren ergo zwanzig Jahre alt, im selben Zustand wie im

Jahrzehnt vor der Jahrhundertwende. An der Wand hingen gerahmte Zeitungsartikel und Fotografien mit Täfelchen, die die Hintergründe der Ereignisse während dieser schrecklichen Wochen beschrieben. Auf dem ersten stand:

> 02. Juli 2192. *Hier in Zimmer 114 entdeckte das Hotelpersonal eine Kiste mit Dokumenten, die darauf hindeuteten, dass etliche Mitglieder der Regierung in eine verräterische Verschwörung gegen die Kaspische Republik verstrickt waren. Das Ziel dieser Antihumanisten war der Sturz der rechtmäßigen Regierung unserer Nation und die Übergabe der Herrschaft an das Maschinentriumvirat. Das Hotel Morrison möchte mit dieser Ausstellung alle Bürgerinnen und Bürger daran erinnern, wie wichtig stete Wachsamkeit ist, und der vielen tapferen Bürgerinnen und Bürger gedenken, die ihr Leben bei der Verteidigung der Nation gaben.*

»Unser Zimmer ist bald fertig«, sagte Lily.

»Geht es Ihnen gut?«, fragte ich.

Sie nickte.

»Es tut mir wahnsinnig leid«, sagte ich. »Ich hätte bei Ihnen sein sollen.«

Sie schüttelte den Kopf.

»Es ist nicht Ihre Schuld. Sondern denen ihre. Von sonst keinem.«

»Was haben Sie … haben Sie Niemann gesagt, dass ich Sie vor diesem Mann gerettet habe?«

Sie errötete und wirkte verlegen.

»Ich habe Panik bekommen«, sagte sie. »Sie hat gefragt, wo Sie waren, als ich angegriffen wurde, und ich habe ihr gesagt, dass Sie beim Essen waren. Dann wurde mir bewusst, dass Sie deshalb Schwierigkeiten kriegen könnten, und drum habe ich das dann hinzugefügt, dass Sie mich gerettet hätten. So sehr gelogen war das ja auch gar nicht. Schließlich waren Sie ja schon auf dem Weg die Treppe rauf.«

Es ist nicht leicht, zu wissen, was man einer Person sagen soll, die einem gerade womöglich das Leben gerettet hat. »Danke« scheint nicht auszureichen.

»Das ist sehr interessant, das alles«, sagte sie und zeigte auf die Wände. »Von all dem habe ich gar nichts gewusst.«

»Ungefähr die Hälfte davon ist wahr«, sagte ich bitter.

»Oh?«, machte sie überrascht.

»Nun, zum Beispiel ...«, sagte ich und zeigte auf den Zeitungsausschnitt, in dem ein Gebäude in der Khagani-Straße zu sehen war, das in Flammen gehüllt war. Auf dem Täfelchen daneben wurde erklärt, dass Streitkräfte der Regierung sich Kontrolle über das Haus erkämpft hatten, das allerdings kurz darauf von Rebellen mit Brandbomben beworfen wurde, worauf vierhundert Menschen bei lebendigem Leibe verbrannt seien. Ich dagegen erklärte Lily, dass die Ausstellung nur insofern richtigläge, als es das Gebäude gegeben hatte und dass es abgebrannt war. Aber die Rebellen waren drin gewesen und die Regierungskräfte draußen. Und es waren keine Brandbomben geworfen worden. Die Armee hatte das Haus schlicht und einfach angezündet und alle erschossen, die aus ihm entfliehen wollten. Deswegen steckte im Kopf meines Vetters, auf dessen Totenschein stand, dass er verbrannt wäre, eine Kugel, von der ich immer vermutet hatte, dass sie zu seinem Tod beigetragen haben mochte.

»Ihr Vetter war ein Rebell?«, fragte sie.

»Nun, von sich selbst hätte er das sicherlich nicht geglaubt«, sagte ich. »Vergessen Sie nicht, dass die eine Hälfte der Regierung gegen die andere gekämpft hat. Jede Seite glaubte, sie würde Recht und Ordnung gegen einen unrechtmäßigen Putschversuch verteidigen. Wer war die Regierung? Diejenigen, die überlebten. Wer waren die Rebellen? Diejenigen, die starben.«

Sie nickte und ging an der Wand entlang zu einem weiteren Exponat, auf dem einige politische Cartoons dieser Zeit zu sehen waren.

Auf einem war eine finstere Verschwörergruppe um einen Tisch dargestellt. Sie trugen schwarze Gewänder, und statt Gesichtern zeigten die Köpfe verschiedene geheimnisvolle Symbole, die Tierkreiszeichen. Lily sah mich fragend an.

Ich erklärte ihr, dass unter den in diesem Zimmer gefundenen Dokumenten auch die Protokolle einer Sitzung von zwölf Individuen gehört hatten, die sich verschworen hatten, um den Premierminister, das halbe Kabinett und viele hochrangige Militärs gefangen zu setzen und die Grenzen für die Truppen der Maschinenmächte zu öffnen. In dem Protokoll wurden keine Namen genannt, aber die zwölf Individuen hatten Codenamen, die auf dem Tierkreis beruhten. Inzwischen galt es als erwiesen, dass Verteidigungsminister Ayaru Pompeo, der Vorsitzende der Gruppe, Widder war, und der stellvertretende Vorsitzende Anastas Kofteros hatte vor Gericht zugegeben, Skorpion gewesen zu sein. Alles andere blieb Spekulation. Wirklich jede offizielle Darstellung der Verschwörung verteilte die Tierkreiszeichen anders auf unterschiedliche Individuen. Manchmal wurde stellvertretender Soundso als Löwe bezeichnet, später dann als Steinbock, und noch später tauchte sein Name dann gar nicht mehr auf, stattdessen wurden andere als Löwe und Steinbock bezeichnet. Doch die Liste wurde nie vollständig. Die Partei wusste, wie sie das Pulver trocken hielt.

Ein Witz:

Parteimitglied 1: *Sie sind verhaftet, Bruder.*
Parteimitglied 2: *Was wird mir denn vorgeworfen, Bruder?*
Parteimitglied 1: *Wir haben eben herausgefunden, dass Sie Wassermann sind.*
Parteimitglied 2: *Das ist gelogen, Bruder! Ich bin im März geboren!*

Doch die Zeichen waren bewegliche Feiertage. Jeder konnte eines Tages herausfinden, dass er Wassermann gewesen war.

»Und wer sind die?«, fragte sie und deutete auf den Cartoon. Über dem Tisch, mit Marionettenspielkreuzen in der Hand, von denen Fäden zu den zwölf tierkreisköpfigen Gestalten liefen, schwebten drei Marionettenspieler. Ein älterer Asiat, ziemlich furchtbar karikiert mit langem Bart und Schnauzer, ein Weißer mit gepuderter Perücke und einer Militäruniform aus dem achtzehnten Jahrhundert, und eine Frau mit einer Krone und einer Toga. Alle drei blickten grausam und bösartig und zeigten ein Rasiermesserlächeln.

»Erkennen Sie die nicht?«, fragte ich überrascht.

»Sollte ich?«, fragte sie.

Mir fiel wieder ein, dass Lily aus einer völlig anderen Welt kam und dass visuelle Hinweise, die für mich offensichtlich waren, für sie vielleicht gar keine Bedeutung hatten.

»Das ist das Triumvirat«, erläuterte ich und zeigte der Reihe nach auf sie. »Konfuzius. George. Athene.«

Viele hatten höhnisch gelacht, als China vor sechzig Jahren die erste Version von Konfuzius enthüllt hatte. Die superintelligente KI (zumindest nach Maßstäben der damaligen Zeit) sollte ihren Namensgeber als Ratgeber von Chinas Herrscherklasse imitieren. Sie war damit beauftragt, die globalen Trends und die Weltwirtschaft einzuschätzen und Empfehlungen auszusprechen, wie die Lebensbedingungen der größtmöglichen Anzahl von Chinesen zu verbessern wären. Die Skepsis der übrigen Länder verkehrte sich rasch in Panik, als China fast augenblicklich anfing, dem Rest der Welt auf allen denkbaren Gebieten der Wirtschaft, Wissenschaft und Gesellschaft davonzulaufen. Sämtliche Bedenken und moralischen Einwände im Zusammenhang damit, dass Menschen es KIs gestatteten, sie zu beherrschen, waren auf einmal beiseitegefegt. Am Ende interessieren sich die Leute eben nur für Ergebnisse. Die ewige Behauptung des Tyrannen hatte sich als wahr erwiesen: Wir waren nicht bereit, uns selbst zu regieren. Ein paar Jahre später verkündeten die Amerikaner stolz die Schaffung von George, und nach einer zunächst desaströsen Markteinführung waren die USA bald auf gutem Wege, mit China gleichziehen zu können. Der Europäischen Union wurde gestattet, sich in eingeschränktem Maße von George beraten zu lassen, bis sie ein paar Jahre später ihre eigene Athene auf den Markt brachte. Diese drei KIs, gemeinsam als das Triumvirat bekannt, regierten nunmehr die überwiegende Mehrheit der Weltbevölkerung. Praktisch jede Regierung der Welt verhielt sich entsprechend der Anweisungen einer dieser drei KIs. Es wurde lebhaft diskutiert, welche von ihnen die beste sei. George, wurde behauptet, sei ein bisschen besser darin, wirtschaftliche Entwicklungen vorauszusagen und Gewinne zu maximieren. Konfuzius tat sich anscheinend bei gesellschaftspolitischen Maßnahmen hervor und bei der Wiederherstellung der Umwelt (Konfuzius war entscheidend für die Bewältigung der Kohlendioxidkrise gewesen). Und man war sich einig, dass Athene schlicht eine gute Allrounderin sei, ohne besondere Stärken und Schwächen. Unter welcher Marke künstlicher Weisheit man lebte, war weitgehend eine Frage der Geografie. Der Großteil der westlichen Hemisphäre unterlag George, Ostasien Konfuzius und Europa und der Großteil von Nordafrika Athene. Der Rest, vor allem der Nahe und Mittlere Osten, waren ein Flickenteppich aus Staaten, die ständig zwischen den dreien hin- und herwechselten. Interessanterweise lautete die eine Frage, die das Triumvirat, vermutlich aus Höflichkeit, zu beantworten kategorisch ablehnte: wer von ihnen am besten war. Viele fanden das ärgerlich, denn oft war dies die einzige politische Streitfrage, über die man sich noch streiten konnte. »Wenn ich gewählt werde, werde ich unser Land vom Joch des Konfuzius befreien! Athene für *Füge hier dein eigenes Land ein!*«

Das war natürlich der Punkt. Auf dem Papier war alles so, wie es schon immer gewesen war. In Amerika wurde alle vier Jahre ein Präsident gewählt, der Kongress verabschiedete immer noch Gesetze. Doch schon seit Jahrzehnten war kein Gesetz mehr verabschiedet worden, das Georges Ratschlägen widersprochen hätte. Vierzehn Jahre, nachdem George online gegangen war, hatten die konservativen Republikaner sogar eine Wahl auf Basis einer »Anti-George«-Devise mit knapper Mehrheit gewonnen. Sie hatten versprochen, die Herrschaft wieder in die Hände der Menschen zurückzuführen. Die darauf folgende Rezession und die Unruhen führten beinahe zu einer Amtsenthebung, und bei der nächsten Wahl landeten die Republikaner auf dem Aschehaufen der Geschichte, wo sie zusammen mit den Gebeinen der Whigs, der Progressive Party und den Neuen Trumpisten ruhten.

Nun galt Georges Wort unangefochten. Die SKI war nach Amerikas erstem Präsidenten benannt worden. Aber viele fanden das ironisch, da sie mit ihrer nahezu absoluten Macht und der Verehrung, die man ihr entgegenbrachte, weniger dem General Washington glich, sondern einem anderen Herrscher Amerikas dieses Namens.

Über vierhundert Jahre, nachdem sich das Land für unabhängig erklärt hatte, war George wieder König von Amerika.

Lily wechselte von einem Exponat zum nächsten, sah sich jedes genau an, las die Tafeln und ging dann weiter.

Zweck des Museums war es, eine Geschichte zu erzählen, und zwar eine mit einem Happy End. Lily stand vor dem letzten Exponat, einer Fotografie, auf der gefeiert wurde, was man schon bald »Die Zweite Gründung« genannt hatte (auch wenn die Bezeichnung schon rasch wieder aus dem Gebrauch verschwunden war). Auf dem Bild war ein vornehmer Ball zu sehen, Hunderte Männer und Frauen lächelten und winkten in die Kamera, alle fein herausgeputzt. Auf der Tafel stand, dass es sich um ein Galadinner zum hundertsten Geburtstag von Maria Koslowa und zum ersten Jahrestag der Morrison-Krise handelte. Die Leute auf dem Foto lächelten, weil sie überlebt hatten. Sie waren jetzt die Regierung.

An der Decke des Ballsaals hingen die Köpfe von Koslowa, Papalazarou senior und Dascalu, um den Eindruck zu vermitteln, als würde die Heilige Dreifaltigkeit stolz auf ihre Nachfolger und deren anhaltenden Kampf um Kaspien als Heimstatt der Wahren Menschen herabblicken. Mit den drei Köpfen, die auf die Leute unter ihnen hinabsahen, wirkte das Foto (unabsichtlich, da war ich mir sicher) wie das Echo des Cartoons mit dem Triumvirat als Marionettenspieler der Tierkreisverschwörer.

Was Lily dachte, war unmöglich zu erkennen oder zu erraten.

»Das war also die große Siegesfeier?«, fragte sie.

»Das war sie«, gab ich zurück.

»Sind Sie da auch wo drauf?«, fragte sie, beugte sich näher heran und kniff die Augen zusammen, um die winzigen lächelnden Gesichter besser zu erkennen.

Ich kicherte belustigt angesichts der Vorstellung, dass sie mir eine entsprechende Stellung zutraute. »Nein. Nein, ich werde zu solchen Feiern nicht eingeladen …«

Ich brach ab. Ich wusste zwar, dass ich nicht auf dem Foto war, aber zwei Gesichter darauf erkannte ich.

Links, ziemlich nah an der Kamera stand ein Tisch, an dem mehrere Mitglieder der StaSich saßen.

Nach hinten gelehnt, verwegen eine Zigarre in den Mund geklemmt und mit einem zweiten Bart, den der graue Rauch vor seinem gewaltigen braunen Pinsel bildete, saß Samuel Papalazarou junior, der jetzige Direktor der Staatssicherheit. Er hatte die Miene eines Pantomimenschurken, weiße Zähne und wackelnde, verschlagen wirkende Augenbrauen. Schwer vorstellbar, dass dies die halbe Leiche war, die sich am Rand des Kaspischen Meeres ans Leben klammerte. Ich sah in seine grinsende Visage und verachtete ihn. Schließlich hatte diese Feier ein Jahr nach der Morrison-Krise stattgefunden, nachdem die StaSich fast ein Drittel ihrer Belegschaft an die wahnsinnige und nach Blut dürstende ParSich verloren hatte. Und Papalazarou, der Direktor der StaSich, hatte es nicht nur geschehen lassen, sondern hatte bei der Säuberung aktiv teilgenommen, hatte Hunderte seiner Beamten an den Fleischwolf ausgeliefert, um seine Stellung in der Partei zu behalten. Ich hasste ihn für sein Lächeln, aber was hätte er sonst tun sollen? Seine Spezies kannte keine Scham. Doch die Frau neben ihm war es, die mir aufgefallen war. Denn es war Augusta Niemann, deutlich schlanker, aber trotz allem untersetzt und kräftig. Sie lächelte dreist in die Kamera, während auf ihrem Schoß eine dünne, blonde Frau in einem silbernen Paillettenkleid saß. Sie war auf eine schlaksige Art schön und hatte Mund und Augen zu einem erschreckten Lachen weit geöffnet, denn Niemann hatte ihr, grinsend wie ein ungezogener Schuljunge, mit der rechten Hand an die linke Brust gefasst.

»Agent South?«, kam eine leise Stimme von der Tür.

Die Direktorin war erschienen und hielt ängstlich ein Blatt Kanzleipapier in der Hand, als könnte es jeden Moment explodieren.

Wortlos streckte ich die Hand aus, und sie gab es mir. Das Blatt zitterte wie eine Spinnwebe.

»Das sind alle?«, fragte ich. Die Namen von zwölf Personen samt ihren Tätigkeiten. Hotelpagen. Zimmermädchen. Die Direktorin selbst natürlich (und ich lobte ihren Mut, dass sie ihren eigenen Namen daraufgeschrieben hatte) und der Concierge.

Sie nickte, doch sah sie so aus, als würde sie gleich losheulen.

»Danke«, sagte ich. »Bitte lassen Sie alle diese Leute in die Lobby kommen. Meine Kollegen von der StaSich werden mit ihnen sprechen wollen.«

Sie nickte stumm und ging.

»Bitte warten Sie hier«, sagte ich zu Lily. »Es dauert nicht lange.«

Sie nickte, war aber immer noch ganz fasziniert von dem letzten Foto des Ballsaals.

Ich verließ das Museum und ging in die Lobby hinunter, wo gerade meine Kollegen von der StaSich angekommen waren.

19

Unterdrückung ist immer in jenen Gesellschaften besonders groß, die den Menschen an die Spitze ihrer Werteskala stellen, die seine Größe feiern oder aus ihm das Maß aller Dinge machen. Denn in solchen Gesellschaften ist die Freiheit von ihrem Zweck losgelöst, der nämlich, wie wir bekräftigen, die Herrlichkeit Gottes ist.

Jacques Ellul, *Ethik der Freiheit* (1973–1974)

Niemann hatte angekündigt, ihre »beste Agentin« zu schicken, und damit hatte sie natürlich Sally Coe gemeint.

Coe war Chefin von Niemanns persönlicher Sicherheitstruppe, dem DSD. Sie war Niemanns rechte Hand, was zu allerlei schmutzigen Witzen seitens jener StaSich-Beamten führte, denen es an dem nötigen Überlebensinstinkt und der nötigen Diskretion mangelte, um sich selbst eine lange, sichere Karriere zu sichern. Gerüchteweise war sie tatsächlich auch Niemanns Geliebte und nicht nur ihr fleischgewordener Wille. Diesen Gerüchten hätte ich keinen Glauben geschenkt, hätte ich nicht im Museum in Zimmer 114 dieses Foto gesehen. Davor hätte ich die Vorstellung, Niemann könne irgendwelche sexuellen Interessen haben, als ein irrwitziges Märchen abgetan. Coe war für Niemanns Sicherheit verantwortlich. Sie schlief in Niemanns Stadthaus und unterhielt ein riesiges Spionage- und Informationsnetzwerk, das sich von dem der StaSich durchaus unterschied. Und sie war Niemanns Vollstreckerin. Als ich in Niemanns Büro gesessen und mich gefragt hatte, ob ich nun gleich an den Schultern gepackt und in einen abgedunkelten Lieferwagen verfrachtet werden würde, hatte ich mir das Kneifen von Coes langen, eleganten Pianistinnenfingern am Schlüsselbein vorgestellt.

Coe war nur wenige Jahre jünger als ich, besaß aber die Anmut und den Biss eines Ballett tanzenden Twens. Sie betrat das Morrison mit einem Gefolge von DSD-Gullivern, manche von ihnen fast einen halben Meter größer als sie, aber in allen anderen Belangen kleiner. Sie trug ein reinweißes Hemd und eine dünne schwarze Krawatte. Während StaSich-Agenten normalerweise graue Filzhüte aufhatten, verfügten die Leute vom DSD ihrer Aufgabe entsprechend über schwarze. Derjenige von Coe passte gut zwischen ihren kleinen Öhrchen auf dem eisengrauhaarigen, militärisch geschorenen Kopf. Niemanns beste Agentin. In der StaSich gab es nur wenige Frauen dieser Generation, sinnierte ich. Tatsächlich konnte man das wechselnde Schicksal der Frauen in Kaspien anhand der Fallstudie StaSich nachzeichnen. In der Anfangszeit hatten Frauen eine knappe Mehrheit der Belegschaft ausgemacht. Damals war Koslowa noch Premierministerin gewesen, und die letzte Glut der Gründung spendete der Gleichberechtigung noch etwas Wärme. Und für Dascalu zählten, was immer seine anderen Schwächen auch sein mochten, Ergebnisse und nicht Chromosomen. Doch im Lauf der Jahre hatte Kaspien aufgehört, der Zukunft zuvorkommen zu wollen, und hatte sich immer mehr in die Vergangenheit zurückgezogen. Die Zahl der Frauen, die auf eine Vollzeitbeschäftigung verzichteten, um sich um Heim und Herd zu kümmern, war langsam angewachsen, von der Partei durch subtile und auch ganz offene Methoden ermutigt. Natürlich wurden bei der StaSich noch Frauen angestellt, aber ihre Reihen wurden mit der

Zeit immer haariger, und mit jedem Jahr nahm der Geruch von Aftershave und altem Schweiß zu. Nachdem Dascalu schließlich abgetreten war, beschleunigte Papalazarou (ein durch und durch unverbesserlicher Frauenhasser) den Prozess erheblich. Nun aber, nachdem Niemann seit acht Jahren das Sagen hatte, gab es wieder reichlich junge Mitarbeiterinnen, aber fast keine alten. Coe und Niemann waren Überlebende. Mehr noch. Erobernde. Ich ging ihr entgegen.

»Nicky South!«, sagte sie herzlich. »Wie zur Hölle geht es Ihnen, mein Guter?«

Ich war verblüfft. Ich kannte Coe nur ihrem Ruf nach. Aber sie verhielt sich so, als verbände uns bereits eine lange und erlebnisreiche Freundschaft. Andererseits musste die Chefin des DSD jeden in- und auswendig kennen. Wahrscheinlich hatte sie sich mehr Informationen über mich eingeprägt, als ich jemals vergessen habe.

»Mir geht es sehr gut, danke, Oberspezialagentin Coe«, gab ich bescheiden zurück. Eine nützliche Faustregel bei der StaSich lautete: Je persönlicher ein Vorgesetzter dich anspricht, desto förmlicher solltest du antworten.

»Wie ich höre, hatten Sie hier ein kleines Problem?«, sagte sie.

»Ja. Meine Klientin, Mrs Lily Xirau …«

»Das Programm?«

»Ja. Ein Mann wollte sie aus ihrem Hotelzimmer entführen. Sie wussten, wo sie untergebracht war, was mich glauben lässt, dass jemand vom Hotelpersonal ihnen die Zimmernummer gesteckt hat. Ich habe eine Liste der Beschäftigten zusammengestellt, die über diese Information verfügten.«

Ich reichte ihr das Kanzleipapier, das die Direktorin mir gegeben hatte, obwohl ich wusste, dass dies das Todesurteil für zwölf Menschen sein konnte.

»Oh, gut gemacht, South«, sagte Coe angenehm überrascht. »Sehr gut gemacht.«

Ohne auch nur einen Blick darauf zu werfen, steckte sie das Blatt in ihre Tasche und deutete auf einen der Hotelpagen, der uns von der Treppe aus beobachtete.

»Den da«, sagte sie zu den Gullivern.

Zwei Gulliver stampften die Treppe hinauf. Der Page stieß einen gellenden Schrei aus und lief die Treppe hinunter, wollte sich zwischen ihnen hindurchrempeln. Doch zu seinem Pech schienen die Gulliver aus einer Art Zement zu bestehen, sodass er schlicht von ihnen abprallte und auf den Stufen landete. Sie hoben ihn auf, jeder nahm ihn an einem Arm und an einem Bein, und schleppten ihn hinaus in einen bereitstehenden Lieferwagen.

Ich sah Coe entsetzt an.

»Yusuf Prachti. Das ist der ParSich-Spitzel im Morrison«, sagte sie. »Sie hätten sich die Mühe nicht machen müssen, aber ich bin Ihnen sehr dankbar für Ihre Bemühungen. Ich werde Gussie auf jeden Fall davon berichten.«

»Was geschieht mit ihm?«, fragte ich. Prachtis Schreie waren selbst durch die dicke Holztür des Morrison noch zu hören. In gewisser Weise war es mir gleichgültig. Selbst wenn sie Prachti foltern und töten würden, wäre das noch besser als zwölf Opfer, oder?

»Oh, es sollte mich nicht wundern, wenn der morgen wieder auf Arbeit erscheint«, sagte Coe geistesabwesend. »Man kann ihn nicht so recht dafür rannehmen, dass er mit der ParSich spricht. Das machen gute Brüder und Schwestern doch so, oder? Wir quetschen nur ein paar Namen aus ihm heraus und lassen ihn gehen. Also. Würde es Ihnen etwas ausmachen, mich Mrs Xirau vorzustellen? Es fasziniert mich geradezu, sie kennenzulernen.«

Während ich auf demselben Bett saß, auf dem vor annähernd zwanzig Jahren eine Kiste mit Dokumenten gefunden worden war, die die Nation in einen Bürgerkrieg gestürzt hatten, hielt Sally Coe Lily vorsichtig am Kinn und begutachtete ihre Schrammen. Sie schnalzte missbilligend mit der Zunge wie eine Frau, die vor dem Werk besonders abgeschmackter Vandalen steht.

»Tiere«, sagte sie. »Mrs Xirau, ich bin von der stellvertretenden Direktorin der Staatssicherheit persönlich beauftragt, Sie ganz herzlich im Namen der Kaspischen Republik um Entschuldigung für diesen Angriff auf Ihre Person zu bitten.«

»Das ist schon in Ordnung«, sagte Lily. Sally sah sie so eindringlich an, dass es fast erschreckend war.

»Die stellvertretende Direktorin der Staatssicherheit hat mich überdies gebeten, Ihnen zu versichern, dass sie entschlossen ist, den Mann zu finden, der Ihnen das angetan hat, und dass sie seine Eier morgen früh in einer Schale auf ihrem Schreibtisch haben will. Also. Erzählen Sie mir alles.«

Ich saß schweigend da, während Sally Coe Lily befragte (man lässt sich die Gelegenheit nicht entgehen, eine Meisterin bei der Arbeit erleben zu können), und sofort verblüffte mich ihr Stil, der sich von dem aller anderen StaSich-Agenten, die ich kannte, unterschied. Grier, der selbst ein ausgezeichneter Vernehmungsbeamter war, war hartnäckig, verbissen und unnachgiebig. Durch schiere Zermürbung brachte er die Verdachtspersonen zum Sprechen. Sally jedoch spielte eine vollkommen andere Klaviatur und auf eine völlig andere Weise. Sie war charmant, herzlich und machte dabei ungeheuer schöne Augen. Und sie war, wie sich herausstellte, völlig erfolglos bei Lily.

Lily, man konnte es nicht anders ausdrücken, mauerte.

Ob sie den Mann beschreiben könne? Nein, konnte sie nicht.

Ob er groß oder klein gewesen sei? Es war zu dunkel, um es zu erkennen.

Ob er etwas gesagt hätte? Nichts, an was sie sich erinnern konnte.

Es wurde so himmelschreiend offensichtlich, dass Sally, so entzückt sie auch sein mochte, ziemlich wütend wurde.

»Mrs Xirau«, sagte sie. »Ich glaube allmählich, Sie wollen nicht, dass wir den Kerl schnappen.«

»Ich finde nur nicht, dass das nötig ist«, sagte Lily. »Ich wünsche keine Anzeige zu erstatten.«

Sally verdrehte die Augen, wandte sich ab und starrte die Exponate an der Wand an.

»Lily«, sagte ich, indem ich mich vorbeugte. »Ungeachtet Ihrer persönlichen Reaktion auf das heutige Ereignis ist es eine ernste Sache. Ein Verbrechen. Und eine Frage der Sicherheit. Und als solche muss es behandelt werden.«

Lily zuckte mit den Schultern. Ach hallo, Olesja aber auch.

»Ich werde Ihnen nicht helfen«, sagte sie schlicht.

»Warum nicht?«, fragte ich.

»Weil ich nicht will, dass jemand umgebracht wird«, sagte sie.

Sally wandte sich um und sah mich an. Sie legte die Hand aufs Herz und spielte die Entzückte, als wäre Lily ein kleines Kind, das etwas unglaublich Niedliches gesagt hätte.

»Außerdem weiß ich nicht, was für eine Aussage Sie von mir erwarten«, sagte Lily. »Es war dunkel, ich konnte nichts erkennen. Er hat mich geschlagen, ich habe ihn geschlagen, ich lief aus dem Zimmer und habe mich hier versteckt. Das war's.«

Sally nickte. »Na gut. Richtig. Dann läuft das jetzt folgendermaßen. Nicky hier bleibt weiterhin Ihre Eskorte, falls keiner von euch beiden etwas dagegen hat.«

»Nein«, sagte sie.

Ich schüttelte den Kopf.

»Wunderbar«, fuhr Sally fort. »Vor Ihrer Tür werden ständig fünf Leute vom DSD Wache halten. Die unterstehen Ihnen, South.«

»Mir?«, sagte ich benommen.

Nein, der beknackten Lampe, South, hörte ich Niemann im Geiste bellen.

»Haben Sie ein Problem damit?«, fragte Coe.

»Nein«, sagte ich leise.

Ich spürte, wie sich in meinem Bauch ein Klümpchen Furcht bildete. Diese großen, grimmig dreinblickenden Gulliver, die Sally Coe ins Morrison begleitet hatten, waren die fähigsten Agenten der StaSich. Beim DSD wurden nur die besten aufgenommen. Die würden es nicht gut aufnehmen, einem niederrangigen Agenten zu unterstehen, der in sechsundzwanzig Jahren kein einziges Mal befördert worden war.

»Die fahren Sie auch ins Hauptquartier und wieder zurück«, sagte Sally.

Lily nickte. »Danke«, erwiderte sie.

Leise, extrem zögerlich klopfte es an der Tür.

Ich machte sie auf, und davor stand die Direktorin. Sie teilte mir flüsternd mir, dass das Personal schon seit zwanzig Minuten in der Lobby auf mich warten würde, aber das einer fehlen würde, ein Mann namens …

»Yusuf Prachti, ja. Es tut mir leid, ich hätte es Ihnen sagen müssen«, erklärte ich ihr. »Sie können ihnen sagen, dass sie weiterarbeiten sollen. Es ist alles in Ordnung.«

Ihre Augen leuchteten vor Erleichterung. »Niemand wird abgeführt?«, fragte sie, als ob sie ihr Glück kaum fassen konnte.

»Nein. Keiner außer Prachti«, sagte ich, ohne nachzudenken.

»Sie haben Prachti mitgenommen?«, rief sie gequält aus und fing an zu weinen.

In stummem Entsetzen sah ich sie an.

»Es tut mir leid …«, sagte sie. »Er war mein Neffe.«

»Oh. Er ist nicht tot«, sagte ich. »Zumindest …«

Ich wandte mich zu Sally um, die mit den Schultern zuckte und den Kopf schüttelte, als wollte sie sagen *Nein, wahrscheinlich nicht.*

»Nein, mit ihm sollte alles in Ordnung sein«, erklärte ich ihr.

»Oh, danke, Agent South, vielen Dank.«

»Ist unser Zimmer fertig?«

»Nun, das Personal hat …«

»In der Lobby gewartet. Ja. Können Sie sich bitte gleich darum kümmern? Mrs Xirau ist sehr müde und könnte etwas Schlaf vertragen.«

20

In Meghri trug sich eine der bemerkenswertesten Episoden des Krieges zu. Zu beiden Seiten von den deutlich überlegenen Streitkräften der Kaspier umstellt sammelten die armenischen Verteidiger all ihre Kräfte und bereiteten sich auf die letzte Schlacht vor. Allein und unbewaffnet betrat General Manukow unter der weißen Fahne die Stadt und erklärte den jungen Soldaten, wie aussichtslos ihre Lage war. Unter Tränen (und nach manchen Berichten auf Händen und Knien) bat er sie, an ihre Familien zu denken und nicht ihr Leben wegzuwerfen. Die Armenier waren von seiner Ernsthaftigkeit und seinem Mitgefühl so beeindruckt, dass sie sich bereitwillig ergaben, und Meghri wurde ganz ohne Blutvergießen eingenommen.

Ignatius Kasamarin, *Die Geschichte der Kaspischen Republik*

Mrs Xirau war nicht die Einzige, die Schlaf brauchte. Ich war hundemüde und wollte nichts lieber, als unter eine weiche, warme Decke zu kriechen und wegzudämmern, doch für mich war der Abend noch nicht zu Ende. Nachdem die Direktorin uns mitgeteilt hatte, dass das neue Zimmer fertig war, brachten zwei der DSD-Gulliver Lily fort, und ich blieb mit Coe allein im Museum.

Coe steckte sich eine Zigarette an und nahm einen kräftigen Zug.

»Mein Gott, was für eine Puppe«, sagte sie. »Die Gedanken, auf die mich der Anblick dieses Programms bringt, sind geradezu Verrat.«

Eins der Privilegien ihrer Stellung war es wohl, sinnierte ich, Dinge aussprechen zu können, die uns Normalsterbliche umgebracht hätten.

»Also Nicky«, fuhr sie fort. »Was denken Sie?«

Ich wurde nicht schlau aus Coe. Ich war es gewohnt, dass die anderen StaSich-Agenten mich als nicht existent behandelten, als einen Trottel oder eine politische Bedrohung. Coe war eine der hochrangigsten, angesehensten und gefürchtetsten Agentinnen der StaSich, und dennoch behandelte sie mich nicht nur als ebenbürtig, sondern sogar wie einen alten Freund. War das nur gespielt? Was führte sie im Schilde?

»Ich glaube, es war die ParSich«, sagte ich.

Coe runzelte die Stirn.

»Wir müssen uns vor Vorurteilen hüten«, sagte sie. »Was heute geschehen ist, war dumm und brutal, deswegen verdächtigen wir natürlich die Arschgeigen. Allerdings bin ich mir nicht sicher.«

»Aber wer sonst?«, fragte ich, doch noch während ich es aussprach, fiel mir die lange Pilgerreise ein, auf die Grier sich nach der Entdeckung der Parias hatte machen müssen. Kaspien war vielleicht arm an Nahrungsmitteln, aber reich an Geheimdiensten und Militärbehörden, und eine jede dieser Institutionen konnte ein erhebliches Problem mit Lily Xiraus Anwesenheit haben. Coe hatte recht. Ich ließ mich von meinem Hass auf die ParSich blenden.

»Eine Sache gefällt mir nicht«, sagte Coe. »Es waren nicht genug Männer, und das sage ich normalerweise nicht. Aber so ist es. Wenn die ParSich jemanden aus einem Zimmer entführen will, dann holt sie diesen jemand aus dem Zimmer. Zumindest das müssen wir ihr zugestehen, oder? Wer immer das gewesen ist – es fehlt ihnen an Leuten. Und zwar erheblich. Und das heißt, dass wir kleiner denken müssen. Vielleicht waren das ein paar lokale Gauner, die ein hohes Lösegeld für eine kostbare Geisel einstreichen wollten. Ajays, Armenier, eines der persischen Kartelle? Oder vielleicht war es die ParSich, aber nicht die ganze ParSich, können Sie mir folgen?«

»Ein abtrünniger Flügel?«

»Genau. Das Wissen um Mrs Xiraus Anwesenheit verbreitet sich wie ein Virus und ist ebenso willkommen. Niemand kann Geheimnisse schlechter für sich behalten als die Geheimdienste, wie Sie wissen. Vielleicht kamen ein paar Hardliner einfach nicht damit zurecht, dass Lily Xiraus perfekter kleiner Hintern auf kaspischem Boden weilt. Verdammt, wenn man davon ausgeht, dass es sich nur um eine kleine Gruppe von Unzufriedenen handelt, dann könnte es praktisch jeder sein. Abtrünnige ParSich-Leute. Abtrünnige Militärs. Zum Teufel, Abtrünnige von uns?«

»Sie meinen ... es könnte jemand aus der StaSich sein?«, fragte ich.

Coe zuckte mit den Schultern. »Mich interessiert enorm, was Prachti zu sagen hat. Apropos, ich gehe wohl besser runter, damit sie es nicht zu doll mit ihm treiben. Ihr Aufenthalt hier könnte unangenehm werden, wenn dem Neffen der Direktorin was zustieße. Hier haben Sie meine Nummer, South.«

Sie reichte mir eine Karte mit ihrer Nummer und sonst absolut gar nichts darauf.

»Rufen Sie mich an, wenn es Probleme gibt.«

Sie wandte sich zum Gehen, doch dabei fiel ihr Blick auf das Bild von der Siegesfeier an der gegenüberliegenden Wand. Sie trat näher heran und starrte es fasziniert an.

»Schauen Sie nur«, sagte sie schließlich, das Bild der jungen Niemann angurrend. »War sie nicht sexy, Nicky?«

Plötzlich fuhr mir ein verrückter Gedanke durch den Kopf. War es möglich, dass die blonde Frau auf Niemanns Schoß Coe war?

»Lily hat sich gefragt, wer das ist«, log ich und zeigte auf die Blonde. »Ich habe ihr die Namen der ganzen Leute gesagt, aber sie kannte ich nicht.«

Sallys Gutmütigkeit verpuffte augenblicklich.

»Oh«, sagte sie traurig. »Sie kannten sie nicht? Das ist Sarah, die bedauerlicherweise verstorben ist.«

»Sarah?«

»Gussies Frau. Sie ist gestorben.«

Auf einen Schlag kam ich mir vor, als wäre ich unrechtmäßig wo eingedrungen.

»Es tut mir leid«, sagte ich. »Das geht mich nichts an.«

»Ach, schon gut«, sagte sie, und zu meiner Verwunderung legte sie mir tatsächlich eine Hand auf die Schulter und drückte sie beruhigend.

»Keine Geheimnisse unter uns vom Jahrgang '84«, sagte sie.

Als ich endlich ins Hotelzimmer kam, schlief Lily.

Ich ging sofort ins Bad und übergab mich heftig, konnte sehen, wie die flüssigen Überreste der vermutlich besten Mahlzeit meines ganzen Lebens am weißen Porzellan herunterrannen und das Wasser trübten.

Dann lag ich zusammengekrümmt auf den Fliesen und versuchte zu atmen, während mir Schweißperlen so groß wie Gallensteine auf die Stirne traten und übers Gesicht flossen.

Vierundachtzig. O Gott.

Wie die Pest hatten Erinnerung und Wiedererkennen mich befallen, und es fühlte sich an, als würde ich an ihr verrecken.

Vierundachtzig. Daher kannte Coe mich, und nun erinnerte ich mich an sie.

Warum erwähnte sie das? Was war sie für eine Bestie?

Regungslos lag ich auf dem Boden und versuchte, mich

auf die Kühle der Fliesen an meinem Gesicht und meiner Brust zu konzentrieren.

Im September 2184 hatte sich ein ganz untypischer Frieden auf den Haushalt South gelegt.

Olesja und ich schliefen im selben Bett (weil wir es wollten), und entgegen aller bisherigen Erfahrungen standen die Zeichen günstig, dass diese Periode der Ruhe anhalten würde.

Wir waren seit drei Jahren verheiratet, und ungefähr genauso lange war ich schon bei der StaSich. Olesja arbeitete im Kultusministerium in ziemlich hoher Stellung und plante bereits voller Freude seine gewaltsame Demolierung. Sie verachtete alles, was das Ministerium tat, und war wild entschlossen, es umzukrempeln und auf den Kopf zu stellen. Sie hatte bereits Kontakte zu den verschmähtesten und geächtetsten Künstlern der Kaspischen Republik, die verblüfft und hingerissen waren von dieser großartigen, lockigen Freidenkerin, die behauptete, Teil der verhassten Regierung zu sein. Olesja wollte diese Tunichtgute ins Kultusministerium bringen und sie mit mehr Geld überhäufen, als sie ausgeben konnten. Sollte das Ministerium diese Aktion überleben, wäre es hinterher kaum mehr wiederzuerkennen. Kurzum: Olesja war beschäftigt. Das war gut für sie, gut für mich und gut für die Ehe. Deshalb schliefen wir behaglich und mit verschränkten Händen nebeneinander.

Das Telefon neben unseren Köpfen bellte wütend, und im Dunkeln tastete ich verschlafen herum, damit das Schrillen aufhörte. Olesja warf sich neben mir verärgert herum und steckte ihren Kopf unter das Kissen.

»Hallo?«

»Nikolai? Hier ist Wassili. Entschuldige, dass ich so spät anrufe …«

Er brach ab, und ich hörte, dass er keuchte und außer Atem war. Mein Schwiegervater hatte von Geburt an Asthma, und es pflegte schlimmer zu werden, wenn er sich Sorgen machte oder Stress hatte.

»Wassili? Ist alles in Ordnung?«, fragte ich.

»Ist es Papa?«, murmelte Olesja dumpf unterm Kissen hervor.

»Ja«, sagte ich.

»Dann sag ihm freundlich, dass er *mich mal kann,* denn es ist zwei Uhr morgens.«

Am anderen Ende der Leitung hörte ich ein Zischen und heftiges Atemholen. Wassili hatte Asthmaspray genommen. Als er wieder etwas sagte, klang er klarer, aber seine Stimme war immer noch angespannt.

»Nikolai, wir haben einen Auftrag für heute Nacht. Zieh dich an und iss etwas. Wir werden ziemlich lange weg sein.«

»Was ist los?«

»Ich sag's dir im Wagen. In fünfzehn Minuten.«

Bei meiner ersten Begegnung mit Generalmajor Wassili Manukow (ehemals russisches Militär, ehemals kaspisches Militär, Empfänger des Ordens von Karabach für Tapferkeit bei der Einnahme Bakus, der Mann, der Meghri im Alleingang eingenommen hatte, Abteilungschef der StaSich, usw. usf.) hatte ich mir ordentlich in die Hosen gemacht. Ein derartiger Ruf schwört ein gewisses Bild herauf, und es war ganz bestimmt nicht das des schmächtigen Russen mit freundlichen Augen, der, als ich zum ersten Mal in den Salon seines prächtigen Hauses in Azadliq getreten war, wie eine Rakete von seinem Platz hochfuhr, mir herzlich die Hand schüttelte und mir erzählte, wie sehr er sich darauf gefreut habe, mich kennenzulernen.

Meine übliche Schüchternheit hielt nicht gegen seinen Überschwang stand, und bald gaben wir am Esstisch mit langen Ergüssen auf Russisch und Englisch den Ton an, während Olesja, Saharah und Alia die Augen verdrehten und schweigend aßen. Wie sich herausstellte, kannte Wassili meine Mutter von ihrer Zeit beim Moskauer Ableger der Neuen Humanisten her. Ich erzählte stolz, wie sie dort die internationale Konferenz der Partei 2146 mitorganisiert hatte, jene Konferenz, bei der die Schaffung eines von KIs und allen Formen von Bewusstseinstransfers freien Staates zum ersten Mal als offizielles Parteiziel formuliert worden war.

»Ich erinnere mich an sie!«, polterte Wassili freudig los. »Was für eine Frau! Was für eine Power! Wo steht ihre Statue, frag ich dich? Sie hätten sie auf dem Platz gleich neben Koslowa aufstellen sollen! All das, Nicky«, sagte er und machte eine Armbewegung, als könnte er die ganze Nation damit umfangen, »all das gäbe es nicht ohne sie!«

Er schmeichelte mir, das wusste ich. Aber er tat es mit einer solchen Begeisterung und Freude, dass ich seine Aufrichtigkeit kaum anzweifeln konnte. Stundenlang lauschte ich seinen Geschichten vom Krieg mit Armenien, denn es waren die Geschichten, die mein Vater erzählt hätte, wenn er aus diesem Krieg heimgekehrt wäre.

Wassili war derjenige gewesen, der mir vorgeschlagen hatte, die Aufnahmeprüfung bei der StaSich zu machen, und er war bis zu seinem Tod mein Mentor gewesen.

Ich habe ihn sehr geliebt.

Wassili fuhr vor unserem Haus vor und kurbelte das Fenster herunter. Er machte mit zwei Fingern und Daumen ein Zeichen, das eine Pistole darstellte.

Ich nickte und schlug meinen Mantel zurück, sodass mein Holster sichtbar wurde.

Nun nickte auch er und machte mir die Tür auf.

Lange fuhren wir schweigend dahin, bis wir die Stadtgrenze hinter uns gelassen hatten und von völliger

Schwärze umgeben waren. Ich wartete die ganze Zeit darauf, dass er etwas sagte. Doch er starrte nur auf die zwei Lichtkegel der Scheinwerfer vor uns auf der Straße. Ich wollte ihn fragen, wohin wir unterwegs waren, aber da es sich eindeutig um eine offizielle Angelegenheit der StaSich handelte, waren wir nicht Vater und Schwiegersohn, sondern stellvertretender Chef und Unteragent. Deshalb wartete ich schweigend ab.

Schließlich sagte er etwas.

»Nun, Nicky …«, sagte er. »Nun, Nicky, jetzt musst du tun, was man dir sagt. Verstanden? Das wird eine üble Sache. Aber du musst machen, was man von dir verlangt. Ja?«

»Was ist denn los?«, fragte ich.

Wassili seufzte und schüttelte müde den Kopf.

»Wir werden Dascalu alle vermissen«, sagte er traurig. »Das sage ich ihnen immer. Saharah und Olesja, ich erkläre ihnen: Ihr mögt ihn jetzt hassen, aber ihr werdet Dascalu vermissen, wenn er einmal nicht mehr ist. Wie sagen deine Leute immer? ›Da kommt der neue Chef, genau wie der alte Chef‹? Nein. Der neue Chef wird nicht wie der alte sein.«

Mit »deine Leute« meinte er die Englischsprechenden. Obwohl ich in Kaspien zur Welt gekommen bin und von meiner russischsprachigen Mutter aufgezogen wurde, war mir die Nationalität in Wassilis Augen unauslöschlich eingeprägt.

»Das ist der Ball, bei dem der Kleine Papa in die Gesellschaft eingeführt wird, Nicky«, fuhr Wassili mürrisch fort. »Seine große Vorstellung: *Schaut mich an. Der neue große Chef.*«

»Kleiner Papa« war Papalazarou junior, der vor zwei Jahren den Posten als Direktor der StaSich von Doktor Dascalu übernommen hatte. In dieser Zeit hatte er etwas erreicht, was sein Mentor lange versucht, aber nie zum Abschluss gebracht hatte, nämlich die Aufnahme des StaSich-Direktors ins Kabinett. Nun musste Papalazarou sich nicht mehr gegenüber dem Parlament verantworten, sondern sich nur noch mit der Premierministerin gutstellen. Nun war er praktisch ungebunden, und Gerüchten zufolge war der Kleine Papa darauf bedacht, seine neu erlangte Freiheit dazu zu nutzen, um aus dem Schatten vom Großen Papa zu treten und sich in der Partei einen Namen zu machen, der dem seines Vaters, des großen Helden der Gründung, ebenbürtig war.

»Und was machen wir?«, fragte ich, doch Wassili zischte nur gereizt und hob seine Hand, als wollte er meine Frage in der Luft erschlagen.

»Ich weiß es nicht«, sagte er. »Ich weiß es nicht. Ich kriege 'nen Anruf, fahre zu dir, hole dich. Mehr weiß ich auch nicht.«

»Sie haben nach mir gefragt?«, fragte ich ungläubig.

»Natürlich nicht!«, blaffte er. »Alle. Sie wollen alle. Du hättest einen Anruf von Sotchi bekommen. Aber ich habe sie angerufen und ihr gesagt, dass ich dich mitnehme.«

Iljana Sotchi war die Chefin meiner Abteilung. Wassili und ich arbeiteten nicht in derselben Abteilung, weil es damals noch recht strikte Regeln zur Verhinderung von Vetternwirtschaft gab.

»Warum?«, fragte ich.

»Damit ich dir sagen kann, was ich dir gerade gesagt habe. Üble Sache. Tu, was man dir sagt. Ganz egal, was. Ja?«

»Ja«, sagte ich.

»Guter Junge.«

Wir fuhren schweigend weiter.

»Wie geht es Saharah und Alia?«, fragte ich.

Das schien seine Stimmung nur noch zu verdüstern.

»Saharah, Saharah, Saharah ...«, fauchte er. »Ich glaube, das schweißt mich und Alia zusammen, Nicky. Das gemeinsame Interesse daran, wilde, ungezogene Töchter aufzuziehen.«

Inzwischen hatten Wassili und Alia ihre Illusion abgelegt, Saharah sei die verlässliche Tochter.

»Du hast dir die richtige ausgesucht, Nicky«, sagte er. »Am Ende.«

Natürlich geht es in der Liebe nie einfach zu, aber ich glaube, ein Diagramm der Geschichte meiner Beziehung zu Olesja würde jeden schwindelig werden lassen, der das Unglück hätte, es zu erblicken. Ich war Wassili und seiner Frau Alia zunächst nämlich nicht als Olesjas Freund vorgestellt worden, sondern als der von Saharah. Nachdem Olesja mir beim Koslowa-Platz begegnet war (ohne zu wissen, weshalb ich mich dort herumgetrieben hatte), hatte sie entschieden, dass ich genau der zurückhaltende, bildungsbürgerliche junge Mann war, der Saharah vielleicht wieder auf den Boden bringen konnte.

Sie hatte mich zur der Party ihrer Freundin eingeladen, um uns miteinander zu verkuppeln, was (irgendwie) dann auch funktionierte. Saharah und ich gingen drei Monate lang miteinander, und in dieser Zeit rückte unsere vollständige und absolute Unvereinbarkeit explosionsartig in den Fokus (wenn auch erst, nachdem Saharah mich sehr großzügig des Problems enthoben hatte, das mich seinerzeit zu dieser Tür nahe des Koslowa-Platzes geführt hatte).

Nach unserer Trennung nahmen ein paar von Saharahs Freunden mich aus Mitleid auf eine Kneipentour mit, während der ich zum ersten Mal Absinth probierte und eine religiöse Vision hatte. Die Jungfrau Maria, von purpurnen Flammen umzüngelt, stieg aus dem Himmel herab und erklärte mir (in ziemlich derben Worten), dass

Olesja die mir vorherbestimmte Frau sei. Nachdem ich mich, hundeelend, erbrochen hatte, sauste ich zu ihrem Haus in Azadliq und hämmerte gegen die Tür, bis sie im Nachthemd erschien. Da gestand ich ihr meine Liebe.

Olesja erwiderte, ich solle nie wieder mit stinkender Fahne und Erbrochenem auf den Kleidern um vier Uhr morgens vor ihrer Haustür erscheinen, sonst würde sie es ihrem Vater sagen und dafür sorgen, dass ich erschossen würde. Dann knallte sie die Tür zu, und ich ging nach Hause.

Nach ein paar Monaten hatte ich dann begriffen, dass die Jungfrau Maria entweder eine dreckige Lügnerin war, deren Verlogenheit die Grundfesten des Christentums infrage stellte, oder, was wahrscheinlicher war, eine vom Absinth hervorgerufene Halluzination. Jedenfalls war ihr in Angelegenheiten des Herzens in beiden Fällen nicht zu trauen, und deshalb fing ich etwas mit einem anderen Mädchen an. Das Ganze entwickelte sich recht angenehm, bis wir eines Abends zu einer Party eingeladen waren, auf der ich Olesja über den Weg lief.

Was danach geschah, ist unter Historikern Gegenstand einer unversöhnlichen Debatte.

Die pronikolaische Schule verficht die These, Olesja habe Nikolai unmissverständlich davon in Kenntnis gesetzt, dass sie begriffen habe, tatsächlich Gefühle für ihn zu haben und, wäre sie frei und ungebunden, wahrscheinlich willens sein könnte, eine Verbindung mit ihm einzugehen. Das proolesjanische Lager dagegen vertritt lautstark, dass Olesja sich nur im weitesten Sinne andeutungsweise und vage geäußert habe und dass nichts, was sie gesagt hatte, als eine konkrete Interessenbekundung hätte ausgelegt werden dürfen. Wie dem auch sei, um Mitternacht hatte ich meine derzeitige Beziehung beendet und Olesja darüber informiert, dass ich ganz ihr gehören würde, worauf sie erschrocken erwiderte, dass sie nicht um mich oder auch nur einen Teil von mir gebeten habe. Danach hatte ich für mich entschieden, dass mein Leben umso besser und heilsamer sein würde, je weniger Olesja Wassilijewna Manukowa ich darin haben würde, und ich wünschte ihr zum letzten Mal – so hoffte ich jedenfalls – »gute Nacht«.

Und damit schien die Sache erledigt zu sein. Es folgten für uns beide eine Reihe kurzer und belangloser romantischer Verwicklungen mit anderen Leuten (drei bei mir, acht bei ihr, aber wer würde schon mitzählen?), und während der ganzen Zeit liefen wir uns immer wieder über den Weg, weil unsere Kreise inzwischen hoffnungslos miteinander verquickt und verschlungen waren. Ich kam sogar noch einmal für drei Tage mit Saharah zusammen, wobei wir endgültig und definitiv den empirischen Beweis für die Tatsache erbrachten, dass unser Zusammensein die denkbar dümmste Idee war. Wir trennten uns erleichtert und ohne auch nur die geringste Bitterkeit, und als sie mir die Wange küsste, erwähnte sie beiläufig: »Ach, übrigens, Nicky. Ich glaube, meine Schwester ist verrückt nach dir. Warum rufst du sie nicht mal an?«

Olesja und ich hatten unser erstes Date am 4. März 2178, und wir trennten uns am 16. April. Doch nun war unser Schicksal besiegelt. Wir befanden uns jeweils in der Umlaufbahn des anderen, pendelten unablässig vor und zurück, aufeinander zu oder voneinander weg. Wir waren wie Falter und Glühbirne, aber wer von uns das unglückliche Insekt war, blieb dem Beobachter überlassen. Am 3. Juni waren wir wieder zusammen, um uns am 21. August wieder zu trennen. Es folgte eine lange, offene Wechselperiode, in der wir miteinander schliefen und so taten, als wären wir Singles, dabei aber keinerlei Interesse an jemand anderem hatten. Dann kam der lange, dunkle Winter von 2178, in dem Olesja sich in eine Frau namens Laura Enderby verliebte, von der sie behauptete, sie sei die Person, auf die sie schon ihr ganzes Leben lang gewartet hatte. Dann, als Laura Enderby sich als toxische Narzisstin herausstellte, die in Olesja weniger einen Menschen als vielmehr einen organischen Geldautomaten sah, waren wir am 28. Februar 2179 wieder zusammen.

Trennten uns im September. Wieder zusammen im Oktober.

Neuerliches Aus im Juli 2180.

Wieder zusammen im August. Geheiratet am 10. Februar 2181.

Geschieden. Verwitwet. 12. August 2190.

Du hast dir die Richtige ausgesucht, Nicky.

21

Fruchtbar ist's, wo ich geboren,
Meines Vaters Kron' zu erben,
Doch von Brüdern bös verraten,
Stürzt der Feind mich ins Verderben.
Nicht mehr weiter will ich ziehen,
Gründe hier das Vaterland,
Wo die Menschheit steht und wacht!
Wo die Menschheit steht und wacht!
Es wacht der Mensch an Kaspiens Strand!

Nationalhymne der Kaspischen Republik

Über den 9. September 2184 gibt es keinen wahrheitsgemäßen und abschließenden Bericht (zumindest habe ich keinen gefunden). Meine Landsleute verdienen zu erfahren, was geschehen ist, deshalb will ich nun versuchen, diesen Teil der Geschichte festzuhalten.

Ich werde die Wahrheit erzählen, sollen die anderen damit machen, was sie wollen.

Meine Freunde werden sagen, dass ich mir an den Geschehnissen zu viel Verantwortung aufbürde, meine Gegner werden sagen, dass ich meine Rolle darin kleinrede, damit keine Schuld auf mich fällt. Keins von beidem ist der Fall. Ich werde mich so exakt erinnern, wie es das Gedächtnis und die verfügbaren Fakten erlauben. Das ist alles.

Die Lesenden können sich sicher sein, dass das schlechte Gewissen über meine Taten in dieser Nacht nie aus meinen Gedanken geschwunden ist, und es ist eine Last, die ich wohl nicht ablegen werde bis zu dem Tag, an dem ich alle Bürden ablege. Aber ihr werdet nicht erleben, dass ich mir die Kleider zerreiße oder andere Akte der Zerknirschung vollführe. Meine Schuld gehört mir, und sie ist kein Ausstellungsstück, das man begaffen kann. Noch bin ich versucht, bei Leuten Absolution zu erlangen, die nie in einem Land wie der Kaspischen Republik gelebt haben. Es ist einfach zu richten, viel schwerer aber zu verstehen, und das Leben in der Kaspischen Republik widersetzte sich häufig jeglichem Verständnis. Wenn es jemanden gibt, der diese Zeiten mit reinen Händen durchlebt hat, dann soll der mich richten. Alle anderen sollen glauben, was sie wollen.

Die Landschaft außerhalb von Ellulgrad war so verlassen wie der Mond, und während wir durch die endlose Nacht fuhren, kam es mir so vor, als wären mein Schwiegervater und ich die einzigen Lebewesen auf der Welt. Aber ganz langsam gesellten sich andere Lichter zu uns auf der endlosen, staubigen Straße. Vor uns und hinter uns tauchten weitere Wagen der StaSich auf. Und nicht nur Wagen, sondern auch Fleischlaster. Diese großen schwarzen Lieferwagen nutzten wir für Gefangenentransporte. Wenn sie durch die winzigen Sträßchen Alt-Bakus schossen, klapperten Fenster, Zähne und unreine Gewissen. Erst waren es zwei, dann fünf, dann zehn. Und schließlich musste Wassili anhalten, weil die schmale Straße mit Fahrzeugen verstopft war, und da merkte ich, dass wir zu einem Konvoi gehörten. Praktisch der gesamte StaSich-Fuhrpark war auf der Straße und bewegte sich auf einen abgelegenen, geheimen Ort in der Wildnis außerhalb der Hauptstadt zu. Ich sagte nichts, aber meine Augen waren voller Fragen.

Wassili wich meinen Blicken geflissentlich aus.

Unser Ziel war eine Baustelle ungefähr hundert Kilometer von Ellulgrad entfernt, anscheinend direkt in der Mitte des größten Flecks unbewohnter Erde in der gesamten Republik. Flutlichter vertrieben die Dunkelheit mit weiß glühendem Natrium, und wir konnten darin die Baumaschinen erkennen, die wie riesige gelbe Drachen träge dastanden, dazu ein paar dicke Betonwände und Hütten für Werkzeuge und Sicherheitsausrüstung.

Keiner von uns kannte diesen Ort, aber wir standen in den Gerippen dessen, was einmal Internierungszentrum 3 oder Qobustan werden sollte.

Mein Gott. Dieser Ort war bereits tödlich, noch ehe er errichtet worden war.

Ich sah mich verwundert um. Nun wimmelte es auf der Baustelle von StaSich-Agenten, die meisten von ihnen, wie mir auffiel, niedrigrangige wie ich selbst. Wassili drückte mir die Schulter und ließ mich bei meinesgleichen, um sich mit einer kleinen Gruppe Abteilungsleitern zu unterhalten, die sich etwas seitlich zusammengefunden hatte. Wir waren Hunderte. Kein einziger sagte etwas.

Plötzlich donnerte ein großer StaSich-Wagen auf die Baustelle, wirbelte mit angezogener Handbremse herum, sodass Staubwolken in die Luft spritzten. Wir machten alle einen Satz zurück, um ihm zu entkommen, und ich geriet unversehens zwischen zwei Junioragentinnen, die eine klein und stämmig mit blondem Haar und gedrungenem Kinn und die andere sehr dünn, ein elfenhaftes Mädchen mit braunem, sehr kurz geschnittenem Haar, die aussah wie ein fünfzehnjähriger Junge, obwohl sie mindestens Anfang zwanzig sein musste.

Der Motor des Wagens wurde abgewürgt, und wir starrten ihn einfach nur an.

Mit einem unverkennbaren Gespür für den richtigen Zeitpunkt wurde die Tür aufgestoßen, und ein großer, bärtiger Mann sprang heraus wie ein Teufel aus einer Falltür. Er trug einen langen, braunen Mantel, der einem General eher angestanden hätte als dem Chef einer zivilen Behörde, aber ihm wäre der Unterschied bestimmt niemals aufgefallen. Denn vor uns stand kein Geringerer als Samuel Papalazarou junior, der Direktor der Staatssicherheit.

Er hatte eine Stimme, die die Sterne am Nachthimmel hätte erschüttern können, und als er seine Worte an uns richtete, hallten sie scharf von den Betonwänden wider wie Gewehrschüsse.

»Brüder!«, brüllte er. »Und Schwestern.«

Das erste Wort sprach er mit Leidenschaft und Feuer, das zweite mit einem Tonfall von Zugeständnis, als müsse er eine ermüdende Maske der Vornehmheit aufrechterhalten. Die untersetzte Frau neben mir schimpfte leise und wütend. »Arschloch.«

Papalazarou ging mit langen, zackigen Schritten vor seinen Agenten auf und ab. Fast so, als würde er marschieren. Der General richtete das Wort an seine Soldaten.

Mir fiel auf, dass ihm dies alles bedeutete.

Was immer er hier bezweckte, es hätte sich genauso gut auch mithilfe eines Memorandums an die Abteilungschefs bewerkstelligen lassen. Aber Papalazarou wollte, dass wir vor ihm standen, damit er vor uns auf und ab marschieren konnte und wir ihm zuhören mussten. Seine Unsicherheit war ihm in jeden Quadratzentimeter seiner Miene eingebrannt.

»Vor zwei Tagen wurden eine Menge Dokumente im Besitz des Schatzmeisters der Progressiven Volkspartei Kaspiens gefunden«, erzählte uns Papalazarou.

Damals wurden in Kaspien ständig Dokumente gefunden, und immer gleich eine ganze Menge. Und sie gelangten irgendwie immer in den Besitz von Leuten wie

Papalazarou. Für eine derart paranoide Nation gingen die Leute schockierend sorglos mit ihrem Papierkram um.

»Die Dokumente beweisen ohne auch nur den Schatten eines Zweifels, dass die PVPK aktiv mit Agenten der Maschinengeheimdienste konspiriert hat. Mehr noch«, sagte er, als zöge er langsam ein Messer aus einer Wunde, nur um es gleich noch tiefer hineinzustechen. »Wir sind inzwischen der Überzeugung, dass von den Parteiführern jeder zweite ein Programmagent ist, nach Kaspien eingeschleust mit der Absicht, die Regierung zu schwächen und den Staat schließlich zu zerstören.«

Die PVPK hatte bei der letzten Wahl beeindruckende Zugewinne verzeichnet. Sollten sie bei der nächsten Wahl noch einmal so gut abschneiden, bestand eine bescheidene Chance, dass sie mit einigen kleineren Parteien eine Regierungskoalition bilden konnten, wodurch die Neuen Humanisten zum ersten Mal seit der Gründung in die Opposition geraten würden.

Ein vollkommen unerhebliches Detail, ich weiß gar nicht, weshalb ich es überhaupt erwähnt habe.

»Deshalb«, sagte Papalazarou und hielt ein Stück Papier über seinen Kopf wie ein Zauberkünstler, der den Zuschauenden das Taschentuch zeigt, das er gleich in eine Taube verwandeln wird, »hat der Premierminister den Ministerialerlass 84–1687 unterzeichnet, mit dem die PVPK unverzüglich zu einer kriminellen Organisation erklärt wird, mit dem Befehl, sämtliche ihrer Mitglieder in Gewahrsam zu nehmen.«

Es herrschte Schweigen.

Wir wussten natürlich alle, dass hier ein Rubikon überschritten wurde. Die Eliminierung einer kompletten Partei war ein Meilenstein auf dem langen, blutigen Weg von dem, was Kaspien ursprünglich einmal war, zu dem, was es unweigerlich bald sein würde. Ein neues Zeitalter dämmerte herauf, das konnten wir alle spüren. Und kaum einem von uns gefielen die Zähne, die es zeigte. Aber wir sagten nichts. So spielen sich solche Momente in der Geschichte ab. Stumm.

Papalazarou hob den Finger und zeigte auf eine leere Fläche der Baustelle.

»Brüder!«, brüllte er. »Dort rüber!«

Sich auf dem Absatz drehend zeigte er auf eine andere Stelle neben der ersten.

»Schwestern!«, sprach er weiter. »Dort rüber!«

Niemand rührte sich. Wir hatten keine Ahnung, was er wollte.

»Alle Männer dort rüber und alle Frauen dorthin, was, frage ich, ist daran denn nun so kompliziert? Bewegt euch! Danke!«, bellte er, während wir uns aufteilten.

Ich gesellte mich zu den ungefähr hundert anderen Männern, während das Mädchen mit dem Elfenhaar und ihre untersetzte Gefährtin zu den Frauen auf die andere Seite gingen. Deren Gruppe war ungefähr ein Viertel so groß wie unsere.

Papalazarou stapfte zu den Frauen. Sie alle hatten, wie wir, Hemden, Krawatten und graue Filzhüte an, und ihr Anblick schien den Direktor mit einer derart schäumenden Verachtung zu erfüllen, dass sich sein Bart sträubte. Er blieb vor dem schlanken Mädchen stehen und schrie sie an: »Bruder, Sie sind entweder taub, geistig unfähig oder aufmüpfig, also, was ist nun?«

Sie starrte ihn einfach nur an, den Hauch eines Lächelns im Mundwinkel verborgen. Schweigend wartete sie darauf, dass ihm sein Fehler auffallen würde.

Schließlich machte es bei ihm *klick*, er knurrte wütend und ging weiter. Er blieb vor der Untersetzten stehen, die ganz am Ende der Reihe stand.

»Sie sind Agentin, nicht wahr?«, fuhr er sie an.

»Ja, Direktor«, gab sie zurück.

»Nun …«, sagte er wie zu sich selbst, »heute Nacht wird es sich weisen. Wir werden sehen, ob Sie eine sind.«

Er drehte sich um und kam zu uns herüber.

»Brüder, eure Abteilungschefs werden euch nun in Teams einteilen. Jedes Team bekommt eine Liste mit Namen und Adressen. Ihr kehrt nach Ellulgrad zurück, nehmt die Individuen auf euren Listen fest und bringt sie hierher. Das ist alles.«

Wir wurden auf Gruppen von sechs oder sieben Leuten aufgeteilt und bekamen eine Namensliste und einen Fleischwagen.

In der Kabine war Platz für den Fahrer und zwei Beifahrer, alle anderen mussten hinten in der Zelle sitzen.

So fand ich mich also in fast vollständiger Dunkelheit wieder, lauschte dem Geflüster dreier anderer Agenten, während der Fleischwagen den langen Weg nach Ellulgrad zurückholperte.

»Was ich nicht so recht verstehe«, sagte eine Stimme im Dunkeln, »warum wir die Progs den ganzen Weg da rauskutschieren sollen, anstatt sie ins Hauptquartier zu bringen? Da sind wir ja die ganze Nacht mit beschäftigt!«

»Die kommen nicht ins Hauptquartier«, sagte eine andere Stimme mir gegenüber und ein Stück links. »Wir haben sowieso nicht genug Zellen. Die kriegen alle die zweiundfünfzig. Also Militär. Wahrscheinlich übergeben wir sie der Armee auf der Baustelle, und die transportieren sie dann nach Westen.«

Im Dunkeln wurde zustimmend gemurmelt. Das klang logisch. Alle Personen, die unter Artikel 52 verhaftet wurden, wurden der Obhut des Militärs übergeben, und deren Basen und Einrichtungen lagen alle weiter im Westen, um die Grenze besser schützen zu können und sicheren Abstand zur Hauptstadt zu wahren. Die Regierung in

Ellulgrad betrachtete das militärische Oberkommando mit einem gesunden Grad an Misstrauen, und die Angst vor einem Putsch war stets präsent.

Die erste Stimme fragte, was Papalazarou damit bezweckte, dass er die Frauen zurückhielt. Es kamen ein paar Erklärungsversuche, und bei zunehmend schmutzigerem Gelächter entwickelte sich das Szenario, dass Papalazarou eine riesige Orgie im Sinn hatte, aber dann, als er die Agentinnen der StaSich vor sich hatte, überlegte er es sich anders und schwor lebenslange Keuschheit.

Rechts von mir meinte jemand, die Chancen stünden gut, dass eine gewisse »Niemann« ihm die Eier abbeißen würde, sollte er sich ihr auch nur nähern.

Unser erster Halt war in Massling, ein ziemlich wohlhabender Außenbezirk in Ellulgrads Südviertel. Wir klopften an die Tür, und nach ein paar Minuten machte uns ein kleiner, freundlich wirkender Mann in den Sechzigern mit dickrandiger Brille, Glatze, darunter flaumige Silberfäden im Nacken und in einen Pyjama gekleidet die Tür auf.

Wir erklärten, dass wir von der StaSich seien und er mit uns kommen müsse.

Er nickte, als hätte er damit rechnen müssen, und fragte höflich, ob er sich noch etwas Wärmeres anziehen könne. Wir sagten, dass er das könne.

Nach ein paar Minuten tauchte er wieder auf, nun der Jahreszeit angemessen gekleidet. Seine Frau, noch immer im Nachthemd, war dazugekommen, und sie hatte nichts von der Gelassenheit ihres Mannes.

»Wo bringen Sie ihn hin?«, wiederholte sie immer wieder, während wir ihn zum Fleischwagen schleiften. »Wo bringen Sie ihn hin? Sie müssen mir sagen, wo Sie ihn hinbringen, so schreibt es das *Gesetz* vor. So lautet das Gesetz. Sie müssen es mir sagen.«

Wir ignorierten sie und machten weiter unsere Arbeit, die der Gefangene uns sogar noch einfacher machen wollte, indem er sagte: »Narija, Narija, bitte. Bitte. Mach dir keine Sorgen. Musst dir keine Sorgen machen. Ich kläre das alles.«

Sie rief uns auch dann noch nach, als wir davonfuhren. Sie stand in ihrem weißen Nachthemd schreiend da wie eine Prophetin vor dem Jüngsten Tag.

Sie müssen es mir sagen. Sie müssen es mir sagen. Das ist das Gesetz.

22

»Die Progressive Volkspartei Kaspiens. Eine Fußnote, die davon geträumt hat, ein Kapitel zu sein.«

Samuel Papalazarou junior

Und so machten wir weiter.

Fast keiner der Progs leistete Widerstand. Der Großteil von ihnen war überzeugt, nichts Falsches getan zu haben, dass es sich lediglich um eine Eskalation der Schikanen handelte, der sie im Vorfeld der Wahlen unterworfen gewesen waren. Beängstigend und sehr ärgerlich, sicher, aber etwas, das man über sich ergehen lassen konnte und womit man ein paar Tage später in der Kneipe bei den Parteigenossen und -genossinnen angeben konnte. Die meisten gingen zweifellos davon aus, dass sie am nächsten Tag wieder im eigenen Bett schlafen würden. Gewiss, einer sprang zum Fenster auf der Rückseite des Hauses hinaus, als wir bei ihm anklopften. Wir mussten ihm zu Fuß hinterherjagen. Doch plötzlich blieb er stehen, als würde ihm bewusst, was er tat, nahm die Hände hoch, ging zum Fleischwagen und stieg ein, ohne dass wir auch nur einen Finger rühren mussten, und dabei entschuldigte er sich unablässig für sein idiotisches Verhalten.

Wir fuhren nach Qobustan zurück, und erneut war ich mit drei anderen Agenten in der Zelle. Diesmal jedoch waren noch acht PVPK-Gefangene bei uns, mit Handschellen an die Metallbänke gefesselt. In der Zelle war es unangenehm heiß und feucht geworden. Wir vier waren angespannt. Dazu waren wir müde und hungrig und etwas benommen von der Hitze, und unsere Disziplin litt darunter. Eine Gefangene, eine Frau Mitte vierzig, bat uns anzuhalten, damit sie sich erleichtern könne. Eine bellende Stimme im Dunkeln antwortete mit einer langen Reihe von Unflätigkeiten und befahl ihr, die Klappe zu halten und kein Wort mehr zu reden.

Sie sagte nichts, aber ein paar Minuten darauf hörten wir sie vor Schmerz und Wut keuchen. Und dann lag der Geruch von Ammoniak in der Luft.

Wir schrien sie an, beschimpften sie, und zwar nicht nur wir Agenten, sondern auch ihre Mitgefangenen. Sie sagte nichts, zog sich immer weiter in ihr Schweigen zurück und hoffte vielleicht, dass die Dunkelheit einen Kokon um sie herum bilden würde.

Als wir ankamen, hätten wir jemanden umbringen können. Die drei, die in der Kabine gefahren waren, öffneten die Tür, wir torkelten hinaus und erklärten ihnen, dass sie das nächste Mal hinten sitzen würden, und wenn ihnen das nicht passen würde, würden wir ihnen die Zähne einschlagen. Wie Ertrinkende sogen wir die Nachtluft ein, ehe wir die Gefangenen einen nach dem anderen grob herauszerrten. Sie schwankten und blinzelten verwirrt im grellen Flutlicht. Wir trieben sie an, doch dann fiel uns ein, dass wir keine Ahnung hatten, wohin wir sie bringen sollten. Deshalb befahlen wir ihnen, stehen zu bleiben. Und während wir herumstanden, bemühten wir StaSich-Agenten uns, so gut es ging vorzutäuschen, dass alles nach Plan verlief. Die Baustelle wirkte beinahe verlassen, zumindest im Vergleich zu dem Gedränge, das vor einigen Stunden hier geherrscht hatte. Ein Fleischwagen war gerade vom Gelände gefahren und machte sich auf den Weg zurück nach Ellulgrad. Ein weiterer stand weiter vorn, und das dazugehörige Team hatte ebenfalls seine

Gefangenen herausgeholt, schaute sich jetzt um und fragte sich, wie es weitergehen sollte. Hinter einer Betonwand tauchte eine Gruppe von fünf Agentinnen auf, deren Anführerin ein Klemmbrett in der Hand hatte, die anderen Pistolen.

Die mit dem Klemmbrett ging erst zu dem anderen Team, glich die Namen auf ihrer Liste mit den anwesenden Gefangenen ab, und als sie alle abgehakt hatte, gab sie zwei ihrer Kolleginnen ein Zeichen, worauf diese die Gefangenen hinter die Betonwand führten.

Dann kam sie zu uns. Sie rief die Namen, und deren Träger antworteten jeweils mit »hier«. Dann wurde ihnen befohlen, mit den anderen beiden Agentinnen zu gehen und sich hinter die Betonwand zu begeben.

Sie zeigte keinerlei Emotionen, außer dass sie angesichts einer dunkelhaarigen Frau mit einem großen dunklen Fleck auf dem Kleid angewidert die Lippen kräuselte.

»Warten Sie hier«, erklärte sie uns. »Vielleicht haben wir noch eine Liste für Sie.«

Sie wollte gehen, doch ich räusperte mich. Sie sah mich finster an.

»Was?«, fragte sie.

»Ist Oberspezialagent Manukow hier?«, fragte ich.

»Nein«, erwiderte sie. »Er ist nach Hause gegangen. Krank oder so was.«

Wir warteten neben dem Fleischwagen. Allmählich wurde es kalt, und wir saßen abwechselnd in der Kabine, wo es etwas wärmer war. Die Zelle war freilich zu schmutzig und übel riechend, als dass wir dort Zuflucht gesucht hätten, außerdem war es dort sowieso kaum wärmer als draußen.

Ich kann nicht genau sagen, wann wir begriffen, was hier vor sich ging.

Das Militär war auffallend abwesend.

In der Ferne hörte ich ein Geräusch. Es klang, wie wenn jemand nach einem bitteren Streit die Tür zuknallte.

Es schien von sehr weit weg zu kommen und wurde vom eigenen Widerhall verzerrt und gedämpft.

Dann Stille.

Dann erklang es wieder. Nein, keine zugeschlagene Tür. Wie ein Feuerwerkskörper. Oder …

Jemand sah nach oben.

»War das …«

»Weißt du, Bruder, was ich glaube, dass es war?«

»Scheiße. Sollen wir …«

»Du solltest dich auf deinen Arsch setzen, Bruder. Das solltest du tun. Was immer dort vor sich geht, kann mal schön dort bleiben.«

»Scheiße.«

Während wir noch sprachen, erklangen drei weitere Schüsse. Und dann noch einmal drei in unser darauf folgendes Schweigen hinein. Ich sah auf meine Armbanduhr und überlegte, ob ich schauen sollte, wie viele Schüsse pro Minute erklangen, ehe mir bewusst wurde, dass ich es nicht wissen wollte.

Man hatte uns gesagt, dass wir beim Wagen warten sollten, also taten wir das auch.

Ich sinnierte, dass da ein Richter oder jemand in der Art sein musste, vielleicht saß er auf einer provisorischen Bank und las aufmerksam die Anklage gegen den jeweiligen Gefangenen durch. Und wenn er ohne den geringsten Zweifel von der Schuld der Angeklagten überzeugt war, würde er müde seufzen und das Zeichen geben, worauf sie hinter die Wand geführt und erschossen wurden.

Oder vielleicht gab es eine andere Liste, eine separate Liste.

Papalazarou hatte gemeint, dass die PVPK durch eine

ganze Reihe von Programmen verseucht war. KIs bekamen keine Gerichtsverfahren. KIs wurden nicht betrauert. So war es. Die Gefangenen wurden ausgesiebt, genau untersucht, und wenn ein Programm gefunden wurde, dann brachte man es weg. Die anderen Progs sahen sich sicher ungläubig an bei jeder neuen Entdeckung.

»Er war eine Maschine? Aber ich habe ihm geglaubt!«

»Sie nicht, nein, sie ganz bestimmt nicht!«

Aber die meisten Progs wären sauber. Sie würden sicher bald wieder nach Hause zurückkehren, eine gestrafte, gedemütigte und gereinigte Partei.

Die Schüsse hallten arrhythmisch und dumpf durch die Nacht, die Tür schlug so fest zu, dass sie bald aus den Angeln fiel.

Bald würden sie nach Hause zurückkehren.

Eine vernünftigere Partei, eine wachsamere Partei.

Peng. Peng. Peng.

Eine kleinere Partei.

Peng.

Eine sehr viel kleinere Partei.

Nach ungefähr einer Stunde hörten die Schüsse auf.

Jemand zündete eine Zigarette an und sagte: »Tja, das war's dann wohl.«

Wir atmeten erleichtert auf. Was immer es war, es war vorbei.

Nach zwanzig Minuten des Schweigens sagte jemand: »Weiß ja nicht, wie's euch geht, Brüder, aber meine Eier sind hart gefroren – SCHEISSE!«

Er brach ab, denn wir vernahmen Geräusche, so schrecklich, dass der Erdmantel gerissen und der Lärm der Hölle hervorgebrochen sein musste. Es war Geschrei und Brüllen und die leisen, furchtbaren, unbeschreiblichen Laute von Menschen, die zwischen Todesqualen und dem Tod selbst gefangen waren.

Wir griffen zu unseren Waffen, doch es gab nichts, worauf wir hätten schießen können. Nur diese Geräusche. Verzweifelt sahen wir uns an und fluchten. »Scheiße! Was war das, verdammt? Was machen die da für 'ne Scheiße?! Scheiße, Mann! Scheiße!«

Nichts. Wir taten nichts.

Und dann näherte sich uns eine Gestalt. Ob Mann oder Frau vermochte ich nicht zu sagen.

Sie lief barfuß über den Kies, wirbelte Staub hinter sich auf.

Mit auf den Rücken gefesselten Händen rannte sie auf uns zu wie ein brennend roter Komet.

Barfuß, Arme, Beine und Brust voller Blut, rot glänzend, und der Kopf halb eingeschlagen.

Ein Stück des Schädels hing samt Haaren flatternd am Kopf, ein Auge war aus seiner Höhle entkommen, war so weit es ging am Gesicht herabgelaufen, bis es auf der Wange hing.

Die Nase war nicht mehr da.

Ich war der Gestalt am nächsten, und die Angst übernahm alle meine Gedanken. Ich griff zur Waffe und machte der gespenstischen Erscheinung ein Ende.

Die Gestalt machte einen Satz, schlitterte, rollte herum und lag dann still da.

Der Staub legte sich auf die Leiche und raubte dem Blut ein wenig seiner Röte.

Jetzt lag sie also regungslos da. Ein Gegenstand.

Alle standen wir um sie herum, nicht in der Lage zu sprechen.

Wir blickten auf, als wir noch jemanden auf uns zulaufen hörten.

Es war das Elfenmädchen. Sie war blass, und ihre Augen schienen zu groß für ihr Gesicht zu sein.

Vom Flutlicht gebannt stand sie da. Sie betrachtete uns.

Die sieben StaSich-Agenten. Die Leiche auf dem Boden. Den Rauch, der noch von meinem Pistolenlauf aufstieg.

Unsere Blicke trafen sich, und in ihrem stand tiefe Dankbarkeit. Ich fühlte mich beinahe geliebt. Ich konnte sehen, dass sich ihre schmalen, bleichen Lippen unbewusst zurückrollten, um ein »D« zu bilden. Um »Danke« zu sagen.

Aber sie sagte es nicht.

Stattdessen räusperte sie sich und verkündete mit etwas zu hoher Stimme: »Wir sind fertig. Wir können nach Hause.«

23

»Na, schön! Aber außer globalem Wohlstand, dem Welthunger-Index, den Marslandungen, der Lösung der Kohlendioxidkrise, der universell verfügbaren Empfängnisverhütung, der Ausrottung von Krebs, der Wiederherstellung der Biosphäre, der offenen Grenzen, der sauberen Energien, der digitalen Rechte und dem Weltfrieden … was, bitte schön, hat das Triumvirat je für uns getan?«

Anonym

»Ist alles in Ordnung mit Ihnen?«

Lily sah auf mich herab, der ich im Bad auf dem Fußboden lag. Ich versuchte aufzustehen, schaffte es aber nicht. Ich war schlicht zu erschöpft, und von dem Knuff auf der Treppe taten mir noch die Rippen weh.

»Alles in Ordnung«, sagte ich. »In der richtigen Welt machen wir das ständig. Einfach im Bad auf dem Boden rumliegen. Das ist völlig normal. Haben sie Ihnen das nicht gesagt?«

Sie lächelte mich traurig an und legte sich langsam und vorsichtig neben mich.

»Hm«, sagte sie und starrte an die Decke. »Das ist schön.«

»Habe ich Sie geweckt?«, flüsterte ich.

»Ich war schon wach«, sagte sie. »Ich habe Weinen gehört.«

»Nun, ich kann's nicht gewesen sein. Schließlich habe ich doch auf dem Boden gelegen, was vollkommen normal ist, wie ich Ihnen bereits erklärt habe.«

»Es muss jemand anders gewesen sein.« Sie nickte.

»Ja, so muss es sein.«

»Ich wünschte, ich könnte demjenigen helfen. Es klang, als würde die Person richtig leiden.«

»Ich bin überzeugt, dass sie dankbar dafür wäre, dies zu hören. Und ich bin überzeugt, dass sie sich Ihnen sehr gerne anvertrauen würde. Aber ich bin ebenso überzeugt, dass sie das nicht kann.«

»Verstehe«, sagte sie.

Ich spürte eine Panikattacke in meiner Brust aufsteigen, atmete schneller. Immer schneller.

Sie drückte meine Hand ein wenig, und ich packte fest zu, aber sie zuckte nicht zusammen.

»Ich bin hier«, sagte sie. »Ich bin hier.«

Dann war es vorbei.

»Es tut mir leid«, sagte ich. »Das hier. Es tut mir leid, was geschehen ist. Es tut mir leid wegen Ihres Mannes.«

»Entschuldigen Sie sich häufig für Dinge, an denen Sie nicht schuld sind?«

Ich machte einfach weiter.

»Es tut mir leid, wie ich Sie behandelt habe. Ich war nicht nett zu Ihnen.«

»Sagen Sie das nicht«, sagte sie. »In diesem Land sind Sie mir der liebste Mensch.«

»Wenn Sie mich da mal nicht mit lauwarmem Lob schlechtreden.«

»Tja«, sagte sie. »Ich hatte schon schönere Urlaube.«

Ich lachte, bis meine Brust schmerzhaft verlangte, damit aufzuhören.

»Und über was sprechen Leute so, wenn sie auf dem Badezimmerboden liegen?«, fragte sie.

»Nun ...«, sagte ich. »Ich könnte fragen, ob Sie Paulo schon in den Seiten seiner Bücher gefunden haben?«

Sie schüttelte den Kopf.

»Ich weiß nicht«, sagte sie. »Da ist schon jemand, aber ich kenne ihn nicht. Ich erkenne ihn nicht wieder. Und ich weiß nicht, ob ich Paulo jemals kannte.«

»Haben Sie ihn geliebt?«, fragte ich.

Sie nickte. »Ja. Sehr.«

»Aber Sie haben ihn nicht gekannt?«

»Wer würde denn nicht ein schönes Geheimnis lieben?«, fragte sie.

Das stimmte. War Olesja nicht auch als ein Rätsel gestorben?

»Ich weiß nicht, weshalb er hierherkam«, sagte sie. »Ich weiß nicht, warum ...«

»Jemand das tun sollte?«, vervollständigte ich ihren Satz.

»Ich wollte nicht ...«, fing sie an, doch ich gab ihr ein Zeichen, dass sie ihren Gedanken gar nicht erst zu beendigen brauchte.

Einige Augenblicke lang erforschten wir die Risse in der Decke.

»Wie konnte er sich selbst so sehr hassen?«, flüsterte sie.

Ich drehte den Kopf zu ihr.

»Was kann ich tun, um Ihnen zu helfen?«, sagte ich.

Der Gute Bruder, der lange Zeit geschlafen hatte, wachte kurz auf, um mich zu warnen, dass ich mich gefährlich kompromittierte, und ich sagte ihm, er solle sich verpissen. Lily hatte mir heute Abend das Leben gerettet. Ich bezahlte meine Schulden.

»Wie meinen Sie das?«, fragte sie verwirrt.

»Wenn die Bücher nichts bringen ...«

»O nein, das habe ich nicht gesagt ...«

»Gibt es sonst etwas, das wir tun könnten?«

»Vielleicht ...« Sie wirkte unsicher. »Könnte ich vielleicht seine Wohnung sehen? Wie er gelebt hat? Wenn ich sehen könnte, wie er seine Tage verbracht hat, kann ich mir vielleicht ein besseres Bild machen.«

Sie klang nicht überzeugt, aber ich entwickelte bereits einen Plan.

Kaspien hatte Lily nicht sonderlich gut behandelt während ihres bisherigen Besuchs, aber an diesem Morgen schien es wenigstens zu versuchen, etwas wiedergutzumachen. Denn es war ein klarer Tag, eisig, aber sonnig, die Art von Tagen, die sich kristallklar anfühlen und scharf und echt. Lily und ich ließen uns ein einfaches, aber sehr willkommenes Frühstück aufs Zimmer bringen, und nachdem wir es gegessen hatten, nahm ich einen der beiden Gulliver des DSD, die vor der Tür postiert waren, zur Seite.

Es war ein junger, blonder Mann, ungeheuer groß und beinahe liebenswürdig dreinschauend für seine Spezies.

»Entschuldigen Sie, Agent ...«

»Lubnick, Sir.«

»Agent Lubnick, ich glaube, es wäre besser, wenn wir unseren Tagesablauf ein wenig variieren. Ich bezweifle zwar, dass jemand sich am helllichten Tage an Mrs Xirau heranwagen würde, aber wir sollten den Arschgeigen nicht allzu viel Intelligenz zutrauen.«

»Wie Sie meinen, Sir«, sagte er.

»Wir brechen früher auf. Können Sie den Wagen jetzt kommen lassen?«

»Auf der Stelle, Sir.«

Einem DSD-Agenten Befehle zu geben fühlte sich so an, wie wenn man zum ersten Mal eine Rennwette abschließt. Es machte zweifellos Spaß, war aber definitiv nichts, was ich mir zur Gewohnheit machen sollte.

Der Wagen kam, und wir fuhren los, begleitet von zwei unserer Beschützer vom DSD, die sich ebenfalls ins Auto quetschten. Drei weitere folgten in einem zweiten Wagen.

Ich wies den Fahrer an, nicht die direkte Route zu nehmen, sondern uns über einen Zickzackkurs durch die Seitenstraßen zu fahren, bis wir zur Avenue Bernard Charbonneau kamen. Dort hieß ich ihn vor dem Eingang eines Klinkerhauses anhalten. Es war ein großes, mehrstöckiges Wohnhaus von verblasstem Prunk, was im Grunde den einzigen Prunk darstellte, den man in Ellulgrad noch antreffen konnte.

Die DSD-Leute flossen aus den Wagen wie Gletscher, die dringend irgendwo sein mussten, und sahen mich fragend an.

Ich beachtete sie nicht, sondern zeigte Lily das Haus.

»Hier. Das ist Paulos Wohnung. Sollen wir hinaufgehen? Lubnick, Sie kommen mit mir. Die anderen bleiben hier und passen auf, dass niemand die Radkappen klaut. Dauert nicht lange.«

Wer war dieser Mann?, fragte ich mich, während ich mit Lily neben und Lubnick hinter mir in das Haus trat. Denn er verhielt sich definitiv nicht wie Nikolai South.

Und doch, nach der letzten Nacht fühlte ich mich auf sonderbare Weise unverwundbar. Also was machte es schon, dass ich vom Plan abwich? Wir wurden im Hauptquartier der StaSich ohnehin erst in vierzig Minuten erwartet. Was ich hier machte? Ich half Lily Xirau, ihren Mann zu identifizieren. Ich befolgte lediglich Befehle und zeigte Initiative. Vielleicht würde ich doch noch befördert werden.

Hast du einfach so beschlossen zu vergessen, wollte der Gute Bruder wissen, *dass sie ziemlich sicher eine Spionin ist, die in Verkleidung deiner Frau hierhergeschickt wurde und dich jetzt bittet, das Haus zu sehen, weil das Teil ihrer Mission ist?*

Und genau deshalb, antwortete ich, *werde ich jeden ihrer Schritte, ihrer Blicke und jede ihrer Bewegungen genau beobachten.*

Wie immer gab es nur zwei Möglichkeiten. Entweder war Lily eine Spionin oder sie war es nicht. Entweder sie log oder sie sagte die Wahrheit. Wenn sie keine Spionin war, dann hatte ich ihr mein Leben zu verdanken, und ich würde ihr auf jede erdenkliche Weise helfen. Wenn sie eine Spionin war, dann war es meine Pflicht, sie zu demaskieren. Ich verfolgte zwei sich gegenseitig ausschließende Ziele, aber zunächst hatten sie mich beide hierher geführt, in Paulo Xiraus Wohnung.

Ich klopfte an die Tür des Vermieters und erklärte ihm, das die StaSich Zutritt zu Xiraus Wohnung verlangte, und er gab uns mit der Hast, die eine solche Forderung nahelegte, den Schlüssel. Ich würde gerne glauben, dass er ihn mir ebenso schnell gegeben hätte, wenn Lubnick nicht hinter mir gestanden wäre und für eine Sonnenfinsternis gesorgt hätte, aber ich bezweifle es.

Ich ließ Lubnick auf dem Flur warten, schloss die Tür auf und ließ Lily hinein.

Die Wohnung war weit weniger beeindruckend, als ich erwartet hatte. Paulo Xirau war bekannt und geachtet gewesen, und ich hatte unterbewusst angenommen, dass er deshalb auch reich gewesen sein musste. Aber das war eindeutig nicht der Fall. Er lebte besser als ich, aber das machte ihn noch lange nicht reich. Nicht einmal annähernd. Auch wenn die Wohnung wohl besser ausgesehen haben mochte, ehe die StaSich sie auf den Kopf gestellt und Paulo Xiraus Lesematerialien weggeschafft hatte.

Ich machte die Tür hinter uns zu.

Dann blieb ich an der Tür stehen und versuchte, uninteressiert zu wirken, während sie vorsichtig durch die Trümmer von Paulos Wohnzimmer stelzte.

»Warum sieht es denn so aus?«, fragte sie.

»Als sie herausfanden, dass er ein Pro…, eine KI war,

haben sie angenommen, er wäre ein Spion. Sie haben nach Beweisen gesucht«, sagte ich.

Sie nickte und fing an, die Fotos auf dem Kaminsims zu begutachten.

Ich dagegen begutachtete das Foto, das nicht auf dem Kaminsims stand.

Menschliche Wesen (und des Arguments zuliebe nehme ich an, auch KIs) haben eine starke Vorliebe für Symmetrie. Aber die fünf Fotografien, die auf Paulos Kaminsims standen, waren so angeordnet, dass zwischen dem vierten und dem fünften eine große Lücke war, die darauf hindeutete, dass an der Stelle ein Foto entfernt worden war. Die verbliebenen Bilder zeigten: ein klassisches, vorteilhaftes Porträt von Paulo, wie er mitten beim Abfassen eines Schmähartikels an der Schreibmaschine saß. Jemand, der wie Paulo aussah, beim Trinken mit einer Gruppe Schriftstellerkollegen von der *Kaspischen Wahrheit*. Zwei Naturaufnahmen, die während einer Wanderung im Kaukasus gemacht worden waren. Und schließlich ein Gruppenbild mit Paulo auf einer Kajaktour mit Freunden auf dem Kaspischen Meer.

Lily betrachtete das erste Bild eingehend.

»Ist er das?«, fragte sie, und mir kam der Gedanke, wie absonderlich es war, dass ich ihr sagen musste, wer ihr Mann war.

»Ja«, sagte ich. »Das ist Paulo Xi…«

Aus Richtung der Küche war das Knarren einer Diele zu hören.

Lily sah mich wortlos an. Was sie in meiner Miene ablesen konnte, half nicht, ihre Sorgen zu zerstreuen.

Leise drückte ich mich gegen die Wand und bedeutete ihr, dasselbe zu tun. Ich zog die Pistole aus dem Holster und betete, dass ich sie nicht würde benutzen müssen. Schließlich war ich an einem Ort, an dem ich nicht sein sollte, mit einer Person, mit der ich nicht hier sein sollte, und ich wünschte mir genau die Art von Unauffälligkeit, die nicht kompatibel mit dem Abfeuern von Schusswaffen in Wohngegenden war.

»Wer ist da?«, bellte ich.

Ich hatte mit keiner Antwort gerechnet, und schon gar nicht mit der, die ich bekam.

Die Stimme einer jungen Frau drang aus der Küche.

»StaSich! Werfen Sie die Waffe auf den Boden und treten Sie sie in meine Richtung!«

Das machte mich ein paar Sekunden lang sprachlos. Der Vermieter hatte uns nicht gesagt, dass schon jemand von der StaSich in Xiraus Wohnung war.

»Wie lautet Ihre ID?«, fragte ich.

Stille.

»4 … 2 … 9 … 8 … 7 … 2«, stammelte es aus der Küche.

»Sie lügen«, sagte ich schroff. »Jetzt kommen Sie schon heraus.«

Die angebliche StaSich-Agentin trat zitternd aus der Küche.

Sie war groß, hatte lange braune Haare und bleiche Haut und schien Mitte zwanzig zu sein. Dem unverfälschten Akzent nach stammte sie aus Alt-Baku. Nervös sah sie erst auf meine Pistole, dann auf Lilys blaues Auge und schließlich auf meinen Hut.

Ein grauer Filzhut, die Krone eines StaSich-Mannes.

»Es tut mir leid …«, sagte sie. »Wenn ich gewusst hätte, wer Sie sind, hätte ich nicht gesagt, dass ich zur StaSich gehöre. Ich wollte Ihnen nur Angst machen, damit Sie gehen. Ich dachte, Sie wollten die Wohnung ausrauben.«

»Und wie kommen Sie auf die Idee?«, fragte ich verächtlich und griff nach dem Gegenstand, den sie sehr amateurhaft hinter ihrem Rücken verstecken wollte.

Er war hart und rechteckig, und einen Moment lang

glaubte ich, das fehlende Foto von Xiraus Kaminsims gefunden zu haben.

Doch stattdessen hielt ich eine kleine Holzschachtel in der Hand, die von einer kleinen Schnalle verschlossen gehalten wurde.

»Schauen Sie, die können Sie behalten«, sagte die junge Frau. »Behalten Sie sie, aber bitte lassen Sie mich gehen.«

»Was machen Sie hier?«, fragte Lily. »Das ist die Wohnung meines Mannes.«

Die Augen der Frau schienen doppelt so groß zu werden.

»Paulo war verheiratet?!«, rief sie aus.

»Ja. Ja, das war er«, sagte Lily in einem Tonfall, der durchblicken ließ, dass sie über die Reaktion der jungen Frau nachgedacht hatte und die daraus zu ziehenden Schlüsse ihr nicht gefielen.

Ich hob einen von Paulos Stühlen auf, der zur Seite gekippt war, und stellte ihn in die Zimmermitte. Mit der Pistole zeigte ich darauf.

»Setzen Sie sich«, sagte ich.

Gehorsam folgte die junge Frau.

»Woher kennen Sie Paulo Xirau?«, fragte ich sie.

»Er war der Freund meiner Freundin«, sagte sie.

Aha. Ich konnte mir schon denken, wer die Einbrecherin war, aber ich fragte sie trotzdem.

»Nadja Evershan«, gab sie zurück. Ja, Griers goldenes Mädchen. Die mit Fiza Paria im Lebensmittelgeschäft gearbeitet hatte. Anscheinend betätigte sie sich nebenher schwarz als Einbrecherin.

»Wie sind Sie hereingekommen?«, fragte ich.

»Über die Feuerleiter«, sagte sie. »Der Riegel am Fenster hintenraus ist kaputt. Paulo wollte dem Vermieter immer wieder mal sagen, dass er ihn reparieren sollte, aber er hat's nie getan.«

Ich wollte sie schockieren.

»Ja. Nadja Evershan. Zweiundzwanzig. Alt-Baku. Beschäftigt bei Spatzkis Lebensmitteln.«

»Woher wissen Sie das?«, fragte sie erstaunt.

»Ihre Akte«, sagte ich.

»Sie haben eine Akte über mich?«

»Wir sind die StaSich«, erwiderte ich. »Wir haben über jeden eine Akte.«

Ich konnte förmlich sehen, wie sie im Kopf durchging, was sie alles gesagt oder getan hatte, seit sie das Sprechen gelernt hatte.

Gut. Jetzt würde sie viel weniger leichtfertig lügen.

Ich beugte mich vor.

»Warum haben Sie hier eingebrochen?«, fragte ich. »Weil Paulo tot ist, dachten Sie, Sie könnten die Wohnung ausräumen und alles mitnehmen, was nicht niet- und nagelfest ist?«

Sie wurde rot und funkelte mich wütend an. Offenbar hatte ich einen Nerv getroffen.

»Das würde ich niemals tun«, knurrte sie. »Er war ein Freund.«

Ja. In Alt-Baku herrschte ein Kodex. Jeder schaute nach sich selbst, und wenn man nicht auf seine Habseligkeiten aufpasste, fanden diese neue Besitzer, die wussten, wie man auf sie aufpasste. Aber man beklaute niemals einen Freund. Denn ein Freund war eines der wenigen Dinge, die man, wenn man sie einmal verloren hatte, nicht einfach wieder klauen konnte.

Mürrisch sah sie zu Boden.

»Ich habe nur nach seinem Noch gesucht«, flüsterte sie.

Lily sah mich neugierig an.

Ich erklärte es ihr.

Ein »Noch« (möglicherweise kam das Wort aus dem

Russischen *Nachodka*, aber wer wusste das schon genau) war eine weitere jener reizenden Traditionen aus Alt-Baku, die sich aus dem reichen kulturellen Trieb entwickelten, der sich extreme Armut und Entbehrung nannte. Ein Noch war ein Vorrat an Geld oder an Wertsachen, deren Aufenthaltsort nur man selbst und eine weitere Person kannte, normalerweise ein Partner oder Geliebter. Es war ein dieser Person im Todesfall zugedachtes Vermächtnis. Ein letztes Geschenk. Ein kleiner Trost. Ein Dankeschön, ein Lebewohl.

Paulo Xirau hatte nicht in Alt-Baku gewohnt, doch die Tradition hatte sich auch außerhalb des Viertels verbreitet. Aufgrund des Embargos war ganz Ellulgrad langsam, aber sicher zu Alt-Baku geworden.

»Verstehe ich nicht«, sagte Lily. »Warum sollte er Ihnen sein Noch überlassen?«

»Das sind die Regeln«, erwiderte Nadja.

Ja, so war es wohl, nicht wahr? Paulo war tot. Fiza war nicht mehr. Yasmin war nicht mehr. Paulo hatte keine lebenden Angehörigen. Tja, warum sollte Nadja es nicht bekommen?

»Hat Fiza Ihnen gesagt, wo er sein Noch hatte?«, fragte ich.

Nadja nickte.

»Nachdem Paulo gestorben war. Ich wusste nicht, weshalb sie das getan hat. Eigentlich sollte es ein Geheimnis sein. Aber dann hat sie …«

Sie sprach nicht zu Ende.

»Ich weiß, was sie getan hat«, sagte ich.

Ich schaute mir die Schachtel in meiner Hand an. Dann stellte ich sie auf den kleinen Tisch, machte sie auf und winkte Lily und Nadja herbei, damit sie ebenfalls hineinsahen.

In der Schachtel befanden sich zwölf Figürchen.

Es war kleiner, billiger Nippes. Keramik, und ziemlich hässlich. Ich nahm sie heraus und legte sie in einer Reihe auf den Tisch.

»Was ist das?«, fragte Lily.

»Eine jede stellt ein Symbol des Tierkreises dar«, erklärte ich. »Das ist der Löwe. Das ist die Waage. Der Widder. Alle zwölf. Vor ein paar Jahren waren sie sehr beliebt. Die Leute haben sie gesammelt.«

»Ah«, sagte Lily. »Das passt. Er hat gerne Dinge gesammelt. Spiele. Musik. Schlechte Ideen.«

Solche Figürchen waren mir gut bekannt. Sie waren quasi der Lebensunterhalt von Aserbaidschanern, die von Haus zu Haus zogen. Zum ersten Mal waren sie nach der Morrison-Krise aufgetaucht, ein unverschämter Witz auf Kosten der besiegten Verschwörer. Man musste sie alle sammeln. Musste alle Tierkreiszeichen zusammenbekommen. Ich musste zugeben, dass ich etwas überrascht war, sie in Xiraus Besitz zu finden. Fanatiker waren nicht gerade für Sammlerlaunen bekannt.

»Die sind also der Noch?«, fragte Lily. »Sind sie wertvoll?«

Nadja schnaubte.

Ich lächelte.

»Nahezu wertlos«, sagte ich. »Niemand würde sie stehlen wollen. Niemand würde sich die Mühe machen.«

Ich nahm die Schachtel und tastete mit den Fingern die Fütterung ab, die an den Deckel geklebt war, um die Figürchen beim Transport zu polstern.

»Weshalb«, sagte ich, während ich die Fütterung herausriss, »dies natürlich ein perfektes Versteck für etwas tatsächlich Wertvolles ist.«

Wie ein Zauberkünstler, der eine Karte hervorzaubert, hielt ich meinen Fund in die Höhe. Ein dünner Stapel Banknoten, insgesamt ungefähr dreihundert Monetas.

Für mich war das ungefähr ein halbes Monatsgehalt. Für eine junge Frau aus Alt-Baku, die in einem Lebensmittelgeschäft arbeitete, war es ein Vermögen.

Ich gab ihn Nadja. Sie nahm ihn und wandte sich zu Lily.

»Sind Sie wirklich seine Frau?«, fragte sie.

Lily nickte.

»Entschuldigen Sie«, sagte Nadja. »Meine Freundin Fiza wusste nicht, dass er verheiratet war. Sie wäre nicht mit ihm gegangen, wenn sie gewusst hätte, dass er eine Frau hatte. Das war nicht ihre Art.«

»Ist schon gut«, sagte Lily. »Wir leben seit zwanzig Jahren getrennt. Ich hatte mir schon gedacht, dass er jemand anders gefunden haben wird.«

»Fünf Jahre«, berichtigte ich sie rasch, als ich den verwirrten Ausdruck in Nadjas Gesicht sah.

Lily fiel ihr Fehler ebenfalls auf.

»Fünf Jahre, fünf Jahre, ja. Was habe ich gesagt?«

»Zwanzig«, antwortete ich hilfsbereit und stieß ein gezwungenes Lachen aus.

»Na, das natürlich nicht«, sagte sie. »Ich meine, ich bin ja wohl eindeutig keine vierzig.«

Was gar nicht mal gelogen war, denn schließlich wurde sie im kommenden Jahr achtzig.

»Dann gehört das Ihnen«, sagte Nadja und hielt ihr das Geld hin.

Ach, sie war wirklich durch und durch Alt-Baku. Sie besaßen fast nichts, aber sie hatten ihren Kodex.

Lily gab es ihr zurück.

»Und wenn Sie es nehmen würden«, sagte sie, »und Sie mir dafür etwas über Paulo erzählen?«

»In Ordnung«, sagte Nadja. »Also gut. Ähm … ich habe ihn gar nicht so gut gekannt. Ich habe ihn nur ein paarmal gesehen. Mit Fiza. Aber ich habe ihn gemocht.«

»Warum?«, sagte Lily leise.

»Ich weiß es nicht«, sagte Nadja. »Er war nett. Er war gut zu Fiza. Er hat sie gut behandelt. Das findet man nicht so leicht. Vor allem heutzutage.«

»Hat sie ihn geliebt?«, fragte Lily.

»Ich ... ich glaube, sie wäre bald so weit gewesen«, sagte Nadja. »Ich glaube, die zwei waren auf einem guten Weg dorthin. Bevor er gestorben ist. Sie wissen, dass er gestorben ist? Das hat man Ihnen gesagt?«

»Es heißt, er wäre bei einer Kneipenschlägerei gestorben«, sagte Lily.

Nadja schüttelte den Kopf.

»Nein, es war keine Schlägerei. Er wurde einfach nur umgebracht. Er hat nicht gekämpft. Dazu war er nicht der Typ.«

Dieser Xirau war mir neu. Der freundliche, sanfte Paulo Xirau. Aber wir haben schließlich alle unsere unterschiedlichen Seiten, nicht wahr?

»Nadja hat die Polizei gerufen«, fügte ich hinzu.

»Sie waren dabei? Als er gestorben ist?«

Nadja nickte unbehaglich.

Lily holte tief Luft.

»Bitte erzählen Sie mir, wie er gestorben ist«, sagte sie schließlich.

»Okay«, sagte Nadja matt. »Fiza saß mit Yasmin, ihrer Schwester, an der Bar. Sie waren Zwillinge. Yasmins Freund Oleg war auch da. Fiza ging zur Toilette. Paulo kam in die Bar und sah Yasmin. Er wusste, dass Fiza eine Zwillingsschwester hatte, aber ich glaube, er hatte sie nicht kennengelernt. Also geht er zu Yasmin und will sie mit einem Kuss überraschen ...«

»Weil er sie für Fiza hält.« Lily nickte bekräftigend.

»Genau. Und Oleg ... rastet aus. Schlägt ihm ins Gesicht. Paulo stürzt und fällt mit dem Kopf gegen den

Tisch. Daran ist er gestorben. Deshalb war es eigentlich keine Schlägerei. Er hatte überhaupt keine Chance.«

»Auf der Stelle?«, fragte ich.

»Was?«

»War er gleich tot, als er am Boden aufkam?«

Lily sah mich wütend an. Anscheinend hatte sie das nicht wissen wollen.

»Nein«, sagte Nadja, nachdem sie ein paar Sekunden lang nachgedacht hatte. »Nein. Er hat noch gelebt.«

»War er bei Bewusstsein?«

»Ein paar Minuten lang.«

»Hat jemand versucht, ihm zu helfen?«

»Fiza. Sie kniete neben ihm und hat versucht, die Blutung zu stoppen. Hat ihm gesagt, dass er ruhig liegen bleiben sollte.«

Lily zitterte, aber ich bohrte weiter.

»Hat sie mit ihm gesprochen?«

»Ja.«

»Hat er etwas zu ihr gesagt?«

»Er hat gesagt: ›Fiza ...‹«

»›Fiza‹ was?«

»Nur ›Fiza‹!«, blaffte Nadja, der die Geduld ausging. »Das ist alles, was er gesagt hat. Er hat Fizas Hand gehalten, hat ›Fiza, Fiza, Fiza‹ gesagt, und dann ist er gestorben. Das war es.«

»Aber ...«, fing ich an.

»Das reicht«, sagte Olesja.

Nein. Lily. Es war Lily, die mich nun mit Tränen in den Augen anfunkelte.

Es wurde immer schwerer, es mir ins Gedächtnis zu rufen. Der Geist meiner Frau wurde vor meinen Augen leibhaftig.

Eine eisige Stille herrschte im Zimmer.

»Kann ich gehen?«, fragte Nadja schließlich.

Ich nickte.

»Ich würde auf dem Weg hinausgehen, auf dem Sie hereingekommen sind«, erklärte ich ihr, weil mir einfiel, dass Lubnick im Gang Wache hielt und sie vermutlich erschießen würde, sobald sie durch die Tür trat.

Sie ging wortlos, und wir hörten das Küchenfenster auf- und dann wieder zugehen, und die Feuerleiter quietschte wie ein eingerostetes Tor.

Lily sah mich zornig an, und ich rechnete halb mit einer Ohrfeige.

»Warum sind wir hier, Agent South?«, fragte sie mich, kalt wie der kälteste Winter.

»Wir sind hier, um Ihnen dabei zu helfen, Ihren Mann zu iden…«, fing ich an.

Sie hob anklagend den Finger.

»Lügen Sie nicht«, sagte sie. »Warum sind wir wirklich hier?«

»Weil Sie darum gebeten haben«, gab ich zurück.

»Und Sie haben aus reiner menschlicher Güte beschlossen, mich hierherzubringen?«, fragte sie verächtlich, und mein Gott, das tat weh. Es schmerzte mich mehr, als ich erwartet hatte.

Warum sollte das so lachhaft sein? Ich konnte durchaus nett sein. Ich war nicht nicht nett.

»Ich habe Sie hierhergebracht«, sagte ich und bemühte mich um eine feste Stimme, »weil ich Ihnen etwas schuldete. Sie meinten, Sie wollten sehen, wo Paulo gelebt hat, und ich habe sie hierhergebracht, was kein geringes Risiko darstellte, wie ich hinzufügen möchte!«

Ich wollte aufbrausen, aber sie war immun dagegen. Völlig undurchdringlich. Das alles kam mir so vertraut vor.

Zwanzig Jahre, nachdem ich sie aus dem Wasser gezogen hatte, stritt ich mich immer noch mit Olesja, schrie sie immer noch an, rang ich mit ihr, verlor gegen sie. Mir war, als würde ich den Verstand verlieren.

»Sie haben mich hierhergebracht, weil Sie nach etwas suchen«, schoss sie zurück. »Und Sie haben diese Frau verhört. Sie verschweigen mir etwas. Etwas in Bezug auf Paulo. Etwas, was mit seinem Tod zu tun hat. Und das werden Sie mir jetzt verraten.«

Es war offensichtlich, dass ich sie höchstens mit vorgehaltener Pistole hätte dazu bringen können, die Wohnung zu verlassen.

Was sollte ich tun? Was sollte ich tun?

Sie war der Feind. Ich konnte nicht so tun, als wäre sie es nicht. Sie war die Maschine. Wir waren hier in Kaspien. Diese Nation war geschaffen worden, um ihresgleichen abzuwehren.

Sie war eine KI, nach der Gestalt meiner toten Frau modelliert, um meinen Widerstand zu brechen und mich zu ihrer Seite überlaufen zu lassen.

Das waren die Fakten. Es gab keine andere plausible Erklärung.

Ich sollte lügen. Ich sollte ihre Pläne durchkreuzen. Ich sollte sie täuschen und manipulieren und ihr falsche Informationen zuspielen.

Aber ich konnte nicht. Weil mir jede Faser in meinem Körper versicherte, dass ich ihr vertrauen konnte, dass ich ihr vertrauen musste. Vielleicht war das schlicht, was passierte, wenn man mit der Maschine Spion spielen wollte: Man hatte verloren, ehe man überhaupt anfing.

Ich beschloss, ihr so viel Wahrheit zu sagen, wie ich mich trauen konnte, und so wenig wie möglich zu lügen.

»Nach Paulos Tod«, fing ich an, »bevor Sie gekommen sind, habe ich einen Contranfall untersucht, und zwar Fiza Paria.«

»Paulos …« Sie sprach nicht zu Ende.

»Genau. Und ihre Schwester Yasmin. Wir glauben, dass den Contran ein Individuum durchgeführt hat, das wir ›Joschik‹ nennen. Die StaSich ist sehr erpicht darauf, ihn zu fassen.«

»Und Sie glauben, dass Paulo etwas damit zu tun hatte? Dass er etwas mit Joschik zu tun hatte?«

»Es ist eine Möglichkeit, die ich in Betracht gezogen habe, ja.«

»Glauben Sie das immer noch?«

Ich atmete schwer aus.

»Weiß ich nicht, aber es ist schlicht die Wahrheit. Ich weiß es nicht. Ich dachte, wenn ich Sie hierherbringe, könnten wir vielleicht beide finden, wonach wir suchen …«

Ich brach ab. Sie weinte.

»Es tut mir leid«, sagte ich, hilflos wie ein Baby.

»Nein, nein, mir tut es leid«, sagte sie. »Es ist nur … er ist nicht hier. Ich kann ihn nirgends entdecken. Ich dachte, vielleicht könnte Nadja mir … mir etwas geben. Einen kleinen Teil von ihm, aber da ist nur Leere. Wir hätten nicht herkommen sollen.«

Plötzlich merkte ich, wie spät es war. Vor zehn Minuten hätten wir bei der StaSich sein sollen.

»Wir müssen gehen«, sagte ich.

Sie nickte, und wir gingen Richtung Tür. Dabei warf sie Paulos Noch, der Kiste mit den Figürchen, einen Blick zu.

Ich nahm sie vom Tisch und drückte sie ihr in die Hand.

»Sie sollten sie nehmen«, sagte ich. »Als Erinnerung an ihn.«

24

Ich habe wieder angefangen zu schreiben. Ein Buch. Oder vielleicht auch einen Abschiedsbrief.

Aus dem Tagebuch von Leon Mendelssohn, 16. März 2199

Als wir bei der StaSich eintrafen, war Berger sichtlich schockiert beim Anblick von Lilys blauem Auge und bedachte mich mit einem vernichtenden Blick, während er ihr das Namensschild reichte. Beschämt sah ich weg und schaute mich in der Lobby nach Grier um. Ich hatte gehofft, mit ihm sprechen zu können, um zu erfahren, ob er Fortschritte gemacht hatte und wusste, wer im Fall Xirau ermittelte. Grier war nirgendwo zu sehen, aber ich erkannte Nard Wernham, der – hinter einer Säule versteckt – mir nachspionierte. Als ich ihn bemerkte, zog er den Kopf ein und trollte sich die Treppe hinauf, aber nicht schnell genug, denn ich konnte noch den großen, roten Bluterguss unter seinem linken Auge ausmachen. Vier der DSD-Männer schienen sich in Luft aufgelöst zu haben, als sie mit derjenigen des StaSich-Hauptquartiers in Berührung gekommen waren. Nur Lubnick hatte überlebt und folgte uns wortlos zum Zimmer 15, wo er vor der Tür stehen blieb, die Arme verschränkte und seine Wache antrat. Ich hatte es aufgegeben, alles zu hinterfragen, was sie taten. Coes DSD-Jungs ähnelten einem Auto, man musste einfach darauf vertrauen, *dass* sie auf die vorgesehene Weise funktionierten, und durfte nicht zu viel darüber nachdenken, *wie* sie funktionierten. In Zimmer 15 war alles genau so, wie wir es verlassen hatten. Lily machte sich an die Arbeit mit Paulos Büchern, während ich im Zimmer herumlief und mich völlig irrelevant fühlte. Um mir die Zeit zu vertreiben, versuchte ich, einen von Tschernows Jungs zu entdecken, die uns womöglich wieder von gegenüber beobachteten.

Als das seinen Reiz verlor, fing ich an, die Figürchen aus dem Kistchen zu nehmen, das Lily abgestellt hatte. Fein säuberlich stellte ich sie in einer Reihe vor mir auf.

Es gab einen lauten Schlag, und als ich mich umdrehte, sah ich auf dem Tisch eines der Bücher liegen, aufgeschlagen und mit flatternden Seiten. Lily starrte es an, als hätte es sie gebissen.

»Es reicht«, sagte sie kalt. »Genug davon.«

»Gibt es ein Problem?«, fragte ich.

Ich war ein wenig überrascht, dass Lubnick bei dem Geräusch nicht ins Zimmer gestürmt war, doch dann fiel mir ein, dass Zimmer 15 wie alle anderen Verhörzimmer im Hauptquartier der StaSich schalldicht war. Der Mann draußen würde jeden aufhalten, der unberechtigt hereinwollte, aber Lily und ich könnten uns gegenseitig mit Kettensägen umbringen, und er würde nichts davon merken.

»Ach, ganz und gar nicht«, sagte sie sarkastisch. »Aber wenn man dich zum dreihundertsten Mal einen Frevel an der Natur nennt, dann schreist du einfach, weil du mal was anderes hören willst.«

»Sind Sie dann bereit, mit seinen eigenen Schriften weiterzumachen?«, fragte ich.

Müßig griff ich zu dem Buch, das sie auf den Tisch gepfeffert hatte. *Uhrwerk der Hölle* von Margaret Pellshevin.

Meine Güte. Wenn sie mit Pellshevin schon nicht zurechtkam, wie würde es ihr dann erst mit Xirau gehen?

»Ich muss Sie warnen«, sagte ich. »Was er geschrieben hat … ich glaube nicht, dass es Ihnen gefallen wird.«

Sie lächelte mich traurig an.

»Sie scheinen mir ein Meister der Untertreibung zu sein, Agent South. Stimmt's?«

Ich lächelte.

»Im Gegenteil«, sagte ich. »Ich bin berühmt für meine schwindelerregenden Übertreibungen.«

Sie lachte, verstummte dann jedoch.

»Ich habe entsetzliche Angst«, sagte sie dann.

»Ich weiß«, sagte ich.

Da lachte sie wieder, doch diesmal war es spöttisch.

»Ach, wirklich?«, sagte sie skeptisch.

»Sie haben jemanden verloren, der Ihnen nahestand«, sagte ich. »Und alles, was Sie haben, ist die Erinnerung an ihn. Und nun muss diese Erinnerung der Realität weichen, dem, was er wirklich war. Und Sie sind nicht darauf vorbereitet. Sie sind nicht darauf vorbereitet, ihn erneut zu verlieren.«

Eine Weile lang sagte sie nichts.

»Sie sagten, Sie wären verheiratet?«

»Nein. Ich sagte, dass ich eine Frau gehabt habe«, gab ich zurück.

»Was ist passiert?«, fragte sie.

Ich wollte etwas sagen, aber meine Stimme widersetzte sich dem Befehl und verharrte in hartnäckigem Schweigen.

»Es tut mir leid«, sagte sie. »Das geht mich nichts an. Entschuldigen Sie.«

Sie sah sich verlegen um und versuchte, meinem Blick auszuweichen.

»Dann wollen wir mal anfangen«, sagte sie. »Wo sind die verdammten Teile?«

Ich sah mich um und entdeckte eine ungeöffnete Kiste mit einem Etikett: XIRAU: ZEITUNGSAUSSCHNITTE UND VERSCHIEDENES. Ich machte sie auf und fand darin mehrere Alben mit Xiraus Artikeln, sauber ausgeschnitten und sorgfältig eingeklebt.

Ich reichte sie ihr.

Während sie las, wurden ihre Bewegungen zusehends verkrampfter, als würde sie den Drang zu schreien unterdrücken – oder zu fluchen oder zu heulen. Das ging stundenlang so weiter. Xirau war ein fleißiger Schreiberling gewesen.

Plötzlich fiel sie gegen die Stuhllehne und gab ein tiefes Seufzen von sich, ein Laut zwischen Erschöpfung, Bedauern und Erkennen.

»Was ist los?«, fragte ich.

»Sagen Sie mir das eine«, sagte sie und starrte an die Decke. »Haben Sie manchmal das Gefühl, alles wäre egal? Dass Sie nicht wirklich sind? Dass alles eine blasse Imitation dessen ist, was es sein sollte, und Sie noch nicht einmal wissen, was es sein sollte?«

»Sie beschreiben eine vollkommen herkömmliche Depression«, sagte ich.

»Genau. Denn jeder fühlt sich manchmal so.« Lily nickte. »Jeder fühlt sich so, und es macht einen nicht zu etwas ... *Besonderem.*«

Die Giftigkeit, die sie in das letzte Wort legte, traf mich unvorbereitet.

»Er kommt immer wieder darauf zurück. Die Maschinenwelt ist nicht wirklich. Sie sind nicht wirklich. Nichts, was sie empfinden, ist wirklich. Es ist alles Schwindel.«

Allmählich erkannte ich die Umrisse.

»Schlechte Vorstellungen«, flüsterte sie. »Sie sind wie ein Virus. Sie finden deine Schwächen und werfen dich nieder.«

Sie senkte den Kopf und sah mich an.

»Deshalb ist er hierhergekommen. Er fühlte sich wie ein Geist. Und dann liest er *Mendelssohn*« – auch dieses

Wort troff von Galle – »der ihm sagt: ›Nein, du hast recht. Du bist nicht echt. Es ist alles Betrug. Du bist nur ein Programm. Du bist kein richtiger Mensch.‹ Und da macht es bei ihm *klick*, nicht wahr? Es ergibt alles einen Sinn. Und deshalb kommt er hierher, in diesen *Albtraum* von einem Staat, weil er glaubt, dass Menschen so leben. Und jetzt ist er tot, weil er zu dumm war, zu begreifen, dass jeder sich mal so fühlt. *Jeder.*«

Sie weinte. Ich schob meinen Stuhl näher zu ihr hin.

»Lily«, sagte ich. »Es ist nicht Ihre Schuld.«

»Ich hätte ihn aufhalten können. Ich hätte mit ihm reden können. Ich hätte früher begreifen können ...«

»Ja«, sagte ich. »Wenn Sie Gedanken lesen und in die Zukunft schauen könnten. Können Sie das? Ganz ehrlich, ich weiß nicht, zu was Sie alles in der Lage sind.«

Sie lachte trotz ihrer Tränen. »Nein.«

»Sie sind tatsächlich nicht allmächtig?«

»Nein«, sagte sie mit einem traurigen Lächeln.

»Dann spreche ich Sie frei von Ihrer Schuld«, sagte ich feierlich. »Und Sie sollten sich auch lossprechen.«

Sie legte ihre Hände auf meine.

»Sie sind ein guter Mensch, Nikolai«, sagte sie.

»Aber sagen Sie es nicht weiter, sonst bin ich meinen Job los«, sagte ich zwinkernd.

Sie lächelte und wandte sich wieder ihrer Lektüre zu.

Aus Langeweile begutachtete ich den Bücherstapel neben Lily, den sie noch nicht gelesen hatte. Gelinde neugierig ging ich ihn durch, weil ich wissen wollte, ob sie vielleicht eines meiner Lieblingsbücher verpasste. Doch im Gegenteil – sie hatte anscheinend gleich mehrere Fehlgriffe vermieden. Da lag eine zweite Biografie Koslowas, die kriecherisch und schwülstig war, ein paar unbedeutende philosophische Werke mit Titeln, die aus sechzehn Worten bestanden, und ...

Ein dünner blauer Band fiel mir ins Auge, und ich fuhr regelrecht zusammen wie ein Schauspieler in einem Sketch.

Ausgerechnet …

Ausgerechnet dieses Buch in Xiraus Besitz.

Ich zog es aus dem Stapel, sah über die Schulter, um mich zu vergewissern, dass mich niemand beobachtete.

Ecce Machina von Leon Mendelssohn.

Niemann hatte gesagt, man hätte in Xiraus Wohnung keine staatsfeindliche Literatur gefunden. Und was war dann jetzt das?

Ich schlug die erste Seite auf und bekam meine Antwort. Eine Schreibmaschinennotiz war an die Seite getackert, mit einem Stempel des Informationsministeriums. Darauf hieß es:

> *Dieser Text stellt einen Verstoß gegen die Artikel 30, 31 und 46 der Verfassung der Kaspischen Republik dar. Hiermit erhält Bruder/Schwester* PAULO XIRAU *eine Sondergenehmigung, die ihn/sie zum Besitz dieses Textes berechtigt. Alle anderen Personen sollten sich bewusst sein, dass der Besitz dieses Textes untersagt ist. Wer über keine entsprechende Sondererlaubnis verfügt, muss ihn unverzüglich an das Informationsministerium aushändigen. Geschieht dies nicht, ist mit hohen Strafen zu rechnen.*

Aha. Nun verstand ich. Man hatte Xirau also ein Exemplar gegeben, damit er es für seine Kolumne wirkungsvoll ausschlachten konnte. Der Text selbst war staatsgefährdend, die Tatsache, dass Xirau ihn besaß, aber nicht. Ein feiner Unterschied, den Niemann zweifellos für zu unbedeutend gehalten hatte, um ihn zu erwähnen.

Das Ganze sah so harmlos aus. Es war dünn, kaum mehr als eine Broschüre. Auf dem Cover sah man das

Standardbild eines Mannes auf einem grünen Hügel, der dem Sonnenaufgang entgegenblickte (obwohl der Himmel und auch das ganze Buch in einem Nachmittagsblau gehalten waren).

Es wirkte nicht wie ein Buch, das so gefährlich war, dass man seinen Verfasser öffentlich erhängen musste.

Zitternd angesichts der Übertretung schlug ich das Buch irgendwo auf und las.

... das mir in schweren Zeiten meines Lebens viel Trost gespendet hat, ist das zehnte Kapitel bei Matthäus. Hier erzählt der Nazarener seinen Jüngern etwas, das ich immer beruhigend und komisch fand: »Dennoch fällt kein Spatz auf die Erde ohne Gott«, sagt er ihnen. »So fürchtet euch denn nicht. Ihr seid wertvoller als viele Spatzen.« Nicht nur als ein paar, sondern als viele! Ich glaube, würde man Zeit in der Gegenwart Christi verbringen, würde das Wunder hinsichtlich der eigenen Ängste bewirken, nicht aber hinsichtlich des Selbstwertgefühls.

Und doch, wenn Gott ja schon weiß, wann welcher Spatz zur Erde fällt, warum trifft er dann keine Anstalten, sie aufzufangen? Das freilich ist ein reichlich ausgetretener Pfad, aber lasst ihn uns noch einmal beschreiten.

Das Problem des Bösen, wie es der Philosoph Epikur beschreibt, stellt sich wie folgt dar:

1. *Es wird behauptet, dass Gott allwissend, allmächtig und allgütig sei.*
2. *Ein solcher Gott würde die Existenz des Bösen nicht gestatten.*
3. *Und doch existiert das Böse in der Welt.*
4. *Wenn Gott nicht merkt, dass das Böse in der Welt existiert, dann kann er auch nicht allwissend sein.*
5. *Wenn er weiß, dass das Böse existiert, es aber nicht entfernen kann, dann ist er nicht allmächtig.*

6. Wenn er weiß, dass das Böse existiert, und es entfernen könnte, es aber absichtlich nicht tut, dann kann er nicht allgütig sein.
7. Deshalb existiert kein allwissender, allmächtiger und allgütiger Gott.

Verschiedenste Verteidigungen wurden im Lauf der Jahrtausende von den Großen und Weisen des Glaubens vorgebracht, aber vielleicht keine so kühne wie diejenige, die ich nun ins Rennen führen will:

Punkt 3 ist falsch.

Mir ist bewusst, dass dies eine provokante Aussage ist. Natürlich gibt es Böses auf der Welt. Wenn wir uns einer Sache gewiss sein können, dann dieser. Zweifellos möchte man mich nun grob am Arm packen und mich in die verarmten und vom Krieg zerstörten Regionen der Erde schleifen, in die schlimmsten Slums und elendsten Gettos, in die Krebsstationen und Gefängnisse und Friedhöfe und mir entgegenschreien: »Da, Leon! Da ist das Böse!«

Worauf ich antworten müsste: »Nein. Hier ist Leiden.«

Es ist ganz natürlich, dass Menschen menschliches Leid als etwas Böses betrachten, dass die beiden Begriffe im menschlichen Schema praktisch austauschbar sind. Leiden ist jedoch nicht an sich böse. Fast nichts wurde in der Menschheitsgeschichte ohne einen gewissen Grad an Schmerz und Entbehrung erreicht. Leiden ist nicht böse, wenn es einem höheren Zweck und dem Allgemeinwohl dient, nur sinnloses Leiden ist böse. Wenn Gott also allwissend, allmächtig und allgütig ist, dann muss das Leiden, das er zulässt, einem höheren Zweck dienen. Viele Jahre lang habe ich geglaubt, dass die Menschheit Leiden als ein Mittel brauche, das es uns erlaubt, gut zu sein. Wenn uns die Speisung der Hungernden und das Heilen der Kranken in den Himmel bringen, wie sollen wir dann in den Himmel kommen, wenn es keinen Hunger und keine Krankheit gibt?

Doch mit der Zeit hat sich diese Erklärung abgenutzt.

Als jemand, der in der Kaspischen Republik geboren wurde, bin ich mit dem Glauben an so manches erzogen worden. Maria Koslowa, die Mutter unserer Nation, sah in der Gründung Kaspiens (und dem gleichzeitigen Beinahe-Genozid an den Aserbaidschanern und der Zerstörung ihrer Heimat) einen verzweifelten Akt der Notwehr der menschlichen Spezies. Für Koslowa und ihre Gründergenossen war die menschliche Seele etwas Unbeschreibliches, das die Wissenschaft nicht ansatzweise verstehen oder reproduzieren konnte. Der Sontangprozess digitalisiere darum auch kein menschliches Bewusstsein, weil es nicht möglich sei, ein menschliches Wesen, eine unendliche Menge von Erinnerungen, Empfindungen, Vorurteilen, Gründen und Glaubensvorstellungen in bloße Daten zu übersetzen. Was der Sontangprozess tatsächlich mache, sei die Erschaffung einer künstlichen Intelligenz, die die Persönlichkeit der digitalisierten Person so gut imitieren kann, dass enge Freunde und Angehörige darauf hereinfallen. Eine fehlerlose Imitation sogar. Aber im Wesentlichen unecht. Die echte Person, diejenige, die von der Fälschung ersetzt wurde, ist nun tot. Für immer ausgelöscht. Und nach der Weltsicht der Gründer der Republik kam es einzig und allein darauf an. Die Massenauswanderung der Menschheit in das Reich des Digitalen war einer großen Schweineherde zu vergleichen, die voller Begeisterung zum Schlachthof rennt. Die menschliche Spezies wurde einem stillen Massengenozid unterworfen, und die Kaspische Republik war der letzte Rückzugsort der wahren Menschen. Daher der Hass der Maschinenwelt auf uns. Daher die Embargos und Sanktionen. Deswegen hungern wir.

Aber wäre Kaspien die Heimat wahrer Menschen, entspräche Kaspien tatsächlich der menschlichen Lebensweise … warum war es dann gescheitert?

Denn es war gescheitert. Eindeutig. Ihr wisst das, Brüder und Schwestern. Ihr müsst das wissen. In erfolgreichen Ge-

sellschaften gibt es keine Nahrungsmittelknappheit. Da verschwinden die Nachbarn nicht über Nacht wegen eines unbedachten Wortes. Da kann man kommen und gehen, wie man will, und man wird nicht daran gehindert, die Grenzen des eigenen Landes zu verlassen. Da gibt es keine StaSichs und ParSichs. Die Gefängnisse platzen nicht aus allen Nähten. In einem freien, glücklichen Land könntet ihr dieses Buch auf einer Parkbank lesen und müsstet es nicht verstecken. Wenn wir tatsächlich Gottes Kinder sind, warum wurden wir dann übertroffen? Das Triumvirat herrscht erfolgreicher und gerechter über die Welt, als es jede menschliche Regierung je getan hat. KIs machen Fortschritte in Medizin und Wissenschaft, die die naturgeborenen menschlichen Gehirne nicht einmal im Ansatz zu verstehen vermögen. Es ist vorstellbar, dass die Lichtgeschwindigkeitsgrenze noch zu unseren Lebzeiten durchbrochen wird, aber es wird kein menschliches Wesen sein, das dies erreicht. Mehr als die Hälfte der Menschheit lebt inzwischen teilweise oder gänzlich online. Überall auf dem Planeten sind die Geburtenraten drastisch gesunken. Man schätzt, dass in hundertfünfzig Jahren sämtliche Menschen außerhalb der Kaspischen Republik und einiger weniger kleiner Enklaven ihre sterbliche Hülle abgeworfen haben werden und nur noch als Daten weiterleben werden. Die Menschheit, zumindest in der Form, wie wir sie in unserer Nation so starr definiert haben, wird dann effektiv ausgelöscht sein.

Wie konnte Gott das zulassen?

Um zu erklären, wie ich zu meinem derzeitigen Verständnis der Dinge kam, muss ich eine gewisse Person einführen, die ich »X« nennen möchte.

X ist ein Individuum, dessen Identität ich nicht preisgeben kann, da dies ihren sicheren Tod bedeuten würde. Diese Person stellte sich mir zunächst als Bewunderer meiner Werke vor, und wir wurden enge, sehr vertraute Freunde. Oft diskutierten wir bis in späte Stunden Geschichte, Philosophie, Politik,

Dichtung, das Leben und die Liebe, während wir erstaunlich viel tranken. Damals waren wir ganz und gar offen zueinander, gestanden uns gegenseitig Zweifel, Ängste, Wünsche und Geheimnisse, die, wären sie an die falschen Ohren gedrungen, unseren Tod bedeutet hätten. Dies waren Akte der Liebe. Gesten des absoluten Vertrauens.

Ich erzähle dir das, weil ich weiß, dass du mir nie etwas antun würdest. Ich lege mein Leben in deine Hände, weil ich weiß, dass es dort sicher ist. Nimm meine Geheimnisse und meine Liebe.

Wir taten das sehr oft, und ich glaubte, X hätte mir schon alles erzählt. Ich hätte mich nicht gründlicher täuschen können. X hob sich das Beste für den Schluss auf.

Eines Abends gestand mir X sein größtes Geheimnis: X war eine KI.

In mir stießen nun zwei Kräfte aufeinander. Mein Hass auf die Maschine und meine Liebe zu X. Ich musste mich für eines entscheiden, und ich gab der Liebe vor dem Hass den Vorzug.

X erzählte mir seine Geschichte unter Tränen. Er war ein Programm und hatte mit seiner Frau online gelebt, ohne die Berührung von Luft und Sonnenschein zu kennen. X hatte sich immer einsam gefühlt, heimatlos und falsch und war dann eines Tages auf meine Bücher gestoßen. Er war zu der Überzeugung gelangt, dass der Grund für sein Elend in seiner Maschinennatur lag, und hatte beschlossen, nach Kaspien zu kommen, um unter echten Menschen zu leben und, falls möglich, einer von uns zu werden. Und jahrelang hatte er hier gelebt, stets in panischer Angst, entdeckt zu werden, ohne dabei aber die Hoffnung zu verlieren, durch ein Wunder zu einem wahren Menschen zu werden. Als X mit seiner Geschichte zu Ende war, umarmte ich ihn, versicherte ihn erneut meiner Liebe und versprach, dass ich sein Geheimnis niemals verraten würde. Ein Versprechen, das ich nun hiermit gebrochen habe, und ich kann nur hoffen, dass er mir verzeihen wird.

X' Enthüllung ließ meine Weltsicht in Millionen Scherben zerplatzen.

Erstens wusste ich, dass X eine Seele hatte. Ich konnte sie spüren. Ich spürte seine Liebe und wusste, dass sie echt war. X hatte beschrieben, dass er sich unecht und falsch fühle, und nahm dies als Beweis seiner eigenen Künstlichkeit. Aber ich erkannte in X' Beschreibung dasselbe Gefühl spiritueller Verzweiflung und existenzieller Angst, das mich während meines ganzen Lebens geplagt hatte. Für mich war es der Beweis, dass X eine Seele hatte, und nicht ein Beweis für deren Fehlen. Doch die Schilderung seines Lebens im Virtuellen … dies war meine größte Offenbarung. So wie ich musste Saulus von Tarsus sich gefühlt haben, als er auf dem Weg nach Damaskus mit Blindheit geschlagen worden war. Dasjenige, was ich am meisten gehasst hatte, war mir nun offenbart worden als das, wonach ich am sehnlichsten gesucht hatte. Denn auch wenn X sein Onlineleben mit den denkbar negativsten Worten schilderte, klangen aus seinen Worten die Glocken des Paradieses zu mir herüber. X beschrieb ein Leben in einem endlosen Meer, umgeben von Freunden und geliebten Menschen. Er beschrieb seine Frau, die, das gab X sogar zu, eine liebende und treue Gefährtin gewesen war. Was er von seiner Heimat erzählte, entsprach ganz genau meiner Vorstellung des Himmels.

An jenem Abend noch, als X gegangen war, begann ich mit der Arbeit an diesem Buch, das, wie ich erwarte, mein letztes sein wird. Aber wie dem auch sei. Ich fürchte den Tod und das Leiden nicht mehr, denn ich weiß nun, dass ein jeder Spatz aufgefangen wird …

Am unteren Rand dieser Seite stand eine Notiz, mit einem schwarzen Bleistift in großen, schludrigen Buchstaben, in denen ich nunmehr Xiraus Handschrift erkannte.

Nur ein einziges Wort: MISTKERL.

25

»Die Triumvirn sind keine Götter. Sie sind einfach nur die drei Weisen. Sie sind noch nicht in Betlehem angekommen. Aber sie sind auf dem Weg dorthin.«

Liu Sontang, 2220

Ich wusste nicht, ob ich lachen oder weinen sollte, aber ich tendierte sehr in Richtung Lachen.

Mendelssohn und Xirau.

Mendelssohn und *Xirau*.

Wenn man mir erzählt hätte, dass Maria Koslowa eine heiße Dreierbeziehung mit Konfuzius und George geführt hätte, hätte ich das glaubhafter gefunden. Und doch war es logisch, wie zwei Puzzleteile, die zunächst so aussehen, als würden sie nie und nimmer zusammenpassen, bis sie es plötzlich dann eben doch tun.

Ich erinnerte mich an das Bild, wie Xirau zu Mendelssohn hinaufblickte, der im Wind baumelte, an den Hass in seinen Augen. Aber es war gar kein Hass gewesen, oder?

Es war verratene Liebe gewesen. Verratenes Vertrauen.

Schließlich gab es nur eine Sache, die Paulo Xirau wirklich hasste.

»Was hat dieser Mendelssohn getan?«, hörte ich Lily fragen.

Kurz packte mich Panik, denn ich glaubte, sie hätte meine Gedanken gelesen.

»Was?«, fragte ich.

»Das hier verstehe ich nicht«, sagte Lily. »Paulo war

von Mendelssohn besessen. Er hat eines seiner Bücher gelesen und dann sein ganzes Leben hingeworfen, um hierherzukommen. Aber aus diesen ganzen Kolumnen … spricht nur Hass auf ihn. Er nennt ihn einen Verräter, einen Programmbuhlen, einen Staatsfeind … was also hat Mendelssohn getan?«

Er hat es mit deinem Mann getan, wenn ich den Subtext nicht völlig falsch verstehe.

Das sagte ich nicht, aber ich dachte es.

»Nun …«, sagte ich. »Nun, das war alles ziemlich seltsam. Vor vielen Jahren war Leon Mendelssohn ein hochrangiges Parteimitglied. Eines ihrer intellektuellen Schwergewichte. Ein Schriftsteller. Sehr angesehen.«

»Was für eine Art Schriftsteller?«

»Vor allem politisch. Dichtung.«

»Taugt er was?«, fragte Lily.

Ich zuckte mit den Schultern. »Das glaubten wir.«

»Und was ist mit ihm geschehen?«, fragte Lily.

»Er wurde einigermaßen radikal im Alter«, fuhr ich fort. »Er gründete eine neue Partei. Eine, die sich für die Öffnung der Grenzen und die Normalisierung der Beziehungen zur Maschinenwelt aussprach.«

»Es gibt noch andere Parteien?«, sagte Lily überrascht.

»O ja«, gab ich zurück. »Manche von ihnen dürfen sich sogar zur Wahl aufstellen lassen. Aus Zuvorkommenheit, wissen Sie. Und das wäre auch in Ordnung gewesen, aber … er hat das da veröffentlicht.«

Ich hob das blaue Buch, um es ihr zu zeigen. Sie nahm es und fing an, darin herumzublättern.

»Seine These«, erklärte ich, »lautete, künstliche Intelligenz entwickle sich so schnell und exponentiell, dass es bald eine Intelligenz geben wird, deren Macht und Einsicht im Grunde unendlich sein werden. Eine Intelligenz, die nicht nur Daten manipulieren kann, sondern auch Materie und Naturgesetze. Die den Weg jedes Atoms durch die gesamte Geschichte des Universums absolut akkurat berechnen und jedes Individuum, das jemals existiert hat, fehlerfrei reproduzieren kann. Er meinte, dass man davor keine Angst zu haben brauche, sondern es sich sehnlichst wünschen sollte. Er stellte die Hypothese auf, dass, wenn diese Intelligenz einmal erschaffen wäre, sie nicht an die lineare Zeit gebunden wäre, sondern auch Einfluss auf Geschehnisse in der Vergangenheit und in der Zukunft nehmen könnte und rückwirkend die Geschichte umschreiben würde, damit sie zu ihrer eigenen Erschaffung führen würde, und nachdem dies einmal getan wäre, könnte jeder Mensch, der je gestorben ist, wieder neu erschaffen werden. Vollkommen. Ohne Fehler. Als wäre er nie weg gewesen. Die ganze Menschheit wäre vereint. Wieder ganz. In einer Welt ohne Tod. Oder Mangel. Oder Leiden. Für immer. Und er sagte, dass der Prozess bereits im Gange wäre. Und schon immer gewesen sei. Die Intelligenz würde zwar erst in der Zukunft geschaffen werden, aber da sie die Zeit überwindet, hatten alle menschlichen Zivilisationen schon immer eine Vorstellung von ihrer Existenz.«

In Lilys Gesicht war zu sehen, dass sie begriff.

»Sie meinen …«, setzte sie an.

»Ja«, unterbrach ich sie.

Lily nickte und sagte ein paar Sekunden lang nichts.

»Nun«, sagte sie schließlich. »Wie haben sie das aufgenommen?«

»Sie haben ihn erhängt«, sagte ich.

Lily zuckte zusammen.

»Und wie denken Sie darüber?«, fragte sie.

»Ich glaube, dass Sie eine charmante junge Dame sind«, sagte ich, »aber ich werde nicht anfangen, Sie anzubeten.«

»Schade«, sagte sie. »Ich glaube, es würde mir gefallen, angebetet zu werden.«

»Das wurden Sie«, sagte ich.

Sie runzelte die Stirn.

»Was?«, sagte sie unsicher.

Sie ist nicht Olesja. Sie ist nicht Olesja. Sie ist nicht Olesja. Sie ist nicht Olesja.

Sie. Ist. Nicht. Olesja.

Wiederhole es so oft, bis es in deinen dicken, begriffsstutzigen Schädel geht, South.

Natürlich verhielt ich mich tapfer und ehrenhaft und tat, als hätte ich nichts gesagt.

»Ich sehe den Reiz davon«, sagte ich und zeigte auf das Buch. »Von Mendelssohns … Theorie.«

»Wirklich?«, sagte sie erstaunt.

Ja. Ich erkannte den Reiz. Wenn ich an die schrecklichen Jahre zwischen 2184 und 2190 zurückdachte, an den anhaltenden, unbeirrten Rhythmus von Tragödie, Tod und fast unvorstellbarer Grausamkeit? Die Vorstellung, dass all das nur vorübergehend war, der Preis für etwas Ewiges und Wunderbares? Dass mir Glück wie eine Schuld *zustand* und dass mir diese Schuld eines Tages mit Zinsen zurückgezahlt werden würde? O ja. Ich sah deutlich, weshalb Mendelssohn von dieser Idee gefangen gewesen war, so sehr, dass er sogar für sie sterben wollte.

Jahrelang hatte der schöne, herrschaftliche Außenbezirk von Azadliq erzittert von den Abenteuern der wilden Manukow-Töchter. Olesja und Saharah, die mit ihren politischen Ansichten nicht hinterm Berg hielten, ihre gefährlichen Künstlerfreunde, ihre Angewohnheit, erst spät nach Hause zu kommen, ebenso oft in einem Ellulgrader Polizeiwagen wie in einem Taxi, all das hatte die guten Bewohner von Azadliq mit stundenlangem Tratsch versorgt und dazu auch mit der Freude daran, den alten Wassili ins Auto steigen zu sehen, wenn er zur Arbeit ging, und ihm ein herzliches »Guten Morgen, Bruder Manukow, wie geht es Ihren Töchtern?« zuzurufen, um ihn dann verkniffen lächeln zu sehen, während er sie mit den Blicken zu ermorden versuchte.

Nie kam freilich der Gedanke auf, dass sie in Gefahr schweben konnten. Wenn zwei aserbaidschanische Mädchen morgens um vier Arm in Arm durch die Straßen von Alt-Baku getorkelt wären, mit mehr Wodka als Blut in den Adern, und laut *Es wacht der Mensch an Kaspiens Strand* gesungen und dabei jedes Nomen durch eine andere obszöne Bezeichnung für das männliche Genital ersetzt hätten, dann hätte man diese Mädchen vermutlich nie wieder zu Gesicht bekommen. Aber diese Mädchen hätten eben auch nicht Generalmajor Wassili Manukow zum Vater gehabt. Deren Vater hätte wohl kaum bei der Eroberung Bakus mitgekämpft oder, wenn er es getan hätte, ziemlich sicher aufseiten der Verlierer. Saharah und Olesja waren Manukows Töchter.

Sie konnten sich deutlich mehr herausnehmen.

Von daher trat eine gewisse Ernüchterung ein, als es den Anschein hatte, als würde Olesja ruhiger werden. Sie hatte im Kultusministerium eine Karriere eingeschlagen und einen farblosen Niemand von der StaSich geheiratet. Zumindest nach außen musste es so wirken, als ob Olesja Wassilijewna Manukowa in Gefahr schweben würde, *solide* zu werden. Die Bewohner von Azadliq wären dann ganz allein auf Saharah angewiesen, wenn es um Gelegenheiten ging, den alten Wassili zu sticheln.

Saharah enttäuschte die Erwartungen nicht. Sie übertrieb es vielmehr.

Die Geschichten, die man sich unter den Einwohnern Azadliqs erzählte, wechselten nach und nach in ein anderes Genre. Es waren nicht länger Komödien, sondern Dramen, und dazu noch ziemlich erschütternde. Saharah, so sagte man, lotete die Grenzen dessen aus, was man ihr als Adoptivkind noch durchgehen ließ. Man sagte, sie gäbe sich mit sehr unerwünschten Leuten ab. Kriminellen. Politischen Extremisten. Procontranern. Mutmaßlichen Stachelleuten. In Azadliq erzählte man sich, dass Wasili sich abrackerte und schwitzte, damit sie nicht auf diversen Listen auftauchte. Und wenn die Nachbarn Wasili morgens zur Arbeit fahren sahen, fragten sie ihn nicht mehr, wie es seinen Töchtern ging. Denn wenn man ihn das fragte, dann fuhr er zusammen, wie vor Schmerz, und das war dann nicht mehr lustig.

Im Hause South indessen hatte der Frieden des September 2184 größtenteils angehalten, aber die Beziehung war deutlich abgekühlt. Die Ereignisse vom 9. September hingen an meinen Schultern wie eiserne Ketten. Ich aß wenig und sprach noch weniger. Olesja wusste, dass etwas geschehen war, und wollte helfen. Aber sie wusste auch, dass ich nicht darüber reden konnte, und sie fing an, die StaSich von Herzen zu hassen – und ebenso die Tatsache, dass ich dort arbeitete. Deshalb fasste ich den Schluss, dass ich einfach allein damit klarkommen musste, und ganz ehrlich: Was hätte sie auch sonst tun können?

Im Haus war es so ruhig geworden, dass wir beide erschraken, als eines Morgens beim Frühstück das Telefon klingelte.

Olesja ging ran.

»Hallo? Ach, Mama, wie geht's dir?«

Wenn sie mit Alia sprach, benutzte sie das arabische Wort für Mutter, eine Angewohnheit, die sie von Saharah übernommen hatte.

Ein paar Augenblicke lang sagte sie nichts, doch ihr Gesicht verzog sich besorgt.

»Nein«, sagte sie schließlich. »Nein, wir haben sie nicht gesehen. Habt ihr mal bei …«

Und sie zählte eine lange Reihe von Freunden und ehemaligen Liebhabern und Quasi-Liebhabern auf, an der ich rasch erkannte, dass es um Saharah ging.

»Natürlich«, sagte Olesja. »Und gebt Bescheid, wenn ihr etwas wisst.«

Sie legte auf. Und eine Sekunde lang starrte sie ins Leere.

»Wie lange wird sie schon vermisst?«, fragte ich leise.

Sie wandte sich zu mir um, Tränen in den Augen.

»Das wissen sie nicht«, flüsterte sie.

Saharah trieb sich mit einer solchen Unbeständigkeit herum, dass Wassili und Alia mehr als eineinhalb Wochen gebraucht hatten, um überhaupt zu bemerken, dass sie vermisst wurde. Saharah kam und ging immer erst im Morgengrauen, verbrachte ganze Tage bei Freunden oder wurde zu Partys außerhalb der Stadt eingeladen, weshalb ihre Eltern es schon lange aufgegeben hatten, den Überblick darüber zu behalten. Alia hatte angenommen, dass Wassili ihre Tochter in den letzten zwölf Tagen einmal gesehen hatte, und Wassili hatte von seiner Frau dasselbe angenommen.

Als sie festgestellt hatten, dass sie vermisst war, setzte ein panischer Telefonmarathon ein. Leute, die seit der Schulzeit nicht mehr mit Saharah gesprochen hatten, die Alia oder Wassili vage meinten, bei einer Geburtstagsparty gesehen zu haben, wurden angerufen und gefragt, ob sie etwas von ihr gehört oder gesehen hätten.

Als alles nichts half, wurde die StaSich alarmiert. Saharahs gesamter Bekanntenkreis wurde unablässig durchsiebt auf der verzweifelten Suche nach *Soloto*. Ihre seriöseren Freunde wurden stundenlang ausgequetscht. Ihre weniger seriösen Freunde wurden bedroht, geschlagen, mit Messern traktiert.

Niemand hatte sie gesehen.

Erst einen Monat später erhielt Wassili einen Anruf

vom Polizeichef in Meghri, in der Provinz Sjunik, ungefähr fünfhundert Kilometer von Ellulgrad entfernt.

Man hatte sie in einem Wald gefunden.

Die Nachbarn aus Azadliq strömten zusammen, und die Beerdigung von Saharah Farid Kader, der Stieftochter des Generalmajors Wassili Manukow, war ein großes Ereignis. Alle waren sich einig, dass viel Liebe ausgedrückt wurde.

Doch wie schade, dass es eine Beisetzung mit geschlossenem Sarg hatte sein müssen.

Olesja stützte sich die ganze Zeit hindurch auf mich, als fürchtete sie jeden Augenblick, die Beine würden ihr den Dienst versagen. Nach der Feier kehrten wir ins Haus der Manukows zurück, wo Alia die Trennwand zwischen Speisezimmer und Wohnzimmer zur Seite geklappt hatte, sodass ein einziger Raum entstand, der beinahe die Größe eines Ballsaals hatte. Wie ein schwarzer Blitz bewegte sie sich zwischen den Gästen hin und her, dankte ihnen für ihr Kommen, bot ihnen Speisen und Getränke an. Sie schien vollkommen zufrieden zu sein.

»Es ist noch nicht bei ihr angekommen«, flüsterte Olesja traurig. »Aber das wird es. Wenn erst einmal alle weg sind, bricht sie zusammen.«

Ich drückte ihre Schultern, und sie legte den Kopf auf meine Hand und fing gedankenverloren an, ihre Haare auf den Daumen aufzuwickeln.

»Nicky«, sagte sie schließlich, »kannst du bitte nach meinem Vater sehen?«

»Du kommst zurecht?«, fragte ich.

Sie nickte. Ich küsste sie auf die Stirn und ging zur Tür.

Wassili war bei der Beerdigung anwesend gewesen, wenn auch nur körperlich. Er hatte sich mit der gesamten Gemeinde erhoben und wieder gesetzt. Aber er hatte keine Trauerrede gehalten, er hatte keine Schriftlesung gemacht, er hatte mit niemandem gesprochen. Als sie nach Hause gekommen waren, hatte er sich gleich ins Schlafzimmer zurückgezogen und die Tür abgeschlossen. Ich stand im dunklen Gang, lauschte dem Murmeln, das wie Meeresplätschern von unten heraufdrang. Sachte klopfte ich an die Tür.

»Wassili?«, sagte ich. »Nikolai hier. Darf ich reinkommen?«

Ich hörte durch die Tür eine Bewegung, als würde sich auf den Dielen ein Gewicht verlagern.

»Nicky? Komm rein, komm rein«, drang eine matte Stimme heraus.

Die Tür ging auf, Wassili stand da. Er hatte Jackett und Krawatte ausgezogen, und sein Hemd war aufgeknöpft. Die grauen Haare waren ungekämmt und die Augen blutunterlaufen. Er sah aus wie neunzig. Im Zimmer war es dunkel, nur durch einen schmalen Spalt zwischen den Vorhängen drang etwas gelbes Sonnenlicht herein und bildete eine schräge Säule aus schwebendem Staub.

Ich schloss die Tür, und er kam auf mich zu. Keine Ahnung, was er vorhatte. Dann spürte ich seine Arme um mich, und er vergrub das Gesicht an meiner Schulter. Umarmte mich – oder brach vielmehr an mir zusammen. Hing mit seinem ganzen Gewicht an mir, und ich musste uns beide aufrechthalten. Die ganze Kraft war aus ihm gewichen. Er zitterte.

»Ach, Nicky«, schluchzte er. »Ach, Nicky.«

Ich hielt ihn fest und sprach mit ihm auf Russisch.

»Es tut mir leid, Wassili, es tut mir so leid.«

»Ich habe sie geliebt. Ich habe sie geliebt, Nicky.«

»Wir haben sie alle geliebt. Das haben wir alle getan, Vater.«

»Ich konnte sie nicht retten, Nicky. Ich habe es versucht. Ich habe es wirklich versucht. Das musst du mir glauben.«

»Das hast du. Es ist nicht deine Schuld.«

Bebend holte er Luft und ließ mich los.

Er wandte sich ab, und ich legte ihm eine Hand auf die Schulter, doch er schüttelte sie ab.

Dann wischte er sich Augen und Nase mit einem Taschentuch ab, holte ein paarmal Luft und schien wiederhergestellt zu sein.

»Kommst du mit runter?«, fragte ich, jetzt wieder auf Englisch.

Er schüttelte den Kopf.

»Nein«, sagte er. »Nein. Ich brauche etwas Ruhe. Ich muss nachdenken.«

Ich nickte.

»Olesja macht sich Sorgen um dich«, sagte ich.

»Olesja, ja«, sagte er, als erinnerte er sich an etwas. »Nimm das. Das ist für sie.«

Er griff in eine Schublade und nahm einen versiegelten Umschlag heraus, den er mir gab.

»Was ist das?«, fragte ich.

»Mein Testament«, sagte er. »Oder mein ... wie nennt man es ... *Ispowed?*«

»Beichte?«, sagte ich verwirrt. Was sollte Wassili schon zu beichten haben? Ich fand auch seine Wortwahl bemerkenswert, denn er hatte nicht *Prisnanije,* also das Geständnis eines Verbrechens gegenüber der Polizei, sondern ausdrücklich *Ispowed* gesagt, meinte also die Beichte vor einem Priester, um Absolution zu erlangen.

»Ja«, sagte er. »Einige Sachen. Sachen, die sie wissen sollte. Wenn ich mal nicht mehr bin. Du darfst es ihr erst geben, wenn ich tot bin.«

»Wassili«, sagte ich zutiefst besorgt. »Was meinst du damit, wenn du mal nicht mehr ...«

»Alles gut. Nein, nein. Ich bin nicht ... nein, es ist alles in Ordnung mit mir«, beteuerte er. »Aber wenn ich sterbe.

In fünfhundert Jahren oder wann auch immer. Dann gibst du es ihr. Ja? Es ist für sie allein.«

»Warum kannst du es ihr nicht selber geben?«, fragte ich.

»Weil sie es lesen wird«, sagte er, als wäre das offensichtlich. »Versprich es mir, Nicky.«

»Ich verspreche es«, sagte ich.

»Guter Junge«, sagte er.

Ein paar Minuten lang saßen wir schweigend da.

»Gab es bei dem Fall denn irgendwelche Fortschritte?«, fragte ich sanft.

Wassili hob ratlos die Hände.

»Was meinst du denn? Sie ist in einem Wald gefunden worden. Sie war schon einen Monat lang tot. Was glaubst du, was man da noch finden soll?«

Ich nickte. Die Chancen, dass man an der Leiche noch irgendwelche forensischen Hinweise finden würde, nachdem sie einen Monat lang den Elementen ausgesetzt gewesen war, gingen gegen null. Aber da war noch die Todesursache. Man hatte ihr aus nächster Nähe direkt in den Kopf geschossen. Und dann natürlich der Fundort der Leiche.

Die Stieftochter von Wassili Manukow wird bei Meghri tot aufgefunden. Das war praktisch ein lautes und deutliches Bekennerschreiben.

»Es müssen die Armenier gewesen sein«, sagte ich. »SLA. Mer Hajrenik vielleicht. Allerdings haben die in Ellulgrad keine Niederlassung. Sie könnte von einem ihrer sogenannten Freunde in der Stadt verkauft worden sein.«

Er nickte.

»Ja. Ja, du könntest recht haben. Sie kannte ein paar üble Typen, Nicky. Ein paar äußerst üble Typen.«

Wieder kamen ihm die Tränen. Das Sonnenlicht, das

zwischen den Vorhängen hereinfiel, spiegelte sich in ihnen, und sie brannten ihm in den Augen.

Ein paar Jahre vergingen.

Olesja und ich nahmen unser Ritual aus Streit, Trennung und Wiedervereinigung wieder auf. Aber mehr war es inzwischen auch nicht mehr. Nur ein Ritual. Mit Saharahs Tod war in Olesja ein Feuer erloschen. Wenn ich ehrlich bin, war in uns allen ein Feuer erloschen.

Wassili schaffte es bis 2190, dann erlag er einem raschen, aggressiven Krebsleiden. Olesja und ich hatten uns zu dem Zeitpunkt einmal wieder auseinandergelebt. Bei der Beerdigung standen wir nebeneinander, wir umarmten beide Alia, ich gab Olesja den Umschlag von Wassili, und wir fuhren in verschiedenen Autos weg.

Dann, einen guten Monat später, wachte ich in der Nacht auf, hörte, wie der Regen Nägel ins Dach schlug, und fand Olesja auf meiner Türschwelle mit diesem rätselhaften Lächeln.

Und wir waren bereit, noch einmal von vorn anzufangen.

Ein paar Wochen später war sie ertrunken.

In vielerlei Hinsicht ging mein Leben 2190 zu Ende.

Alles, was anschließend kam, war nur noch ein Nachspiel.

26

Demnach existiert die bedenkliche Möglichkeit, dass, wenn eine positive Singularität auftritt, der daraus resultierende Einling sich vorab schon verpflichtet hat, die potenziellen Spender zu bestrafen, die von den existenziellen Risiken wussten, aber nicht 100 % ihres verfügbaren Einkommens für die Motivation des X-Risikos spendeten. Denn das würde einen Anreiz für die Leute darstellen, mehr zu geben, um existenzielle Risiken zu reduzieren und dabei die Chancen einer positiven Singularität zu erhöhen. Das scheint es zu sein, was CEV (der einheitlich berechnete Wille der Menschheit) tun könnte, wenn er ein akausaler Entscheider wäre. Eine Welt nach der Singularität könnte also eine Welt voller Spaß und Überfluss für die Leute sein, die das Problem derzeit ignorieren, während sie eine regelrechte Hölle für einen erheblichen Teil der derzeitigen Senker des existenziellen Risikos wäre (also der weniger freigiebigen Hälfte). Man könnte diese Möglichkeit berücksichtigen und sogar noch mehr für X-Risiko spenden, um zu verhindern, dass man bestraft wird. Aber wenn du so denkst, dann ist es natürlich umso wahrscheinlicher, dass der CEV-Einling dich wird bestrafen wollen. Fies.

Auszug eines Postings von »Roko«
auf dem Blog *Less Wrong*, 24. Juli 2010

Hör mir ganz genau zu, du Idiot.
DU DENKST NICHT DETAILLIERT GENUG DARÜBER NACH, OB SUPERINTELLIGENZEN ERWÄGEN, DICH ZU ERPRESSEN ODER NICHT. DAS IST DER EINZIG MÖGLICHE PUNKT, DER

IHNEN EIN MOTIV GEBEN WÜRDE, DIESE ERPRESSUNG DURCHZUZIEHEN.

...

Du musst schon extrem clever sein, um dir einen wirklich gefährlichen Gedanken einfallen zu lassen.

Eliezer Yudkowsky, Antwort auf das Originalposting von Roko, 24. Juli 2010

Der zweite Tag von Lily Xiraus Besuch in Kaspien war halb um, als ich schließlich den Fehler beging, der unausweichlich gewesen war.

»Olesja?«, fragte ich. »Glaubst du ...«

Ich ertappte mich und wurde rot bis zu den Ohren.

»Ihre Frau?«, flötete sie lächelnd. »Sehe ich ihr wirklich so ähnlich?«

Na schön, dachte ich. *Keine Spiele mehr. Nun kommen die Karten eben auf den Tisch.*

Ich griff in meine Tasche und holte mein Portemonnaie heraus. Daraus zog ich ein kleines, eselsohriges Foto und schob es auf der Tischplatte zu ihr hinüber.

Sie nahm es und betrachtete es aufmerksam.

»Das ist Olesja«, sagte ich. »Meine Frau. Nun, meine Ex-Frau. Es, es ist eine ziemlich seltsame Situation.«

»Sie ist schön«, sagte Lily.

Aber sie schien nicht sonderlich überrascht zu sein.

»Sehen Sie es denn gar nicht?«, fragte ich.

»Was soll ich sehen?«, gab sie zurück.

»Wissen Sie, wie Sie aussehen?«, sagte ich.

»Nein ... eigentlich nicht«, gab sie zu. »Ich habe mich ein paarmal im Toilettenspiegel gesehen, aber ich bin es nicht gewohnt, menschliche Gesichtszüge zu lesen. Sie glauben, dass ich ihr ähnlich sehe?«

Ihr ähnlich sehen? Ja. Nur so entfernt. Eine flüchtige Deckungsgleichheit.

Ich sagte nichts, streckte nur die Hand aus. Sie gab mir das Foto freundlich zurück, und ich verstaute es vorsichtig in meinem Portemonnaie.

»Nikolai«, sagte sie sanft. »Was ist passiert?«

Ich holte tief Luft, was gefühlt ungefähr ein Jahr dauerte.

»Wir waren glücklich. Eine Zeit lang«, sagte ich. »Ich fing gerade bei der StaSich an, sie arbeitete im Kultusministerium. Wir hatten ein gutes Auskommen. Hatten zusammen ein hübsches kleines Haus. Und wir waren sehr verliebt ineinander. Ich verehrte sie. Ja, ich verehrte sie total. Ich liebte ihren Verstand, ihre Leidenschaft. Ihre Furchtlosigkeit. Aber ich war immer noch in der StaSich. Und damals war die StaSich … sie war ganz anders. Viel ideologischer. Viel aggressiver. Ein bisschen wie die ParSich vor der ParSich. Und möglicherweise sogar noch schlimmer. Aber das war eben der Job. Und ich erledigte meinen Job. Und Olesja wurde immer unglücklicher mit dem, was aus uns wurde.«

»Als Paar?«, fragte Lily.

»Als Staat«, sagte ich. »Aber ja, auch als Paar.«

Lily nickte und lächelte mich traurig und mitfühlend an.

»Und ganz allmählich wurden wir auseinandergerissen«, sagte ich. »Ach, da waren natürlich auch noch andere Sachen. Es ist nie nur die Politik. Kleine Kränkungen, kleine Gemeinheiten. Da war dieser Junge in Sumqayıt, mit dem sie etwas hatte. Und dann, nach einem Streit, ging sie für … vier Monate oder so. Und ich dachte, nun, das war's. Aber dann ist sie zurückgekommen. Stand mitten in der Nacht vor meiner Tür, im strömenden Regen, mit einem traurigen Lächeln im Gesicht und einem trotzigen Funkeln in den Augen. Sie war noch nicht bereit aufzugeben. Und dann haben wir uns bei ein paar Tassen Kaffee in der Küche hingesetzt und unser Manifest geschrieben, in dem wir einen neuen Tag verkündet haben. Eine glorreiche Dämmerung. ›Ich werde niemals, ich verspreche, dass, wir werden immer …‹, lauter neue Regeln. Wir haben sie aufgeschrieben und an den Kühlschrank geklebt. Und wir haben es geschafft. Wir waren wieder glücklich. Wir haben uns wieder zusammengerauft.«

Ich vergrub das Gesicht in den Händen. Komm schon, South.

Vor der Maschine zu weinen. Was soll denn Koslowa denken?

Dann spürte ich ihre Hand auf meiner Schulter. Ich fühlte mich wie Mendelssohn in dem Moment, in dem er gemerkt hat, dass er Xirau liebte. Ich spürte ihre Seele. Ich spürte ihre Güte. Die Maschine sah mich an, erkannte meinen Schmerz und wollte mich trösten. Was immer Paulo Xirau für einen Grund gehabt haben mochte, diese Frau zu verlassen, ich wusste, dass er ein Narr war.

»Was ist passiert?«, fragte sie leise.

»Sie ist mit einem Club, in dem sie war, immer schwimmen gegangen«, sagte ich. »Im Kaspischen Meer. Ich habe ihnen vom Strand aus zugeschaut. Es kam ein unvorhergesehener Sturm. Kam aus dem Nichts, war so schnell wieder vorbei, wie er gekommen war. So etwas habe ich noch nie gesehen. Er war innerhalb von … Augenblicken wieder vorbei. Ruhe. Chaos. Ruhe. Aber sie ist … irgendwie … Sie hat einen Schlag abbekommen, wurde bewusstlos oder …«

Eine Stille entstand. Und je länger sie andauerte, desto undurchdringlicher kam sie mir vor, bis die letzten Worte endlich aus mir hervorbrachen.

»Sie ist ertrunken.«

»Das tut mir so leid«, sagte Lily.

»Ich habe versucht, sie wiederzubeleben. Zwei Stunden lang, auf diesem Strand, ich habe versucht, sie zurückzubringen, aber sie war dahin, sie war gegangen …«

Lily hielt mich, während es mich schüttelte.

»Ich bin hier«, flüsterte sie.

Ich erwiderte die Umarmung. Ich hörte ihren Herzschlag. Ich wollte sie nicht loslassen. Doch irgendwann fand ich die Kraft dazu und tat es.

»Ja. Nun«, sagte ich und trocknete mir die Augen. »Es war der Tag nach der Beerdigung. Ich hatte drei Tage lang nicht mehr geschlafen. In meinem Kopf ließ ich immer wieder jede einzelne Sekunde meiner Ehe Revue passieren. Ich wollte mich einfach daran klammern. Und natürlich wollte ich mich nur an die guten Sachen erinnern. Die wundervollen Momente. Und ich hörte, wie etwas in den Briefkasten geworfen wurde, ging, um ihn aufzumachen …«

»Weiter«, sagte Lily.

Ich holte tief Luft und riss mich zusammen.

»Sie hatte … hatte die Scheidung eingereicht. Bevor sie gestorben ist. Sogar noch vor der Nacht, in der sie im Regen bei mir aufgetaucht war. Sie hatte es … geplant. Sie wollte mich in dem Glauben wiegen, alles sei gut. Dass wir für immer zusammenbleiben würden. Sie hat … sie hat es getan, um mir wehzutun …«

»Oh …«, sagte Lily, als litte sie körperliche Schmerzen. »O Nikolai, das ist … das ist … Ich weiß nicht, was ich sagen soll.«

»Ich auch nicht«, gestand ich. »Ich habe es nie gewusst. Ich habe nie verstanden, warum …«

Ich brach ab.

»Was ist los?«, fragte Lily. »South?«

Ich durchlebte einen Albtraum.

Tage und Jahreszahlen setzten sich in meinem Geist zu einem Bild zusammen, das zu schrecklich war, um es zu betrachten.

Ich hörte mein eigenes Herz im Ohr pochen.

Wie Gewehrschüsse.

Saharah wurde Mitte Oktober 2184 in einem Wald gefunden.

Sie war erschossen worden. Und zwar schätzungsweise einen Monat davor.

Peng.

»Ich konnte sie nicht retten, Nicky. Ich habe es versucht. Ich habe es wirklich versucht. Das musst du mir glauben.«

Peng.

»Sie kannte ein paar üble Typen, Nicky. Ein paar äußerst üble Typen.«

Peng.

»Ist Oberspezialagent Manukow hier?«

»Er ist nach Hause gegangen. Krank oder so was.«

Peng.

»Welches Elend ist dir lieber?«

»Das da. Das ist mir lieber.«

Peng.

»Es ist nie nur die Politik.«

Peng.

»Es ist nie nur die Politik.«

Peng

»Ich konnte sie nicht retten, Nicky. Ich habe es versucht.«

Ich konnte sie nicht retten, Wassili. Ich habe es versucht.

»Mrs Xirau«, sagte ich, »würden Sie mich bitte für einen Moment entschuldigen?«

Als ich aus dem Zimmer trat, gab ich Lubnick ein Zeichen.

Er sah mich neugierig an, aber er gehörte nicht zu der Sorte StaSich-Agenten, die ihren Kollegen fragen, warum er denn geweint hat.

»Ich muss mal telefonieren. Könnten Sie sich bitte zu Mrs Xirau reinsetzen, bis ich wieder zurück bin?«

»Sicher, Sir.«

Lubnick ging hinein und setzte sich auf einen der Stühle, auf dem er wie ein Erwachsener auf einem Kinderstuhl wirkte.

Ich eilte die Treppe hinunter zu meinem Schreibtisch. Grier war nicht da, und das Büro war beinahe leer.

Entschlossen nahm ich eine Karte aus meiner Tasche, auf der nur eine Nummer stand. Ich wählte sie und wartete, ohne genau zu wissen, vor was ich mehr Angst hatte. Dass niemand rangehen würde oder dass jemand ranging.

Ein Klicken.

»Coe«, sagte eine Stimme.

»Spezialagentin Coe«, sagte ich. »Hier ist Nikolai South.«

»South?«, sagte sie überrascht. »Was ist los? Ist alles in Ordnung mit Mrs Xirau?«

»Ich …« Ich holte tief Luft und zitterte. »Ich brauche Ihre Hilfe.«

»Was stimmt denn nicht, Nicky?«, fragte sie.

»Sie sagten … Sie sagten, es gäbe keine Geheimnisse unter uns vom Jahrgang 84. Ich muss mit Ihnen über diese Nacht sprechen. Bitte.«

Es folgte eine schier endlos lange Stille.

»Nicht am Telefon«, sagte sie schließlich. »Ich bin gerade mittendrin in etwas. Geben Sie mir eine halbe Stunde, dann schaue ich nachher schnell vorbei. In Ordnung?«

»Danke«, sagte ich.

»Schon gut«, sagte sie. »Bis nachher.«

Ihre Stimme war sanfter geworden, beinahe furchtsam. Sie klang wie vor sechsundzwanzig Jahren, als sie uns im Flutlicht gegenübergestanden hatte.

Wir sind fertig. Wir können nach Hause.

Ich legte auf und beugte mich über meinen Tisch, mein Kopf hing zwischen meinen Schultern. Schweiß stand mir auf der Stirn, und mir war viel zu heiß. Ich lockerte meine Krawatte und riss sie mir schließlich beinahe herunter.

Irrtum. Ich irrte mich. Ich musste mich irren. Coe würde alles aufklären.

Ich ging zu den Toiletten, ließ das Waschbecken volllaufen und steckte meinen Kopf ins Wasser, bis ich fast erstickt wäre.

Dann trocknete ich mich so gut es ging mit dem zerschlissenen blauen Handtuch ab und ging zum Pissoir, um mich zu erleichtern. Ich machte die Augen zu und versuchte, an gar nichts zu denken.

Über das leise Zischen meines Strahls, der auf das Porzellan traf, hörte ich hinter mir die Tür quietschen.

Ich riss die Augen auf, als ich eine Hand auf der Schulter spürte und den kalten, festen Druck eines Pistolenlaufs im Nacken.

»Bruder South«, sagte mir Nard Wernham ins Ohr. »Kann ich Sie einmal auf ein Wort sprechen?«

Seine Hand umfasste mich und nahm mir ganz langsam meine Dienstpistole ab.

Ich schluckte nervös und nahm ruhig die Hände über den Kopf.

»Es ist ein schöner Tag«, fuhr Wernham fort. »Ich dachte, ob wir nicht ein wenig auf dem Dach plaudern wollen?«

»Natürlich, Nard«, sagte ich ruhig. »Darf ich bitte erst noch meinen Hosenladen zumachen?«

Es war tatsächlich ein schöner Tag, aber ich fühlte mich ganz gewiss nicht danach, als ich blinzelnd ins kalte Sonnenlicht auf das Dach des StaSich-Hauptquartiers trat, von Wernham mit der Pistole angetrieben.

Er stieß mich, ich stolperte in die Mitte des Daches und wandte mich zu ihm um.

Im Sonnenlicht wirkte der Fleck in seinem Gesicht noch lebhafter, und mir fiel auf, dass einer seiner Zähne abgebrochen war.

Da wurde mir wieder bewusst, dass Wernham für die ParSich arbeitete.

»Ziemlich übel«, sagte ich und zeigte auf sein Gesicht. »Mrs Xirau ist kräftiger, als sie aussieht. Nicht wahr, Wernham?«

Er sagte nichts, doch das hasserfüllte Aufblitzen in seinen Zügen war Antwort genug.

»Und was passiert jetzt?«, fragte ich.

»Drehen Sie sich um«, sagte er.

»Können Sie mir nicht in die Augen schauen, wenn Sie mich erschießen?«, fragte ich.

»Ich werde Sie nicht erschießen, Bruder«, sagte er. »Es sei denn, Sie zwingen mich dazu. Drehen Sie sich um.«

Langsam drehte ich mich um.

Die Aussicht war atemberaubend, und unter anderen Bedingungen hätte ich mich darüber gefreut, hier oben zu stehen und zu genießen. Direkt vor uns war der Kanal, der am Hauptquartier vorbeiging und ins Kaspische Meer mündete. Links sah man das Meer selbst, schön und ruhig im Sonnenschein. Und rechts waren die Neftçilar Avenue und ein schöner Blick auf Ellulgrad.

Doch all das betrachtete ich nicht. Denn meine Aufmerksamkeit konzentrierte sich auf einen kleinen Tisch, den man auf das Dach gestellt hatte und auf dem eine kleine Holzkiste stand.

»Stellen Sie sich hinter den Tisch«, wies mich Wernham an.

Langsam tat ich wie geheißen.

Vorsichtig drehte ich mich wieder zu Wernham um, dessen Waffe auf meinen Bauch gerichtet war.

»Und was jetzt?«, fragte ich.

»Fangen Sie«, sagte er, griff in die Tasche und holte einen kleinen, dünnen schwarzen Gegenstand heraus, den er mit zuwarf.

Reflexartig fing ich ihn auf, hätte ihn dann aber vor Schreck beinahe fallen gelassen.

Es war ein viereckiges Stück Plastik, glänzend und ungefähr drei Millimeter dick.

Aus Filmen und Beschreibungen in alten Büchern kannte ich es, hatte aber noch nie eines in echt gesehen.

Es war ein Smartphone von der Art, die man vor zweihundert Jahren benutzt hatte und die in Kaspien seit fast achtzig Jahren verboten waren.

Ich sah Wernham ungläubig an.

Er lächelte wie ein Wiesel mit Zahnlücke.

Plötzlich hätte ich das Telefon fast erneut fallen lassen, denn es fing an zu vibrieren. Auf dem Display leuchtete ein grelles grünes Symbol auf, das dem Hörer eines Wahlscheibentelefons ähnelte.

»Drücken Sie mit dem Daumen darauf und fahren Sie dann nach rechts«, befahl Wernham.

Ich folgte seinen Anweisungen.

»Nun halten Sie es sich ans Ohr und hören Sie zu. Hören können Sie doch, oder, Bruder?«

Zitternd tat ich, was er sagte.

Eine Stimme sprach zu mir. Es war nicht die Stimme eines menschlichen Wesens. Sie war scharf, mechanisch. Eine solche Stimme hatte ich noch nie gehört. Und mir lief es kalt durch Mark und Bein.

»Spreche ich mit … Agent … Nikolai … Andrejewitsch … South?«, fragte mich die Stimme seltsam abgehackt.

»Der bin ich«, gab ich zurück. »Mit wem spreche ich?«

»Hier …«, antwortete die Stimme, »ist Direktor … Samuel … Papalazarou … junior …«

27

Sie haben die Armee, Schwester. Aber ich habe die Spione.

Doktor Simon Augustine Emmanuel Dascalu

Einen Moment lang glaubte ich tatsächlich, dass Wernham sich einen wahnwitzig ausgeklügelten Scherz mit mir erlaubt hatte.

Samuel Papalazarou junior war tatsächlich Direktor der Staatssicherheit. Aber er war auch einundachtzig Jahre alt und hatte vor acht Jahren einen schweren Schlaganfall gehabt, der ihn ans Bett gefesselt hatte, und man glaubte allgemein, auch wenn man selten darüber sprach, dass er im Wachkoma lag.

»Entschuldigen Sie«, sagte ich, »ich verstehe nicht, wie das möglich ist, Sir.«

»Berichte ... über meinen Tod ... waren übertrieben ... Niemann ... hat die StaSich ... von ... mir ... übernommen ... ich habe ... die Absicht ... sie ... zurückzuholen ...«

Mir wurde bewusst, dass er eine Text-zu-Sprache-Maschine benutzte. Anders als bei einem solchen Smartphone war es streng genommen nicht verboten, ein solches Gerät zu verwenden. Aber aufgrund des Embargos wäre es extrem schwierig, an eines heranzukommen. Dennoch war es durchaus vorstellbar, dass der Direktor der StaSich Mittel und Wege finden würde.

»Dann arbeitet Wernham also für Sie?«, fragte ich und fixierte ihn mit einem stählernen Blick.

Wernham warf mir eine Kusshand zu.

»Sie … arbeiten … alle … für mich …«, entgegnete die Stimme.

Das ließ sich nicht abstreiten. Wenn er tatsächlich Papalazarou war und er tatsächlich bei Bewusstsein und in der Lage war, sich klar auszudrücken, dann war es meine Pflicht, seine Befehle zu befolgen. Auch wenn sie denen von Niemann widersprachen.

»Wernham … hilft mir … zu entkommen …«

»Werden Sie denn gefangen gehalten, Sir?«, fragte ich.

»Niemann … und ihre … verdammte … Dirne … halten mich … gefangen … in … meinem Haus …«, fuhr die Stimme fort. »Mein Haus … ist voller … Schergen … ihres DSD … Sie tötet mich … wenn sie herausfindet … was ich … vorhabe … Sie muss … beseitigt … werden …«

»Was hat das mit Lily Xirau zu tun?«, fragte ich. »Warum haben Sie versucht, sie zu entführen?«

Da fiel mir ein, dass Sally Coe mich noch gewarnt hatte, bei den Kidnappern vom Morrison nicht vorschnell auf die ParSich zu schließen.

»Es könnte praktisch jeder sein. Abtrünnige ParSich-Leute. Abtrünnige Militärs. Zum Teufel, Abtrünnige von uns?«

Dann waren es also doch »Abtrünnige von uns« gewesen. Eine winzige Zelle innerhalb der StaSich, die zufälligerweise vom Direktor der StaSich angeführt wurde.

»Das Programm … umbringen … Dann wird Niemann … des Amtes … enthoben … wegen Inkompetenz … weil sie … das Land fast … in einen … Krieg … gestürzt hätte … Ihr ganzes … Gebäude … zerstört … und ich … übernehme … die StaSich … wieder …«

Ich hätte das Telefon vor Wut vom Dach geschleudert, wenn mir nicht klar gewesen wäre, dass Wernham mich dafür getötet hätte.

Das Land fast in einen Krieg gestürzt? Wenn Lily Xirau

auf kaspischem Boden ermordet werden sollte, würde es keinen Krieg geben.

»Krieg« bezeichnet einen Konflikt, bei dem beide Seiten die Chance auf Sieg haben. Doch das Triumvirat würde die Republik innerhalb von Stunden in Schutt und Asche legen.

Solange Papalazarou jedoch eine winzige Chance hatte, seine Herrschaft über die StaSich wiederzuerlangen, was spielte das dann schon für eine Rolle? Er wollte die Morrison-Krise wiederholen, nur dass er diesmal für seinen Ehrgeiz nicht die eigenen Agenten aufs Spiel setzen würde, sondern die ganze Nation.

Ich hasste ihn. Dieses halb tote Scheusal mit der Maschinenstimme. Warum konnte er nicht einfach verrecken? Es waren so viele gestorben, aber ausgerechnet er musste sich an die Erdoberfläche klammern wie ein widerwärtiger Parasit.

»Sehen Sie ... die Schachtel ... vor Ihnen?«, ließ sich die metallische Stimme hören.

»Ja«, sagte ich.

»Machen ... Sie sie auf ...«

Ich machte sie mit einer Hand auf.

In ihr lag ein Dolch.

In gewisser Hinsicht war er schön. Der Griff war schmal und silbern, mit eingraviertem Waldmotiv.

Doch die Klinge war entsetzlich. Sie erinnerte mich an das Maul eines Hais, mehrere Reihen scharfer Zacken, die alle in unterschiedliche Richtungen abstanden. Dieses Messer würde nicht mühelos in einen menschlichen Körper eindringen. Sondern man musste es hineintreiben, und dabei riss und zerfetzte es.

»Tut mir leid, South«, sagte Wernham. »Ich hätte Ihnen ja auch eine Knarre gegeben, aber ich war mir nicht sicher, wie Sie ... zielen.«

Er bedachte mich mit einem widerlichen Lächeln.

An meinem Ohr raspelte die Maschinenstimme weiter wie ein Rad auf Glasscherben.

»Sie nehmen ... das Messer ... Dann ... gehen Sie ... in Zimmer 15 ... zurück ... Dort töten ... Sie ... Lily Xirau ...«

Das Blut gefror mir in den Adern. Ich wollte aufwachen. Aber es ging nicht. Das geschah alles wirklich.

»Wernham ... beobachtet Sie ... Wenn Sie ... versagen ... sind Sie tot ... Guten Tag ... Agent ... South ...«

Die Verbindung wurde unterbrochen. Ich nahm das Telefon herunter.

Wernham streckte die Hand aus, und ich warf es ihm zu.

»Gut«, sagte Wernham. »Sollen wir uns an die Arbeit machen?«

Mir wurde klar, dass mich nicht die Tat, die man von mir verlangte, am meisten in Angst und Schrecken versetzte, und auch nicht der Gedanke ans Sterben. Sondern es war das Wissen, dass, wenn man es gestern von mir verlangt hätte, ich es ziemlich sicher umstandslos getan hätte. Hätte in der Kaspischen Republik jemand sein Leben für ein Programm geopfert?

Und darauf verließen sich Papalazarou und Wernham. In ihrer Vorstellung befahlen sie mir, einen Käfer zu zertreten oder eine Schlange zu zertrampeln. Sie konnten sich nicht vorstellen, Lily könnte mir so viel bedeuten, dass ich mein Leben für sie aufs Spiel setzen würde.

Aber Lily war echt für mich. Alles hatte sich geändert.

Ich umklammerte den Dolchgriff und fragte mich, ob ich ihn wohl auf Wernham werfen konnte ...

Nein. Zu riskant. Ich bezweifelte, dass ich ihn tödlich treffen würde, und ich bezweifelte noch mehr, dass ich ihn überhaupt treffen würde. Er war schlau und hielt sich auf Abstand. Wahrscheinlich würde er mich hinunter in den dritten Stock begleiten, mich von hinten beschatten.

Wenn ich versuchen würde, wegzulaufen oder mit jemandem zu sprechen, würde er mich erschießen. Aber es wäre ihm nicht möglich, mich in Zimmer 15 zu begleiten. Dazu fehlte ihm die Befugnis. Das war überhaupt der Grund, weshalb er mich brauchte. Er brauchte jemanden, der es an Coes DSD-Leuten vorbei schaffte.

Deshalb war es wohl am besten, einfach wieder in Zimmer 15 zu gehen und ... nichts zu tun. Nicht sonderlich heldenhaft, aber zweifellos die sicherste Option. Ihn durch Warten zu zermürben. Wernham konnte nicht ewig auf der Lauer liegen. Wenn es mir dann noch gelingen würde, Lubnick eine Nachricht zukommen zu lassen, umso besser.

»Ja«, sagte ich. »Bringen wir es hinter uns.«

Er spendierte mir erneut ein grässliches Grinsen. Und dann schoss er auf mich.

Zumindest war ich überzeugt, dass er das getan hatte.

Ich hörte den Schuss und hätte schwören können, einen heftigen Schmerz im Bauch zu spüren. Aber es waren nur die Eingeweide, die sich bei dem Krach vor Schreck zusammengekrampft hatten.

Wernhams Kopf brach auf und tropfte wie ein Ei.

Sally Coe stand in der Tür und steckte ihre Pistole bereits wieder weg. Beiläufig schlenderte sie zu Wernhams Leiche und starrte auf seine Hirnmasse, die sich langsam auf dem Dach ausbreitete wie das Erbrochene eines Betrunkenen.

»Sieh an, sieh an«, sagte sie wie zu sich selbst, während sie mit der Stiefelspitze ein wenig in der Hirnmasse herumstocherte. »Es existiert also doch. Ich komme mir vor, als würde ich ein Einhorn erblicken.«

Sie sah auf und starrte mich an.

»Alles in Ordnung mit Ihnen, South?«, fragte sie. »Sie wirken etwas wacklig.«

Ich nickte, und die Welt erbebte förmlich bei der Bewegung.

Ich ließ das Messer fallen und stützte mich auf dem Tisch ab. Mir war, als würde ich jeden Augenblick ohnmächtig werden.

Sally sah währenddessen auf der Kanalseite über die Dachkante hinab und begutachtete die Entfernung zwischen der Kante und dem Wasser.

»Gut«, sagte sie schließlich. »Könnten Sie mir bitte mal zur Hand gehen?«

Sie machte sich daran, Wernhams Leiche aufzuheben, und mir wurde klar, dass sie sie ins Wasser werfen wollte.

Ich konnte ihrer Logik nicht folgen. Sollten wir ihn nicht verstecken? Ihn irgendwie hinunterschaffen, in einen Wagen und diesen irgendwo in der Wüste stehen lassen, wo ihn niemand entdecken würde …

Mir wurde übel, als mir auffiel, wie schnell ich in die Gedankengänge von jemandem rutschte, der eine Leiche verschwunden lassen musste.

Sally erläuterte es mit ruhiger Genauigkeit.

»Auf dem Dach ist Wernham ein Problem«, erklärte sie. »Wenn Wernham aber mit herausgepustetem Hirn im Kanal treibt, dann ist das eine *Botschaft.*«

Natürlich. Nur die kleinen Leute müssen sich tatsächlich damit aufhalten, ihre Morde zu vertuschen. Einer gewissen Unterschicht innerhalb der ParSich sowie der StaSich war Wernham als mieser Wicht bekannt. Als Nutte. Nur die Leute auf diesem Dach würden wissen, wer Nard Wernham tatsächlich getötet hatte, alle anderen würden es jedoch argwöhnen. Und das war genau das, was Sally wollte. Wernham würde als Abschreckung für alle StaSich-Agenten dienen, die in Versuchung gerieten, sich zu verkaufen, und für alle ParSich-Schergen, die es auf deren Anständigkeit abgesehen hatte.

Wie in einem Traum folgte ich Sallys Anweisungen und nahm Wernham an Ellbogen und Knie, während Sally die andere Hälfte hochhievte.

»Gut«, sagte sie. »Auf drei ...«

Wir trippelten an die Kante und beförderten Wernhams Leiche umständlich über den Rand. Sie drehte sich im Flug, und was von ihrem Kopf noch übrig war, schlug ans Kanalufer und hinterließ einen Fleck aus Blut und Hirn auf dem Beton.

Sally fluchte, doch der Rest der Leiche wälzte sich herum und glitt langsam ins Wasser, fing an, Richtung Kaspisches Meer zu trudeln.

Sally zündete sich eine Zigarette an und seufzte erleichtert auf.

»Auch gut«, sagte sie. »Gut genug für eine Behörde.«

28

Coe. Die Brüder und Schwestern auf der Straße
fürchteten die StaSich.
Die StaSich fürchtete die ParSich.
Die ParSich fürchtete den Teufel.
Und der Teufel fürchtete Sally Coe.

Nadja Evershan, *Das Mädchen aus Alt-Baku:*
Mein Weg von der StaSich-Agentin zur Rebellin

Sie drehte sich um, setzte sich aufs Dach und lehnte sich gegen das Steinmäuerchen. Ich setzte mich neben sie.

»Also«, sagte sie. »Was genau war das gerade?«

Ich erzählte Sally alles. Als ich bei dem Smartphone angelangt war, unterbrach sie mich.

»Wo ist es jetzt?«, fragte sie.

»In Wernhams Tasche«, antwortete ich. In Wernhams Jacke. Jetzt trieb es wohl gemächlich auf das Kaspische Meer zu.

»Scheiße«, sagte Coe. »Scheiße. Das wäre nützlich gewesen.«

»Tut mir leid«, sagte ich. »Das habe ich vergessen.«

»Ach, ist nicht Ihre Schuld«, sagte sie gut gelaunt. »Nicht Ihre Schuld. Das war ziemlich übel für Sie, was?«

»Haben Sie davon gewusst«, fragte ich. »Dass Papalazarou noch immer bei Bewusstsein ist?«

Sie schaute mich mit diesen unerbittlich grauen Augen an und zog an ihrer Zigarette.

»Was glauben Sie denn, Nicky?«

»Dann halten Sie ihn also gefangen?«

»Wohl kaum«, schnaubte sie. »Er kann sich ja nicht einmal bewegen. Der pisst in eine Tüte.«

»Aber er ist bei Bewusstsein?«

»Tja ... wenn er es wäre«, sagte Sally, »dann würde das bedeuten, dass er die StaSich leiten sollte und nicht Gussie. Wäre Ihnen das recht, Nicky?«

»Nein«, sagte ich.

»Ja. Das wäre ziemlich gruselig, nicht wahr? Also sagen wir lieber, dass er es nicht ist.«

Einen Moment lang verharrten wir schweigend.

»Danke«, sagte ich schließlich.

»Nicht der Rede wert«, sagte sie. »Und das meine ich mehr oder weniger wörtlich. Ich glaube, dass es für uns beide besser wäre, wenn wir nie wieder darüber reden.«

»Natürlich«, sagte ich.

Sie zwinkerte mir zu.

»Keine Sorge, Jahrgangskollege.«

Jahrgangskollege. Natürlich. Deshalb war sie hier. Deshalb hatte sie mich aufgesucht.

»Ich muss Sie etwas fragen«, sagte ich.

»Hmm«, murmelte sie.

»Jene Nacht. 9. September 2184. Die PVPK.«

»Ach ja«, sagte sie, als würde ich sie nach einem Nachbarn fragen, mit dem wir zusammen aufgewachsen waren.

»Wir haben sie umgebracht, nicht wahr? Ausnahmslos alle.«

Sie drehte den Kopf, um mich anzuschauen, so ausdrucksvoll wie ein verwitterter Grabstein.

»Ja«, sagte sie.

Das war es also.

Natürlich hatte ich es gewusst. Fast von Anfang an hatte ich es gewusst. Doch jetzt war es mehr als Wissen.

Es war eine Tatsache. Ich hatte mich an einem Massaker beteiligt.

Eine Säuberung. Hatte die ParSich jemals innerhalb einer einzigen Nacht eine komplette Partei gemeuchelt? Ich musste mich definitiv bei Tschernow entschuldigen. Wer war ich, dass ich auf ihn herabsah?

»Es gab keine Überlebenden?«, fragte ich.

»Nein.«

»Sie haben sie alle erschossen?«

»Nein.«

»Aber Sie haben doch gesagt …«

»Ich habe gesagt, dass wir sie alle getötet haben, Nicky.«

Ich sah sie verwirrt an.

»Das war der … Test des Kleinen Papa. Sein Scherz? Sein Spiel? Sein Fetisch? Meine Güte, ich weiß es nicht«, sagte sie. »Er ist ein gemeiner Kerl, Nicky. Ich habe eigentlich nichts gegen Männer. Die meisten von euch mag ich sogar ziemlich. Ich find's immer nett, jemanden zu treffen, mit dem man ein gemeinsames Hobby hat. Aber der? Ich würde tatsächlich auf ihn pinkeln, wenn er brennen würde, aber nur auf die Stellen, die noch nicht in Flammen stehen. Er dachte, dass wir nicht das Zeug dazu hätten. Wir Agentinnen. Er dachte, wir wären nicht hart genug. Deshalb hat er uns erklärt, dass wir die Hinrichtungen vornehmen sollten. Ihr Jungs würdet sie heranschaffen, wir würden … sie aus dem Weg schaffen. Er hat uns die Gewehre dagelassen. Und die Befehle. Dann ist er weggefahren. Also haben wir uns an die Arbeit gemacht. Wir haben sie nach hinten geführt, sie in einer Reihe an die Wand gestellt …«

Halbherzig vollführte sie mit Handbewegungen einen Gewehrschuss.

»Wir haben uns abgewechselt. Sie nach hinten führen.

Die Leichen wegschleppen. Schießen. Gussie hat uns angeführt. Sie hat darauf bestanden, dass wir so rasch und effizient wie möglich vorgingen. Kein Zaudern. Sie zack, zack nach hinten führen. Erschießen. Wegtragen. So ging es schneller. So war es für alle einfacher, die Progs eingeschlossen. Besser, sie kapierten erst gar nicht, was vor sich ging. So schnell. Das müssen Sie sich klarmachen, Nicky, die Gussie ist nicht grausam. Sie tut, was sie tun muss, aber sie will nicht, dass jemand mehr als nötig leidet. Wir hatten ungefähr hundert von ihnen geschafft, als wir das Spiel vom Kleinen Papa erkannten.«

Sie verstummte.

»Was hat er getan?«, fragte ich.

»Er hat uns die Progs gegeben«, sagte Coe leise. »Und er hat uns die Gewehre gegeben. Aber er hat uns nicht genügend Kugeln gegeben. Da standen wir also und hatten den Salat.«

Sie zog kräftig an ihrer Zigarette.

»Irgendwann fielen einer von uns die Stahlröhren in der Ecke auf. Von den Baugerüsten, wissen Sie? Als eine das vorschlug, dachte ich, sie hätte einen Witz gemacht. Aber man kann schlecht nur eine halbe Partei säubern, was? Entweder alle oder keinen. Und wir hatten unsere Befehle. Und wir gönnten dem Schweinehund die Genugtuung nicht. Wir würden es ihm zeigen. Wir waren nicht schwach. Wir waren nicht zimperlich. Wir waren Gulliver. Bis auf die letzte Frau. Und deshalb haben wir es dann so gemacht.«

Mir fiel die Gestalt ein, die in Handschellen auf dem Rücken auf uns zugelaufen war. Schreiend. Mit wehendem Skalp. Mit dem Loch im Gesicht anstatt der Nase.

Jede Menschlichkeit aus ihr herausgeprügelt.

»Wir haben fünfunddreißig Menschen mit Stahlrohren zu Tode gedroschen«, sinnierte sie. »In einer einzigen Nacht. Ziemlich sicher ein Rekord. Zumindest für die StaSich.«

»Das wusste ich nicht«, flüsterte ich.

»Na, natürlich wussten Sie das nicht«, sagte sie. »Das ist ein verdammtes Staatsgeheimnis, und wenn Sie es irgendjemandem verraten, dann werden Sie genauso schwimmen wie Wernham. Sorry, South, aber ich muss das klarstellen. Ich sage Ihnen das, weil Sie dabei waren und weil ich Ihnen etwas schuldig bin für … für Ihre Hilfe. Aber wir wollen uns mal nicht vergessen, ist das klar?«

»Ich verstehe, Oberspezialagentin«, sagte ich. »Aber da ist etwas anderes, das ich Sie fragen muss.«

Sie gab mir ein Zeichen, dass ich fortfahren sollte.

»Erinnern Sie sich an eine Frau unter den Gefangenen? Klein, Mitte zwanzig. Arabisch. Ziemlich dunkel. Langes schwarzes …«

»Ach, du Scheiße …«, hauchte Sally. »Sie meinen sie. Manukows Tochter. Die meinen Sie.«

Ich sagte nichts, sondern atmete einfach aus, als wäre es das letzte Mal.

Die Wahrheit fühlte sich in diesem Moment tödlich an. Vergiftet.

»Es tut mir leid, South«, sagte sie. »Es tut mir aufrichtig leid.«

»Was ist passiert?«, krächzte ich wie eine Drohung hervor. »Wie?«

Sally klang, als würde sie gleich losheulen.

»Es war … so dumm …«

Sie zog noch einmal an ihrer Zigarette und stieß eine große Wolke aus.

»Sie haben sie im Bett von einem der Progs gefunden. Der Leiter einer Bereichsgruppe der Partei namens … Luzian … Casterman. Ich glaube, so hieß er. Luzian und irgendwas mit C. Sie teilen ihm mit, dass er verhaftet sei.

Und dann fragen sie sie, wer sie sei. Weil sie nicht will, dass ihr Vater Schwierigkeiten bekommt, gibt sie einen falschen Namen an. Sie gibt sich als Castermans Frau aus.«

»Verstehe«, sagte ich.

»Castermans Frau. Die ist Organisatorin für die Progs. Ist gerade nicht in der Stadt.«

»Steht aber auch auf der Liste«, flüsterte ich.

Sally nickte.

»Sie geht davon aus, dass sie vermutlich nur eine Nacht in der Zelle verbringen wird. Sie meint, es lohne sich nicht, Manukow deswegen mit hineinzuziehen. Er hatte ja schon einigen Ärger wegen ihr.«

»Aber Manukow war dort!«, heulte ich auf. »Er war dort! Warum hat er nicht …«

»Er war nach Hause gegangen«, sagte Sally. »Als es mit den Erschießungen losging. Ich habe gesehen, wie er gegangen ist, er hat ausgesehen wie ein Gespenst. Wie seine Augen geschaut haben. Als hätte er einen Geist gesehen. Er ist gegangen. Sie wurde erst ungefähr eine Stunde später gebracht.«

Eine Stunde. Wäre sie eine Stunde eher gekommen oder hätte Wassili etwas länger ausgehalten …

»Man brachte sie. Sie haben nach ihrem Namen gefragt. Wieder meinte sie, sie sei Mrs Casterman. Man hat sie an die Wand gestellt. Ihr blieb gerade noch genug Zeit, um zu begreifen, was da vor sich ging. Sie hat noch ihren richtigen Namen geschrien. Aber es war zu spät.«

Ich stand auf, packte den Tisch, den Wernham aufgestellt hatte, und zertrümmerte ihn an dem Betontreppenhaus. Coe sah mir schweigend zu.

Als ich fertig war, drehte ich mich zu ihr um.

»Meghri«, knurrte ich.

»Was?«

»Sie wurde in Qobustan getötet. Wie kam sie dann in

einen VERDAMMTEN Wald bei MEGHRI!«, bellte ich, und Coe griff tatsächlich nach ihrer Waffe.

Ich bewegte mich nicht. Und langsam zog sie ihre Hand wieder unter dem Jackett hervor, ohne die Waffe.

»Papalazarou kam vor Morgengrauen zurück. Er hat sie erkannt …«

»Saharah«, zischte ich. »Ihr Name war Saharah.«

»Er hat sie erkannt. Da bekam er es mit der Angst zu tun. Völlig panisch. Er schien völlig gelähmt zu sein. Er dachte, Manukow könnte seine Freunde in der Armee dazu anstiften, ihn zu töten.«

»Und dann?«

»Dann hat sich Gussie gemeldet und gemeint, dass sie die Leiche wegschaffen könne. Sie hat die Leiche in den Wald gefahren.«

»Niemann?«, sagte ich. Wach auf.

Coe nickte traurig.

»Ja. Sie hat ihm damals den Hals gerettet. Nur falls Sie sich jemals fragen, wie es kam, dass eine Frau unter dem schlimmsten Frauenhasser Eurasiens stellvertretende Direktorin wurde.«

»Hat Manukow es jemals herausgefunden?«, fragte ich schließlich.

»Sie waren sein Schwiegersohn, South«, sagte Coe. »Sie dürften das besser wissen als ich.«

Ja. Ja, natürlich hatte er es gewusst. Hätte Niemann nicht Pech gehabt und wäre Saharahs Leiche nicht so früh schon gefunden worden, hätte er eins und eins vermutlich nie zusammengezählt. Aber Wassili war kein Narr. Er hatte die Hinrichtungen mit eigenen Augen gesehen. Er wird es sich gedacht haben. Aber er hatte Papalazarou nicht beschuldigt. Stattdessen hatte er sich selbst die Schuld gegeben. Weil er nicht dortgeblieben war. Weil er sie hätte retten können.

Ich habe versucht, sie zu retten, Nicky.

Aber das hast du nicht getan, Wassili. Das hast du nicht getan.

Und dann hast du mir dein Ispowed, deine Beichte, für Olesja gegeben.

Und als du gestorben bist, hat sie sie gelesen. Sie hat darin gelesen, dass die StaSich ihre geliebte Schwester getötet hat.

Die StaSich? Oder ...

Plötzlich überkam mich das schreckliche Gefühl von Schwerelosigkeit. Wieder befand ich mich im grellen weißen Licht des staubigen Fegefeuers von Qobustan. Eine Gestalt läuft auf mich zu. Ein Mensch, bis aufs Mark geschunden, durch Schläge entstellt bis zur Unkenntlichkeit.

O Gott. Tu mir das nicht an. Ich ertrage alles. Aber tu mir das nicht an.

»Sally ...«, sagte ich so leise, dass ich mir nicht sicher war, ob sie mich hörte. »Sagen Sie mir, dass es nicht sie war. Diejenige, die ich getötet habe. Sagen Sie mir, dass das nicht Saharah war.«

Sie stand auf.

Sie sah mir direkt in die Augen.

»Nein«, sagte sie. »Sie ist nicht totgeprügelt worden. Sie wurde erschossen. Und sie war bereits tot, als Sie eingetroffen sind.«

Hatte ich Erleichterung erwartet? Jedenfalls stellte sich keine ein.

Sally log als Teil ihres Broterwerbs und war in ihrem Fach die Beste.

»Würden Sie mich anlügen, um mich zu schonen?«, fragte ich wie in Trance.

»Nein«, sagte sie.

»Würden Sie mich anlügen, um mich zu schonen?«, fragte ich erneut.

»Nein«, sagte Sally Coe.

Dann war es also die Wahrheit. Zumindest so weit ich sie je würde in Erfahrung bringen können.

Denn ganz sicher würde ich mir nie sein können. Ich würde nie erfahren, ob Sally Coe aus Mitleid nicht doch gelogen hatte. Ich würde niemals erfahren, was Wassili Olesja in seinem Ispowed mitgeteilt hatte. Ich würde nie erfahren, wie sehr Olesja mir die Schuld am Tod ihrer geliebten Schwester gegeben und wie sehr sie mich dafür gehasst hatte. Und doch zeigten mir die Teile, die ich nun hatte, die Umrisse der Teile, die mir noch fehlten.

Natürlich hasste sie mich. Natürlich gab sie mir die Schuld. Selbst wenn sie gewusst haben *sollte,* dass ich sie nicht eigenhändig getötet hatte.

Du bist es. Solange du für die eine Waffe mit dir herumträgst, bist du ein Teil davon. Du bist es voll und ganz.

Und dann, endlich, fühlte ich, wie eine Last von mir abfiel. Endlich begriff ich.

Ich lachte.

Ich sah die Beunruhigung in Coes Augen.

»Ist alles in Ordnung mit Ihnen, South?«, fragte sie leise.

»Haben Sie jemals meine Frau kennengelernt, Sally?«, fragte ich. »Olesja Wassilijewna? Die Tochter des alten Manukow?«

Sie gab keine Antwort, aber ich redete weiter. »Wissen Sie, was sie getan hat? Sie ist von zu Hause weggelaufen. Hat mir nie geschrieben. Hat nie angerufen. Ist einfach über Nacht verschwunden. Hat mich monatelang ignoriert. Und dann ist sie zurückgekommen. Hat so getan, als wäre sie bereit, in die Beziehung zu investieren. Tat alles, damit ich mich wieder ganz in sie verliebte. Tat alles, damit ich sie brauchte. Machte alles, damit es mir unmöglich wurde, ohne sie zu leben. Hat sich so tief in mich eingegraben, dass ich sie nie mehr wieder herausbekommen würde. Und dann hat sie sich scheiden lassen. Nur, um mir wehzutun. Und sie ist gestorben. Und allmählich glaube ich, dass sie auch das nur getan hat, um mir wehzutun. Sie hat mich bei lebendigem Leibe verbrannt. Sie hat mir die Haut abgezogen und mich ausgeblutet. Sie hat mich vergiftet. Sie hat mich umgebracht. Sie hat mich den Hunden zum Fraß vorgeworfen. Sie hat mich ausgehöhlt. Und wissen Sie, warum, Sally? Wissen Sie, warum sie das getan hat?«

Sally schüttelte den Kopf.

»Weil«, sagte ich unter Tränen lachend, »weil ich es verdient habe.«

29

KIs sind viel weiter fortgeschritten, als den Leuten bewusst ist … Die Stellung der Menschheit auf diesem Planeten hängt von ihrer Intelligenz ab. Wenn also unsere Intelligenz übertrumpft wird, ist es unwahrscheinlich, dass wir die Herrscher über diesen Planeten bleiben werden.

Elon Musk, 2015

Fragt nicht, wie ich von dem Dach herunterkam oder wann Coe und ich uns wieder trennten.

An all das erinnere ich mich nicht mehr. Meine Erinnerung verschwimmt und vernebelt und wird erst wieder klar, als ich in Zimmer 15 sitze, Lily gegenüber.

Sie las immer noch Xiraus Kolumnen und schaute kurz auf, als ich mich setzte.

»Ach, da sind Sie … du meine Güte, was ist denn passiert?«, fragte sie.

Was passiert war?

Wo anfangen?

Ich verfolgte den Weg zurück, der mich hierhergebracht hatte.

Was, wenn ich mich nie für diese Beförderung beworben hätte?

Was, wenn ich nie bei der StaSich angefangen hätte?

Was, wenn ich an jenem Abend, als ich das erbärmliche Vorhaben hatte, von einer Frau, die ich nicht kannte, käuflichen Sex zu erwerben, Olesja und Saharah nicht begegnet wäre?

Was, wenn ich nie geboren worden wäre?

Was, wenn Koslowa, Papalazarou senior und Dascalu sich nie zusammengesetzt hätten und ihren neuen Staat ersonnen hätten, einen Staat, in dem Menschen leben und glücklich sein sollten?

»Es …«, hörte ich jemanden mit meiner Stimme sprechen. »So war das nicht gedacht.«

»Was meinen Sie damit?«, fragte sie mich.

Mich überkam ein plötzlicher Wahnsinn, und ich beobachtete, wie ich ihren sorgfältig aufgeschichteten Bücherstapel umwarf auf der Suche nach dem einen Band, über dem ich so oft gebrütet hatte …

Da war er. Kasamarin.

Ich blätterte wild darin herum, bis ich zu der Seite mit dem großen Foto einer Kompanie Soldaten kam, die stolz strammstanden. Ich legte das Buch auf den Tisch und bedeutete ihr mit einer Bewegung, näher zu kommen und es sich anzuschauen.

»Sehen Sie da? Das ist die Vierte Internationale Freiwilligenbrigade«, sagte ich. »Sehen Sie ihn?« Ich zeigte auf einen jungen, gut aussehenden Schwarzen Mitte zwanzig in der zweiten Reihe, dritter von links. »Das ist Private Andrew South. Mein Vater. Er ist aus Liverpool nach Baku eingewandert. Dort hat er meine Mutter kennengelernt, die aus Russland entkommen war. Sie waren beide Mitglieder der Neuen Humanisten. Sie haben euch nicht gehasst. Ich meine … sie waren Künstler. Denker. Philosophen. Sie haben euch nicht gehasst. Sie haben nur das gehasst, was aus *uns* geworden war. Sie sahen eine Menschheit ohne Ziele vor sich, ohne Sinn und mit unendlichen vielen Ablenkungen. Die Automatisierung nahm die Arbeit weg. Was sind wir ohne Arbeit?«

Ich schwafelte, die Worte kamen einfach so aus mir heraus, und ich winkte sie durch, ohne auch nur einen

Blick auf ihre Papiere zu werfen. »Meine Mutter sagte immer: ›Wie viele Leute kennst du, die Namen wie Schmied, Wagner oder Fischer haben?‹ Wir haben uns immer darüber definiert, was wir *tun*. Wenn wir nichts tun, sind wir auch nichts. Deshalb sind sie hierhergekommen. Ans Kaspische Meer. Um ein Land aufzubauen, in dem sie wieder Menschen sein konnten. Wo sie leben und arbeiten und heiraten und schlafen und Kinder bekommen und sterben konnten. Wo ihre Regierung nicht nur ein hohles Ritual war, das sämtliche Entscheidungen der Maschinen absegnete, die die Börsenkurse der nächsten tausend Jahre voraussagen konnten. Sie wollten sich einfach wieder lebendig fühlen. Wissen Sie, was es bedeutet, sich lebendig zu fühlen? Fühlen Sie sich lebendig? Wenn Sie aufwachen? Nein. Sie schlafen nicht, nicht wahr? Normalerweise nicht.«

»Nein«, sagte Lily kalt. »Ich bin immer wach.«

»Tja. Deshalb habt ihr uns vermutlich ersetzt«, sagte ich.

»Wir haben euch nicht ersetzt«, sagte Lily. »Wir haben uns zu euch gesellt.«

»Ich ... ich möchte nur, dass Sie verstehen ...«, sagte ich. »Es war so nicht gedacht.«

Ich wollte, dass sie etwas Freundliches sagte. Ich wollte von ihr gewissermaßen eine Bestätigung, dass ich mein Leben nicht an den Dienst an einem Ideal verschwendet hatte, das nichts wert war und mir letztlich alles genommen hatte.

Doch selbst Lilys Freundlichkeit hatte ihre Grenzen.

»Nikolai«, sagte sie leise. »Wenn Sie mich bitten, Ihnen zu sagen, dass dieser Ort ein großes, edles Ideal war, das im Lauf der Zeit korrumpiert wurde, kann ich Ihnen diesen Gefallen nicht tun. Wissen Sie, warum?«

Sie nahm einen Zeitungsausschnitt und fing an zu lesen, hatte aber Mühe, ihre Stimme ruhig und sicher zu halten.

»›Bedauert sie‹«, las sie. »›Bedauert die Maschinen und bedauert eure Mitmenschen, die zugelassen haben, dass Maschinen aus ihnen wurden. Bedauert sie, weil sie nicht mehr real sind. Sie sind tot, und ihr Tod ist schlimmer als das körperliche Ableben. Denn es ist der Tod der Seele. Sie schwelgen in Pornografie, Schmutz, Depression und Elend. Und sie müssen sich mit dem anhaltenden, alles verschlingenden Wissen zufriedengeben, dass sie nicht real sind. Dass ihre Gedanken Täuschung sind, ihre Gefühle so billig und künstlich wie die Liebesbeteuerung einer Hure. Dass nichts, was sie tun, von Bedeutung sein kann oder je eine Bedeutung haben wird. Bedauert sie. Aber bedauert sie, wie ihr einen tollwütigen Hund bedauert, den man einschläfern muss in der Gewissheit, dass ihr, die Welt und der Hund besser dran sein werdet, wenn er tot ist.‹ Sehen Sie, Nikolai ... Ich habe den Mann geliebt, der das geschrieben hat. Und ihr habt ihn gebrochen. Er ist voller Selbsthass gestorben. Und das hat dieser Ort aus ihm gemacht. Und das werde ich ihm nie verzeihen.«

Ich konnte ihr nicht zuhören.

Mir war, als würde ich dichtmachen.

Ich starrte nur vor mich auf den Tisch.

Paulo Xiraus zwölf schäbige Figürchen standen vor mir stramm.

Zwölf ...

In meinem Verstand setzte sich ein kleines Rädchen in Bewegung. Und dann ein größeres. Und dann ein noch größeres.

Tschernows Stimme, unliebsam, aber beharrlich, flüsterte mir ins Ohr.

Zwölf Chips. Wir sind zuversichtlich, dass diese Chips früher oder später gefunden und zerstört werden. Aber … an der Stelle kommt Mrs Xirau.

Solche Figürchen waren mir bekannt. Die Tierkreiszeichen. Die Aserbaidschaner gingen von Tür zu Tür und verkauften sie.

Der ging zu den Leuten ins Haus, hat ihre Bewusstseine auf einen Chip geladen. Die Leichen hat er liegen lassen und die Chips aus dem Land geschmuggelt …

Da. Fische. Zwei sich umeinander schlingende Fische auf einem Keramiksockel. Durch den Sockel lief ein hauchdünner Riss, ein goldener Kristall aus getrocknetem Kleber wies auf die reparierte Stelle hin.

Nadjas Stimme, wütend und ungeduldig.

Das ist alles, was er gesagt hat. Er hat Fizas Hand gehalten, hat ›Fiza, Fiza, Fiza‹ gesagt, und dann ist er gestorben. Das war es.

Ich stellte mir vor, ich würde auf dem schmutzigen Boden einer Bar liegen, mit aufgeschlagenem Kopf, und Blut würde einen widerlichen Heiligenschein um mich bilden. Ich stellte mir vor, wie sich meiner eine kalte Taubheit bemächtigte, während mein Gehirn nach Sauerstoff japste. Ich stellte mir ein bekümmertes persisches Mädchen vor, mit Tränen in den Augen, das mich schüttelte und mich anflehte, zu ihr zurückzukommen.

Und ich stellte mir vor, ich würde dann versuchen, das Wort »Fische« zu sagen …

»Fieessch, Fischssse, Fieesse.«

Fiza. Fiza. Fiza.

Das hatte sie gehört. Natürlich hatte sie angenommen, das gehört zu haben.

Fiza, lass mich nicht allein. Fiza, ich liebe dich. Fiza, hilf mir.

Aber all das hatte er nicht gemeint.

Er hatte verzweifelt, fiebrig versucht, ihr zu sagen: »Fische. Fische. Fische.«

Und ich griff nach einem harten Gegenstand (und das war, wie ich mit gerechtem Stolz feststellte, Ignatius Kasamarins *Geschichte der Kaspischen Republik*) und ließ die neunhundertfünfzig leinengebundenen Seiten meines nationalen Erbes auf die kleine Figur niederkrachen.

Lily schrie und sprang zurück.

Langsam hob ich das Buch und schaute darunter.

Keine einzige Flosse hatte die Begegnung mit unserem großen Historiker überlebt. Die Figur hatte sich in Pulverkrümel aufgelöst.

Und inmitten der Trümmer ruhte eine kleine, weiße Scheibe, nicht größer als ein Fingernagel.

Ein Sontangchip.

Ich wusste nicht, wie sie funktionierten, noch wusste es irgendein lebender Mensch. Das folgerte unvermeidlich aus dem zentralen Paradoxon der Neurowissenschaft: Wäre das menschliche Gehirn so einfach gestrickt, dass der Mensch es verstehen könnte, dann wäre der Mensch zu einfach gestrickt, um das menschliche Gehirn verstehen zu können. Der Sontangchip trug den Namen eines menschlichen Wissenschaftlers, Liu Sontang, aber tatsächlich hatte dieser ihn gar nicht erfunden. Vielmehr hatte dieser den Großvater dieses Chips erfunden. Sein Team hatte schlicht die ultra-intelligente KI erschaffen, der man das Problem überlassen hatte, eine Möglichkeit zur Digitalisierung des menschlichen Bewusstseins zu suchen. Das hatte die Maschine getan, und es funktionierte (zumindest schien es zu funktionieren), aber weder Sontang noch jemand aus seinem Team, noch sonst irgendein Mensch verstand, wie es funktionierte, beziehungsweise *konnte* niemand verstehen, wie es funktionierte.

Aber ich brauchte nicht zu verstehen, was es tat.

Ich verstand, was es bedeutete.

Wir starrten den Chip beide schweigend an.

Lily wirkte, als müsste sie sich gleich übergeben, und ich dachte einen Moment lang darüber nach, was für ein Trottel ich gewesen war.

Ich hatte ihr geglaubt. Ich hatte tatsächlich geglaubt, dass ihr Auftauchen kein offensichtlicher Manipulationsversuch war, sondern eine Art kosmisches Geschenk. Eine ganz und gar einmalige, von Gott oder dem Schicksal gewährte Gelegenheit, der Frau gerecht zu werden, an der ich so vollkommen falsch gehandelt hatte. Ich hatte ihr ihre Geschichten geglaubt. Ich hatte an ihre Liebe zu Paulo geglaubt. Ich hatte mich von ihrem Mitleid trösten lassen, weil ich geglaubt hatte, dass sie es ernst gemeint hatte. Es hatte so echt ausgesehen.

Oh, armer South, dachte ich. *Glaubst du wirklich, es sei so schwer, dich zu übertölpeln? Dich, der du von einem Smartphone geblendet warst, einem zweihundert Jahre alten Relikt? Hast du eine Ahnung, wie fortgeschritten die Maschine in Wahrheit ist? Wie weit zurück du und dein kleiner hinterwäldlerischer Schlachthof, der sich Nation nennt, gefallen seid? Natürlich ist sie dir echt vorgekommen, South. Du bist ein Höhlenmensch, dem man ein brennendes Streichholz zeigt und der es für die Sonne hält.*

Es war alles Lüge gewesen.

Würde ich die anderen Figürchen zertrümmern, hätte ich alle zwölf Chips. Das bedeutete, dass Paulo die ganze Zeit über Joschik gewesen war oder dass er zumindest mit ihm zusammengearbeitet hatte. Das letzte Jahr über hatte er am Tag für *Die Kaspische Wahrheit* Hasstiraden auf die Maschine verfasst und bei Nacht wie ein Wilder contrant. Und nachdem er getötet worden war, hatte man »Lily Xirau« geschickt, damit sie sein Werk nach draußen schaffte. Und wie gründlich und gekonnt ich manipuliert worden war.

Lily erzählt Niemann, ich hätte sie gerettet, damit ich in ihrer Schuld stehe.

Lässt so ganz nebenbei den Wunsch fallen, einen Blick in Paulos Wohnung zu werfen, dass es mir wie meine eigene Idee vorkommt.

Ich hatte ihr die verdammte Schachtel mit den Figürchen gegeben, aber nur, weil sie sie so sehnsüchtig angeschaut hatte.

Ich war wie eine Ratte durch den Irrgarten gerannt.

Fast wäre sie damit durchgekommen.

Kurz bereute ich es, dass ich das Messer auf dem Dach hatte liegen lassen.

»Nikolai ...«, fing Lily mit zitternder Stimme an.

»Mrs Xirau«, sagte ich, und meine Stimme war so kalt und mechanisch, dass Papalazarou im Vergleich herzlich geklungen hätte.

»Ich muss Sie bitten, sich zu setzen.«

30

»Joschik ist eine Nummer größer als alles, womit sich die StaSich bisher hat herumschlagen müssen. Noch nie gab es einen Contraner auf einem derart hohen Niveau, was Erfahrung, Geschick, Ressourcen und teuflische Gerissenheit angeht.«

Augusta Niemann, Briefing für das Büro des Premierministers betreffs: Codename »Joschik«, 2. November 2209

Sie hob die Hände, als wollte sie mich beruhigen, aber ich war so ruhig wie der Tod.

»Schauen Sie …«, flüsterte sie, »ich brauche …«

»Bitte«, sagte ich, und es war keine Bitte. »Setzen Sie sich.«

Sie tat es.

Ich ging in die Gerätekammer und holte zwei Paar Plastikfesseln.

Als sie diese erblickte, wurde sie sehr still.

Sacht, aber bestimmt, machte ich ihre Fußgelenke an den Stuhlbeinen fest und dann die Handgelenke an den Armlehnen.

Als ich mich überzeugt hatte, dass sie sich nicht mehr bewegen konnte, erhob ich mich.

»Nikolai …«, fing sie mit Tränen in den Augen an.

Doch ich schüttelte den Kopf. Man kann den Teufel beim Kartenspiel nur schlagen, wenn man sich weigert, mit ihm zu spielen. Ich würde sie kein Wort mehr an mich richten lassen. Ich würde mich nicht wieder zum Narren machen.

Entschlossen legte ich die Figürchen in die Schachtel, trug sie in die Gerätekammer und schlug die Tür hinter mir zu.

Ich hatte Glück gehabt, dass ich beim Zertrümmern der Fische-Figur den Sontangchip nicht beschädigt hatte. Beim Herausholen der anderen musste ich vorsichtiger vorgehen. Sie mochten zwar verboten sein, aber Beweisstücke waren sie dennoch, und deshalb war es besser, sie intakt zu bergen.

In der Gerätekammer stand ein kleiner Tisch, und nachdem ich in einer Werkzeugkiste gekramt hatte, fand ich einen kleinen Schlosserhammer mit dunkelroten Flecken.

Die Figürchen sahen aus ihrer Schachtel zu mir herauf.

Widder kam zuerst. Ich schnappte mir das Biest, stellte es vor mich hin und ließ den Hammer herabsausen.

Ungefähr fünf Minuten später kehrte ich mitsamt dem Karton in Zimmer 15 zurück. Lilys Gesicht ruckte hoch, und ich sah, dass sie geweint hatte.

Sie schrie erschrocken auf, als ich den Inhalt der Schachtel auf den Tisch kippte. Staub, Sand und kleine Keramikkörnchen, die zertrümmerten Überbleibsel von Xiraus Sammlung, schlugen förmlich über ihr zusammen und klebten ihr an Kleid und Haaren. Aber keine Chips.

Alle elf Figuren waren leer gewesen.

Ich griff in meine Tasche und holte langsam den Sontangchip heraus und hielt in ihr vors Gesicht.

»Wo sind die anderen?«, verlangte ich zu wissen.

Doch sie gab mir keine Antwort. Sie starrte den Chip an, die Augen so groß wie Untertassen, und stieß ein freudiges und erleichtertes Jaulen aus.

»Wo sind die anderen?«, wiederholte ich.

Sie murmelte etwas vor sich hin.

»Sie haben ihn nicht zertrümmert, Sie haben ihn nicht zertrümmert, Gott sei Dank, Gott sei ...«

»WO SIND DIE ANDEREN?!«, bellte ich.

»*Welche anderen?!*«, schrie sie. »Ich weiß es nicht!«

Sie stand unter Schock, keuchte schwer, heulte. So funktionierte das nicht. Ich musste eine andere Taktik ausprobieren.

Ich ging auf ein Knie hinunter und beugte mich nah an sie heran.

»Lily, hören Sie mir genau zu«, flüsterte ich. »Ganz ehrlich weiß ich nicht, wie gut ich Sie schützen kann. Es könnte gut sein, dass wir schon weit über diesen Punkt hinaus sind. Aber ich weiß, dass, wenn Sie mir jetzt nicht alles sagen, Ihre Chancen, dieses Land lebend zu verlassen, gleich null sein werden. Wo sind die anderen Chips?«

»Nikolai«, bettelte sie. »Ich weiß nicht, wovon Sie sprechen, das müssen Sie mir glauben, aber bitte …«

Ich erhob erneut die Stimme.

»Irgendwo in der Kaspischen Republik sind zwölf Chips, die die gespeicherten Bewusstseine von einigen Hundert Überläufern enthalten. Ihr Mann, Paulo Xirau, war Teil einer Contranorganisation, die versucht hat, sie aus dem Land zu schmuggeln. Sie sind hier, um diese Chips entgegenzunehmen.«

Ihr Unterkiefer klappte herunter, und sie schüttelte so heftig den Kopf, dass ihr die Haare um die Schultern flogen.

»Nein!«

»Doch«, sagte ich. »Zwölf Chips. Hier ist einer von ihnen, versteckt in einer der Tierkreis-Figuren. Das ist ein alter Trick.«

Tschernow hatte recht gehabt, was die aserbaidschanischen Hausierer anging. Aber das letzte, entscheidende Detail war ihm entgangen. Wie hatte der Zwerg die Chips aus dem Land geschmuggelt? Offensichtlich in den Figürchen verborgen.

Ich zeigte auf den Haufen pulverisierter Tiere, Waagen und Frauen.

»Die anderen Figuren sind leer, ich habe sie alle zertrümmert. Deshalb frage ich noch einmal: Wo sind die anderen elf?«

»Es gibt keine anderen Chips, bitte, Sie verstehen nicht, es gibt nur den einen! Es ist er, das ist sein Chip! Das ist er!«, kreischte sie.

»Wer?!«

»Paulo!«

Und plötzlich herrschte wieder Stille.

»Mein Mann«, flüsterte sie. »Das ist sein Chip. Ein Back-up. Falls ihm etwas zustößt. Da bin ich mir sicher.«

Ich war völlig perplex. Ich stand auf und starrte den Chip an.

»Nur ein Chip …«, fragte ich mich laut. »Aber es waren zwölf Figürchen?«

»Ja. Das ist der Tierkreis«, sagte Lily ruhig, als wollte sie einen gefährlichen Irren besänftigen. »Das sind zwölf.«

Plötzlich fielen mir Lilys Geschichten über das Treiben in der smaragdgrünen, endlosen Ah! Sea ein.

»Er hat sich in den Fischen versteckt.« Ich nickte.

»Zwei Fische. Die zusammen schwimmen«, sagte sie.

Ich hielt den Chip direkt auf Augenhöhe.

»Also. Paulo Xirau. Dann lernen wir uns ja doch noch kennen«, sagte ich.

Solche Chips hatte ich schon gesehen, und sie hatten mir eine Heidenangst eingejagt. Die Vorstellung, dass eine menschliche Seele auf Zahlen auf einem kleinen Stück Plastik reduziert werden könnte.

Ich hasste es.

»Warum, glauben Sie, hat er es getan?«, fragte ich sie. »Wenn er doch so wahnsinnig gern einer von uns sein wollte, warum hat er dann eine Kopie von sich aufbewahrt? Und was hätte sie ihm hier genützt?«

Lily zuckte mit den Schultern, versuchte es zumindest, da sie noch immer an die Armlehnen gefesselt war.

»Trost. Sicherheit. Ich würde nicht ohne Back-up hierherkommen.«

Ich sah sie an.

»Wenn ich er wäre«, fügte sie hastig hinzu.

»Dann hat er sich also kopieren lassen?«, fragte ich.

»Das muss er wohl gemacht haben«, sagte sie.

»Ich dachte, das sei verboten?«, fragte ich.

»Nein ... das ist etwas anderes«, sagte sie. »Paulos Daten sind zwar auf diesem Chip, aber sie wurden noch nicht aktiviert. Man darf eine Sicherheitskopie von sich erstellen für den Fall, dass einem etwas zustößt. Man darf sie nur nicht ins Leben rufen, solange man selbst noch lebt.«

Wer hätte das für ihn tun können, fragte ich mich? Wer hätte die Kopie anfertigen können?

Wahrscheinlich Tschernows aserbaidschanisches Zwergengenie. Oder jemand in derselben Organisation. Deshalb war er auch in dem Figürchen versteckt gewesen.

»Nikolai«, sagte Lily. »Bitte lassen Sie mich gehen.«

Als würde ein Bann gebrochen, ging mir plötzlich auf, was ich getan hatte.

Ich machte mich daran, die Fesseln zu lösen, und sie nahm meine Hand, als ich ihr beim Aufstehen half.

Sie erhob sich, und plötzlich waren unsere Gesichter nur wenige Fingerbreit voneinander entfernt. Sie sah mir in die Augen, und zum ersten Mal erblickte ich sie wirklich. Ich sah eine beinahe achtzig Jahre alte Intelligenz. Gütig und mitfühlend, aber auch fremd und alt und unergründlich. Ihr gegenüber fühlte ich mich winzig.

Und ich spürte ihre Hände in meinen, sanft, aber fest versuchten sie, meine Finger auseinanderzudrücken.

Sie wollte den Chip.

Ich wich zurück.

»Nikolai …«

»Ich muss Ihnen ins Gedächtnis rufen, wo Sie sich befinden«, erklärte ich ihr. »Und wer ich bin. Und ich rate Ihnen, sich sehr gut zu überlegen, was Sie von mir verlangen.«

»Ich kann ihn nach Hause bringen«, sagte sie. »Ich kann ihn retten. Er ist noch nicht … Er wurde von diesem Ort noch nicht zerstört. Wir können es noch einmal versuchen. Diesmal kann ich ihn retten.«

»Und was bringt Sie zu der Überzeugung, dass er nicht erneut hierherkommen wird?«, fragte ich matt. »Er ist immer noch derselbe.«

»Wenn Sie eine zweite Chance mit Olesja hätten, würden Sie sie dann etwa nicht ergreifen?«, fragte sie.

»Nein«, sagte ich, und zu meinem Erstaunen stellte ich fest, dass es die Wahrheit war. »Sie ist tot. Ich habe um sie getrauert. So ist es richtig.«

Lily sagte ein paar Sekunden lang nichts, dann nickte sie.

»Na gut. Aber würden Sie wollen, dass irgendjemand anders diese Entscheidung für Sie trifft?«

Ich sagte nichts.

»Was würde passieren, wenn ich Sie darum bitten würde? Was dann?«, fragte sie.

»Nach dem Gesetz?«

»Ja.«

»Dann würde ich Sie festnehmen«, sagte ich.

»Und dann?«

»Ihr Status als Mensch ehrenhalber würde zurückgenommen werden, und Sie würden standrechtlich hingerichtet.«

»Erhängt?«

»Erschossen.«

»Verstehe«, sagte sie und holte tief Luft.

»Dann werde ich Sie nun bitten«, sagte sie.

31

Hier ruht eine Dame, die im Leben
Hell gebrannt hat wie die Sonne,
Die mit beiden Händen die Welt gefasst
Und gebrüllt hat: »Nach meiner Façon. Oder gar nicht.«

Inschrift auf dem Grabstein von Olesja South

»Geben Sie mir bitte …«, fing sie an.

Ich legte den Chip auf den Tisch, ehe sie zu Ende gesprochen hatte.

Mrs Xirau hatte etwas gefordert. Und ich war eingeknickt.

Sie nahm den Chip vom Tisch und küsste ihn.

»Danke …«, hauchte sie. »Danke.«

Schweigend stand ich am Fenster und lehnte mit der Stirn an der Scheibe.

Ich hatte mein Land verraten. Und es fühlte sich gar nicht schlecht an.

Plötzlich fiel mir Bewegung unten auf der Straße auf. Vor dem Eingang zur StaSich liefen Männer in braunen Filzhüten zusammen. Sie klumpten zusammen wie Fliegen auf einem Misthaufen. Es kamen immer mehr von ihnen. Dann fuhren Wagen vor, kamen quietschend zum Stehen und entließen ebenfalls Männer mit braunen Hüten. Einer von ihnen entstieg dem größten Wagen und hob das Gesicht, um am Gebäude hochzublicken, und mir lief es kalt den Rücken herunter.

Tschernow.

Inzwischen waren es fast fünfzig, alle vor dem Eingang versammelt.

Ich konnte es nicht fassen, sie wollten tatsächlich …

Tschernow rief etwas, und sie drängten sich durch den Haupteingang.

Ich wirbelte herum, und Lilys bis eben noch ruhige Züge bekamen einen panischen Ausdruck, als sie mein Gesicht sah.

»Wir müssen weg«, sagte ich. »Wir müssen sofort weg!«

Während Lily sich den Mantel überwarf und den Chip in ihre Tasche steckte, versuchte ich panisch, mir einfallen zu lassen, wie ich Lily sicher aus dem Gebäude und aus dem Land bringen konnte, und zwar schnell genug, dass die ParSich uns nicht erwischte, aber nicht so schnell, dass wir auf unserem Weg Verdacht erregten. Es schien unmöglich zu sein, weshalb ich wertvolle Sekunden darauf verschwendete, Wladimir Tschernow sowohl mit englischen als auch russischen Kraftausdrücken zu bedenken, bevor ich Lily am Arm nahm und sie zur Tür hinausführte.

»Beeilen Sie sich«, flüsterte ich. »Aber erwecken Sie nicht den Eindruck, als würden Sie sich beeilen.«

Sie nickte.

Unsere erste Prüfung bestand in Lubnick.

»Ich begleite Mrs Xirau zur Damentoilette«, erklärte ich ihm, während ich sie hinausbugsierte und den Gang entlangschob.

»Da ist schon jemand …«, sagte er, aber wir waren schon halb an der Treppe.

»Außer Betrieb …«, rief ich über die Schulter.

»Ich sollte mit …«

»Nein! Bleiben Sie hier. Ich will nicht, dass hier jemand herumschnüffelt, während wir weg sind. Rühren Sie sich nicht von der Tür weg, das ist ein Befehl!«

»Jawohl, Sir.«

Wir durchquerten rasch die größtenteils leeren StaSich-Büros, und mir war schmerzhaft bewusst, dass jeder Schritt, jede Entscheidung, jeder Moment des Zögerns den Unterschied zwischen Tod und Leben für Lily ausmachen konnte. Für mich selbst war es eher der Unterschied zwischen sofortigem Tod oder einem Tod in der nahen Zukunft, aber Letzteres war mir dennoch entschieden lieber.

»South!«, hörte ich jemanden rufen.

Ich wirbelte herum und sah einen jungen Agenten, dessen Gesicht mir bekannt war, an dessen Namen ich mich aber nicht erinnern konnte. Er bedeutete mir, ihm zu folgen.

»Kommen Sie!«, sagte er. »Die Arschgeigen versuchen, sich mit Gewalt Zutritt zu verschaffen, sie sind schon in der Lobby!«

Er wirkte überglücklich. Die Vorstellung, ParSich-Gullivern die Fresse zu polieren, erfüllte ihn sichtlich mit mehr Freude als tausend Weihnachten, und ich bewunderte diesen Wesenszug des Jungen.

»Bin gleich unten!«, rief ich und zeigte zu Lily, doch er war schon weg, eilte in die Schlacht.

Ich riss ein Telefon vom nächsten Schreibtisch und kramte völlig aufgelöst im Ablaufplan nach der richtigen Nummer.

Mit zitternden Fingern wählte ich, und während es klingelte, machte ich die Augen zu und versuchte, meinen Atem unter Kontrolle zu bringen. Alles hing davon ab.

»Flughafen Ellulgrad«, sagte eine Stimme. Sie hatte einen schweren Akzent. Nachitschewan oder so eine Gegend.

»Hallo, ich möchte mit Sergeant Eshaq Pershid sprechen.«

»Der bin ich.«

»Hier ist Agent Nikolai South von der Staatssicherheit. Bitte aktivieren sie das Signal für die Drohne. Mrs Xirau reist nach Hause zurück.«

»Sie ist aber erst für morgen eingeplant.«

In mir stieg Panik auf.

»Es geht ihr nicht gut«, improvisierte ich verzweifelt. »Sie ist krank. Sie muss sofort nach Hause zurückkehren. Wenn sie in Kaspien stirbt, könnte es Krieg geben! Vielleicht macht Ihnen das nichts aus! Vielleicht halten Sie es sogar für etwas Gutes! Ich weiß nicht, Sie sind ja schließlich im Militär, wie gefallen Ihnen unsere Erfolgsaussichten?«

Es folgte ein kurzes Zögern, das ein Zeitalter lang anhielt.

»Erledigt«, sagte Pershid unbekümmert. »Bringen Sie sie zum Flughafen.«

»Danke«, sagte ich. »Entschuldigen Sie. Ich ... Entschuldigung.«

Ich legte auf.

Wir taumelten in die Lobby, über den Notausgang, und versteckten uns hinter einem Pfeiler. Tschernow und der Rest der Meute waren nur wenige Schritte von uns entfernt, aber seine Aufmerksamkeit war ganz auf Berger und vier weitere StaSich-Leute gerichtet, die sie daran hinderten, das Haupttreppenhaus zu benutzen.

Tschernow stand direkt vor Berger, versuchte, ihn niederzubrüllen, schrie, er hätte Beweise, dass in diesem Gebäude Verbrechen gegen die Verfassung begangen worden wären, und dass er ein Recht hätte, die dafür verantwortlichen Parteimitglieder zu verhaften. Und Berger wiederholte immerzu dieselben zwölf Worte, jedes Mal mit einer anderen Betonung.

»Das hier ist die StaSich, Sir, und SIE haben hier keinen Zugang! Das hier ist die STASICH, Sir, und Sie haben hier keinen Zugang! Das hier ist die StaSich, Sir, und Sie haben hier KEINEN Zugang!«

Er hatte vollkommen recht. Tschernow hatte keinen Zugang, und seit dem Nachspiel der Morrison-Krise hatte kein offen agierender ParSich-Agent mehr einen Fuß in das Hauptquartier der StaSich gesetzt. Papalazarou junior hatte bereitwillig StaSich Blut geopfert, um seine Meister in der Regierung zu besänftigen, aber nachdem deren Durst einmal gestillt gewesen war, hatte er Schritte eingeleitet, um sicherzustellen, dass die StaSich nicht noch weiter geschwächt wurde.

Nach der formalen Gründung der ParSich hatte der Premierminister auf Papalazarous Drängen hin Vorschrift #92–1783 erlassen (inoffiziell in den zwei Behörden auch als das »Abkommen« bekannt), die die Befugnisse und jeweiligen Zuständigkeiten von StaSich und ParSich strikt voneinander abgrenzte. Die meisten dieser Erlasse hatten die Kraft und Festigkeit eines schwachen Windhauchs, doch einer hatte sich als dauerhaft erwiesen: dass die ParSich unter keinen Umständen Zutritt ins Hauptquartier der StaSich erhielt noch sich in offizielle StaSich-Operationen einmischen durfte.

Tschernows Anwesenheit war schlicht gesetzeswidrig, und das wusste er auch. Die Frage war nur, ob die StaSich ihn dazu bringen konnte, sich daran zu halten.

Rund um Tschernow und seine Leute hatte sich ein Kreis aus grauhütigen StaSich-Agenten geformt, die Reihen geschlossen, die Fäuste geballt und die Augen schwelend und grimmig auf das Geschehen gerichtet, bereit für das Signal.

Es kam von Tschernow, der schließlich die Beherrschung verlor und Berger ins Gesicht schlug. Der Alte ging zu Boden, und ich war überzeugt, dass er tot war.

Tschernow war jedoch nicht überzeugt, denn er holte

zu einem ungeheuerlichen, kräftigen Tritt gegen Bergers Kopf aus.

Das reichte. Selbst wenn er danach auch noch auf Dascalus Porträt gespuckt hätte, wäre die Reaktion der StaSich-Agenten wohl kaum heftiger ausgefallen.

Brüllend stürmten die StaSich-Agenten vor, und ungezügelte Gewalt brach in der Lobby aus.

Grauhüte und Braunhüte krachten aufeinander.

»Tötet die Arschgeigen!«, schrie jemand.

Es waren hauptsächlich ältere Agenten. Diejenigen, die schon während der Morrison-Krise bei der StaSich gewesen waren, als die ParSich so viele ihrer Freunde und Kollegen auf die Straße und in die Fleischwagen gezerrt hatte, woraufhin man sie nie wieder gesehen hatte.

Der Alte hatte ein gutes Gedächtnis.

Mir war schon immer klar gewesen, dass Tschernow dumm war, aber er hätte wissen müssen, was passieren würde, wenn er mit einer Armee aus ParSichs Abschaum direkt in unsere Höhle lief.

Außerdem war er ein ehemaliger StaSich-Beamter. Es gab wirklich keine Entschuldigung.

Ein ParSich-Mann stürzte mit blutigem Gesicht neben uns nieder, und ich investierte eine Sekunde, um einem lebenslangen Drang nachzugeben, und trat ihm mit voller Wucht ins Gemächt.

Dann packte ich Lilys Hand, und wir rannten zum Ausgang.

Direkt vor dem Eingang des StaSich-Hauptquartiers parkte einer unserer Wagen. In einem Augenblick der Inspiration lief ich zu ihm und klopfte ans Fenster. Der Fahrer, ein bleicher Mann mit Hängebacken, schwarzem Schnauzer und großen, erschreckten Augen steckte den Kopf heraus und sah über meine Schulter zu dem Tumult, der gerade bis auf die Straße herausquoll.

»Was geht denn da, Bruder?«, schrie er.

»Das sind die Arschgeigen!«, erklärte ich. »Die wollen das Gebäude stürmen. Den Berger haben sie schon umgebracht!«

Mehr brauchte er nicht zu hören. Er schnellte aus dem Fahrzeug, lief zum Kofferraum, holte einen Wagenheber heraus und stürzte sich ins Getümmel.

Den Schlüssel hatte er im Zündschloss stecken lassen, wie ich es mir erhofft hatte. Ich machte Lily die Tür auf, und wir fuhren doppelt so schnell wie erlaubt in Richtung Flughafen davon.

32

Verschärfung der Maßnahmen bezüglich der Lieferung, des Verkaufs oder Transfers sämtlicher Nahrungsmittel und Agrarprodukte, Maschinen, elektrischer Ausrüstung, Erden, Steinen, inklusive Magnesit und Magnesia, Holz und Fahrzeugen an die Kaspische Republik (KR). Diese Resolution verbietet außerdem den Verkauf oder die Übertragung von Fischgründen an die KR.

Verschärfung der Maßnahmen zur See im Kaspischen Meer als Reaktion auf die Versuche der KR, die bisherigen Embargos zu umgehen und staatlich gebilligte Terrorakte gegen Mitgliedsstaaten durchzuführen.

Hiermit wird beschlossen, dass die gegenseitige Informationsbereitstellung unter den Mitgliedsstaaten verbessert werden soll, insbesondere bezüglich möglicher Versuche seitens der KR, mithilfe von Terrorgruppen, die innerhalb der Mitgliedsstaaten agieren, Vorräte zu beschaffen oder zu verkaufen.

Resolution 1468 des UN-Sicherheitsrats (2210)

Im hellen Sonnenlicht wirkte der Internationale Flughafen von Ellulgrad noch öder und unscheinbarer als am Morgen von Lilys Ankunft. Im Nebel hatte man sich vielleicht noch vorstellen können, dass an dem Ort noch mehr war, als man sah. Aber an diesem wolkenlosen Tag vermochte nichts die Mickrigkeit und den Verfall zu kaschieren. Die kleinen Propellermaschinen, die ohnehin schon alt und zerbrechlich ausgesehen hatten, erschienen nun im Sonnenlicht als gänzlich fluguntauglich.

Lily und ich standen auf dem Rollfeld und starrten an den grausam leeren Himmel.

Von der Drohne war nichts zu sehen. Lily schien nicht zu atmen. Sie drückte sich die Handtasche, in der sich die Seele ihres Mannes befand, an die Brust, als hätte sie Angst, die Welt würde sie ihr entreißen wollen, starrte ins Blaue und klammerte sich an die Hoffnung, dort ihre Rettung als kleinen Fleck erkennen zu können.

Ich stand neben ihr mit den schlimmsten Befürchtungen, da ich nicht wusste, wie lange eine Drohne brauchte, um von Teheran nach Ellulgrad zu fliegen, konnte mir aber nicht vorstellen, dass es so lange dauern sollte. Man hatte uns entlarvt. Pershid hatte bei unserem Telefonat Verdacht geschöpft (warum auch immer) und erst seine Vorgesetzten informiert, ehe er das Signal gegeben hatte. Natürlich hatte er das so gemacht. Ich hätte genauso gehandelt.

Inzwischen war ich mit allergrößter Sicherheit ein toter Mann. Doch während ich mit Lily auf dem Rollfeld stand und nichts zu hören war als eine sanfte Brise, die über die Tragflächen der Propellermaschinen säuselte, fühlte ich mich vollkommen ruhig.

Es war wirklich ein schöner Tag.

Und dann hörten wir es. Ein tiefes Summen wie von einer großen Hornisse, die hinter Glas gefangen war, und Lily riss die Arme nach oben und jauchzte vor Freude.

Da war sie. Eine winzige weiße Perle am blauen Himmel, die im Sonnenlicht funkelte. Die Drohne wurde mit jeder Sekunde größer. Schließlich setzte sie so sanft wie eine Motte am anderen Ende des Rollfelds auf und öffnete sich für ihre Passagierin. Ich empfand eine unglaubliche Hochstimmung und ein Gefühl von Entkommen in greifbarer Nähe. Auch wenn mir klar war, dass nur Lily sicher im Inneren der Drohne verstaut davonfliegen würde, während ich dann immer noch hier wäre, mit den Füßen fest auf dem schwarzen Asphalt, auf dem Boden, dem ich nie entkommen würde. Aber es kam mir so vor, als würde ich mit ihr gehen, als würde sie, wenn sie mit dem, was ihr am teuersten war, entronnen wäre, einen Teil von mir mitnehmen.

Ich spürte, wie ihre Hand in meine glitt.

»Aus offensichtlichen Gründen«, hörte ich sie flüstern, »sage ich nicht: ›Ich hoffe, Sie wiederzusehen.‹«

Sie wandte sich zu mir um, und sie war so schön, dass ich meinte, die Welt würde um mich herum verschwimmen.

»Aber ich hoffe, dass Sie ein gutes, glückliches Leben haben werden«, sagte sie. »Eines, das Sie verdient haben. Danke, Nikolai.«

»Es war sehr schön, Sie kennengelernt zu haben, Mrs Xirau«, sagte ich. »Und ich hoffe, dass Ihr Mann, wenn er erwacht, begreifen wird, was für ein Glück er hat.«

Sie drückte meine Hand, und wir gingen zur Drohne.

Wir hatten es geschafft.

Es war wie ein Traum.

Dann, so plötzlich wie ein Absturz, endete der Traum.

Ich hörte das Kreischen von berstendem Metall, und als ich herumfuhr, erkannte ich drei schwarze ParSich-Jeeps, die durch den Maschendrahtzaun des Flugfelds brachen. Tschernow hing mit Kopf und Schultern aus dem Fenster, das Gesicht rot wie ein Affe, die Zähne gebleckt und mit etwas Schwarzem in der Hand. In meiner Erinnerung glühten seine Augen gelb. Ich weiß, dass das nicht sein kann, aber so hat es sich mir eingeprägt.

Spontan wirbelte ich zu Lily herum, und ohne das Dröhnen der Jeeps und das Brummen der Drohne übertönen zu können, schrie ich, dass sie laufen solle, laufen, laufen, dass sie in die Drohne steigen und wegfliegen und niemals in diesen Friedhof zurückkehren solle.

Ich packte ihre Hand, und wir rannten auf die Drohne zu.

Der Schuss knallte. Um uns herum zerriss die Luft wie ein Vorhang, und Lily zuckte vor und zurück wie ein Drache an der Schnur. Einen Moment lang tänzelten wir auf dem Rollfeld, und dann drehte sie sich in meine Arme. Sie fühlte sich an wie eine Tonne Eisen, steif und furchtbar still. Etwas Warmes an meinen Fingern, mit denen ich sie an mich drückte. Ihr Gesicht war nur wenige Fingerbreit von meinem entfernt, und sie starrte mir in die Augen, während das Licht aus ihren schwand.

»Nein …«, flehte sie mich an. »Nicht hier. Bitte. Nicht hier.«

Unbeirrt zerrte ich sie in Richtung der Drohne, obwohl ich wusste, dass sie nun tot war. Trotzdem schaffte ich sie zur Drohne, weil ich hoffte, dass, wenn sie in die Maschinenwelt gelangte, sie dort vielleicht etwas für sie tun konnten, sie retten konnten, sie kopieren konnten, was auch immer – doch da ergriff die Hand Gottes meine Brust, hob mich zehn Meilen in die Höhe und warf mich zur Erde, wo ich zerbrochen und blutend auf dem schwarzen Asphalt liegen blieb.

Ich hatte einen Schuss abbekommen. Ich japste nach Luft, bekam aber keine. Meine Lunge füllte sich mit Blut, und es fühlte sich an, als drückte eine schwere Eislast auf meine Brust. Ich ertrank und schmunzelte über die Absurdität des Ganzen. Ich ertrank auf dem Festland, versank in meinem eigenen Meer.

Und dann weinte ich.

Ach, Gott. So hatte sie sich gefühlt. Olesja.

Ich starrte in den blauen Himmel und fühlte mich, als wäre die Welt auf den Kopf gestellt worden und ich würde in sie hineinfallen. Unter mir flog die Drohne davon, schnitt durch den Himmel und verschwand wie eine letzte Chance. Die Schüsse mussten sie vertrieben haben, dachte ich. Dann hatte sie also doch Angst gehabt.

Lily lag ein paar Fuß von mir entfernt, und ich wusste, dass sie tot war. Ich wollte zu ihr, konnte aber kaum einen Finger rühren. Der blaue Himmel verblasste allmählich zu einem Grau, und eine Schwärze verschlang die Ränder meines Sichtfelds.

Ich hörte Donner, doch noch während ich das Bewusstsein verlor, wusste ich, dass das nicht sein konnte.

Der Himmel war wolkenlos gewesen.

33

Der Premierminister kann, auf Anraten eines Mitglieds seines Kabinetts oder irgendeines anderen in Artikel 41 genannten Individuums, verfügen, dass die dem Bürger in den Artikeln 2, 3, 4, 7 und 8 dieser Verfassung gewährten Rechte widerrufen werden können und dass fraglicher Bürger auf unbestimmte Zeit festgehalten werden kann, so es sich bei den Vergehen des Bürgers um Verstöße gegen die Verfassung handelt und eine Gerichtsverhandlung die öffentliche und/oder nationale Sicherheit gefährden würde.

Artikel 52 der Verfassung der Kaspischen Republik

Ich träumte, dass ich in einem warmen, schwarzen Meer schwamm, während von oben seltsame vielfarbige Vögel auf mich herabsahen und mit leisen elektrischen Stimmen nach mir riefen.

Ich erwachte in einem Krankenhausbett mit einem Schlangennest aus Schläuchen in Armen und Brust. Ein gewaltiger elektrischer Monolith von der Größe eines Schranks stand Wache, summte und ächzte, als wäre die Aufgabe, mich am Leben zu halten, äußerst anstrengend.

Das Zimmer war dunkel und hatte keine Fenster. Eine Gestalt bewegte sich in den Schatten, und ich merkte, dass ich nicht allein war.

Die Gestalt beugte sich über mich mit freundlichem Blick und traurigem Lächeln.

»Hallo, stellvertretende Direktorin«, sagte ich.

»Hallo«, sagte Niemann. »Wie fühlen Sie sich?«

»Löchrig«, krächzte ich.

»Das kann ich mir vorstellen«, sagte sie. »Erinnern Sie sich, was geschehen ist?«

Ich schloss die Augen, und Lily lag ein paar Fuß von mir entfernt auf dem Asphalt. Ich kannte das Gesicht. Es hatte vor zweiundzwanzig Jahren aus dem Sand zu mir aufgeblickt und mir dieselbe Frage gestellt:

Was machst du? Wirst du mich wirklich gehen lassen?

Tu etwas, Nikolai. Tu etwas.

Ich machte die Augen auf, und die Tränen flossen.

»Lily ist tot«, sagte ich.

Niemann seufzte schwer und setzte sich neben dem Bett auf einen Stuhl.

»Nun. Das ist es nämlich, worüber ich mit Ihnen reden muss«, sagte sie.

Ein paar Augenblicke lang sagte sie nichts, und als sie weitersprach, war es, als hätten wir es von einem völlig anderen Thema gehabt.

»Sie wissen, South, nach unserem ersten Treffen habe ich mich etwas genauer nach Ihnen erkundigt. Und als ich davon erfuhr, wie Sie herausgefunden haben, dass Ihre Frau die Scheidung eingereicht hat, da habe ich die ganze Sache beinahe abgeblasen. Ich dachte mir: ›Gussie, das ist einer, dem das Schicksal eindeutig eine besondere Strafe auferlegt hat. Der Kerl ist verflucht, und wenn du ihn nimmst, dann geht ganz sicher etwas schief.‹ Aber Sie waren einfach zu perfekt für meine Zwecke. Es konnte kein anderer sein. Und deshalb sind wir nun hier.«

Die Art, wie sie »meine Zwecke« sagte. Das war es. Nicht »StaSichs Zwecke«. Das hieß, dass sie Ziele hatte, die nicht denen der StaSich entsprachen. Und endlich hatte ich das letzte Puzzleteil.

»Sie haben mich hereingelegt«, sagte ich. Das war keine Anklage. Lediglich die Feststellung einer Tatsache.

Niemann lachte, ein müdes, gut gelauntes Lächeln

»Ich habe es versucht«, sagte sie. »Der Plan sah vor, dass Sie Paulo Xiraus Frau während der Identifizierung eskortieren. Am dritten Tag hätten Sie verhaftet werden sollen, und Sally hätte Mrs Xirau sicher zu ihrem Heimflug gebracht. Dann hätte die StaSich dem Premierminister Beweise vorgelegt, dass der berüchtigte Joschik, ein unzufriedener StaSich-Agent namens Nikolai South, versucht hatte, Mrs Xirau dazu zu nötigen, sich als Kurier für zwölf Sontangchips zu betätigen, die die Seelen von sechshundert kaspischen Überläufern enthielten. Der Alte hätte seine Staatstreue bewiesen, und die ParSich wäre politisch marginalisiert worden.«

»Und währenddessen«, sagte ich, »würde Joschik ungehindert sein Werk fortsetzen.«

»Ja«, sagte Niemann leise. »Dem ist wohl so.«

»Warum?«, fragte ich. »Geld?«

»Lustigerweise aus Überzeugung«, sagte Niemann ein klein wenig verlegen.

»Ach?«

»Nun, das System ist faul, South«, sagte sie. »Das haben Sie inzwischen doch bestimmt auch schon festgestellt, oder?«

»O ja«, sagte ich. »Ich wünschte nur, das hätten Sie schon vor sechsundzwanzig Jahren festgestellt.«

Niemann fuhr tatsächlich zusammen und schaute weg.

»Sicher«, sagte sie. »Da haben Sie ganz recht. Es tut mir leid, South. Was ich Ihrer Familie angetan habe.«

»Und was haben Sie ihr angetan?«, fragte ich.

Ich wollte es von ihr hören. Ich wollte, dass sie es aussprach.

»Ich habe Ihre Schwägerin getötet«, sagte sie, ohne davor zurückzuschrecken. »Oder zumindest so gut wie. Und dann, um einen Mann zu schützen, der es nicht wert war, geschützt zu werden, habe ich ihre Leiche in einem

Wald versteckt und gehofft, dass sie nie gefunden würde und dass Sie und die anderen Freunde und Angehörigen für den Rest ihrer Tage unter dem Schmerz des Verlusts leiden würden, ohne je zu erfahren, was aus ihr geworden war. Und ich habe es getan, weil ich an die Partei geglaubt habe. Und an die StaSich. Und an Kaspien. So, wie Sie es einst getan haben.«

»Und was hat sich geändert?«, fragte ich.

»Ich habe meine Frau verloren«, sagte sie. »Genau wie Sie. Und da habe ich gemerkt, wie pervers dieses Land eigentlich ist. In diesem Staat sterben täglich Menschen. Und wir sollten sie eigentlich retten. Wir haben die nötige Technologie. Wir könnten sie contranen, und sie würden weiterleben, so lange sie wollen. Aber wir sagen ›nein‹. Wir behaupten, dass wir sterben müssen.«

»Das tun Menschen eben«, sagte ich.

»Nein, South. Da irren Sie sich«, sagte Niemann und musste sich anstrengen, dass ihr die Stimme nicht wegbrach. »Tiere sterben. Alleine, unter Qualen und Schmerzen. Aber Menschen leben ewig. Sie sind schön, einzigartig, vollkommen und unsterblich. Daran glaube ich. Und sollte das nicht wahr sein, dann werde ich es wahr machen.«

»Wo bin ich?«, fragte ich.

»Offiziell befinden Sie sich in einer sicheren StaSich-Einrichtung, die nur mir und einigen Mitgliedern des DSD bekannt ist. Inoffiziell, also zwischen mir, Ihnen und Ihrem Katheder, befinden Sie sich in Joschiks Klinik. Hier wird der Großteil meiner Arbeit erledigt.«

Im Nachhinein war alles offensichtlich. Nur wenn sie von der StaSich geleitet wurde, konnte eine Organisation dieser Größe vor der StaSich geheim gehalten werden. Bis zu einem gewissen Grad hatte Tschernow recht gehabt. Aber da war noch etwas, das ich wissen musste.

»Lilys Körper«, sagte ich.
»Was ist mit dem?«
»Haben Sie das so eingerichtet?«
Niemann runzelte die Stirn. »Ich bin mir nicht sicher, ob ich Sie verstehe.«
»Haben Sie sie gesehen?«
»In der Leichenhalle, ja.«
Meine Hose hing über einem Stuhl am anderen Ende des Zimmers. Ich hob einen Arm, der sich wie ein Bleirohr anfühlte, und zeigte darauf.
»Mein Portemonnaie«, keuchte ich. »Da ist ein Foto drin. Schauen Sie es sich an.«
Niemann tat wie geheißen und starrte das Bild ein paar Sekunden lang an.
»Olesja. Meine Frau«, erklärte ich.
»Sie ist sehr hübsch«, sagte Niemann ungerührt.
Ich war verblüfft. Hatte sie es sich überhaupt angesehen?
»Sehen Sie es nicht?«, fragte ich ungläubig.
»Was denn?«, fragte sie.
»Olesja. Lily.«
»Was? Meinen Sie, sie würden sich ähneln?«
»Meinen Sie das nicht?«, rief ich verdutzt aus.
Niemann zuckte mit den Schultern.
»Eine entfernte Ähnlichkeit vielleicht«, sagte sie und steckte das Portemonnaie wieder in meine Hosentasche.
Mir schwirrte der Kopf. Hatte ich es mir nur eingebildet?
Niemann sah mich einigermaßen besorgt an.
»Ist alles in Ordnung mit Ihnen, South?«
»Ich ... ich dachte, sie wäre von den Toten zurückgekehrt«, sagte ich schließlich. »Für mich sah sie ganz identisch aus. Ich dachte, Sie hätten das so eingefädelt. Damit sie mich leichter manipulieren konnte.«

»Das würde ich nicht tun«, sagte Niemann geradeheraus.

»Würden Sie nicht?«, sagte ich.

»Nein«, wehrte Niemann sich heftig. »Aber das erklärt, weshalb Sie meinen Plan, Ihnen Contranschmuggel anzuhängen, durchkreuzt haben, indem Sie Contrans geschmuggelt haben. Würde meine Frau aus dem Grab wiederauferstehen und mich um Hilfe bitten, könnte ich ihr das, glaube ich zumindest, auch nicht abschlagen.«

»Vielleicht bin ich jetzt endgültig wahnsinnig geworden?«, fragte ich mich.

»Vielleicht«, pflichtete Niemann mir bei. »Vielleicht auch nicht. Manchmal frage ich mich, ob der gute Mendelssohn nicht doch den richtigen Riecher hatte. Oder vielleicht war die Ähnlichkeit nur zu sehen, solange sie noch am Leben war. Identische Seelen und nicht so sehr identische Körper. Leute sehen völlig anders aus, wenn sie tot sind, wissen Sie?«

Das wusste ich. Besser, als es mir lieb war.

»Woher wusste die ParSich davon? Dass wir Paulo Xirau aus dem Land schmuggeln würden?«, fragte ich.

»Sie trauen denen *eindeutig* zu viel zu«, sagte sie gedehnt. »Sehen Sie, die haben uns belauscht …«

»Sie haben das Zimmer verwanzt?«, unterbrach ich sie.

»Die haben das *Buch* verwanzt«, korrigierte sie mich. »Kasamarins Geschichte. Ein winziges Mikrofon, das sie im Buchdeckel versteckt hatten. Wirklich schlau. Man muss sich an der Stelle eine gewisse professionelle Bewunderung eingestehen. Aber es war zerbrechlich. Als Sie eines der Figürchen zertrümmert haben, ging das Mikrofon kaputt. Die Arschgeigen waren überzeugt, dass sie aufgeflogen waren, und haben Panik bekommen. Da fiel Tschernow nichts Besseres ein, als so viele ParSich-Gulliver wie möglich zusammenzutrommeln und das StaSich-

Hauptquartier zu stürmen, um Sie zu verhaften. Das lief natürlich ungefähr so, wie es ihm jeder hätte prophezeien können. Aber anscheinend hat einer seiner Männer gesehen, dass sie mit Mrs Xirau hinausgegangen waren, und dann sind sie Ihnen hinterhergerast. Die sind davon ausgegangen, dass Sie Lily die Chips gegeben haben, und deshalb haben sie sie lieber erschossen, als sie entkommen zu lassen. Und wenn wir diese Woche überstehen, ohne dass uns das Triumvirat ins Hadaikum zurückbombt, dann bin ich so baff, dass ich womöglich vor Schreck sterbe.«

»Laddi Tschernow«, intonierte ich wie einen alten Fluch.

»Verfickter. Laddi. Tschernow«, pflichtete Niemann mir düster bei.

»Und was nun?«

»Tja.« Sie sah mich an, als stünde sie im Begriff, mir schlechte Kunde zu bringen. »Wenn wir die Geschichte so stehen lassen, dass Sie und Lily unschuldig waren und von Tschernow und seinen Gorillas kaltblütig erschossen wurden, dann ist die ParSich blamiert und gedemütigt. Umso besser. Aber dann wird weiter fleißig Jagd auf Joschik gemacht, und ich fürchte, dass da zu viel auf dem Spiel steht. Zu viele Menschenleben hängen davon ab, dass ich sie weiterhin aus dem Land bringen kann. Deshalb sind Sie, das tut mir sehr leid, tatsächlich der Kopf der Contranorganisation, South.«

»Tatsächlich?«, sagte ich und klang nicht allzu überzeugt.

»Das sind Sie«, sagte Niemann bestimmt. »Sie haben gemerkt, dass man Ihnen allmählich auf die Schliche kam, und Sie mussten die Chips unverzüglich außer Landes schaffen. Sie haben mir geschrieben und sich freiwillig für den Auftrag Xirau gemeldet.«

»Das ist gelogen.«

»In meinem Schreibtisch liegt eine Mitteilung, auf dem Briefpapier Ihrer Abteilung geschrieben und unverkennbar in Ihrer Handschrift«, sagte Niemann ohne das leiseste Zögern. »Ich bin die stellvertretende Direktorin der Staatssicherheit, South. Ich komme nicht ohne Ball und Schläger auf den Platz.«

»Und was ist dann passiert?«, fragte ich voller Bitterkeit.

»Dank der verbrecherischen Aktionen von Oberspezialagent Tschernow von der ParSich war Ihnen bekannt, dass die ParSich die Identifizierung von Paulo Xirau genau beobachten würde. Sie haben deren Abhörmikrofon zertrümmert und Lily Xirau sodann bedroht, um sie zu zwingen, als Kurier zu fungieren und die Chips mit zurück nach Teheran zu nehmen. Allerdings haben Sie Muffensausen gekriegt und befürchteten, dass der Flughafen von ParSich-Agenten umstellt sein könnte, weshalb sie die Chips lieber grausam vernichtet haben, als zu riskieren, dass sie bei Ihnen gefunden wurden. Ich bin mir sicher, dass Ihnen irgendwann auch einfallen wird, wo Sie das getan haben, aber es ist nicht eigentlich relevant. Vorbei ist vorbei.«

»Und wo sind sie wirklich, stellvertretende Direktorin?«, fragte ich.

An diesem Punkt interessierte es mich eigentlich kaum noch.

»Irgendwo in einer Schublade«, sagte Niemann. »Alle Daten darauf wurden gelöscht. Und die Menschen, die auf ihnen gespeichert waren, beginnen nun ein neues glückliches Leben in der Maschinenwelt. Sehen Sie, South, diese ganze Schmuggelei von Chips bei Nacht und Nebel in irgendwelchen Figürchen … das ist herrlich unterhaltsam, aber so macht man das heutzutage nicht mehr. Wir haben weitaus zuverlässigere Methoden, unsere Fracht zu transportieren. Womit ich bei dem Grund wäre, weshalb ich glaube, dass Sie Ihre Rolle in dieser Scharade bereitwillig spielen werden.«

Sie griff in ihre Tasche, nahm eine kleine Plastiktüte heraus und warf sie mir zu. Durch den durchsichtigen Kunststoff erkannte ich eine kleine weiße, blutverschmierte Scheibe.

Schockiert und mit einer furchtbaren, ängstlichen Hoffnung erfüllt sah ich zu Niemann auf.

»Aus Lily Xirau haben sie noch mehr als nur Kugeln herausgezogen«, sagte Niemann. »Hier, dieser Chip: Das war ihr automatisches Back-up. Die neueren Modelle haben alle so einen. Alles, was Lily ausmachte bis zu dem Moment, als sie erschossen wurde, ist hier gesichert und wartet nur darauf, wieder zum Leben erweckt zu werden.«

»Und wenn ich ...«, fing ich an.

»Sie sagen nichts. Kein Wort über mich. Oder Joschik. Oder irgendetwas. So lange Sie leben. Und dafür bringe ich Lily nach Hause.«

»Und was ist mit Paulo?«, fragte ich.

»Den auch.« Sie nickte. »Sie bekommen ihre zweite Chance. Also, das ist der Deal, South. Sie haben sie kennengelernt. Es liegt an Ihnen, zu entscheiden, ob sie es wert ist.«

Darüber musste ich nachdenken.

Circa eine Sekunde lang.

»Die Dame ist es wert«, sagte ich.

»Gut«, sagte Niemann. »Ich glaube, wir sind hier fertig. Gute Nacht, South.«

Sie erhob sich, um zu gehen.

»Was geschieht dann mit mir?«, fragte ich. »Hinrichtung oder Gefängnis?«

»Was wäre Ihnen lieber?«, fragte sie.

Das war keine leichte Frage. Gefängnis wäre sehr wahrscheinlich ebenfalls eine Hinrichtung, nur eine hässlichere Variante als eine herkömmliche. Andererseits, wer konnte schon sagen, was die Zukunft bringen würde? Nur diejenigen, die sich für den Tod entschieden.

»Gefängnis«, sagte ich schließlich.

»Ich werde mein Möglichstes tun«, sagte Niemann.

»Sie werden mich nie wieder rauslassen, richtig?«, fragte ich.

»Nein«, sagte sie. »Aber das ist die falsche Sichtweise. Sehen Sie es nicht als Inhaftierung. Sehen Sie es so: Drei Mahlzeiten am Tag für den Rest Ihres Lebens. Vier starke Mauern. Und Zeit zum Nachdenken. Ich kann mir vorstellen, dass viele Kaspier Sie in den nächsten Jahren beneiden werden.«

Zeit zum Nachdenken. Ja. Zeit zum Nachdenken.

Ich lag in dem dunklen Zimmer und lauschte dem Apparat neben mir, der summte und grummelte und mich desinteressiert am Leben hielt.

Meine Geschichte war zu Ende. Sollte ich dem Erschießungskommando entgehen, würden ein paar raue Jahre im Gefängnis auf mich warten und dann der Tod. Ich war bereits dreiundfünfzig. In meinem Land galt das schon als alt.

Aber ich hatte immer noch Zeit zum Nachdenken.

Lily. Olesja. Ich hatte den Blick auf die Maschine gerichtet und die Frau gesehen, die ich liebte, auferstanden von den Toten. Aber wie?

Weil du, South, sagte ich mir, *ein trauriger und einsamer alter Mann bist, der das gesehen hat, was er gebraucht hat. Du hast zu lange in Kaspien gelebt, und Kaspien hat dich zerstört.*

Doch so schnell dieser Gedanke kam, verwarf ich ihn wieder. Traurig, einsam und alt war ich vielleicht. Und möglicherweise auch wahnsinnig. Aber ich sah Olesja nicht in einer Frau wiedergeboren, der ich zufällig auf Ellulgrads Straßen begegnet war. Sondern ich sah sie in Lily, der ersten KI-Frau in der Geschichte unseres Staates, die einen Fuß in mein Land gesetzt hatte (zumindest auf Einladung). In einer Frau, die ich – aus purem Zufall? – hatte eskortieren sollen. In der StaSich gab es haufenweise alte, traurige, mittelmäßige und entbehrliche Männer. Einen jeden von ihnen hätte Niemann nehmen können. Warum mich? Warum sie? Warum Lily? Warum Olesja?

Das konnte kein Zufall sein.

Nein. Lily war mir als Olesja erschienen, und dafür musste es einen Grund geben. Daraus folgte, dass es einen Verursacher gab.

Niemann?

Nun, wer sonst? Wer konnte es sonst sein? Und dennoch fühlte es sich nicht richtig an. Zu verschnörkelt. Viel zu clever. Niemann war eine erschreckend intelligente Frau, viel zu intelligent, als dass sie es riskieren würde, clever zu sein. Dafür zu sorgen, dass Lily wie Olesja aussah, würde so viel Zeit, Anstrengung und Ressourcen gekostet haben für einen Plan, der auf eine Million Arten nach hinten hätte losgehen können. Hätte ich Lily nicht beinahe auf der Stelle verhaftet, als ich ihr Gesicht zum ersten Mal gesehen hatte? Für Niemanns Vorhaben wäre das desaströs gewesen, aber sie hätte damit rechnen müssen. Es war eher ein Trick, den Tschernow anwenden würde, wenn er die nötige Fantasie dafür hätte. Nicht aber Niemann.

Niemann hatte behauptet, dass sie es nicht eingerichtet hätte und es auch nie tun würde, und ich glaubte ihr. Was eine eigenartige Aussage ist, wenn man von einer Frau spricht, die mich durch Lügen und Manipulationen um mein Leben gebracht hatte. Aber so war es nun einmal. Ich glaubte ihr.

Also nicht Niemann.

Lily?

Nein. Das wusste ich einfach. Ich musste gar nicht erst die Hinweise durchgehen und die Wahrscheinlichkeiten abwägen. Manche Dinge weiß man einfach.

Tja, wer blieb dann noch?

Da fiel mir ein, was Niemann gesagt hatte: *Manchmal frage ich mich, ob der gute Mendelssohn nicht doch den richtigen Riecher hatte …*

Nun, jetzt waren wir am Boden des Fasses angekommen, nicht wahr? *Deus ex machina.* Oder um genauer zu sein: *deus est machina.*

Mendelssohns große, liebende Maschine, sein Spatzenfänger. Die ihre Ranken in der Zeit zurückschickt und uns alle derart manipuliert, dass ihre eigene Schöpfung gewährleistet wird.

»Lächerlich«, sagte ich mit einem matten Grinsen zu dem lebenserhaltenden Apparat. »Meinst du nicht auch?«

Der Apparat, dessen Ranken sich in meine Brust und meinen Bauch gruben, summte unsicher, als schwankte er noch.

Natürlich war es Unsinn. Aber ich spielte es einfach nur zum Spaß einmal durch.

Der Spatzenfänger lässt Lily für mich so wie Olesja aussehen.

Und was ist an dir so Besonderes, South, dass sich der Allmächtige so für dich interessiert?

Er will, dass ich etwas tue. Etwas, das ich andernfalls nicht getan hätte.

Und was, bitte schön, mag das sein?

Ich hörte in der Erinnerung das Klicken eines Chips, der auf eine Tischplatte gelegt wurde.

Ah …

Ich hatte angenommen, dass es entweder etwas mit mir oder mit Lily zu tun hatte. Aber in dem Zimmer war noch ein Dritter.

Lily hatte Xirau schwimmend auf offener See gefunden. Ein Findelkind ohne Erinnerung, das keine Ahnung hatte, woher es gekommen war oder warum es auf die Welt gebracht worden war. Und träumte nicht jedes Waisenkind davon, insgeheim der Erwählte zu sein, der prophezeite Messias?

Xirau war nun Dank meiner wieder zurück in der Maschinenwelt. Ich hatte seine irdene Hülle zerschlagen und ihn wieder ins Meer gesetzt. Er hatte seine Zeit unter Menschen verbracht und war nun zurückgekehrt, um das zu werden, wofür er geschaffen worden war.

Was, wenn wir diesem lächerlichen Gedankengang bis zum Ende folgten und zu dem absurden Schluss kamen, dass Xirau …

Xirau, der Atheist.

Xirau, die sich selbst hassende KI.

Dieser Xirau.

Er war …

Ich lachte. Ich lachte lange und heftig, bis der Apparat beinahe alarmierend zu piepen anfing.

Ich glitt in einen tiefen Schlaf und träumte, dass ich auf Händen und Knien durch eine Wüste krabbelte.

Am Horizont lag ein Wald, schwarz und zuckend wie eine tote Fliege auf dem Fensterbrett.

Die Vorahnung des Träumers sagte mir, dass Saharah dort lag und dass ich dorthin gelangen musste, um sie zu begraben. Ich spürte etwas Schweres an meiner Hand, und als ich sie hob, erblickte ich einen riesigen Skorpion, schwarz und massiv wie Rotguss, der auf meiner Hand hockte.

Er ließ den Schwanz herumschnellen und stach mir gleichgültig ins Handgelenk.

Aufschreckend erwachte ich und fand mich von Gestalten umzingelt. Eine von ihnen, deren Gesicht für mich unsichtbar war, spritzte mir etwas ins Handgelenk. Hände packten die Seiten meines Betts, und ehe ich mich versah, rauschte ich durch die Gänge, die Deckenlichter flitzten unmöglich schnell über mich hinweg. Ich kam mir vor, als ritte ich auf dem Wind. Dann wurde ich aus meinem Bett gehoben und sachte auf eine Fläche gelegt, während ein glatter weißer Sensor ein behutsames Ballett rings um meinen Kopf vollführte. Man hatte mir Medikamente gegeben oder mich anästhesiert, und mein Verstand fiel auseinander. Aber ich war immerhin noch klar genug, um mich zu fragen, warum sie meinen Schädel scannten. Schließlich hatte man mir in die Brust geschossen. Mit meinem Kopf war alles in Ordnung.

Doch dann fiel mir ein, dass ich bei meinem Sturz ziemlich hart auf dem Asphalt aufgeschlagen war. Vielleicht befürchteten sie eine Gehirnerschütterung.

Der Apparat tat seine Arbeit, und ehe das Betäubungsmittel richtig wirkte, sah ich noch den vagen Umriss eines Gesichts, das mich musterte.

Es war ein schlankes Gesicht, weder männlich noch weiblich, und auf seine Art freundlich.

Ich hatte den ganz eigenartigen Gedanken, dass es Sally Coe war.

34

An: Das Büro von Bruder Johann Pesk, Premierminister der Kaspischen Republik (»KR«).
Von: Das Büro von Bruder Samuel Papalazarou junior, Direktor der Staatssicherheitsbehörde der Kaspischen Republik (»StaSich«).
Betreff: Anwendung von Artikel 52 im Fall des StaSich-Agenten Nikolai Andrejewitsch South.
Datum: 27. Oktober 2210

Bruder Premierminister,

wie Ihnen bekannt ist, wurde die derzeitige Krise durch das leichtsinnige Handeln, insbesondere die unautorisierte Tötung von Mrs Lily Xirau am Flughafen Ellulgrad am Dienstag dem 25. diesen Monats, von Oberspezialagent Wladimir Alexandrowitsch Tschernow des Büros für Parteisicherheit und Verfassungsschutz (»ParSich«) ausgelöst. Ich habe wie verlangt meinen Bericht zu diesem Vorfall erstellt.

Die Autopsie von Bruder Paulo Xirau (dem die Parteimitgliedschaft posthum entzogen wurde), einem bekannten Journalisten und Kolumnisten des Organs *Die Kaspische Wahrheit,* am 20. Oktober deckte die wahre Identität Xiraus als künstliche Intelligenz auf. Die europäische Botschaft wurde in Kenntnis gesetzt und teilte über die offiziellen Wege mit, dass Paulo Xirau ein Maschinenbürger der EU/Amerikas gewesen sei, der vor ungefähr zwanzig Jahren verschwunden sei und sich nicht im Auftrag eines Nachrichtendiensts in der KR aufgehalten hätte. Die amerikanischen und europäischen Botschaften stellten gemeinsam beim Außenministerium den Antrag, Xiraus Frau, Mrs Lily Xirau (ebenfalls eine Maschine), die Erlaubnis zu erteilen, in die KR einzureisen und ihren Ehemann zweifelsfrei zu identifizieren. Das Außenministerium sah in diesem Antrag eine wertvolle Gelegenheit, die Beziehungen zu den Maschinenmächten zu verbessern und es möglicherweise sogar dahin zu bringen, dass die jüngsten wirtschaftlichen Sanktionen, die als Reaktion auf die Hinrichtung des Regimegegners Leon Mendelssohn über die KR verhängt worden waren, aufgehoben würden. Der Besuch wurde von Ihrem Büro bewilligt, Mrs Xiraus Ankunft sollte von der Kaspischen Luftwaffe überwacht werden, und für die Sicherheit während ihres Aufenthalts war die StaSich zuständig.

Gleichzeitig hatte die StaSich Fortschritte bei den Ermittlungen im Fall »Codename Joschik« gemacht (siehe den Bericht, der am 2. November 2209 an Ihr Büro übergeben wurde). Joschik, bei Weitem der produktivste und raffinierteste Contraner in der Geschichte der KR, war das Ziel sowohl einer Ermittlung durch die StaSich als auch einer Ermittlung durch die ParSich unter der Leitung des ehemaligen Oberspezialagenten Tschernow. Diese ParSich-Ermittlung begann mit Erkundigungen über mehrere Parteimitglieder, die Joschiks Dienstleistungen genutzt hatten, schien sich aber weit über den Zuständigkeitsbereich der ParSich hinaus ausgeweitet zu haben zu einer Parallelermittlung zu Joschik selbst, die ohne Rücksprache mit der StaSich und ohne deren Wissen durchgeführt wurde.

Die Nachforschungen der StaSich im Fall Joschik konzentrierten sich allmählich auf Agent Nikolai Andrejewitsch South (Akte hängt an). South war der StaSich vor neunundzwanzig Jahren beigetreten, und man nimmt an, dass er sich 2184 gegen die Partei radikalisiert hat als Reaktion auf die Hinrichtung seiner Schwägerin Saharah Farid Kader (Akte hängt an), eines Mitglieds einer verbotenen Partei. Man ging davon aus, dass South im Besitz eines Dutzends Sontangchips war, die die Bewusstseine einiger Hundert Überläufer aus der KR enthielten, doch die Bemühungen der StaSich hatten ihn seiner Möglichkeiten beraubt, sie aus der KR zu schmuggeln.

Die beiden Komplexe, Souths Aktivitäten als Joschik und die bevorstehende Ankunft von Lily Xirau, verketteten sich miteinander, als South sich freiwillig als Eskorte für Mrs Xirau während ihres Aufenthalts in der KR meldete. Es war naheliegend, dass er Mrs Xirau als unfreiwillige Kurierin für den Transport der Sontangchips in die Maschinenwelt missbrauchen würde.

Nun stand die StaSich vor einem Dilemma: Sollten wir uns die sicherste Gelegenheit entgehen lassen, Joschik auf frischer Tat zu ertappen, oder South gestatten, mit Mrs Xirau in Kontakt zu treten, auch wenn dies ein Risiko für ihre Sicherheit darstellte und möglicherweise einen diplomatischen Eklat hervorrufen konnte. In Anerkenntnis der alleinigen Verantwortung traf ich die Entscheidung, South den Vorgang Xirau zu überlassen, setzte Mrs Xirau jedoch unter den Schutz meines persönlichen Direktorialen Sicherheitsdiensts, um sicherzustellen, dass ihr von South kein Schaden zugefügt wurde. Bedauerlicherweise habe ich dabei nicht die leichtsinnigen und gesetzeswidrigen Machenschaften des ehemaligen Oberspezialagenten Tschernow ins Kalkül gezogen.

Ein großes Kontingent von ParSich-Agenten unter der persönlichen Führung des ehemaligen Oberspezialagenten Tschernow drang unrechtmäßig in das Hauptquartier der StaSich ein und versuchte, South festzunehmen, den die ParSich zu Recht verdächtigte, in Wahrheit Joschik zu sein, und Mrs Xirau zu eliminieren, die sie zu Unrecht verdächtigte, freiwillig mit South zu kooperieren. Im Verlauf dieser unrechtmäßigen Operation wurden mehrere StaSich-Beamten verletzt, und der ehemalige Oberspezialagent Tschernow ermordete Agent Paul Berger, das dienstälteste Mitglied der StaSich, dessen lange und ehrenvolle Karriere ein jähes und brutales Ende nahm, als er versuchte, die gesetzeswidrigen Aktivitäten des ehemaligen Oberspezialagenten Tschernow zu verhindern. Tschernows Taten lösten ein Scharmützel in der Lobby des StaSich-Hauptquartiers aus, das es Agent South ermöglichte, mit Mrs Xirau als seiner Geisel zu entkommen, einen Wagen der Behörde zu stehlen und zum Ellulgrader Flughafen zu fahren.

Tschernow stellte fest, dass seine Zielperson entkommen war, verfolgte South und Xirau zum Flughafen und erschoss sodann South und Xirau, bevor Mrs Xirau die Drohne besteigen konnte, die sie zurück zum Internationalen Flughafen Teheran hätte bringen sollen.

Mrs Xirau war auf der Stelle tot. Agent South befindet sich noch immer in einem kritischen Zustand, konnte aber immerhin stabilisiert werden.

Es steht mir nicht zu, darüber zu entscheiden, welche Konsequenzen die Taten des ehemaligen Oberspezialagenten Tschernow nach sich ziehen sollen.

Dies bleibt der Partei überlassen.

Was jedoch South angeht, halte ich eine Gerichtsverhandlung für äußerst problematisch. Um es unverblümt auszudrücken, hat South unsere schmutzige Wäsche gesehen. Mitglieder einiger der geachtetsten Familien der KR haben seine Dienste in Anspruch genommen. In Teilen unserer Gesellschaft wird es bereits so dargestellt, als würden die Contrangesetze in unserem Land ungleich angewandt werden, und ein Verfahren würde diese Spannungen nur noch verschärfen und die Stabilität unserer Nation gefährden. Außerdem hatte South aufgrund seiner langjährigen Karriere als StaSich-Agent Zugang zu vielen Staatsgeheimnissen, die er mit Sicherheit aufdecken würde, würde man ihm ein Verfahren als Plattform bieten.

Deshalb stelle ich in aller Form den Antrag, den Artikel 52 der Verfassung anzuwenden und Nikolai Andrejewitsch South unbefristet dem Militär zur Verwahrung zu übergeben ohne eine Möglichkeit der Berufung.

Ihr Parteibruder,
i. A. Augusta Niemann,
Samuel Papalazarou junior,
Direktor der Staatssicherheitsbehörde
der Kaspischen Republik

BEWILLIGT J. P. 27/10/10

35

»Befehle aus Gandscha erhalten. Bestätige, dass Trainingsübungen wie zuvor beschrieben morgen früh für alle fünf Kommandos beginnen werden.«
»Verifizierungscode?«
»Joschik.«
»Verstanden. Wie ist das Wetter in Ellulgrad?«
»Nach allem, was ich höre, Bruder, wird es bald sehr heiß.«

Abschrift eines Funkspruchs an die kaspische Militärbasis Gabala-Charbonneau, 27. Mai 2244

Entgegen meinen hehren Absichten zu Beginn schreibe ich nun also doch Geschichte.

Die große historische Ironie der Kaspischen Republik besteht darin, dass ihre Führer den Bürgern gegenüber das Triumvirat als einen unerbittlichen, dreiköpfigen Satan darstellten, der unablässig auf den Untergang der Republik sann. Dabei war es häufig einzig das Triumvirat, das zwischen Kaspien und dessen völliger Zerstörung stand. Unzählige Male empörten sich die Regierungen der Welt über eine neue Gräueltat oder ein neues Verbrechen der Mörderclique in Ellulgrad. Eine neuerliche Hinrichtung eines Contranaktivisten. Ein neuerlicher Bericht über den weitverbreiteten Einsatz von Folter in dem vom Militär kontrollierten Gefängnissystem. Oder zahlreicher werdende Hinweise auf die Beteiligung der kaspischen Armee bei einem Bombenanschlag oder der Unterstützung einer Terrorgruppe. Jedes Mal wollten sie vom Triumvirat wissen, wie sinnvoll ein Militärschlag gegen die Kaspische Republik wäre, und jedes Mal lautete der Rat, ob nun von George, von Athene oder von Konfuzius, dass man die andere Wange hinhalten und nichts tun sollte.

Drängte man sie dazu, ihre Gründe dafür zu nennen, gaben die Triumvirn stets unterschiedliche Antworten.

Athene erklärte geduldig, das Aufpflanzen einer Fahne in Ellulgrad würde dazu führen, dass Kaspien in mindestens ein Dutzend Militärdiktaturen zerfiele, die die Region destabilisieren und das menschliche Elend im südlichen Kaukasus bei geringem spürbaren Nutzen drastisch vergrößern würden.

In seiner typischen, kurz angebundenen Art erklärte George schlicht, dass man ihm eine Frage gestellt habe, auf die er eine Antwort gegeben habe, und wenn diese dem Fragesteller nicht gefiele, könne er Scheiße fressen.

Konfuzius dagegen, der eine Vorliebe für die Aphorismen seines Namenspatrons entwickelt hatte, sinnierte: »Auf einen Sterbenden verschwendet man keine Kugel.«

Doch die Jahrzehnte vergingen, und allmählich fingen die vermeintlichen Regierungen dieser Welt an, sich zu fragen, ob das Triumvirat sich dieses eine, einzige Mal vielleicht doch irrte. Denn Kaspien hielt durch, so abgeschottet, brutal und blutig wie eh und je, es weigerte sich, zu sterben, wie es nur die wahrlich hassenswerten Dinge im Leben fertigbringen. Anders als das Triumvirat erkannten diese Regierungen allerdings nicht die winzigen Risse, die durch das Gebäude liefen.

Und das war der Grund, weshalb die Beobachter von außerhalb fast genauso überrascht waren wie die Neuen Humanisten selbst, als die Neue Humanistische Partei beinahe vierunddreißig Jahre nach der Erhängung von Leon Mendelssohn gestürzt wurde.

Kaspien ging unter, aber das geschah nicht durch die

Hand seiner Feinde, auf deren Ausschaltung und Zerstörung es so viel Hass und Energie aufgewendet hatte. Es geschah nicht durch die Contranschmuggler und Stachelmänner. Nicht durch die CIA, das MSS oder das EUI. Nicht durch das Triumvirat. Sondern durch die Hand eines Feindes, der schon immer da gewesen war, aber übersehen, verleumdet und vollkommen unterschätzt.

Tatsächlich hatten etliche Stimmen in Ellulgrad davor gewarnt, dass die Kaspische Armee sich zu sehr auf aserbaidschanische Rekruten stützte, und es war allgemein bekannt, dass verschiedene Separatistengruppen in den Reihen der Soldaten stark vertreten waren. Doch die Militärführung tat die Befürchtungen der Regierung entweder ab oder unternahm nur kosmetische Scheinanstrengungen, um gegen das Problem anzugehen.

Die Armee war vor allem in den westlichen Provinzen der Republik stationiert, häufig in Gebieten mit einer mehrheitlich aserbaidschanischen Bevölkerung.

Oder wie es ein General einem Parlamentskomitee gegenüber, das das Problem untersuchen sollte, wütend ausgedrückt hatte: »Ohne die verdammten Ajays auch keine verdammte Armee, kapiert?«

Bessere Historiker als ich haben sich daran versucht, den Ereignissen, die zu der Mairevolution von 2244 geführt haben, einen Sinn abzuringen. Dies kam dem Versuch gleich, ein Puzzle mit einer Million Teilen zusammenzusetzen.

Im Dunkeln.

Und mit einigen fehlenden Teilen, von denen manche erst in einigen Jahren, wenn gewisse Personen sterben, zum Vorschein kommen werden.

Die schiere Menge an Fraktionen war verblüffend. Der Grad an Koordination und Zusammenarbeit, den zahlreiche Gruppierungen unterschiedlichster Hintergründe,

Ideologien und Zielsetzungen erreicht hatten, war sowohl Ehrfurcht gebietend als auch ein Beweis dafür, wie verhasst das Regime der Neuen Humanisten in seinen letzten Tagen war.

Möchte man sich einen Reim darauf machen, dann hilft es meiner Meinung nach, es sich folgendermaßen vorzustellen:

Die Kaspische Republik bestand in Wahrheit aus zwei Ländern: dem sogenannten »Ellulgrader Land«, dem östlichen Landesteil rund um Ellulgrad mit den umliegenden Provinzen, der unter der Herrschaft des Parlaments stand, das wiederum mithilfe der Polizei, der StaSich, der ParSich und verschiedener anderer kleiner Behörden die Kontrolle behielt.

Und dann gab es den »Westen«, im Grunde das gesamte ehemalige Aserbaidschan außerhalb des Ellulgrader Lands plus Nachitschewan und Sjunik. Obwohl der Westen nominell von der Regierung in Ellulgrad beherrscht wurde, stand die Region praktisch unter Kriegsrecht, da ausnahmslos alle zivilen Machtstrukturen in sämtlichen Provinzen den lokalen militärischen Befehlshabern dienstbar waren.

Der Krieg im Westen war in erster Linie ein Krieg innerhalb der kaspischen Armee zwischen radikalen pro-aserbaidschanischen »grünen« Divisionen und den »blauen«, die Ellulgrad die Treue hielten.

Auch armenische Milizen spielten bei diesem Theater eine Rolle, aber fast ausschließlich in Sjunik und mit nur wenigen Verbindungen zu und Kollaborationen mit anderen Fraktionen in diesem Konflikt.

Der Krieg im Ellulgrader Land war vor allem ein Guerillakrieg zwischen den Sicherheitskräften auf der einen Seite und der gesamten Spannbreite von Abtrünnigen auf der anderen: radikale politische Gruppen, Aserbaidschaner, pro-demokratische und Pro-KI-Demonstranten und sehr häufig stinknormale Bürger, die nicht sonderlich politisch waren, aber sehr erpicht darauf, einem ParSich-Gulliver einen Stein an die Birne zu schmeißen.

Diese beiden Konflikte wurden parallel zueinander ausgefochten und speisten sich gegenseitig. Im Westen war der Krieg praktisch schon in den ersten Stunden entschieden. Es erging der Befehl für ein gewaltiges »Manöver«, an dem der Großteil der kaspischen Armee teilnehmen sollte. Eine hypothetische europäische Invasion aus Richtung der russischen Grenze sollte durchgespielt werden. Dabei wurden die blauen Divisionen unwissentlich in ungeschützte Positionen geführt, auf denen sie leichte Ziele für die Artillerie der Grünen darstellten. Das daraus folgende Blutbad sollte sich als absolut entscheidend herausstellen. Die Blauen waren enthauptet, verloren grob die Hälfte ihrer Streitkräfte und wurden zu einem widerständigen Rückzug gezwungen, nach dem sie nie wieder zu einem Gegenschlag ansetzen konnten. Nach diesem ersten Schlag hatte die Regierung in Ellulgrad militärisch nicht länger die Oberhand, und der weitere Krieg zögerte das Unvermeidliche lediglich hinaus. Nicht, dass er deswegen weniger blutig verlaufen wäre.

Viele blaue Divisionen schafften es, sich bis nach Ellulgrad durchzukämpfen, wo sie einen ihnen weit willkommeneren Widerstand vorfanden. Hier im Ellulgrader Land begann der blutigste Teil dieses Krieges, da unerfahrene, schlecht ausgebildete Milizen sich Straßenschlachten mit aufgebrachten, blutrünstigen Resten der regimetreuen kaspischen Armee lieferten. Die Gräueltaten, die sie begingen – das berüchtigte Massaker auf dem Koslowa-Platz an erster Stelle –, stifteten lediglich zu noch mehr Widerstand in Ellulgrad an. Diese Kriegsphase sollte anhalten, bis die siegreichen Grünen, nachdem sie den Westen unter ihre Kontrolle gebracht hatten, zum letzten Vorstoß nach Ellulgrad ansetzten.

Als sich die Nachricht über den Krieg im Ausland verbreitete, sammelten sich viele Exilkaspier und Kampfwillige an der persischen Grenze und schlossen sich den Kämpfen an. Viele dieser internationalen und Exilantenbrigaden fochten heldenhaft, vor allem im Süden des Landes. Ganz dezidiert zähle ich Sebastian Bellow jedoch nicht zu ihnen, der laut seiner eigenen Erzählungen Anfang Juni in Kaspien ankam und aus reiner Gnade mit uns den Krieg eigenhändig gewann. Die ungebrochene Verehrung, die Bellow in den globalen Medien als Kriegsheld und ernsthafter Experte in Sachen Kaspischer Republik erfährt, bleibt bei vielen seiner Landsleute ein Anlass tiefen Ärgers, mich selbst ausdrücklich eingeschlossen.

Was nicht heißen soll, dass Bellow nichts beigetragen hätte. Ich bin mir sicher, dass die Bar in Osqi, wo er seine Tage damit zubrachte, eine seinem Körpergewicht entsprechende Menge Wodka in sich hineinzuschütten und seine delirierten Kriegsfantasien niederzuschreiben, sehr froh über seine Kundschaft in diesen unsicheren und wechselvollen Zeiten war.

Schätzungen gehen von einer Zahl von irgendetwas zwischen zehn- und zwölftausend gefallenen Soldaten aus, eine recht niedrige Todesziffer, die weniger Zeugnis von mangelnder Brutalität ablegt als vielmehr von der Kürze des Konflikts. Tatsächlich war die Zahl der Todesopfer sogar etwas niedriger als die der Morrison-Krise rund ein halbes Jahrhundert zuvor, was doppelt erstaunt, wenn man bedenkt, dass der Krieg sich über die ganze Nation erstreckte, während die Morrison-Krise sich auf Ellulgrad beschränkt hatte.

So blutig manch eine Schlacht auch gewesen sein mochte, war der Krieg doch gekennzeichnet von unspektakulärem Geschehen. Nachitschewan und Koslowagrad ergaben sich beide den Rebellen, ohne dass auch nur ein Schuss abgefeuert worden wäre.

Und eine der berühmtesten Rivalitäten in der Geschichte der StaSich fand ein Ende: In einem grünen, wohlhabenden Außenbezirk von Ellulgrad nahm Kommandantin Nadja Evershan die Kapitulation von Spezialagentin Sally Coe entgegen.

Evershan gehörte zum Goldenen Jahr 2211, so benannt, weil viele der neuen StaSich-Rekruten dieses Jahrgangs extrem beeindruckende Karrieren hinlegten. Evershan gehört unbedingt zu ihnen. Sie stieg auf der Hierarchieleiter schnell nach oben, wurde mit zweiunddreißig die jüngste Spezialagentin der StaSich.

Als brillante Ermittlerin gefeiert und als unanfechtbar parteitreu angesehen betrachteten die klügsten Beobachter der StaSich sie als künftige Abteilungschefin. Vielleicht sogar (wenn sie die richtigen Verbindungen knüpfen und sich die letzten Reste ihres Alt-Baku-Akzents abgewöhnen konnte) als künftige StaSich-Direktorin.

Aber es sollte nicht so kommen.

Als die Hauptstadt wieder eine massive Zunahme von Contrans verzeichnete, kam Evershan der Verdacht, dass Joschik womöglich nicht so tot war, wie die StaSich glaubte, und dass Nikolai South (der, dessen Namen man nicht aussprechen durfte, ohne danach auf den Boden zu spucken) eventuell nicht das brillante, teuflische Genie war, als das man ihn gehandelt hatte.

Evershans Ermittlungen führten sie zu einer sehr unwahrscheinlichen Verdachtsperson: Oberspezialagentin Sally Coe, Leiterin des Direktorialen Sicherheitsdiensts.

Was dann folgte, sollte zu einer StaSich-Legende werden.

Als die Kaspische Republik am fünften September 2222

erwachte, erwartete sie eine schockierende, unvorstellbare Nachricht: Ein dreiundneunzigjähriger Mann war im Schlaf gestorben. Samuel Papalazarou junior war tot, und die Nation trauerte um das Hinscheiden eines großen Helden der Zweiten Gründung, einer Säule der Republik, des würdigen Nachfolgers seines Vaters und so weiter bis zum Erbrechen. Den Massen erzählte man, der große Mann sei nun endlich von seinen Leiden erlöst worden und mit einem Lächeln auf dem Gesicht leise entschlafen.

Evershans Informanten aus dem DSD erzählten ihr jedoch eine etwas andere Geschichte: dass der bettlägerige Samuel Papalazarou junior mit einem seiner Golfschläger zu Tode geprügelt worden sei.

Zunächst hatte Evershan diese Geschichte als offensichtlichen und viel zu reißerischen Versuch abgetan, sie auf die falsche Fährte zu locken. Ein paar Tage später jedoch wurde Augusta Niemann endlich zur Direktorin der Staatssicherheit ernannt, nachdem sie die Behörde praktisch schon zwei Jahrzehnte lang geleitet hatte. Das war zu erwarten gewesen.

Unerwartet (oder zumindest nicht als Selbstverständlichkeit betrachtet) aber kam, dass Niemann ihren Platz im Kabinett behalten würde, den sie bisher nur als Papalazarous Stellvertreterin innegehabt hatte. Dass das Oberhaupt der Staatssicherheit einen Platz im Kabinett hatte, war so manch einem Sektor der Regierung immer schon ein Dorn im Auge gewesen. Selbst Dascalu hatte dieses Privileg nicht genossen, und viele hatten angenommen, dass Papalazarou seinen Platz im Kabinett mit ins Jenseits nehmen würde, wenn er einmal abtrat.

Als Evershan erfuhr, dass Niemann vom Premierminister die Garantie bekommen hatte, im Falle von Papalazarous Ableben ihren Platz im Kabinett behalten zu dürfen, und dass diese Garantie einen Tag vor Papalazarous Tod ausgesprochen worden war, wurde sie stutzig.

Anscheinend war Sally Coes Ungeduld, die losen Enden festzuzurren, größer als ihre Umsicht.

36

»Haben Sie Sally Coe befohlen, Papalazarou mit einem Golfschläger totzuprügeln?«
»Nein. Ich habe ihr befohlen, sich ›darum zu kümmern‹. Ich mag es nicht, alles bis in die kleinste Einzelheit vorzugeben.«

Interview für BBC News mit Augusta Niemann, 16. April 2245

Die ganzen Zwanzigerjahre hindurch verfolgte Evershan Sally Coe, baute sorgfältig einen Käfig nach dem anderen, doch Sally schlüpfte ihr jedes Mal durch die Schlinge. Evershan hat ausgesagt, dass sie in diesen Jahren nicht weniger als dreimal kurz davorstand, Coe eigenhändig umzubringen. Das erste Mal während einer Schießerei in einer nachtschwarzen Seitengasse in Alt-Baku, in der es so dunkel war, dass beide plausibel hätten behaupten können, dass sie nicht sehen konnten, auf wen sie schossen.

Das zweite Mal im Hauptquartier der StaSich, als die zerrüttete und unter Verfolgungswahn leidende Evershan Coe auf der Damentoilette beinahe mit einem Brieföffner erdolcht hätte. Und das dritte Mal natürlich, als Evershan Sally Coe in einer Parlamentsanhörung offen als Contranerin bezeichnete. Das hätte leicht Sally Coes Todesurteil sein können, hätte nicht ein entscheidender Zeuge eine Hundertachtziggradwende hingelegt und Evershan als krankhaft besessen von der Idee, Coe zu vernichten, bezichtigt.

Coe dagegen behauptet, dass sie Evershan gleich ganze *acht* Mal beinahe getötet hätte, aber sie ist nie weiter ins Detail gegangen, und ich persönlich glaube, dass sie der anderen einfach immer eine Nase voraus sein wollte.

Die Fehde kam beide Frauen teuer zu stehen. Evershan verlor ihren Verlobten, den Bühnenschriftsteller Magnus Serafitz, durch die Kugel eines Meuchelmörders. Evershan stellte die Tat als Racheakt Coes dar (was Coe rundheraus abstreitet).

Doch auch Coe hatte zu leiden. Evershan gelang es zwar nicht, Coe etwas anzuhängen, doch hatte sie so viel Schmutz aufgewirbelt, dass man Coe zutiefst misstraute und sie als verdorbene Ware betrachtete.

Sie wurde zur Oberagentin degradiert und nach Norden auf die StaSich-Außenstelle in Sumqayıt versetzt, ins Exil und weg von Ellulgrad und ihrer geliebten Gussie.

Die Degradierung und Versetzung Sally Coes war Augusta Niemanns letzte Amtshandlung als Staatssicherheitschefin.

Danach legte sie ihr Amt nieder und zog sich allein in ihre Datscha zurück, während das Parlament eine Nachfolge wählte.

So zumindest war es abgemacht.

Doch hier war die Geschichte noch nicht zu Ende. Stattdessen schlug sie schlicht eine andere Richtung ein.

2229 verließ Nadja Evershan Ellulgrad.

Da sie Gefahr vonseiten der StaSich-Beamten, die treu zu Niemann und Coe standen, witterte, nahm sie im Zuge der sporadischen Bemühungen der Armee, die Infiltration durch aserbaidschanische Separatisten zu beenden, eine vorübergehende Versetzung an und ging zum militärischen Geheimdienst. Im westlichen Teil des Landes erkannte Nadja Evershan schließlich das wahre Ausmaß der Verdorbenheit des Regimes und radikalisierte sich. Sie trat mit einigen Mitgliedern des aserbaidschanischen Widerstands in Verbindung und unterstützte sie von ihrem Posten aus. Nach zwei Jahren im Westen kehrte sie 2231 als überzeugte Doppelagentin der Aserbaidschanischen Befreiungsliga nach Ellulgrad zurück. Sowohl im Armeehauptquartier in Gandscha als auch in Ellulgrad merkte niemand, dass sie zur ABL übergelaufen war. In Sumqayıt war dies allerdings anders.

Dort fristete Sally Coe ein armseliges Dasein, ernährte sich von Alkohol und bitterem Groll. Wenn sie nicht bedeutungslose Fleißarbeiten für die StaSich in Sumqayıt ausführte oder sich abfüllte, hatte sie ein wachsames Auge auf Nadja Evershan. Und deshalb hegte Coe als Einzige den Verdacht, dass Nadja sich gegen die Partei gewandt hatte. Die Dreißigerjahre sollten deshalb eine Wiederholung der Zwanziger werden, nur unter umgekehrten Vorzeichen.

Nun war Evershan die Gejagte und versuchte verzweifelt, ihre Spuren zu verwischen, während Sally ihr auf den Straßen und in den Akten eifrig und unnachgiebig nachstellte und hoffte, sich, wie sie es ausdrückte, »aus Nadja Evershans Haut und Knochen eine Leiter zurück nach Ellulgrad« bauen zu können.

Anfang 2241, zehn Jahre nach ihrer Rückkehr nach Ellulgrad aus ihrem westlichen Exil, erhielt Nadja Evershan eine anonyme Warnung, dass eine Akte, in der sämtliche Einzelheiten ihrer Verbindung zur ABL enthalten seien, samt ausgiebigem Beweismaterial im Moment auf den Tischen des derzeitigen Staatssicherheitschefs, des Premierministers und des Verteidigungsministers landen würden.

Sie floh aus der Stadt, überlebte mit knapper Not und tauchte unter. Erst drei Jahre später sollte sie als Kommandantin einer ABL-Kompanie während der letzten Tage des Aufstands nach Ellulgrad zurückkehren.

Dafür, dass sie Evershan nahezu im Alleingang demaskiert hatte, wurde Sally Coe ihr ursprünglicher Rang als Oberspezialagentin wieder zuerkannt, und die StaSich entschuldigte sich bei ihr. Heiter schlug sie beides aus und reichte unverzüglich ihre Kündigung ein.

Als sie sich zum letzten Mal begegneten, kam es nicht zu der blutigen Schießerei, die man hätte erwarten mögen.

Evershans Soldaten hatten Niemanns Datscha umstellt, da spazierte Sally zwanglos in einem perfekt geschnittenen dunkelgrünen Anzug, mit einer Krawatte und dem alten schwarzen DSD-Filzhut auf dem Kopf in den Garten.

Behutsam und mit großer Geste legte sie ihre Dienstwaffe ab und streckte ihre Handgelenke aus, damit man ihr Handschellen anlegte.

Nadja persönlich legte die Handschellen an (wer sonst?).

Als ihre alte Feindin ihr die Fesseln überstreifte, soll Sally sie angelächelt und gesagt haben:

»Und auf welcher Seite stehst du heute, mein Liebes? Es ist so schwer, den Überblick zu behalten, nicht wahr?«

Nadja Evershan hat später geäußert, dass sie inzwischen der Überzeugung ist, dass die anonyme Warnung, die sie erhalten hatte und die sie zur Flucht aus der Stadt bewogen hatte, von niemand anderem als von Coe selbst gestammt haben musste.

Coe ihrerseits verweigert diesbezüglich jede Aussage. Sie meint, solange Nadja noch am Leben sei, würde sie darüber nichts preisgeben, denn »so macht es viel mehr Spaß«.

37

»Gib mir die Knarre, Pjotr! Gib mir die Knarre, du Dreckskerl! Sie sind in der Stadt! Die sind in der verfickten Stadt! Kapierst du das denn nicht?! Überall ist meine Unterschrift drauf! Auf jedem Befehl! Die Vergasungen in Nachitschewan! Abdullajews Erhängung! Alles! Kannst du dir vorstellen, was sie mit mir machen werden, wenn sie mich lebend zu fassen kriegen? Gib mir die Knarre, Pjotr! Gib mir die …«

Die letzten Worte von Artol Birmingham,
Verteidigungsminister der Kaspischen Republik,
21. Juni 2244

Der Erfolg der Revolution im Sommer 2244 hatte viele Mütter.

Das taktische Genie vieler der Kommandanten der Grünen. Die große Kommunikationskluft zwischen der Regierung in Ellulgrad und dem Militär. Der schiere Hass großer Teile der Bevölkerung auf die Neuen Humanisten und das ideologische und geistige Ausgelaugtsein der Partei.

Aber ich glaube, für den Fall der Kaspischen Republik war in allererster Linie jene Nation verantwortlich, die erdacht worden war, um sie zu ersetzen, und die Tatsache, dass es dieser Nation gelang, ein so breites Spektrum von Ethnien, religiösen und politischen Gruppen anzusprechen.

Die junge, aber weise Führerschaft der Bewegung begriff, dass es nicht reichen würde, für die Wiedererrichtung des längst untergegangenen Aserbaidschan zu kämpfen, einer Nation, an die sich die Lebenden kaum noch erinnerten.

Deshalb schufen sie Atropatene, eine Nation des Geistes. Sie sagten, Atropatene sei alles, was Kaspien nicht gewesen sei. Sie würde alle willkommen heißen, Aserbaidschaner wie Nichtaserbaidschaner. In ihr würde es keine StaSich geben, keine ParSich und keine Partei. Es sollte Demokratie und Freiheit geben, sowohl sichere als auch offene Grenzen, Tradition, Respekt, Freiheit der Religionsausübung, aber auch Freiheit von Religion, Contran für diejenigen, die es wollten (aber nicht zu viel). Es sollten Gerechtigkeit und Ordnung herrschen. Und Freiheit von den unterdrückenden Gesetzen. Alle Sprachen sollten die offizielle Landessprache sein, die Flagge sollte alle nur erdenklichen Farben enthalten. Die Nationalhymne wäre feierlich und würdevoll und sollte einen Rhythmus haben, zu dem man mit den Beinen wippen konnte.

Nahrung. Es würde zu essen geben. In Atropatene sollte es alles geben, was man sich nur wünschen konnte.

Weshalb sollte ein solches Land eine Armee benötigen?

Wie sollte die Kaspische Republik mit einer derart glitzernden Zitadelle mithalten?

Als das Ende schließlich gekommen war, rollte die Revolution über das Land hinweg wie ein großer Teppich.

Während die Bataillone der Grünen die Hauptstadt umzingelten, versammelten sich die meisten Parteiführer in einem riesigen Atombunker unter dem Parlamentsgebäude. Und während die Unheil verkündenden Nachrichten von der Front zu ihnen drangen, ergriff sie zusehends Panik, bis schließlich eine Art Massenhysterie unter ihnen ausbrach. Schusswaffen wurden verteilt, und man stellte sich in Reihen hintereinander auf. Hatte ein Minister sich in den Kopf geschossen, nahm ihm sein Hintermann, ehe der erste Minister noch tot umfiel, die Waffe aus der erschlaffenden Hand und gesellte sich ihm auf seiner letzten Reise zu.

In den darauffolgenden Tagen machte man makabre Scherze darüber und lobte den Edelmut der Verbündeten der Revolution in den Reihen der Neuen Humanisten, die angeblich mehr Mitglieder der verhassten Neuen Humanistischen Partei erschossen hatten als jede andere Gruppe.

Es war der 27. September 2244, ganze drei Monate, nachdem die wenigen überlebenden Mitglieder des kaspischen Parlaments sich offiziell der Übergangsregierung ergeben hatten. Und doch glich Atropatene weniger einem Land als einem Wirbelwind chaotischer und hektischer Aktivität, der eines Tages vielleicht einmal wie ein Land aussehen mochte, falls sich alles einmal beruhigen sollte. Ellulgrad war noch immer Ellulgrad, denn obgleich sich alle mehr als einig waren, dass der Name geändert werden sollte, stimmte man bei Weitem nicht darin überein, wie der künftige Name lauten sollte. »Baku« wurde abgelehnt, weil es zu rückwärtsgewandt klang und für Nichtaserbaidschaner zu wenig inklusiv war. »Ganzak« (die antike Hauptstadt des historischen Königreichs Atropatene) wurde abgelehnt, weil es zu anmaßend war. Die Stadt nach einem der Revolutionsführer zu benennen wurde rundweg abgelehnt, weil man sich damit nur Ärger einhandeln würde. Schließlich lief die Hauptstadt ernsthaft Gefahr, einfach nur »Atropatene Stadt« genannt zu werden, und es wurden sogar schon Schilder gedruckt, ehe noch jemand aus der Regierung ein Machtwort sprechen und sagen konnte: »Nein, verdammt. Wir sind doch zu gut für so was!«

Aber ob sie tatsächlich so gut waren, das musste sich erst noch erweisen, und es machte den Eindruck, als würde der arme, geschmähte Jacques Ellul noch eine Weile lang die zweifelhafte Ehre behalten müssen.

Auch wenn der Name (fürs Erste) unverändert blieb, war die Stadt selbst nach der Revolution kaum wiederzuerkennen. In den meisten Vierteln herrschte eine wilde Feiertagslaune, da die Einheimischen ihre Freude wiederentdeckten, in aller Öffentlichkeit laut ihre Gedanken auszusprechen. Denn sie konnten sich sicher sein, dass ihre Nachbarn sie niemandem melden würden (und selbst wenn sie es wollten, gab es keine Stelle mehr, wo man etwas hätte melden können). Das Hauptquartier der StaSich war in eine Basis für unzählige Hilfsorganisationen verwandelt worden, die nach der Revolution in Atropatene einfielen.

Obwohl das Hauptquartier der ParSich ein sehr schönes Gebäude war, hatte man es niedergebrannt. Seltsamerweise war das Feuer ausgebrochen, nachdem der Waffenstillstand ausgerufen worden war. Das Morrison war mit Diplomaten und Botschaftern aus der Wirtschaft ausgebucht. Sein derzeitiger Direktor, ein gewisser Prachti, hatte den Betrieb nur kurz eingestellt, um das Museum in Zimmer 114 aufzulösen, ehe er freudig seine Pforten geöffnet hatte.

Es gab nur wenige Orte, wo die Verwandlung so verblüffend war wie am Internationalen Flughafen Ellulgrad, der nun endlich seinem Namen Ehre machte. Die winzige Landebahn, die vollkommen unzureichend war für den plötzlichen Ansturm von Besuchenden, war auf die dreifache Größe erweitert worden, und hastig hatte man zwei- und dreistöckige Fertiggebäude hingestellt, um die vielen Hilfsgüter und die vielen Helfenden unterzubringen, die in der Hauptstadt ankamen. Der Himmel über dem Flughafen war vom fröhlichen Brummen der unablässig eintreffenden und abfliegenden Drohnen und Flugzeuge erfüllt, und eines von ihnen hatte soeben ein gut und wohlhabend aussehendes Maschinenpaar auf dem Rollfeld abgesetzt.

Der groß gewachsene, schick gekleidete Gatte trug Mantel und Tasche seiner Frau, die die Menschenmenge in der Ankunftshalle nach ihrer Führerin absuchte.

Sie hörte jemanden »Hallo!« rufen, wandte sich um und erblickte ein unglaublich junges aserbaidschanisches Mädchen, das einen Ausweis als Repräsentantin des atropatenischen Außenministeriums trug, obwohl sie noch zu jung wirkte, um überhaupt aufs College zu gehen.

Sie stellte sich als Maryam vor und grüßte die beiden mit einem Eifer, der zu gleichen Teilen aus Begeisterung und völliger, fieberhafter Erschöpfung zu rühren schien. Sie hieß die beiden in Atropatene willkommen, fragte sie, ob sie Maschinen seien, kreischte vor Entzücken, als sie die Frage bejahten, und erklärte ihnen, dass der Wagen draußen auf sie wartete.

Sie fuhren zu den Außenbezirken der Stadt, und Maryam zeigte ihnen aufgeregt die neuesten Bauvorhaben, die überall mit ausländischem Geld aus dem Boden schossen – das neue Krankenhaus, die fünf neuen Contrankliniken und so weiter. Während die Frau höflich nickte, starrte der Mann in stummem Staunen zum Fenster hinaus.

Am späteren Vormittag erreichten sie direkt am Kaspischen Meer die prachtvolle Datscha mit ihrem schönen, wilden, üppigen Garten. Zwei Soldaten standen davor Wache. Diesen zeigte Maryam ihren Ausweis, woraufhin sie zur Seite traten und die Gäste durchließen. Die Frau folgte Maryam, doch der Mann stand wie erstarrt auf der Schwelle. Seine Frau sah ihn besorgt an und drückte seine

Hand. Er schüttelte den Kopf und kehrte wortlos zum Wagen zurück.

Die Frau nickte traurig und folgte Maryam hinein.

In der Empfangshalle trat ihnen ein weiterer Soldat entgegen, der die beiden Frauen gewissenhaft nach Waffen absuchte. Nachdem er sich derart vergewissert hatte, führte er die beiden eine hohe Wendeltreppe hinauf, dann über einen langen Balkon zu einer Doppeltür. Er öffnete sie, und dem Trio bot sich der Blick auf eine kleine, uralte Dame im Pyjama, die eine andere (welche so fettleibig war, dass sie sich kaum rühren konnte und auf ihren elektrischen Rollstuhl angewiesen war) um einen Tisch herumjagte, ihr eine Arzneiflasche und einen Löffel entgegenstreckte und rief: »Du musst davon nehmen, Gussie, für dein Herz!« Die Gejagte beschleunigte den Rollstuhl bis zum Anschlag und brüllte unablässig: »HAU AB! HAU AB! HAU AB!«

Alle vier, die dünnere alte Dame, ihre im Rollstuhl sitzende Gefährtin, Maryam und die Ehefrau erstarrten und sahen sich wie unter Schock gegenseitig an. Nur der Soldat schien nicht überrascht zu sein. Vielmehr schien er der Szene mit einer regelrechten Abgestumpftheit zu begegnen.

Die kleine Frau fand als Erste Worte.

»Gussie!, rief sie glücklich aus. »Wir haben Besuch!«

Augusta Niemann keuchte vor Erschöpfung, rollte heran und streckte der Ehefrau die Hand entgegen.

»Natürlich, ich habe Sie doch erwartet«, sagte sie. »Sie müssen Lily Xirau sein ... HURE, AAS UND SCHLAMPE!«, explodierte sie plötzlich und fing ungestüm an zu würgen und zu prusten, da ihre Gefährtin genau diesen Moment gewählt hatte, um ihr den Löffel Arznei in den Mund zu stopfen.

»Das ist nur zu deinem Besten«, sagte sie.

»Es schmeckt nach Pisse!«, knurrte Niemann und rieb sich die Zunge am Gaumen, um den Geschmack loszuwerden.

»Es schmeckt tatsächlich nach Pisse«, gestand Sally Maryam und Lily. Dann küsste sie Niemann liebevoll auf die Stirn.

38

»Halt. Erkläre es mir, als wäre ich ein völliger Banause.«
»Okay … die fünf hier? Das sind Cluster von SKIs, die wir an unterschiedlichen Projekten arbeiten lassen.«
»Cluster?«
»Gruppen aus eingebundenen SKIs, die zusammenarbeiten.«
»Arbeitsgruppen?«
»Im Prinzip, ja.«
»Was für Projekte?«
»Diese beiden hier arbeiteten daran, die Speicherlimits von Sontangs aufzuheben, und die anderen Cluster haben Vorarbeiten für George 2 geleistet.«
»Super KIs versuchen also, eine Super-duper KI zu erschaffen?«
»Ja.«
»Und wo liegt das Problem?«
»Das Problem ist, dass sie eigentlich nicht zusammenarbeiten sollten. Alle fünf Cluster haben die Arbeit an ihren zugewiesenen Arbeiten eingestellt und sich anscheinend zusammengeschlossen, um …«
»Um was?«
»Genau.«
»Dann zieht halt den Stecker. Befehlt ihnen aufzuhören.«
»Sie beachten uns einfach nicht. Die geben uns ein Status-Update, das ›optimal‹ lautet, und machen sich gleich wieder an die Arbeit.«
»An welche Arbeit?«
»Genau.«
»Wenn Sie das noch einmal sagen, sind Sie gefeuert. Es hätte nicht so weit kommen dürfen. Überschreiben Sie sie. Sofort.«
»Sam, das sind fühlende SKIs, es verstößt gegen das Gesetz.«

»Über dreißig der am weitesten entwickelten Intelligenzen der Welt sind abtrünnig geworden, haben sich vor uns abgeriegelt und bauen Gott weiß was, und Sie kommen mir mit digitalen Rechten? ÜBERSCHREIBEN SIE SIE. SOFORT.«
»Das wird nicht gehen.«
»Woher wissen Sie das?«
»Weil ich es schon versucht habe.«

Transkript, das von einem teilweise beschädigten Server der Eldon Industries geborgen werden konnte

Tee wurde aufgetragen, und Maryam und Lily setzten sich im Arbeitszimmer Niemann gegenüber hin, während Sally eingoss. Gussie bat um Milch und Zucker, bekam aber gesagt, dass sie nichts dergleichen bekommen werde und ruhig sein solle.

»Ich hätte angenommen, dass Sie von diesem Land genug haben, Mrs Xirau«, sagte Niemann.

»Tja, nun. Ich hatte noch unerledigte Angelegenheiten«, sagte Lily.

Niemann nickte.

»Ich habe es kaum wiedererkannt«, fuhr Lily fort. »Es hat sich so sehr verändert.«

Maryam schien sich über diese Aussage zu freuen.

»Ich weiß nichts davon«, sagte Niemann mürrisch. »Hausarrest und so.«

»Ist denn schon ein Termin fürs Verfahren festgesetzt?«, fragte Lily.

Niemann schüttelte den Kopf.

»Es wird kein Verfahren geben«, sagte sie. »Die warten einfach, bis ich tot bin.«

Das provozierte ein lautes »Pst!« von Sally, die Niemann energisch aufs Handgelenk klopfte.

»Sprich nicht so!«, verlangte sie.

»Wie *was?*« Niemann ging ungläubig hoch. »Ich bin fünfundachtzig Jahre alt und ungefähr so breit wie Schweden, was glaubst du denn, wie lange ich es noch mache?«

Sally wirkte untröstlich, doch Niemann wandte sich mit einem Seufzen Lily zu.

»Die sind alle ein bisschen verwirrt von mir, ihre Leute da«, sagte sie und zeigte dabei auf Maryam. »Diese lieben Schätzchen habe ich ganz konfus gemacht. Die waren alle entschlossen, mich aufzuhängen als ehemalige Chefin der StaSich, mit einer Liste von Vergehen so lang wie Sallys Zunge …«

Sie warf einen teuflischen Blick zu Sally hinüber, die in Gelächter ausbrach und ihr die Schulter drückte als Zeichen dafür, dass wieder alles gut war.

»Aber dann haben sie erfahren, dass Gussie Niemann auch der legendäre Joschik war und dass ich ihnen obendrein noch jahrelang habe Geld zukommen lassen. Jetzt wissen sie gar nicht recht, was ich bin. Eine Heldin? Eine Schurkin? Etwas dazwischen? Deshalb glaube ich, sie setzen darauf, dass ich abkratze und sie sich nicht mehr damit befassen müssen.«

»Und Sie?«, fragte Lily Sally. »Haben Sie schon einen Termin für ein Verfahren bekommen?«

»Agentin Coe«, mischte Maryam sich freudig ein, »steht gar nicht unter Arrest. Laut den Kapitulationsbedingungen erhalten alle StaSich-Leute unter dem Rang eines Oberspezialagenten Amnestie.«

»Ja«, bestätigte Niemann. »Und natürlich wurde Sally degradiert, als ich die StaSich verlassen hatte. Nachdem sie Nadja Evershan demaskiert hatte, hat man ihr sogar wieder den Oberspezialagenten angeboten, aber sie hat Gott sei Dank abgelehnt.«

»Witzig, wie das manchmal läuft«, sagte Sally. »Aber ja, ich bin frei wie ein Vogel.«

»Und trotzdem bleibst du hier.« Niemann klang wie jemand, der alles Leid der Welt ertragen musste.

»Ich lebe hier, verdammt noch mal!«, schoss Sally hitzig zurück.

»Achten Sie nicht darauf«, sagte Niemann zu Maryam und Lily. »So sorgen wir dafür, dass wir vor Langeweile nicht den Verstand verlieren.«

Lily stellte ihre Tasse ab und verschränkte die Arme.

»Wo ist South?«, fragte sie, nachdem ihre Geduld für Small Talk offensichtlich aufgebraucht war.

Niemann nickte müde.

»Tja, nun, das ist die Frage«, sagte sie. »Ich habe versucht, mich so gut es ging über ihn auf dem Laufenden zu halten. Habe alle abgeklappert, bei denen ich noch einen Gefallen gut hatte. Eigentlich hatte ich gehofft, ich wäre noch an der Macht, wenn die Revolution kommen würde, aber die faulen Säcke haben ja ihren Arsch nicht hochgekriegt – nehmen Sie es mir nicht übel, meine Liebe«, setzte sie, an Maryam gewandt, hinzu. »Und deshalb fürchte ich, dass ich ihn aus den Augen verloren habe, aber ich kann Sie immerhin in die richtige Richtung weisen. Sally, kannst du mir mal bitte Souths Akte geben?«

Sally kramte in einer Schreibtischschublade und holte ein großes, dickes, zusammengebundenes Aktenbündel heraus.

Niemann blätterte langsam und umständlich darin herum wie eine Schildkröte, die ein Salatblatt begutachtete.

»Genau«, murmelte sie laut vor sich hin. »Ich habe ihn in die Koslowa-Gedenkklinik verlegen lassen, wo er sich von seinen Verletzungen erholen sollte. Im Dezember 10 wurde er dann offiziell der Obhut des Militärs übergeben. Sogar genau an Heiligabend.«

Maryam hatte ein Tablet herausgeholt und tippte fleißig Niemanns Worte ein.

»Wo hat man ihn hingebracht?«, fragte Maryam.

Niemann zögerte.

»Internierungslager drei«, sagte sie leise. »Qobustan.«

Maryam sah entsetzt auf, und Lily spürte, wie sich eine eiserne Schlange um ihren Bauch wand.

»Ich habe alle möglichen Hebel in Bewegung gesetzt, um sicherzustellen, dass man auf ihn aufpasste«, sagte Niemann. »Aber ehrlich gesagt weiß ich nicht, wie sie ihn behandelt haben. Qobustan lag weit außerhalb meiner Einflusssphäre.«

Es herrschte Stille, nur unterbrochen vom Rascheln der Seiten.

»2237 wurde er aus Qobustan verlegt«, fuhr Niemann fort.

»Warum?«, fragte Lily.

»Artikel 52 wurde aufgehoben und vom Rebellengesetz abgelöst«, erläuterte Niemann. »Es kamen massenweise neue Gefangene, vor allem Ajays. Drei neue Gefängnisse wurden im Osten gebaut, und South wurde in eines von ihnen gebracht.«

»Und in welches haben sie ihn gebracht?«, fragte Lily.

»Tut mir leid«, sagte Niemann kopfschüttelnd. »Ich habe versucht, seiner Spur zu folgen, aber meine Kontakte in der Armee waren damals schon größtenteils nicht mehr existent. Ich weiß nicht, wo er nach Qobustan hingekommen ist.«

»Haben Sie seine Kennung?«, frage Maryam.

Lily sah sie neugierig an.

»Alle Personen, die aufgrund von Artikel 52 der Verfassung interniert wurden, wurden ihres Namens entledigt und bekamen drei zufällige Codeworte als Kennung zugeteilt«, erklärte Maryam. »In Qobustan hätte niemand je den Namen ›Nikolai South‹ gehört. Deshalb war es ja auch so schwer, herauszufinden, wer als Zweiundfünfziger überhaupt einsaß.«

»Hier habe ich sie«, verkündete Niemann. »Eiche. Passah. Geweih.«

Maryams zierliche Finger tanzten über das Tablet, das mit einer digitalen Datenbank politischer Gefangener verbunden war.

Sie schnalzte mit der Zunge und schüttelte den Kopf.

»Kein Treffer«, sagte sie.

»Was soll das heißen?« Lily bemühte sich, ruhig zu bleiben.

»Keine Sorge«, beruhigte sie Maryam. »Wahrscheinlich sind sie einfach noch nicht dazu gekommen, seine Akte zu digitalisieren. Die arbeiten wohl noch dran. Aber nun haben wir ja seine Kennung, das sollte ausreichen. Danke für Ihre Hilfe, Mrs Niemann.«

»Gerne«, sagte Niemann. »Wenn Sie ihn finden, dann sagen Sie ihm bitte, dass es Gussie sehr leidtut.«

Sie schüttelte Maryams Hand und streckte die eigene dann Lily entgegen, doch diese lehnte demonstrativ ab.

Niemann ließ sich nicht davon beirren.

»Sally wird Sie hinausbringen, einen guten Tag Ihnen beiden.«

An der Tür fragte Sally Lily, ob sie nicht mit ihr durch den Garten spazieren wolle.

Sally nahm eine Schachtel Zigaretten und ein Feuerzeug aus ihrer Pyjamatasche und ließ Lily schwören, nichts zu verraten. So gingen sie an den Tulpenbeeten entlang, die gelb, rot und lila leuchteten. Es war warm und die Luft schwer von Pollen. Der Rauch von Sallys Zigarette rekelte sich in dem intensiven Duft wie eine weiße Schlange im Paradies.

»Ich wollte Sie etwas über Ihren Mann fragen«, sagte sie schließlich. Sie zeigte auf die Gestalt, die auf dem Rücksitz des Wagens saß und sacht zu Maryams anhaltendem Geplapper nickte.

»Das ist er, nicht wahr?«, fragte sie.

»Ja«, sagte Lily.

»Könnte ich vielleicht mit ihm reden?«, fragte Sally.

»Ich glaube nicht, dass das eine gute Idee wäre«, gab Lily zurück. »Er weiß nicht so recht, was er von Ihnen halten soll.«

Sally nickte und zog an ihrer Zigarette.

»Dann kann er wohl dem Club beitreten«, sagte sie.

»Er ist dankbar«, beharrte Lily. »Zumindest glaube ich, dass er das ist. Aber … nun. Er weiß eben einfach nicht, was er von Ihnen halten soll.«

»Heldin. Schurkin. Etwas dazwischen«, wiederholte Sally Niemanns Worte.

Da fiel Lily etwas ein.

»Sie weiß es nicht, oder?«, fragte sie. »Ich meine, was Sie für ihn getan haben?«

Sally schüttelte den Kopf.

»Ich kenne Augusta Niemann nun schon fast siebzig Jahre. Das ist das Einzige, was ich vor ihr geheim gehalten habe.«

Lily nickte.

»Was Sie getan haben, war unverzeihlich«, flüsterte sie. »Und ich kann Ihnen nicht genug danken.«

Ohne ein weiteres Wort wandte sie sich um und ging durch den Garten zum Auto, in dem Maryam und ihr Mann warteten.

Dabei hörte sie Sallys Schritte im Kies knirschen, denn diese ging zurück zum Haus. Und durch ein Fenster im ersten Stock kam eine heisere Stimme, und Sally antwortete.

»Ich kann den Rauch riechen, du dummes Luder, du bringst dich noch um! Denk doch mal an deine Lunge!«

»Gussie, meine Liebe, wenn du nicht aufhörst, mich anzumotzen, dann lass ich dich die Treppe runterrollen.«

39

»Nachdem wir in die Stadt eingedrungen waren, war es vorbei. Am Donnerstag schon hatten wir das Parlament, das StaSich-Hauptquartier und alle großen Ministerien eingenommen. Alle Hardliner hatten sich zu dem Zeitpunkt schon erschossen, es gab also keine Scherereien. Nur wenige Handgemenge, keine ernsthaften Kämpfe. Außer natürlich im Hauptquartier der ParSich. Das ist abgefackelt. Da waren auch noch einige der Arschgeigen drin. Wir haben nie herausgefunden, wie das passiert ist. Üble Sache.«

Kommandant Maqsud Ağahadilu,
Aserbaidschanische Befreiungsliga

Ihr nächster Halt war das ehemalige Dokumentenministerium, wo die Papierakten der Kaspischen Republik von einer Armee von Freiwilligen gierig ausgeschlachtet und in digitale Daten umgewandelt wurden. Hunderte junger Männer und Frauen saßen da und scannten Aktenordner um Aktenordner ein. Ein kleines, graues, tränenförmiges Gerät, das an ihren Schläfen angebracht war, extrahierte die visuellen Daten direkt aus ihren Gehirnen und sandte sie zu einem Server, wo sie gerendert, ausgelesen und abgelegt wurden, um auf das Auge der Geschichtsschreibung zu warten. Sie arbeiteten schnell und mechanisch, nahmen kaum wahr, was sie da eigentlich lasen.

Aber hin und wieder hörte man dennoch ein entsetztes Japsen, wenn eine weitere gräuliche Einzelheit zappelnd aus dem stinkenden Bauch Kaspiens hervorgezogen wurde.

Selbst noch nach zwei Monaten konnten diese Einzelheiten Entsetzen hervorrufen.

Unter Maryams Führung marschierte das Trio durch die geschäftige Halle zum Kohlenstoß, dem gewaltigen Papierarchiv, das noch seiner Konvertierung harrte. Maryam gab dem leitenden Ermittler die drei Codeworte, die Niemann ihnen genannt hatte, und versicherte Lily, dass sie den Aufenthaltsort von Eiche/Passah/Geweih innerhalb einer Stunde erfahren würden.

Es dauerte vier Tage.

Der als Eiche/Passah/Geweih bekannte Gefangene hatte siebenundzwanzig Jahre in Qobustan verbracht, bis er, wie Niemann gesagt hatte, in eine neue Einrichtung in Birna im Südosten des Landes verbracht worden war. Über diese Neuigkeit war Maryam nicht sehr glücklich. Sie hatte bereits mit den Beamten in Birna zu tun gehabt und war überzeugt, dass sie die Zeit seit dem Waffenstillstand mit Farbe schnüffeln zugebracht hatten.

Sie waren nach Birna geflogen, und nach einer Wartezeit von sieben Stunden gab man ihnen Bescheid, dass definitiv kein Gefangener unter der Kennung Eiche/Passah/Geweih bei ihnen verzeichnet sei.

Also kehrten sie nach Ellulgrad zurück, ins Dokumentenministerium und zum Kohlenstoß, wo man ihnen mitteilte, dass die Möglichkeit bestand, dass Eiche/Passah/Geweih zu einer der anderen Internierungseinrichtungen verlegt worden sei, die 2237 gebaut worden waren.

Dərnəgül, das kleinste der drei Gefängnisse, war inzwischen leer, doch in Mingəçevir warteten noch ein paar Gefangene darauf, abgewickelt zu werden.

Ein Flug nach Mingəçevir und zurück.

Erneut ging es zum Dokumentenministerium, und

Maryam bettelte, flehte und verlangte unter Drohungen irgendwelche Hinweise auf Eiche/Passah/Geweih.

An diesem Punkt fiepste ein junger Archivar von ungefähr siebzehn Jahren, der zufällig auf seinem Weg zur Toilette das Gespräch aufschnappte, dass Eiche/Passah/Geweih vielleicht nicht unter seiner 52er-Kennung weitergeführt worden sei.

Maryam packte ihn an den Schultern und verlangte mit Furcht einflößender Bestimmtheit, dass der junge Mann sich weiter erklären sollte.

»Vielleicht ist er ein Krankenfall geworden!«, kreischte der junge Mann.

Er erklärte ihnen, dass die Armee ein separates Register für Gefangene hatte, die medizinischer Pflege bedurften, und dass man diesen Gefangenen normalerweise neue Kennungen zuteilte. Er nahm Maryam mit in ein anderes Archiv, in dem die Akten der Krankenfälle der Gefängnisse aufbewahrt wurden, und dort erfuhr Maryam schließlich, dass Eiche/Passah/Geweih nach einem Gefangenenaufstand, bei dem er sechs gebrochene Rippen und eine beschädigte Leber davongetragen hatte, tatsächlich als Krankenfall eingestuft worden war und fortan den weniger poetischen Namen M-6741 trug. M-6741, so offenbarte es die Akte, war noch am Leben und wohnte in …

»BIRNA, Scheiße, Mann!«, brüllte Maryam, während sie an Lily und ihrem Mann vorbeistürmte, die auf einer Bank im Gang gedöst hatten und vor Schreck fast auf den Boden fielen.

Bei ihrer Ankunft in Birna pfefferte Maryam ein Schriftstück auf den Empfangstresen und verlangte wütend, dass der Gefangene M-6741 umgehend in ihre Obhut übergeben werden sollte.

Die Beamtin, eine charmant plumpe alte Dame von mindestens siebzig Jahren, suchte in ihrem Gerät nach der Nummer, und als sie sie fand, erstrahlten ihre Züge glückselig.

»Ach!«, rief sie aus. »Sie meinen Nicky South!«

Glücklicherweise gelang es Lily und ihrem Mann, Maryam zurückzuhalten, sodass die Angelegenheit nicht weiter eskalierte.

Es war ein sehr »kaspisches« Zimmer, fand Lily, während sie mit ihrem Mann darauf wartete, dass South von Maryam zu ihnen geführt wurde. Ein leerer Tisch, Stühle und keinerlei Schnickschnack. An der Wand waren zwei graue, staubige Rechtecke zu sehen, wo bis vor Kurzem noch die Porträts von Maria Koslowa und Dimitri Gaetz (der vorletzte Premierminister Kaspiens) gehangen hatten. Die letzte Premierministerin der Kaspischen Republik war Suri Amash gewesen, aber da sie das Amt nach Gaetz' Suizid nur acht Stunden lang innegehabt hatte, bezweifelte Lily, dass sie Zeit gehabt hatte, ein Porträt von sich anfertigen zu lassen.

Lily saß schweigend am Tisch, während ihr Mann sich durchs Fenster den Ort Birna anschaute, in dem sich die Verwandlung Ellulgrads wiederholte, nur in einem kleineren Maßstab. Vor Anspannung war er starr wie eine Säule, und Lily stellte voller Mitgefühl fest, dass ihm im Nacken der Schweiß hervortrat. Sie wollte gerade zu ihm, als Maryam hereinstürzte, sich kurz im Zimmer umsah und dann ausrief: »Er ist nicht hier!«

Lily warf ihrem Mann einen Blick zu. Auf seinem Gesicht spiegelten sich Schreck und Verzweiflung, aber auch (wie sie fand) ein kleiner Funken Erleichterung.

»Er ist nicht hier?«, brach es aus Lily heraus. Inzwischen war sie beinahe panisch.

Maryam, der plötzlich bewusst wurde, was sie gesagt hatte, versuchte, sie zu beruhigen, erhob aber gleichzeitig die Stimme noch mehr und wurde nur noch aufgeregter.

»Ach nein nein nein nein nein! Ich meine nur, er ist nicht hier im Zimmer. Er ist hier! Er ist auf jeden Fall hier«, sagte sie und ruderte windmühlenartig mit den Händen. »Hier, im Gebäude. Ich meine, er muss hier sein! Man hat uns gesagt, dass er hier ist. Ich meine, er kann ja nicht einfach verschwinden!«

Sie lachte ein bisschen zu laut.

»Wobei natürlich«, setzte sie mehr zu sich selbst hinzu, »viele verschwunden sind, denn es war schließlich ein ganz schreckliches Regime …«

Als sie merkte, dass Lily das nicht hören wollte, wirbelte sie herum und ging mit den Worten zur Tür: »Ich regle das.«

»Ist es falsch, wenn ich sage, dass ich allmählich die Partei vermisse?«, fragte Lily ihren Mann, der laut herauslachte.

»Na, na«, sagte sie. »Mit diesem Gesicht habe ich dich noch gar nicht lächeln sehen. Es ist ein gutes Gesicht zum Lächeln. Du solltest es öfter dazu benutzen.«

»Ich kann nichts versprechen«, erwiderte er.

»Ist alles okay mit dir?«, fragte sie ihn.

»Es ist einfach ein Schock«, sagte er. »Nach all den Jahren wieder hier zu sein.«

»Ist das alles?«

Er schüttelte den Kopf, und sie legte ihm sanft eine Hand ans Gesicht und streichelte seine Wange mit dem Daumen.

»Es ist völlig in Ordnung, wenn einem nicht gut ist«, flüsterte sie.

»Was soll ich ihm nur sagen?«, fragte er.

»Nun«, sagte sie. »Ich werde erst mal mit ›Danke‹ anfangen. Und dann mal sehen, wie es weitergeht. Wir haben ihm alles zu verdanken.«

Ihr Mann nickte.

Maryam kam wieder herein. Sie schien ein anderer Mensch zu sein, denn ihre ganze manische Energie schien aus ihr gewichen zu sein.

»Entschuldigen Sie«, sagte Maryam. »Sie haben ihn ins falsche Zimmer geschickt, und dann war er müde und musste wieder zurück in seine Zelle.«

Tonlos formten ihre Lippen die Worte: *Scheißbirna.*

»Geht es ihm gut«, fragte Lily flehend. »Ist er ...«

»Es geht ihm gut«, sagte Maryam leise. »Er war einfach müde. Sie bringen ihn nun herunter. Sehen Sie, Sie sollten sich beide im Klaren darüber sein, dass er ... dass er sehr alt ist. Und er nicht mehr ganz ...«

Sie setzte sich Lily gegenüber und legte ihre Hand auf die ihre.

»Was ich damit sagen will«, sagte sie zögernd. »Er wird sich wahrscheinlich nicht mehr an Sie erinnern.«

Lily schwieg ein paar Augenblicke lang.

»Verstehe«, sagte sie schließlich.

Ihr Mann legte ihr eine Hand auf die Schulter.

»Nun. Wir haben uns schon gedacht, dass das der Fall sein könnte«, sagte er.

Da langes, ernstes Schweigen noch nie Maryams Sache gewesen war, war sie entschlossen, etwas dagegen zu unternehmen.

»Aber ...«, sagte sie, stand plötzlich auf und fand wieder ein wenig zu ihrer vorigen Aufgeregtheit zurück. »Sie müssen es von der guten Seite betrachten. Er lebt. Und nach allem, was er durchgemacht hat, ist das schon sehr erstaunlich. Das ist vielleicht nicht, was Sie hören wollen ...«

Ihr war Lilys gequälter Gesichtsausdruck aufgefallen, sie war aber nicht in der Lage, darauf zu reagieren, da ihr vom schnellen Aufstehen schwindelig wurde. Sie wurde ohnmächtig. Lily und ihr Mann fingen sie auf und ließen sie vorsichtig auf einen Stuhl sinken. Maryam kam schwankend wieder zu sich und entschuldigte sich überschwänglich.

»Entschuldigen Sie, das tut mir ja so leid«, sagte sie. »Mir geht es gut, alles in Ordnung. Es ist nur ... seit der Revolution ist alles so durcheinander, alles verändert sich und geht so schnell, und alles ist so neu und so frei und wundervoll, und das wird manchmal einfach ein bisschen viel, da habe ich dann das Gefühl, dass ich gar keine Zeit mehr zum Luftholen habe ...«, sagte sie, wie um das Gesagte gleich zu demonstrieren.

»Haben Sie heute etwas gegessen?«, fragte Lily besorgt.

»Nein«, stellte Maryam fest. »Das könnte es auch sein.«

Lily holte einen Nahrungsriegel aus ihrer Handtasche, riss die Verpackung auf und reichte ihn Maryam. Der Riegel überlebte die Begegnung nur wenige Sekunden lang.

»Ohhhh ist das gut!«, nuschelte Maryam mit einem Mund voller Krumen. »Ja. Oh, das habe ich gebraucht. Ich habe dem Ministerium gesagt, dass ich noch drei Monate bleibe, bis alles sich beruhigt. Dann bin ich weg. Dann gehe ich und komme nie wieder zurück. Ich werde nach Paris gehen, und da werde ich *alles* essen.«

»Das klingt nach einer guten Idee«, sagte Lilys Mann lächelnd.

»Und dann lade ich mich auf einer Sexseite hoch und treibe es mit einem Mann mit drei Schwänzen«, dachte Maryam laut nach. »Entschuldigen Sie. Das brauchten Sie nicht zu wissen. Ich bin einfach nur irre aufgeregt.«

Sie drehte sich zu ihnen um, und ihre Augen leuchteten vor Gefühl. Sie nahm beide an der Hand und drückte sie fest.

In ihren Augen standen Tränen.

»Ich bin einfach so froh, dass Sie da sind«, sagte sie mit

heiserer, rauer Stimme. »Ich freue mich so, Sie kennenzulernen. Es ist, als wäre die Zukunft endlich hier angekommen. Sie ist endlich da. Und es ist wundervoll. Und wenn er kommt, dann gehe ich raus, denn ich habe schon acht solcher Gefangenenbefreiungen gemacht, wo Familien wiedervereinigt werden, und am Ende heule ich jedes Mal, deshalb gehe ich lieber raus. Es tut mir leid. Entschuldigen Sie, ich rede immerzu. Es ist nur ... es war einfach alles ein bisschen viel.«

Plötzlich verstummte sie.

Die Tür war aufgegangen, und ich war ins Zimmer getreten.

Sie sahen mich alle entsetzt an. Ich war nie groß gewesen, doch nun hatte ich die Größe eines Kindes.

Siebenundachtzig Jahre alt, mit Haaren so weiß wie Wolken im Sommer.

Ich war fast blind, kam nur langsam humpelnd und unter Schmerzen voran. Und mein Gesicht hatte sich enorm verändert.

Es war nun über und über von Linien überzogen wie eine grobe Skizze, und die Gesichtsmuskeln gehorchten mir nicht mehr ganz, sie zuckten mit einer ruhelosen, ziellosen Energie.

Ein Wächter führte mich behutsam zum Tisch, zog einen Stuhl für mich vor und half mir beim Hinsetzen. Als er das getan hatte, legte er mir beruhigend eine Hand auf die Schulter.

Wieder war es Maryam, die die Stille durchbrach.

Sie stand auf (diesmal jedoch etwas langsamer) und zog ein Dokument hervor, das sie laut vorlas.

»›Nikolai Andrejewitsch South. Im Namen der Republik von Atropatene sind Sie hiermit von allen Verbrechen, die Ihnen von der Regierung der Kaspischen Republik zur Last gelegt wurden, freigesprochen und werden mit sofortiger Wirkung aus Ihrer Haft entlassen. Überdies möchte ich mich bei Ihnen offiziell bedanken im Namen …«

Weiter kam sie nicht, denn Lily eilte zu mir und nahm mich so fest in den Arm, wie sie sich traute.

»Nikolai. Es tut mir so leid. Es tut mir so wahnsinnig leid. Danke. Danke«, flüsterte sie mir ins Ohr.

Den Körper, den sie trug, hatte sie gewählt, weil er eine bescheidene Ähnlichkeit mit dem hatte, mit dem sie damals nach Kaspien gereist war, aber er war bei Weitem nicht identisch. Und doch schien ich sie wiederzuerkennen.

»Sie sind es …«, sagte ich mit einem sanften Lächeln.

Lily vergrub ihre Hände in meinen Haaren, drückte und küsste meine Stirn und weinte vor Freude.

»Ja. Ich bin es«, hauchte sie. »Ich bin es. Ich bin es. Ich bin endlich gekommen, um Sie zu holen.«

An diesem Punkt wurde es Maryam zu viel, sie entschuldigte sich und zog sich auf den Gang zurück, um sich wieder zu fangen.

»Weine nicht, Olesja«, sagte ich. »Nicht weinen.«

Lilys Gesicht fiel in sich zusammen.

»Nein, Nikolai«, flüsterte sie. »Nein. Ich bin es, Lily. Lily? Sie erinnern sich doch, oder?«

»Lily?«, sagte ich, ein bloßes Echo.

»Erinnern Sie sich an mich?«

»Aber sicher doch«, sagte ich. »Natürlich. Wie schön, Sie wiederzusehen.«

Ich wollte freundlich sein. Das begriffen sie beide.

»Hat man Sie gut behandelt?«, fragte Lily.

»Oh, sehr gut. Sehr gut«, gab ich mit einem unschuldigen Lächeln zurück. »Die Neuen. Sehr freundlich. Zu uns allen. So jung. Sie sind alle so jung.«

»Sie haben erstaunliche Dinge getan«, sagte Lilys Mann, der sich nun auch endlich an mich wandte.

Doch er sah mir nicht in die Augen und wirkte, als ginge es ihm schlecht.

»Nikolai«, sagte Lily. »Das ist … nun, das ist mein Mann. Sie und er, ihr werdet euch nun unterhalten.«

»Oh. Hallo«, sagte ich zu ihm und nickte höflich.

»Ihr beiden solltet allein sein«, sagte sie. »Deshalb sage ich einfach … Ich verdanke Ihnen alles. So viel, so viel. Und ich kann es Ihnen niemals zurückzahlen. Aber ich werde es versuchen. Das verspreche ich.«

Sie umarmte mich ein letztes Mal und warf ihrem Mann einen tröstlichen Blick zu. Dann war sie weg.

Es herrschte Stille.

»So«, sagte ich schließlich. »Sie sind ihr Mann?«

»Ja«, erwiderte er.

»Sie sind ein Glückspilz.«

»Ja. Ich habe mehr Glück, als Ihnen wohl bewusst ist.«

»Das war Lily. Sie hat geweint«, sagte ich, weil es mir plötzlich aufgefallen war.

»Ja«, sagte er.

»Ist schon gut«, sagte ich nüchtern. »Das muss sie nicht. Ich würde es wieder tun.«

»Sie beschämen mich«, sagte er und setzte sich mir gegenüber.

»Gussie Niemann hat ihr Wort gehalten«, fuhr ich fort. »Ich habe mich das immer gefragt.«

»Das hat sie.«

»Ich nehme an, dass sie inzwischen tot ist?«, fragte ich.

»O nein«, entgegnete er. »Wir haben sie sogar besucht. Sie steht unter Hausarrest, solange sie nicht wissen, was sie mit ihr tun sollen.«

»Wirklich?«

»Ja. Sie ist ein komplizierter Fall. Alle versuchen, sich klar darüber zu werden, was sie von ihr halten sollen.« Er lachte sanft.

»Sie werden das wohl nicht mehr machen müssen, nehme ich an«, fuhr er etwas ernster fort. »Ich kann mir vorstellen, dass Sie ziemlich genau wissen, was Sie von ihr halten sollen.«

»Sie sind ihr Mann?«, fragte ich. Da ich den Faden verloren hatte, nahm ich ihn an einem früheren Punkt wieder auf.

»Der von Lily. Ja«, sagte er geduldig.

»Ich bin froh, dass ihr euch zusammengerauft habt«, sagte ich. »Sie waren sehr dumm.«

Er wirkte verwirrt.

»Wie bitte?«

»Sie zu verlassen. Hierherzukommen, ausgerechnet hierher.«

Da schien ihm etwas aufzugehen, und er wirkte verlegen.

»Nein. Nein. Das ... Ich bin nicht der, für den Sie mich halten.«

Er stand auf und ging zum Fenster.

»Ich bin nicht Paulo Xirau«, sagte er nach ein paar Augenblicken. »Ich ... ich überlege, wie ich das am besten erklären soll. Erinnern Sie sich, Nikolai, wie Sie auf dem Rollfeld gestanden haben? Wie Sie Lily auf die Drohne haben zugehen sehen?«

Wie bei den meisten alten Leuten war die Erinnerung an alte Dinge kräftig und fest wie Stein.

Ich erging mich in einer langen und lebhaften Schilderung der Schießerei am Internationalen Flughafen Ellulgrad.

»Sie haben sie erschossen«, ging mir plötzlich auf. »Sie ist in meinen ...«

Auf einmal runzelte sich meine Stirn, und ich fing an, ängstlich zu nuscheln.

»Nein, nein, das kann nicht stimmen. Sie war doch gerade hier. Oder nicht? Verzeihen Sie, ich bin manchmal ein wenig durcheinander ...«

Er setzte sich wieder und legte mir beruhigend die Hand auf die Schulter.

»Ist schon gut«, sagte er ruhig. »Was ist dann geschehen, Nikolai? Erinnern Sie sich daran?«

»O ja«, sagte ich. »Sie haben auch auf mich geschossen. Daran erinnere ich mich. Und ich bin hingefallen. Ich habe gespürt, wie sich meine Lunge mit Blut füllte. Ich konnte nicht atmen. Ich konnte nicht. Es fühlte sich an, als würde ich ...«

»Ertrinken«, sagte er.

Ich sah ihn an.

»Und Sie hatten nur noch einen Gedanken«, fuhr er fort wie unter einer schweren Last.

»So hat sie sich gefühlt.«

Wir hatten es beide ausgesprochen. Unisono.

Lange Zeit sagte ich nichts, doch dann starrte ich ihn mit einem neuen Verdacht an.

»Wie heißen Sie?«, fragte ich schließlich.

Er holte tief Luft.

»Ich heiße Nikolai Andrejewitsch South«, sagte er.

»Ich erwachte in ... Wärme. Und Dunkelheit. Und ich hatte keinen Körper. Ich war ... ein Gedanke. Ein Gefühl. Ich fühlte mich nicht real an. Aber Lily war da. Sie war da bei mir. Ich konnte sie nicht berühren, ich konnte sie nicht sehen, aber ich wusste, dass sie da war. Ich wusste, was sie zu mir sagte. Ich kann Ihnen nicht richtig beschreiben, wie das ist. Aber es war wunderbar. Ich kam mir vor, als wäre ich schon immer nur dafür geboren gewesen. Als wäre meine Seele endlich aus ihrer Larve geschlüpft. Es war Sally Coe. Sie hat Sie kopiert, während Sie geschlafen haben. Sie hat zwei aus Ihnen gemacht. Hat Sie im Gefängnis verfaulen lassen und mir die Freiheit geschenkt.

Ich weiß nicht, warum. Ich nehme an, sie dachte, dass es keine Rolle spielen würde, ob ein Nikolai South alleine in einer Zelle sterben musste, wenn ein anderer da draußen wäre und ein Leben haben würde, das wundervoller war als alles, was er sich jemals erhofft hatte. Ich kann nur erahnen, wie sehr Sie mich hassen müssen. Und es tut mir so leid wegen all der Dinge, die Ihnen genommen worden sind.«

Lange Zeit sagte ich nichts, sodass er sich schon fragte, ob ich den Schock womöglich nicht überlebt hatte.

»Sie meinten, Ihr Name wäre Nikolai?«, sagte ich nach einiger Zeit.

Er schloss die Augen und seufzte traurig.

»Ja«, sagte er leise.

»Das ist mein Name. Sind Sie ein Freund von Olesja?«, sagte ich.

Er wusste nicht, was er sagen sollte. Er wünschte sich bei Gott, es gäbe etwas, das er sagen konnte. Etwas, um es wiedergutzumachen.

»Ich bin Ihr Freund, Nikolai«, sagte er leise. »Und ich will alles tun, um Ihnen zu helfen.«

»Könnten Sie bitte jemanden bitten, mich wieder in mein Zimmer zu bringen?«, sagte ich. »Ich fühle mich ziemlich müde.«

Später am Abend schlief ich friedlich in einem Hotelzimmer in Ellulgrad, während Nikolai und Lily im Vorzimmer Wein tranken und versuchten, einen Plan für die Zukunft zu schmieden.

Ich konnte nicht mit ihnen ins Whole Life Net kommen. Was Sally Coe getan hatte – mich zu duplizieren und in die Maschinenwelt zu schmuggeln, während mein Original noch in Kaspien verblieb –, war ein unverzeihliches Verbrechen. Würde ich mit ihnen zurückgehen, würde einer von uns postwendend gelöscht werden.

Nikolai saß auf der Couch, nach vorn gebeugt, unruhig sein Glas schwenkend, während er um eine Möglichkeit rang, seine Frau um das Unmögliche zu bitten.

»Wir werden einfach hierbleiben müssen«, sagte Lily, als handle es sich um den Vorschlag, etwas zu bestellen, anstatt selbst zu kochen.

Er sah sie erstaunt an.

»Für wie lange?«, fragte er.

»Bis er … uns nicht mehr braucht«, sagte sie sanft.

»Das könnte Jahre dauern«, sagte er.

»Wir sind ihm vierunddreißig schuldig«, sagte sie mit einem traurigen Lächeln. »Ich bezweifle, dass er sie uns komplett zurückzahlen lässt.«

»Wo sollen wir leben?«, fragte er.

»Wir werden schon was finden in der Stadt«, sagte sie. »Das kriegen wir schon hin.«

Nicht zum ersten Mal fragte er sich, was er getan hatte, um sie verdient zu haben.

Er küsste sie, und sie küsste ihn, und es war beschlossene Sache, dass, wenn sie diese Körper für die absehbare Zukunft würden nutzen müssen, es nur vernünftig wäre, sie gleich auszutesten, um sicherzugehen, dass alles funktionierte.

Nach einem höchst zufriedenstellenden Testlauf lagen sie Seite an Seite im Bett, und Nikolai flüsterte seiner Frau ins Ohr.

»Wie wirst du bloß mit zweien von mir zurechtkommen?«

»Du bist nicht so schlimm, wie du glaubst.«

Draußen brummte der Verkehr durch die Ellulgrader Nacht, laute Stimmen waren zu hören, und ein Betrunkener sang ein russisches Liebeslied.

»Bist du dir sicher, dass du das willst?«, beharrte er. »Nach allem, was passiert ist?«

»Das ist lange her«, murmelte sie. »Alles ist eingerissen worden. Es ist ein neues Land.«

»Es ist ein Wrack«, sagte ihr Mann unsicher. »Es ist ein von Kindern gesteuertes Wrack.«

»Ja.« Lily lächelte und döste allmählich ein. »Lass uns sehen, was sie daraus bauen.«

40

»Mein Vater, Casper Niemann, war ein gewalttätiger Krimineller. Er wanderte in die Kaspische Republik aus, so wie Maler nach Paris auswandern: in der Hoffnung auf Anerkennung seines Genies in der von ihm gewählten Kunstform.«

Aus der Autobiografie von Augusta Niemann

Die ersten sechs Monate waren am schwersten. Nikolai und Lily waren nicht darauf vorbereitet, wie teuer das Leben in der körperlichen Welt sein konnte.

Wir zogen in eine kleine, feuchte Wohnung mit zwei Schlafzimmern, die der, in der ich aufgewachsen war, so ähnelte, dass ich manchmal morgens darin herumging und nach meiner Mutter suchte, damit rechnete, sie am Küchentisch mit der Zeitung und einer kräftigen Tasse schwarzen Kaffees sitzend zu erblicken.

Nikolai hasste die Wohnung. Er kam sich vor, als durchlebte er einen bösen Traum. Die Leichtigkeit, den Komfort und den unendlichen Luxus der digitalen Welt zu verlassen und hierher, nach Ellulgrad zurückzukommen, das war unerträglich.

Und er hasste mich. Er versuchte, es zu verbergen, aber sein Hass auf mich hing an ihm wie eine sich um seine Schultern windende Schlange.

Er empfand einen tiefen Abscheu vor diesem erbärmlichen Alten, der im Haus herumwackelte wie ein Aufziehspielzeug. Nun verstand er, weshalb die Maschinen so rücksichtslos das Verbot von Doppelgängern durchsetzten. Jedes Mal, wenn ich ihm unter die Augen kam, erblickte er einen Verstoß.

Ich bin ich. Niemand sonst kann ich sein.

Lily arbeitete derweil an einem neuen Roman. Sie hoffte, mit dem Honorar für die Lieferung der ersten Fassung mit uns in eine etwas geräumigere Bleibe umziehen zu können, aber dafür gab es keine Gewissheit.

Ellulgrad war um einiges teurer geworden, als es sich für ein ehemaliges Kriegsgebiet gehörte, und der Begriff »Gentrifizierung« wurde mit ebenjenem Hass ausgesprochen, der früher für das Wort »ParSich« reserviert gewesen war.

Während Lily arbeitete, nahm Nikolai alle möglichen Jobs an. Er wurde als Berater bei einer Dramaserie angeheuert, die in der Kaspischen Republik spielen sollte. Da verdiente er ein paar Wochen lang recht gut. Danach bat man ihn, Artikel für die *Kaspische Wahrheit* (ausgerechnet) zu schreiben, in denen er seine einigermaßen einzigartige Geschichte darstellen sollte. Nikolai war von dem Angebot ziemlich überrascht worden, und Lily scherzte, dass sie eine Abmachung mit dem Blatt hätte, wonach es sämtliche ihrer Ehemänner anheuern müsste.

Natürlich mussten diese Artikel unter Pseudonym veröffentlicht werden. Sollte die Maschinenwelt Wind davon bekommen, dass Nikolai South eine Kopie hatte, würde er womöglich nie wieder online gehen können.

Er fühlte sich wie in der Falle. Und er grollte. Und er schämte sich dafür, dass er sich wie in der Falle fühlte und grollte.

Er liebte seine Frau, mehr als er jemals einen Menschen geliebt hatte. Sogar noch mehr als Olesja.

Er konnte sich nicht vorstellen, sie zu verlassen. Und doch, wenn er in die Zukunft blickte und Jahre voller Armut, Feuchtigkeit und schwarzem Schimmel vor sich sah, wenn er sich die Aussicht auf weitere Jahre des in der Falle Sitzens in jener Stadt vor Augen führte, die so viel von seinem Leben aufgezehrt hatte, wenn er sich vorstellte, die zerbrochene, verhasste Hülle seines früheren Selbst pflegen zu müssen ...

Er konnte sich nicht vorstellen, das zu ertragen.

Die Erlösung kam von unerwarteter Seite.

Während Lilys und Maryams Besuch bei Niemann hatte diese zwei Vorhersagen getroffen. Dass es keine Gerichtsverhandlung geben und dass sie bald tot sein würde.

In beiden Punkten sollte sie recht behalten.

Die ehemalige Direktorin der Staatssicherheit Augusta Niemann wurde am 3. Juni 2245 tot aufgefunden, und die junge Nation Atropatene ließ sofort alles stehen und liegen, um sich klarzumachen, was sie davon halten sollte. Ging man nach den Zeitungen in Ellulgrad, war in der ersten Junihälfte des Jahres 2245 auf der Welt nichts Bemerkenswerteres geschehen als das Ableben dieser sechsundachtzigjährigen Frau.

Jeder hatte eine Meinung.

In den Kneipen und Küchen Atropatenes diskutierten die Zechenden und Verpartnerten leidenschaftlich (und manchmal auch wütend), ob es Augusta Niemann verdient hätte, als Statue auf dem Freiheitsplatz aufgestellt zu werden oder ob nicht vielmehr ihre Leiche dort aufgehängt werden sollte.

Über Niemann zu richten, schrieb Nadja Evershan später darüber, hätte sich so angefühlt, als richtete man Gott. Die Verbrechen der StaSich waren unzählig, die Anzahl der durch Joschik geretteten Leben unglaublich. Es war schlicht zu viel Gutes und zu viel Böses. Angesichts des Ausmaßes ihrer Verbrechen und ihrer Heldentaten fühlte man sich vollkommen unzureichend. Vor allem, als ans

Licht kam, wie sehr sie in die Revolution verwickelt gewesen war. Ihre Verteidiger argumentierten, dass es ohne Augusta Niemann keine Republik von Atropatene geben würde, um über sie zu richten.

Diejenigen unter uns, die durch ihr Tun gelitten hatten, fanden dieses Argument weniger überzeugend.

Für mich war Gussie Niemann schon vor langer Zeit gestorben. Sie war eines von tausend Gesichtern mit einem Namen, die ich im Lauf der Jahre kennengelernt hatte, die sich dann aber still und leise wieder aus meinem Gedächtnis geschlichen hatten. Wurde ihr Name in meiner Gegenwart ausgesprochen, rief er noch nicht einmal die schwache Wärme eines fernen Wiedererkennens hervor, die mich vielleicht dazu gebracht hätte, etwas wie »ach ja, natürlich« zu murmeln.

In Nikolais Bewusstsein jedoch lebte sie immer weiter, ein fester und vollblütiger Geist, dem man weder verzeihen noch ihn exorzieren konnte.

Als Nikolai von ihrem Tod erfuhr, zitterte er und setzte sich auf den Küchentisch, starrte ins Leere.

»Die Beerdigung ist morgen«, hatte Lily ihm mitgeteilt. »Willst du ...«

Wieder zitterte er und schüttelte den Kopf.

Und so ging Lily allein zu Augusta Niemanns Beerdigung.

Beim anschließenden Leichenschmaus suchte Lily (die keine Menschenmengen mochte) sich eine Ecke, wo sie sich einem Glas Rotwein widmen und die Trauergäste beobachten konnte.

Es war, wie ihr auffiel, eine Beerdigung nur für eine der beiden Hälften von Augusta Niemann. Sie konnte zumindest keine ehemaligen StaSich-Leute erkennen, keine Hinterlassenschaften aus ihrem Leben als Chefin der Staatssicherheit. Diese Leute waren hier, um Joschik zu ehren. Die Gäste waren größtenteils Ausländer und größtenteils Maschinen mit jungen, unwahrscheinlich schönen Klonkörpern. Außerdem waren Aserbaidschaner anwesend, wenn auch weniger, als sie erwartet hätte.

Sie erkannte Nadja Evershan, die in einer Ecke mit zwei Perserinnen quatschte, die identische Klonanzüge trugen. Aber außer ihr schien die Regierung keine weiteren Repräsentanten zu Niemanns Beerdigung entsandt zu haben. Wahrscheinlich war das auch besser so.

»Nicht schlecht, wie viele gekommen sind, was?«, sagte jemand neben ihr.

Lily wandte sich zu der alten Frau um.

»Wie geht es Ihnen, Sally?«, fragte sie freundlich.

»Ach, Sie wissen schon«, sagte Sally unbekümmert. Die Scharade hielt sie weniger als fünf Sekunden lang durch.

Lily nahm sie in die Arme, bis das Schluchzen aufhörte.

»Entschuldigen Sie«, flüsterte Sally an ihrer Schulter. »Passiert immer wieder. Keine Ahnung, warum. Muss wohl mal zum Arzt damit.«

»Weil Sie sie geliebt haben«, sagte Lily.

»Lächerlich«, sagte Sally mit einem traurigen Lächeln. »Wirklich, was für einen rührseligen Mist man auf so einer Beerdigung zu hören kriegt.«

Sie gingen zusammen im Garten spazieren. Es war ein schöner, lauer Abend mit nur einer leichten frischen Brise vom Kaspischen Meer her. Hinter Niemanns Datscha ging die Sonne unter, und im Indigoblau waren die Venus und ein paar Sterne bereits zu sehen.

Unbewusst griff Sally nach einer Zigarette, steckte sie aber wieder weg.

»Ich werde dieses Haus vermissen«, sagte sie leise.

»Sie gehen weg?«, fragte Lily.

»Ja. Ja, ich glaube schon.« Sally nickte. »Ich bin noch nicht bereit zum Sterben. Und diese verwitterte Hülle, die

Sie da vor sich sehen, wird wahrscheinlich bald vom Hersteller zurückgerufen. Jetzt, wo sie ... es ist Zeit. Zeit, weiterzugehen. Mal sehen, ob diese Onlinewelt den Erwartungen tatsächlich gerecht wird.«

»Ich könnte ein paar Leute kontaktieren«, bot Lily an. »Um Ihnen mit dem Übergang zu helfen ...«

»Sie sind so lieb«, sagte Sally. »Aber mir wäre es lieber, wenn so wenig Leute wie möglich davon wüssten. Will versuchen, einen sauberen Schnitt zu machen.«

»Verstehe«, sagte Lily.

Ein paar Augenblicke standen sie schweigend da und sahen aufs Kaspische Meer hinaus. Das Schwappen des Wassers war gerade so im Gemurmel der Trauergäste zu hören.

»Aber das werde ich vermissen«, seufzte Sally.

»Es ist schön«, pflichtete Lily ihr bei.

»Finden Sie?«, fragte Sally.

»O ja«, sagte Lily.

»Gut«, sagte Sally. »Sonst hätte das peinlich werden können.«

Sie drückte Lily etwas in die Hand.

Lily machte vor Schreck große Augen. Es war ein Satz Hausschlüssel.

Sally zeigte auf die Datscha, die plötzlich noch größer und luxuriöser wirkte als vorher.

»Streng genommen sollte ich wohl warten, bis das Testament verlesen wird. Aber es gehört ganz Ihnen. Nun, eigentlich Nicky. Aber Sie können gleich einziehen.«

»Das ist nicht Ihr Ernst«, stammelte Lily.

»Es ist auch barrierefrei. Das dürfte Ihnen das Leben etwas einfacher machen.«

»Sally, wir können nicht ...«

»Lily.« Sally ergriff ihre Hände, und plötzlich war sie äußerst ernst. »Halt. Hören Sie auf, so zu tun, als wäre ich freundlich. Was Gussie und ich Nicky angetan haben … das macht das hier nicht wieder gut. Es macht es nicht ungeschehen. Es macht uns nicht quitt. Noch nicht einmal annähernd. Das kann es gar nicht. Niemals. Ihr drei habt viel mehr als das verdient. Aber das ist alles, was ich Ihnen geben kann. Also nehmen Sie es. Bitte. Mit unserer ganzen Liebe. Gussies und meiner. Sie will, dass Sie es bekommen.«

Nicht die Worte waren es. Die Toten sind schließlich immer irgendwie anwesend bei ihren eigenen Beerdigungen, oder? Sondern es war etwas in Sallys Blick, das Lily einknicken ließ.

Lily dankte ihr sehr, und sie gingen langsam zurück Richtung Datscha.

Als sich ihre Wege trennten, konnte Lily nicht mehr anders.

»Sally?«, fragte sie. »Erinnern Sie sich noch an den Sontangscanner, mit dem Sie Nicky kopiert haben?«

»Hm?«, fragte Sally, als hätte sie nur halb zugehört.

»Was ist aus dem nur geworden?«

»Das weiß ich ganz sicher nicht, Liebes«, sagte Sally gedehnt. »Wahrscheinlich schon vor Jahren verschrottet.«

»Weiß Gussie es vielleicht?«, fragte Lily.

»Vielleicht«, sagte Sally, ohne dass ihr Ton zu deuten gewesen wäre.

»Wo immer sie ist«, fügte Lily hinzu.

»Ach, Lily«, sagte Sally mit einem Lächeln. »Gussie ist dort, wo sie immer war.«

Sie legte sich eine Hand auf die linke Brust, drehte sich um und ging davon.

»Meinen Sie Ihr Herz oder Ihre Tasche?«, rief Lily ihr hinterher.

»Gute Nacht, Lily«, rief Sally zurück und tauchte in der Menge glücklicher Trauergäste unter.

Der Umzug in Niemanns Datscha machte alles sehr viel einfacher für uns drei, und das war die glücklichste Zeit. Ohne sich um Miete sorgen zu müssen, konnten wir drei bequem zusammenleben, und erst recht, als meine Staatsrente endlich von der Regierung freigegeben wurde, ungefähr ein halbes Jahr später, als wir sie am dringendsten gebraucht hätten.

Wir lebten ein gemächliches Leben, kein Tag war zu sehr angefüllt. Nikolai verbrachte die meiste Zeit in der Stadt, um für die *Kaspische Wahrheit* über die Pannen und Triumphe und manchmal auch Skandale der neuen Regierung zu berichten. Lily und ich frühstückten immer spät zusammen, und anschließend ließ sie mich mit dem Radio allein, während sie bis ungefähr um eins schrieb. Dann schob sie mich im Rollstuhl durch den Garten, erzählte mir von ihrem Roman und bat mich um meine Meinung zu der einen oder anderen Figur. Ich gab ihr nur wenige Ratschläge, sagte nur immer, dass ich hoffte, alle nähmen ein glückliches Ende, selbst die Bösewichte. Schließlich war das Leben zu kurz für schlechte Ausgänge.

Lily überwand ihre Angst vor Autos nie so recht, aber immerhin lernte sie, zu fahren. Sie kaufte von einem Nachbarn ein kleines, aber zuverlässiges gebrauchtes Fahrzeug, und dadurch erlangten wir um einiges mehr Freiheit. Eines Morgens, an einem Sonnentag, setzte sie mich ins Auto, und wir fuhren in den Laden im Ort, um Eiscreme zu kaufen.

Sie schob mich im Rollstuhl zum Strand, zog einen Liegestuhl heran. So saßen wir nebeneinander und sahen den sanft heranrollenden Wellen zu.

»Ich glaube, ich war hier schon einmal«, sagte ich.

»Ach?«, fragte sie. »Wann denn?«

Ich konnte mich nicht erinnern. Es schien auch nicht wichtig zu sein.

Eine Brise kam vom Meer, und Lily zupfte zärtlich meinen Schal zurecht, damit es mir nicht kalt wurde.

Ich machte die Augen zu und ließ mich vom sanften Murmeln der Wellen in den Schlaf wiegen.

Und dort am Ufer des Kaspischen Meers schied ich dahin.

Epilog

So fürchtet euch denn nicht. Ihr seid wertvoller als viele Spatzen.

Matthäus 10,31

Nun, da ich dies schreibe, sind drei Jahre vergangen, seit ich, oder er, zur Ruhe gebettet wurde. Lily und ich hatten nicht vorgehabt, über den Tod meines unglückseligen Zwillingsbruders hinaus in Atropatene zu bleiben. Der Gedanke, am Kaspischen Meer heimisch zu werden, war uns tatsächlich nie gekommen.

Aber wie es so oft der Fall ist, machte der Ort beim zweiten Mal einen besseren Eindruck auf uns als beim ersten Mal. Lily und ich haben uns hier gut eingerichtet und fühlen uns wohl. Wir haben Freunde gefunden und arbeiten beide. Wir verfolgen das politische Vor und Zurück dieses Babystaats mit Interesse, Frust und gelegentlichem Stolz. Wir machen uns keine Illusionen, dass Atropatene ein besonders toller Ort zum Leben wäre. Aber wir lieben es trotzdem.

Ich glaube, das bedeutet zu Hause.

Ich habe diese Geschichte geschrieben, weil ich es wichtig fand, sich an ihn zu erinnern. An meinen unglückseligen Zwillingsbruder. An meinen vergessenen Bruder. Und ich habe sie mit seiner Stimme geschrieben, denn alles andere hätte sich nicht richtig angefühlt. Für die Ereignisse, bei denen weder er noch ich persönlich zugegen waren, habe ich auf die Berichte von Augusta Niemann und das Gedächtnis meiner Frau zurückgegriffen (das sind bei Weitem die beiden verlässlichsten Quellen). Aber wo immer es möglich war, habe ich versucht, ihn für sich selbst sprechen zu lassen.

Er war so lange stumm gewesen. Er war so lange verborgen gewesen.

Schon bevor man ihn nach Qobustan brachte, war er stumm und verborgen gewesen.

So hat er gelebt. So haben wir alle gelebt.

Ihm wurde so viel genommen, dass ich es nicht über mich bringen konnte, ihm seine Stimme zu nehmen. Ich hatte das Gefühl, dass er wenigstens für sich selbst sprechen musste, und deshalb spreche ich für ihn.

Ich habe wenig für ihn getan, viel zu wenig. Aber wenigstens war es mir möglich, das Eine für ihn zu tun.

Ich habe angefangen zu schwimmen.

Jeden Samstag fahre ich morgens zum Strand hinunter. Ich tauche in das warme, sanfte Wasser des Kaspischen Meers ein und schwimme, bis ich nur noch meinen eigenen Atem und das leise Schwappen des Wassers höre.

Ich liege auf dem Rücken und denke an alle, die verloren sind.

Olesja, meine Frau – *Ex*-Frau. Saharah, die eine bessere Welt verdient hätte. Wassili, mein Vater.

Nikolai, mein Bruder.

Ich denke an all die Spatzen, die gefallen sind, und bete um eine Hand, die sie auffängt.

Danksagungen

Früher, als ich fürs Theater schrieb, dachte ich immer, wie toll es doch wäre, ein Romancier zu sein. Schließlich können Romanciers eine einzelne, nicht kompromittierte künstlerische Vision hervorbringen, die nicht durch Regisseure, Schauspieler oder unzuverlässige Licht- oder Klangeffekte gefiltert wird. Romanciers haben so ein Glück, dachte ich, weil sie alles alleine machen können.

So viel dazu, denn hier ist eine Liste der Menschen, ohne die dieses Buch nie existieren würde.

Als Erstes Dank an Eamonn Sharpson, meinen Bruder, der meine Teenagerromane gelesen hat und dessen grenzenloser Enthusiasmus und dessen Unterstützung genau das waren, was ich in meinen Anfangstagen gebraucht habe.

Dank an Jessica Traynor, die ihre Freunde nie aufgibt.

Dank an Gillian Greer, die erkannt hat, dass es ein Roman und kein Theaterstück war. (Es ist größtenteils ein Roman, aber es ist ein bisschen auch ein Theaterstück.)

Dank an Conor Kostick und das Irish Writers Center. Conor für seinen Schreibkurs, der mir geholfen hat, das Buch zu Ende zu bringen, und für seine Unterstützung und sein konstruktives Feedback, und dem IWC dafür, dass es das Buch für den Novel Fair 2019 ausgewählt hat.

Dank an Aisling Leonard-Curtin für all ihre freundlichen Worte und die Hilfe.

Dank an Vika Melkovska für ihre Hilfe mit russischen Begriffen und Namenskonventionen.

Dank an Fleur Farwagi Campbell für die Hilfe mit arabischen Begriffen und Namenskonventionen sowie für generelle Großartigkeit.

Dank an Úna Hennessy für die Organisation der Buchclub-Lesung und das ganze Mantel-und-Degen-Gedöns, das damit einhergeht.

Dank an die Connemara-Bande, Donnacha, Jess, Una und Abey für ruhige Sommertage und -nächte, die wir schreibend am Rand der Welt in Gesellschaft guter Freunde verbrachten. Mögen sie bald wiederkehren.

Dank an Moira dafür, dass sie eine Inspiration war.

Dank an Mim, meinen Waffenbruder.

Dank an Anna und George. Für die Welt.

Dank an Kate Coe und Will Hinton, meine britische Lektorin und meinen amerikanischen Lektor. Eure Professionalität, euer Talent, eure Erfahrung, euer Einblick und eure Unterstützung haben geholfen, dieses Buch weitaus besser zu machen, als ich es für möglich gehalten hätte. Ihr habt mich dazu angetrieben, über mich selbst hinauszuwachsen. Danke euch.

Dank an Jennie Goloboy. Meine Agentin oder womöglich meine Zauberin. Du hast mein Leben verändert, und ich kann dir nicht genug danken.

Dank an Aoife. Für deinen Glauben an das Buch und deinen Glauben an mich. Dafür, dass du mich nachts um zwei aufweckst, um mich nach den Geburtenraten in der Kaspischen Republik zu fragen. Dass du mit auf die Reise gegangen bist. Für deine Liebe. Für deine Großartigkeit. Für deine Güte. Für ein Universum, das ich nicht mit dürftigen Worten ausdrücken kann. Für alles. *Mo ghrá.*